生은 다른 곳에

生은 다른 곳에

밀란 쿤데라

안정효 옮김

까치

Life is Elsewhere (Život je jinde)
by Milan Kundera
Penguin Books, 1986

역자 안정효(安正孝)
1941년 서울에서 태어나 서강대학교 영문학과를 졸업했다. 1975년 번역 활동을 시작하여 현재까지 150여 권을 출간했다. 1982년 제1회 한국번역문학상과 1992년 김유정 문학상을 수상했으며, 1999년부터 2002년까지 이화여자대학교 통역대학원 초빙교수로 재직했다.
저서로는 『하얀 전쟁』, 『은마는 오지 않는다』, 『헐리우드 키드의 생애』, 『태풍의 소리』, 『미늘』, 『낭만파 남편의 편지』, 『착각』, 『학포 장터의 두 거지』, 『동생의 연구』, 『한 마리의 소시민』, 『하늘에서의 명상』, 『안정효의 영어 길들이기』, 『가짜 영어사전』, 『번역의 공격과 수비』 그리고 창작론 『글쓰기 만보』 등이 있다.

生은 다른 곳에

저자 / 밀란 쿤데라
역자 / 안정효
발행처 / 까치글방
발행인 / 박후영
주소 / 서울시 용산구 서빙고로 67, 파크타워 103동 1003호
전화 / 02 · 735 · 8998, 736 · 7768
팩시밀리 / 02 · 723 · 4591
홈페이지 / www.kachibooks.co.kr
전자우편 / kachibooks@gmail.com
등록번호 / 1-528
등록일 / 1977. 8. 5
초판 1쇄 발행일 / 1988. 8. 5
　　22쇄 발행일 / 2022. 9. 20

값 / 뒤표지에 쓰여 있음

ISBN 978-89-7291-469-3　03890

차례

서문 7

제1부　시인의 탄생　　　11
제2부　자비에르　　　81
제3부　수음을 하는 시인　　　109
제4부　도망치는 시인　　　187
제5부　질투하는 시인　　　211
제6부　중년 남자　　　309
제7부　시인의 죽음　　　329

옮긴이의 말　　　349

서문

"생은 다른 곳에"는 랭보가 남긴 유명한 말이다. 이 말은 앙드레 브르통이 그의 "초현실주의 선언"에서 결론으로 인용했다. 1968년 5월에는 파리의 학생들이 이 말을 그들의 슬로건으로 삼아 소르본 대학교의 담벼락에다 낙서를 해놓곤 했다. 그러나 이 소설의 본래 제목은 "서정시대(抒情時代)"였다. 나는 그런 난해한 제목을 붙인 책을 살 독자가 하나라도 있을까 의심하는 출판사 사람들의 얼굴에서 걱정스러운 표정을 보고 마지막 순간에 그 제목을 바꾸기로 했다.

서정시대란 젊음을 의미한다. 이 소설은 젊음의 서사시이며, 내가 "서정적인 관점"이라고 일컫는 것의 분석을 시도한다. 서정적인 관점이란 모든 인간의 잠재적인 자세이며, 인간 존재의 기본적인 범주들 가운데 하나이다. 오랜 세월에 걸쳐 인간이 서정적인 관점을 구사하는 능력을 유지해왔기 때문에 문학 장르로서의 서정시는 오랜 기간 동안 존재했다. 시인은 그 관점의 인격화(人格化)이다.

또한 시인은 단테로부터 시작해서 유럽 역사 전체에 걸쳐 크게 활약해 온 위대한 사람들이었다. 시인은 카몽이스(Camões : 16세기 포르투갈 시인/옮긴이), 괴테, 미츠키에비치(Mickiewicz : 19세기 폴란드 시인/옮긴이), 푸시킨처럼 한 민족을 대표하는 상징이며, 베랑제(Béranger : 19세기 프랑스의 서정시인/옮긴이), 페퇴피(Petöfi : 19세기 헝가리 시인/옮긴이), 마야코프스키, 로르카처럼 혁명의 대변자이기도 하고, 위고나 브르통처럼 역사의 목소리이기도 하며, 페트라르카, 바이런, 랭보, 릴케처럼 신화적인 존재이거나 실질적으로 종교적인 숭배의 대상이 되기도 하지만, 무엇보다도 시인은 우리들이 밑줄을 그어가며 당당하게 "시(詩)"라고 내세울 각오가 되어 있는 그 신성불가침적인 가치를 수호하는 자이다.

그러나 지난 반세기 동안 유럽의 시인들에게 과연 어떤 일이 벌어졌던가? 오늘날 시인의 목소리는 거의 들리지도 않는다. 우리들이 의식하지 못하는 사이에 시인은 우렁차고 위대한 세계무대로부터 물러나고 말았다. (시인이 사라진다는 것은 분명히 유럽이 처해 있긴 하지만 아직 명칭을 붙일 수 없었던 그 위험한 변천의 시기에 나타난 증상들 가운데 하나이다.) 역사의 어떤 악마적인 아이러니를 보여주는 사실이지만, 시인이 아직도 공적으로 위대한 역할을 맡았던 유럽의 마지막 짤막한 기간은 중부 유럽에서 1945년 이후 공산주의 혁명들이 일어난 시기였다.

러시아로부터 수입해서 군대와 경찰의 보호 아래 실천된 이 묘한 사이비 혁명들이 진실한 혁명의 심리적 요소로 가득했으며, 그 혁명의 지지자들이 절대적으로 새로운 세계에서 화려한 비애와, 열정과, 종말론적 신념을 경험했다는 사실은 강조할 만한 중요성을 가진다. 시인들이 마지막으로 다시 한번 무대 전면으로 나서게 되었던 것이다. 시인들은 영광스러운 유럽의 드라마에서 늘 맡았던 역할을 맡고 있다는 생각을 했으며, 극장 주인이 마지막 순간에 프로그램을 바꾸어 하찮은 희극으로 대치시켰다는 사실을 눈치채지 못했다.

나는 "처형자와 시인이 나란히 앉아 통치한"(제6부 2장 두 번째 절) 이 시대를 가까이에서 목격한 증인이다. 나는 내가 흠모하던 프랑스 시인 폴 엘뤼아르가 스탈린 파의 법정이 사형대로 보내기로 결정한 프라하에 있는 그의 친구를 공개적으로 그리고 정식으로 비난하는 소리를 들었다. (내가 「웃음과 망각의 책」에서 서술한 바 있는) 이 사건은 나에게 크나큰 충격을 주었는데, 처형자가 사람을 죽인다면 그 행위는 누가 뭐라고 해도 정상적인 것이겠지만, 어느 시인(그것도 위대한 시인)이 이 행위에 동조하는 노래를 부른다면, 우리들이 지극히 신성하다고 간주했던 전체적인 가치관이 갑자기 산산조각으로 무너지고 만다. 더 이상 아무것도 확실하지가 않다. 모든 것이, '발전과 혁명'이 문제성을 가지고, 신빙성이 없어지고, 분석과 회의의 대상이 되었다. 젊음. 모성(母性). 심지어는 인간도. 그리고 또한 시(詩)도. 나는 가치관이 뒤흔들린 세계가 눈앞에 펼쳐지는 것을 보았고, 여러 해에 걸쳐 서서히 야로밀이라는 인물과 그의 어머니와 그의 사랑이 내 머릿속에서 형태를 갖추었다.

야로밀이 나쁜 시인이라는 말은 하지 말라! 그것은 그의 일생에 대한 이야기를 너무 값싸게 설명하는 결과가 될 것이다! 야로밀은 위대한 상상력과 풍부한 감정을 가진, 재능이 많은 시인이다. 그리고 그는 예민하고 젊은 남자이다. 물론 또한 그는 괴이한 인물이기도 하다. 그러나 그의 괴이함은 잠재적으로 우리들 모두의 내면에 있는 것이다. 그것은 나의 내면에도 존재한다. 그것은 그대의 내면에도 존재한다. 그것은 랭보의 내면에도 존재한다. 그것은 셸리의 내면, 위고의 내면에도 존재한다. 모두 젊은이의 내면에, 모든 시대와 정권 속에 그것이 존재한다. 야로밀은 공산주의의 산물이 아니다. 공산주의는 하마터면 숨겨졌을지도 모르는 면을 조명했을 따름이며, 다른 상황에서였다면 그냥 평화 속에서 잠들어 버렸을 어떤 것을 노출시켰다.

비록 야로밀과 그의 어머니에 대한 이야기가 (전혀 아무런 풍자적인 의도를 내세우지 않고) 진실하게 묘사된 어떤 특정한 역사적 시기에 펼쳐지긴 하지만, 한 시대를 서술하는 것이 나의 목표는 아니다. "우리들이 그 시대를 선택한 까닭은 그 시대 자체에 관심이 있었기 때문이 아니라, 그것이 랭보와 레르몬토프, 서정주의와 젊음을 옭아넣기 위한 기막힌 함정을 제공하는 것처럼 여겨졌기 때문이었다."(제6부 2장 다섯 번째 절) 다시 말하면 소설가에게 주어진 하나의 역사적인 상황이란 "인간의 존재란 무엇인가?"하는 기본적인 문제를 탐구하는 '인류학적 실험실'이다. 이 소설의 경우에는 몇 가지 관련된 문제들이 저절로 드러난다. 서정적인 세계를 형성하는 데에서 어머니는 어떤 신비한 역할을 담당하는가? 그리고 만일 젊음이 무경험의 시대라면, 절대성에 대한 열망과 무경험 사이에는 어떤 관계가 존재하는가? 또는 절대성에 대한 열망과 혁명적인 열정 사이에는? 그리고 서정적인 관점은 사랑 속에서 어떻게 저절로 드러나는가? 사랑의 "서정적인 형태"라는 것이 존재하는가? 이런 문제들 말이다.

  이 소설은 물론 이런 질문들에 대한 해답을 제공하지는 않는다. 하이데거가 말했듯이, 인간의 본질은 질문의 형태를 취하기 때문에 질문 그 자체가 이미 하나의 해답이다.

  이 소설에 대한 착상이 처음 이루어진 것은 1950년대 중반이었다. 나는 어떤 미학적인 문제를 해결하고 싶었다. "시의 비평"이면서도 동시에 그 자체가 (시적인 강렬함과 상상력을 전달하는) 시가 될 수 있는 소설은 어떻게 써야 하는가? 나는 이 소설을 1969년에 완성했다. 이 작품은 보헤미아에서는 끝까지 발표가 되지 못했다. 이것은 1973년 프랑스에서 처음 출판되었으며, 1년 후에는 피터 쿠씨(Peter Kussi)가 훌륭히 번역해서 미국에 소개해 번역자가 전국 도서상(National Book Award) 후보에 오르기도 했다. 지금까지는 미국에서 체코 작품을 영어로 번역하는 사람들 가운데 쿠씨가 가장 뛰어난 인물이다. 여러 해가 지난 다음에 그가 다시 이 작품에 손을 대어 원작에 보다 충실하게끔 개정 작업을 했다는 사실은 그가 완전성에 대한 열망에 사로잡혀 있음을 잘 보여준다. 다시 말하면 그는 번역가들 가운데 참된 예술가라고 말할 수 있겠다. 나는 그가 이루어놓은 이 아름다운 작품에 진심으로 감사하고, 친구로서 그의 손을 잡고 싶다.

밀란 쿤데라

제1부
시인의 탄생

1

정확히 언제 그리고 어디에서 그 시인이 잉태되었던가?

시인의 어머니가 이 문제를 곰곰이 따져보았을 때 진지하게 고려할 만한 가치가 있다고 여겨지는 가능성은 세 가지밖에 없었는데, 그 가능성들이란 공원 벤치에서의 어느 날 저녁이나, 시인의 아버지와 그의 친구의 아파트에서 보낸 어느 날 오후나, 프라하 근처의 낭만적인 시골에서 보낸 어느 날 아침이었다.

시인의 아버지가 똑같은 의문을 품게 되었을 때, 그는 유난히도 재수가 없었던 어느 날 그의 친구가 사는 아파트에서 시인이 잉태되었으리라는 결론에 이르렀다. 시인의 어머니는 그곳에 가지 않겠다고 했고, 그들은 그 문제를 놓고 두 차례나 언쟁을 벌였다가 화해를 했으며, 마침내 그들이 겨우 그곳에서 사랑의 행위를 벌이려고 했더니 옆 아파트에서 누군가 시끄럽게 열쇠를 돌렸고, 시인의 어머니가 겁을 내는 바람에 그들은 포옹을 풀었으며, 결국 불안한 마음으로 황급히 행위를 끝내야 했다. 시인을 임신하게 되었다고 그가 탓했던 순간은 바로 당황해서 서둘러댔던 그 잠깐 사이였다.

하지만 시인의 어머니는 (전형적인 독신자의 지저분한 아파트에서 헝클어진 침대와 구겨진 잠옷에 그녀가 역겨움을 느꼈던) 남의 아파트에서 시인을 임신했으리라는 가능성을 인정하기를 거부했으며, 그런 벤치라면 창녀들이나 난잡한 여자들이 늘 애용하는 곳이라는 생각에 구역질을 느꼈기 때문에 상당히 못마땅해하면서 성행위를 벌였던 공원 벤치에서 임신이 이루어졌으리라는 두 번째 가능성 역시 거부했다. 따라서 그녀는 어느 화창한 여름날 아침, 프라하의 시민들이 일요일 나들이를 나갈 때면 전통적으로 즐겨 찾는 푸르른 계곡을 배경으로 삼아 그림 같은 윤곽을 드러내는 거대한 바위 뒤에서 임신이 되었으리라고 상당히 자신 있게 생각했다.

여러 가지 이유로 인해서 그 풍경은 시인의 임신을 위해서 적절한 배경이라고 여겨졌다. 한낮의 태양이 이글거리는 하늘 아래 그것은 어둠보다는 빛의 풍경이었으며, 밤보다는 낮의 풍경이었다. 그 풍경은 날개와 자유로운 비행을 상징할 만큼 탁 트인 자연으로 둘러싸였다. 마지막으로, 비록 도시의 교외지역 아파트들에서 별로 멀지 않은 곳이긴 했지만, 그 풍경은 골짜기와 바위와 회선상(回旋狀) 지형을 갖춘 낭만적인 분위기였다. 그것은 그 순간에 그녀가 겪은 경험을 웅변적으로 상징하는 배경처럼 여겨졌다. 누가 뭐라고 해도 시인의 아버지에 대한 그녀의 크나큰 사랑은 그녀 부모의 무미건조하고 질서정연한 생활 방식에 대한 낭만적인 반란이 아니었던가? 그리고 부유한 상인의 딸이었던 그녀로 하여금 무일푼의 젊은 기사(技士)를 선택하게끔 만들었던 격정적인 용기와 거칠고 자유분방한 풍경 사이에는 어떤 내적인 유사성이 존재하지 않았던가?

시인의 어머니는 위대한 사랑을 하고 있었으며, 그 무엇도, 심지어는 바위들 사이에서 아름다운 오후를 보내고 나서 겨우 몇 주일 후에 찾아온 실망까지도, 그 사랑을 바꿔놓을 수는 없었다. 그녀는 매달 그녀의 생활을 흩트려놓곤 하던 은밀한 불편함이 마땅히 찾아와야 할 때가 되었는데 소식이 없다고 연인에게 선언했다. 그녀는 즐거운 흥분감에 젖어 그에게 이 소식을 전했지만—— 남자는 (지금 돌이켜 생각해보면 그 무관심이란 피상적이고 다분히 거짓으로 꾸며댄 태도이긴 했지만) 분노를 자극하는 그런 무관심을 보이며 그냥 넘겨버리기만 할 따름이었다. 그는 그 현상이 단순히 일시적이고 하찮은 것으로서, 생리적인 주기에 있어서 별로 중요하지 않은 장애가 생겨난 것이라고 가볍게 생각했다. 어머니는 그녀의 기쁨과 희망을 연인이 같이 나누고 싶어하지 않는다는 사실을 눈치챘고, 그래서 기분이 상했으며, 임신이라고 의사가 정식으로 진단했을 때까지 그와 말도 하지 않았다. 시인의 아버지는 그가 잘 아는 친구 하나가 산부인과 의사이기 때문에 그녀의 골칫거리를 안전하게 조용히 제거해주리라는 말을 했고, 어머니는 울음을 터뜨렸다.

반항의 초라한 종말! 처음에 그녀는 젊은 기사를 위해서 부모에게 반항했고, 그러다가 그녀는 기사와 맞서기 위해서 부모의 지원을 요청했다. 부모는 그 요청을 물리치지 않아서 마음을 탁 터놓고 기사와 이야기를 나누었으며, 기사는 빠져나갈 구멍이 없다는 사실을 깨닫고는 남들의 이목을 생각해서라도 결혼식을 올리기로 동의했다. 그는 많은 액수의 지참금을 서슴지 않고 받아들였으며, 나중에 그 돈으로 건축회사를 차렸다. 그는 가진 물건을 몽땅 두 개의 옷가방에 꾸려서는 신부가 태어나고 성장한 저택으로 거처를 옮겼다.

하지만 기사의 서슴없는 조건부 항복도 그녀가 너무나 충동적으로 뛰어들었으며 너무나 도취될 정도로 아름답다고 믿었던 모험이 결국은 그녀가 기대할 만하다고 확신했던 위대하고도 충만한 사랑으로 발전하지 못했다는 서글픈 인식을 제거해주지는 못했다. 그녀의 아버지는 프라하에서 돈을 잘 벌어들이는 가게를 두 군데나 소유했으며, 그녀의 도덕관념은 상호간에 엄격히 주고받는 원칙에 바탕을 두었었는데, 그녀로서는 (부모와 평화로운 생활까지도 희생시킬 각오가 되어 있었던 터라) 모든 것을 사랑에 투자했고, 그에 대한 대가로 상대방도 똑같은 수준의 감정적인 자산을 그들의 공동구좌에 투자해주리라고 기대했었다. 결손을 메우기 위해서 그녀는 서서히 투자했던 감정을 회수했고, 결혼식 이후에는 준엄하고 자존심이 도사린 얼굴로 남편을 대했다.

　시인의 어머니의 언니는 (결혼을 하고 시내 중심가의 아파트로 이사를 가느라고) 얼마 전에 집에서 나갔고, 그래서 노부부는 아래층에서 계속 살기로 하고, 딸은 기사와 함께 위층에 살림을 차렸다. 위층에는 방이 세 개였는데, 두 방은 상당히 컸으며, 처음 이 저택을 지은 20년 전이나 마찬가지로 실내 장식이 그대로였다. 그래서 기사는 완전히 가구까지 갖춘 집을 물려받은 셈이었다. 앞에서 언급한 두 개의 옷가방에 들어가는 것들 이외에는 재산이 하나도 없었기 때문에 남자 쪽에서는 그 상황이 전체적으로 볼 때 대단히 흡족한 것이었다. 그런데도 그는 집의 내부에 몇 가지 사소한 변화가 있어야겠다고 제안했고, 그의 아내는 낙태수술을 하는 사람의 칼에 그녀를 거리낌 없이 희생시키려고 했던 남자에게 아늑하고 안전하게 살아온 20년이라는 세월뿐 아니라 그녀 부모의 정신적인 삶을 표출시킨 세계까지 제멋대로 주무르도록 허락하고 싶은 의사가 전혀 없었다.

　이 경우에도 역시 젊은 기사는 아무런 투쟁을 하지 않고 항복했으며, 자그마한 항의를 표시하는 정도로 만족했다. 그 항의의 표시란 침실에 있는 자그마한 탁자 위에 묵직한 회색 대리석 원반을 깔고 그 원반 위에 발가벗은 남자의 자그마한 입상(立像)을 세워놓겠다는 것이었다. 이 입상은 엉덩이에 얹은 현금을 왼손으로 잡고 있는 모습이었다. 오른손은 서글픈 듯 앞으로 내밀었고 손가락으로 방금 줄을 퉁긴 동작을 취했다. 오른쪽 다리는 앞으로 내밀었으며, 머리는 약간 뒤로 젖혀서 시선이 곧장 위로 향했다. 그 입상의 얼굴이 지극히 미남이었고, 머리카락은 물결처럼 굽이쳤고, 재료로 사용한 설화석고(雪花石膏)의 하얀 빛깔이 부드럽고 소녀다운 인상이랄까, 처녀처럼 신성한 분위기를 풍겼다는 말도 덧붙여두어야겠는데, 사실상 "신성(神聖)하다"는 어휘를 사용할 만도 한 것이, 받침대에 끌로 파서 새겨넣은 글을 읽어보면 현금을 손에 든 이 입상은 바로 그리스의 신 아폴로였다.

시인의 어머니는 이 입상을 볼 때마다 화가 치밀어오르는 것을 견디기가 힘들었다. 이 신상은 걸핏하면 남편이 뒤로 돌려놓아 엉덩이가 마주 보였으며, 또 어떤 때는 기사의 모자걸이로 둔갑하기도 했고, 깊은 생각에 잠긴 신의 머리에 기사의 신발이 거꾸로 얹히기도 했다. 때로는 악취가 풍기는 양말을 입상의 위에 널어놓아 무사이들과 그들의 주신(主神)이 특히 가증할 신성모독을 당했다.

시인의 어머니는 굉장히 언짢은 반응을 보였는데, 이것은 단순히 그녀의 유머 감각이 결여되었기 때문만은 아니었다. 그보다 그녀는 남편이 아폴로 입상에 양말을 널어놓음으로써 체면을 차리느라고 차마 직접 표현하지 못했던 것을 암시하고 있다는 사실을 상당히 정확하게 파악했으니 — 그는 그녀의 세계를 거부하고 있으며 그의 굴복은 일시적일 따름이라는 사실을 그녀에게 농담 같은 장난을 통해서 은연중에 전달하려고 하는 것이었다.

이렇듯 설화석고 입상은 진정으로 오래된 신의 본성을 가지게 되어, 가끔 인간사(人間事)에 끼어들기도 하고, 인생의 과정에 뒤엉키기도 하고, 음모를 꾸미고 신비를 드러내는 다른 세계의 존재가 되기도 했다. 우리들의 젊은 여주인공은 그를 그녀와 같은 편이라고 간주했으며, 소망이 담긴 그녀의 여성적인 상상력은 그를 살아 있는 존재로 바꿔놓아서 입상의 눈동자는 생명력으로 빛나고 입술은 생명의 숨결 그 자체로 떨리는 것 같았다. 그녀는 그녀를 위해서 굴욕을 당하는 이 벌거숭이 젊은이를 사랑하게 되었다. 그의 잘생긴 얼굴을 물끄러미 쳐다보고 있으면, 그녀는 뱃속에서 자라던 아기가 그녀 남편의 경쟁자가 되어버린 이 우아한 신을 닮았으면 좋겠다는 소망을 품게 되었다. 아기가 그를 닮기를 어찌나 강렬하게 바랐던지 그녀는 이 그리스의 젊은이가 아기의 진짜 아버지라는 상상을 할 정도였다. 그녀는 신이 그의 능력을 사용하여 과거를 바꿔놓고, 아들의 잉태에 대한 이야기를 바꿔놓고, 언젠가 위대한 티치아노가 형편없는 화가가 망쳐놓은 화폭에 걸작을 그려놓았듯이 그 이야기를 다시 그려놓아달라고 빌었다.

자기도 모르는 사이에 그녀는 성모 마리아 속에서 인간의 생식과정이라는 필요성으로부터 해방된 모성의 본보기를 발견했으며, 그래서 아버지가 끼어들지 않는 모성애의 이상형을 만들어놓았다. 그녀는 자신에게는 "인간 아버지를 가지고 있지 않는"이라는 뜻처럼 여겨지는 아폴로라는 이름을 아이에게 붙여주고 싶은 열망에 도취되었다. 그녀는 물론 그토록 고상한 이름을 아들이 달고 다녔다가는 사람들이 아이와 어머니를 둘 다 놀려댈 것이므로 곤란할 때가 많으리라는 사실을 알았다. 따라서 그녀는 올림포스의 젊은 신에 어울릴 만한 체코어 이름을 찾아보았으며, "봄을 사랑하는 남자"뿐 아니라 "봄의 사랑을 받는 남자"라는 의미도 되는 야로밀이라는 이름을 붙여주기로 결정했다. 이 선택에 대해서는 모두들 찬성의 뜻을 나타냈다.

그리고 그녀가 병원으로 실려 갔던 무렵은 사실상 라일락이 만발하고 화려하기 그지없는 봄철이었으며, 몇 시간에 걸친 진통 끝에 어린 시인이 세상의 더러운 이부자리 위로 빠져나왔다.

2

사람들이 시인을 그녀의 침대 옆에 놓인 자그마한 요람에 눕혔고, 감미로운 울부짖음에 귀를 기울이던 그녀는 쑤시는 몸이 온통 자부심으로 가득해지는 것을 느꼈다. 우리들은 어머니의 육체가 만족감을 느끼는 것을 못마땅하게 생각해서는 안 된다. 비록 상당히 매혹적이긴 했어도,

그녀의 육체는 그때까지 별로 많은 쾌락을 알지 못했었다. 그녀의 엉덩이는 상당히 볼품이 없고 다리도 약간 짧은 것이 사실이긴 했지만, 젖가슴은 보기 드물게 풍만하고 탄력이 있었으며, (어찌나 결이 고운지 고정시키기가 어려울 정도였던) 부드러운 머리카락에, 얼굴은 눈부실 정도는 아니더라도 은근히 매력을 느끼게 하는 모습이었다.

어머니는 매혹적인 모습을 보이려고 노력하기보다는 눈에 잘 띄지 않으려고 항상 신경을 많이 썼다. 이것은 뛰어난 무희였으며, 프라하의 일류 양장점 살롱에서 일하고, 테니스 라켓을 멋지게 들고 우아한 남자들의 세계에서 거리낌 없이 돌아다니던 언니와 가까이 지내면서 자랐다는 사실이 크게 작용한 결과였다. 그녀의 언니가 사교계에서 거둔 성공은 어머니의 반발적인 겸손함을 키워주는 데 도움이 되었고, 단순한 반발심에서 그녀는 음악과 문학이 가진 감상적인 진지성을 사랑하게 되었다.

기사와 사귀기 전에 그녀는 부모와 친한 어느 부부의 아들인 어떤 젊은 의학도와 자주 만나곤 했는데, 이 관계는 그녀의 육체가 자신감을 얻게끔 일깨워주지 못했다. 그녀가 처음으로 육체적인 사랑을 경험했던 것은 바로 여름 별장에서 어느 날 밤 그 남자하고였다. 그녀의 감정이나 관능 어느 쪽도 절대로 위대한 사랑을 이룩하지 못할 운명이라는 우울한 확신을 느낀 그녀는 이튿날 아침 그 남자와 이별했다. 마침 마지막 시험을 끝내가고 있던 그녀는 이 경험을 겪고 난 다음에 인생의 목적을 지적인 노력에서 찾아야겠다는 사실을 깨닫게 되었으며 (사고방식이 현실적이었던 아버지의 반대에도 불구하고) 철학과에 등록하기로 결정했다는 뜻을 밝혔다.

실망한 그녀의 육체가 대학 강의실의 딱딱한 의자에 앉아 5개월가량을 보낸 어느 날 길거리에서 서슴지 않고 접근해온 활달하고 젊은 기사를 만났으며, 몇 차례의 만남 후에 그 기사는 그녀의 육체를 소유했다. 이때 (놀랍게도) 육체가 깊은 만족감을 느꼈기 때문에 영혼은 학문분야에서 활동해보겠다던 야망을 재빨리 잊어버리고는 (진실한 영혼이 마땅히 항상 그래야 하듯이) 서둘러 육체를 지원하기 위해서 나섰다. 그녀의 영혼은 기사의 견해들에 당장 동의했고, 그의 쾌활하고 자유분방한 태도를 찬양했으며, 매혹적인 그의 무책임한 행동을 흠모했다. 비록 이런 기질들이 그녀가 성장한 분위기와는 어울리지 않는 생소한 요소임을 깨닫긴 했어도, 그런 자질들을 접하게 되면 그녀의 생경하고 순결한 육체가 자신감을 얻고 스스로 놀랄 정도로 육체적 쾌락을 즐기게 되었기 때문에, 어머니는 기사의 자질들과 그녀 자신을 동일하게 간주할 준비가 갖추어진 셈이었다.

그렇다면 어머니는 마침내 행복을 발견한 것일까? 별로 그렇지 못해서 그녀는 믿음과 회의 사이에서 몸부림쳤다. 거울 앞에 서서 옷을 벗고 나면 그녀는 그 남자의 눈을 통해서 자신의 모습을 검토하려고 애썼는데, 때로는 매혹적인 듯싶기도 했고 또 때로는 신통치 않아 보이기도 했다. 그녀는 자신의 육체를 다른 사람의 눈이 심판하도록 맡겨버렸고— 그래서 그것은 불안한 불확실성의 원천이 되었다.

그러나 희망과 불신 사이에서 갈팡질팡하긴 했지만 그녀는 때 이른 자포자기로부터는 완전히 치유가 되었다. 그녀는 더 이상 언니의 테니스 라켓에 좌절감을 느끼지 않았고, 마침내 육체가 생명력을 얻게 되자 어머니는 육체적인 존재의 쾌락들을 음미하는 길을 터득했으며, 그녀는 이 새로운 삶이 단순히 기만적인 약속이 아니라 영구한 현실이라고 증명할 만한 확신의 근거를 갈망했다. 그녀는 기사가 대학 강의실과 부모의 집으로부터 그녀를 멀리 데리고 가서 사랑의 이야기를 참된 인생의 이야기로 변모시켜주기를 염원했다. 그랬기 때문에 그녀는 임신을 열렬히 환영했던 것이다. 그녀는 자기 자신과 기사와 아기에 대해서 깊은 생각을 많이 했으며, 별들이 있는 세계에 이르러 세 사람이 우주를 가득 채울 것만 같았다.

우리들이 이미 앞 장(章)에서 언급했듯이, 얼마 지나지 않아서 어머니는 사랑의 모험을 그토록 탐욕하던 남자가 인생의 모험은 두려워했으며, 별들의 나라를 찾아가는 모험에 그녀와 동행하려고 하지 않는다는 사실을 깨달았다. 그러나 우리들은 연인의 냉담한 반응에도 불구하고 그녀가 자신을 존중하는 자존심이 지속되었다는 사실 역시 이미 알고 있다. 이제 아주 중요한 변화가 이루어졌으니, 연인의 관점에 오랫동안 심판을 맡겼던 어머니의 육체는 새로운 역사의 단계로 들어서서, 어떤 다른 사람의 눈을 위한 대상만으로서의 존재를 끝내고, 아직 눈을 가지고 있지 못한 어느 누구에게 헌신하며 살아가는 육체가 되었다. 그 외적인 표면은 중요성을 상실했고, 눈에 보이지 않는 내면의 표면을 통해서 또다른 육체와 접촉하고 있었다. 이렇듯 바깥 세계의 눈은 중요하지 못한 외적인 껍질만을 파악하게 되었다. 기사의 심판은 어떤 면에서도 육체의 위대한 운명에 영향을 끼칠 수가 없었으므로 더 이상 아무런 의미도 가지지 못했다. 마침내 그것은 충분히 독립하여 자급자족하는 경지에 이르렀고, 점점 더 크고 흥하게 자라나던 배는 자부심이 넘쳐흐르는 저수지가 되었다.

　출산을 한 다음에 어머니의 육체는 또다른 단계로 접어들었다. 더듬서리며 찾는 아들의 입이 그녀의 젖가슴에 와닿는 감촉을 처음 느꼈을 때는 감미로운 전율의 파장이 내면 깊숙이 흥분감을 전했고 그녀 몸의 모든 부분으로 퍼져나갔는데, 그것은 사랑과 비슷하긴 했지만 연인의 애무를 초월하는 차분하고 크나큰 행복을, 행복하고 크나큰 고즈넉함을 가져다주었다. 그녀는 여태까지 그런 느낌을 한번도 경험한 적이 없었는데, 연인이 젖가슴에 키스를 했을 때는 몇 시간 정도의 회의와 불신을 씻어주리라고 믿어지는 짤막한 한순간만을 제공했다. 그런데 지금 그녀는 하나의 입이 그녀의 젖가슴에 닿아 있다는 사실이 그녀가 완전히 확신을 가져도 좋은 끝없는 헌신의 증거임을 깨닫게 되었다.

이제는 또다른 무엇도 역시 달라졌다. 과거에는 연인이 그녀의 발가벗은 몸을 만질 때마다 그녀는 부끄러움을 느꼈었다. 서로 함께 접근하면 그때마다 생경함을 다시금 극복하게 되어서, 밀착의 순간은 그것이 한순간만 지속된다는 바로 그 이유 때문에 도취시키는 힘을 가졌다. 수치심은 결코 잠들지 않았고, 그것은 사랑의 행위에 흥분감을 더해주기도 했지만, 육체가 완전히 몸을 내던지고 탐닉하는 것을 막으려고 위에서 감시하기도 했다. 그러나 이제는 수치심이 사라졌고, 완전히 없어져버렸다. 두 육체는 온전히 내맡기어 서로를 상대방에게 개방했고, 숨길 것이 하나도 없었다.

그녀는 이런 식으로 타인의 육체에 자신을 내맡겼던 적이 한번도 없었으며, 그녀에게 자신을 그렇게 내맡겼던 육체도 없었다. 연인은 그녀의 뱃속을 사용했지만 그 안에서 살았던 적은 없었고, 그는 그녀의 젖가슴을 만지긴 했어도 그 안의 젖을 빨아 먹은 적은 없었다. 아, 젖을 빨리는 기쁨! 그녀는 이빨이 나지 않은 입이 물고기처럼 움직이는 동작을 사랑스럽게 지켜보았고, 그녀의 젖과 더불어 그녀의 가장 깊은 생각과, 관념과, 꿈들이 어린 아들의 내면으로 흘러들어간다고 상상했다.

그것은 '낙원'의 경지여서, 육체는 무화과 잎사귀로 가릴 필요도 없이 한껏 육체 노릇을 할 수 있는 여건을 허락받은 상태였고, 어머니와 아들은 무한한 평정 속으로 빠져들어갔으며, 그들은 지식의 열매를 맛보기 이전의 아담과 이브처럼 살았고, 그들은 선과 악을 초월해 그들의 육체 안에서 살아갔다. 그뿐 아니라 낙원에서는 아름다움과 추악함의 구별이 없기 때문에 육체의 구성요소들은 추악하지도 아름답지도 않았으며, 그냥 기쁨을 누리고 제공할 따름이었다. 이빨이 나지 않은 잇몸도 기쁨이었고, 가슴도 기쁨이었고, 배꼽과 앙증맞은 엉덩이도 마찬가지였다. 그 동작이 세밀하게 이루어지는 창자도 기쁨이었고, 우스꽝스러워 보이는 머리통에서 돋아나는 짧은 머리카락도 기쁨이었다. 그녀는 아들이 트림을 하고, 오줌을 누고, 한 마디씩 말을 배우는 과정을 열심히 지켜보았는데, 이것은 아기의 건강에 대한 의식적인 염려라는 단순한 문제가 아니라, 그렇다, 그녀는 아들의 육체가 거치는 모든 과정에 대해서 '열정'을 가지고 몰두했다.

　어렸을 때부터 자신의 육체를 포함한 모든 육체적인 요소에 심한 반발을 느껴왔던 어머니로서는 이것은 완전히 새로운 관점이었다. 그녀는 변기에 앉을 때마다 자신을 혐오했고, 그래서 그녀가 화장실에 가는 것을 아무도 보지 못하도록 늘 확인을 하려고 애썼으며, 언젠가는 음식을 씹고 삼키는 동작이 역겹게 여겨져서 사람들이 보는 장소에서는 식사조차 하지 못하던 때도 있었다. 이제는 아들의 육체적인 면이 어떤 추악함의 얼룩도 초월하게 되었고 그 초월은 그녀도 순화시키는 묘한 효과를 가져다주어 그녀 자신의 육체까지도 정당화시키는 역할을 했다. 젖꼭지의 쪼글쪼글한 살갗에서 가끔 비쳐나와 방울져 떨어지는 젖은 이슬방울만큼이나 시적(詩的)으로 여겨졌다. 그녀는 이 마술적인 방울을 만들어내기 위해서 가끔 젖가슴으로 손을 넣어 가볍게 짜보곤 했다. 그녀는 새끼손가락 끝을 하얀 액체로 적셔 맛을 보았고, 아들에게 영양분을 공급하는 액체에 대해서 더 잘 알아보기 위해서라고 스스로 생각했지만, 사실은 자신의 육체가 어떤 맛을 내는지 호기심을 느꼈기 때문이었으며, 젖의 달콤한 맛은 육체의 다른 모든 액체들과 분비물들에 대한 그녀의 감정을 중화시켰다. 그녀는 자신이 맛있다고 생각하기 시작했고, 그녀의 육체는 나무나 숲이나 호수 같은 자연의 어떤 다른 대상 못지않게 기분 좋고 바람직한 것이 되었다.

　그녀의 육체가 제공하는 모든 행복에도 불구하고 어머니는 불행히도 그 육체의 요구에는 충분한 관심을 기울이지 않았다. 그녀가 자신의 태만을 깨달았을 때는 이미 너무 늦어버린 다음이어서, 그녀의 배는 살갗이 흉측하게 주름졌으며, 허옇게 금이 간 틈으로 밑에 깔린 인대(靭帶)가

드러났고, 피부는 육체의 참된 부분이 아니라 헐렁헐렁한 꺼풀처럼 보였다. 놀랍게도 어머니는 이 사실을 깨닫고도 쓸데없는 마음의 동요를 일으키지 않았다. 그녀의 육체는 막연한 윤곽으로만 세상을 파악했고, (낙원의 관점이었던 탓으로) 타락하고 잔인한 세계에서는 육체가 아름다움과 추악함의 두 범주로 나누어진다는 사실을 아직 알지 못하는 눈을 위해서만 존재했기 때문에 주름이 졌건 말았건 변함없이 행복했다.

그러나 비록 아기의 눈에는 보이지 않았을지언정 야로밀이 태어난 다음에 어머니와의 화해를 시도하던 남편의 눈에는 물론 그런 변화들이 띄지 않을 수가 없었다. 오랜 공백을 거친 다음에 그들은 다시 성생활을 하고 있었다. 그러나 그것은 더 이상 옛날 같지 않아서, 그들은 어떤 특정한 기간을 육체관계를 위한 시기로 따로 설정해놓았으며 어둠 속에서 머뭇거리며 성교를 했다. 어머니는 그래도 개의치 않았는데, 그녀는 자신의 망가진 몸을 의식했으며, 열정적이고 개방적인 성행위가 아들이 그녀에게 베풀어준 내면의 평화를 잃게 만들지도 모른다고 두려워했다.

안 된다, 안 된다. 그녀는 남편이 그녀로 하여금 느끼게 만들었던 흥분감이 위험성과 불확실성으로 가득했던 반면에 아들은 그녀에게 행복감으로 넘치는 평온함을 가져다주었다는 사실을 결코 잊지 않을 것이며, 그렇기 때문에 그녀는 위안을 얻기 위해서 (이미 아장아장 걷고, 기어다니고, 말도 하게 된) 아들에게 계속해서 매달렸다. 언젠가 아기가 심하게 앓았고, 어머니는 2주일 동안 거의 눈도 붙이지 못하면서 고통으로 몸부림치며 펄펄 끓는 어린 몸을 돌보았다. 이 기간도 역시 황홀한 시기였으며, 병이 수그러졌을 때는 아들의 시체를 품에 안고 죽은 자들의 땅을 지나 걸어나온 듯한 기분이 들었고, 이 경험을 거친 다음에는 무엇도 두 사람을 절대로 갈라놓을 수가 없었다.

양복이나 잠옷을 걸쳐 점잖게 스스로 폐쇄된 남편의 육체는 그녀로부터 멀어지면서 날이 갈수록 점점 친밀감을 상실해가는 반면에 아들의 육체는 계속해서 그녀에게 의존했고, 이제는 더 이상 젖을 먹이지는 않았지만 그녀는 아들에게 화장실을 드나드는 훈련을 시켰고, 아들의 옷을 입히거나 벗겨주었고, 머리카락을 매만지고 옷을 골라 입혔고, 사랑하는 마음으로 아들을 위해서 준비한 음식을 통하여 그의 내면과 날마다 접촉했다. 네 살이 되어 식욕을 잃는 기미를 보이기 시작하자 그녀는 아들한테 엄격히 대해서 억지로 식사를 시켰고, 처음으로 그녀가 아들 육체의 친구일 뿐 아니라 '지배자'이기도 하다는 기분을 느꼈다. 그 육체는 저항하면서 음식을 삼키려고 하지 않았지만, 어떻게 해서든지 삼키지 않으면 안 되었고, 이 쓸데없는 반항과 순종, 그리고 원하지 않는 음식이 지나가는 과정을 확인할 수 있는 그의 연약한 목을 지켜보면서 그녀는 묘한 기쁨을 느꼈다.

아―― 아들의 육체, 그녀의 낙원이자 고향, 그녀의 왕국…….

3

그렇다면 그녀 아들의 영혼은 어떨까? 그것 역시 그녀 왕국의 한 부분이 아니었을까? 오, 그렇다, 그렇다! 야로밀이 첫 마디의 말을 했고 그 말이 "엄마"였을 때, 그녀는 정신이 나갈 정도로 행복했다. 그녀는 아직 단 한 가지 개념으로만 이루어진 아들의 이성이 완전히 그녀에 대한 생각으로 가득 찼으며, 나중에 그의 이성이 성장하기 시작하고, 가지를 치고, 꽃이 피더라도, 그녀가 계속해서 그 뿌리로 남아 있으리라고 스스로 믿었다. 즐거운 자극을 받은 그녀는 그후 어휘들을 습득하려는 아들의 시도를 주의 깊게 살펴보았고, 인생은 길어도 기억력은 짧다는 사실을 깨달았기 때문에 그녀는 암적색 표지를 씌운 공책을 사다가 아들의 입에서 나오는 모든 말을 기록해두었다.

혹시 어머니의 공책을 뒤져본다면 우리들은 "엄마" 다음에 얼마 지나지 않아서 여러 가지 단어들이 뒤따라 나왔는데, "바바", "야야", "투웃", "헉", "흠", "루루"에 이어 "아빠"가 여덟 번째 어휘였음을 알게 될 것이다. (짤막한 논평과 날짜를 항상 기입했던 어머니의 공책을 살펴본다면) 그 간단한 표현들 다음에는 문장을 구성하려는 첫 시도를 보게 된다. 우리들은 그가 두 번째 생일을 맞기 전에 "엄마 좋아"라고 선언했다는 사실도 알 수가 있다. 몇 달 후에 그는 "엄마 까까"라고 말했다. 나무딸기 주스를 어머니가 주지 않았을 때 이 말을 한 시인은 점심을 먹기 전이어서 볼기를 한 대 맞았다. 그는 울음을 터뜨리고 이렇게 소리쳤다. "나 새엄마 얻을래!" 그러나 그후 얼마 지나지 않아 그는 "엄마 예뻐"라는 말을 해서 그녀를 아주 기쁘게 해주었다. 또 언젠가는 그가 "엄마 나 뽀뽀 핥아"라고 말했는데, 이것은 그가 혀를 내밀어 어머니의 얼굴을 모두 핥겠다는 의미였다.

몇 페이지를 뛰어넘으면 우리들은 운(韻)의 효과가 놀랄 만한 말을 발견하게 된다. 언젠가 하녀 안나가 야로밀에게 바나나를 주겠다고 약속했었는데, 나중에 그 약속을 잊어버리고 바나나를 자기가 먹어치웠다. 야로밀은 속았다는 기분을 느꼈고, 심하게 화가 났으며, 열띤 목소리로 "나쁜 안나 훔친 바나나"라고 자꾸 되풀이해서 말했다. 어떤 의미에서는 이 말이 앞에서 인용했던 "엄마 까까"와 운의 반복성에 있어서 일맥상통하고 있다. 그러나 이번에 야로밀은 볼기를 맞지 않았고, 안나를 포함한 모든 사람이 웃음을 터뜨렸으며, (물론 야로밀도 왜 그러는지 눈치를 챘지만) 나중까지 사람들은 심심하면 자주 그 말을 인용하고 재미있어했다. 그 무렵의 야로밀은 자신이 거둔 성공의 저변에 깔린 이유를 잘 파악하지 못했지만, 그가 볼기를 맞지 않게끔 구해준 것이 운(韻)이었음을 우리들은 훤히 알고 있다. 야로밀이 시(詩)의 마술적인 힘과 처음 만나게 된 것은 바로 이때였다.

어머니의 공책에서 다음 페이지들은 운이 맞는 여러 가지 표현들로 가득 찼으며, 어머니의 논평들로 미루어보면 그런 표현들이 온 집안식구들에게 기쁨과 즐거움을 주었다는 사실이 분명해진다. 예를 들면 하녀의 모습에 대해서 야로밀은 이런 식으로 집약해서 묘사했다. "우리 하녀 저 고리는 하얀 너구리" 조금 더 가면 이런 내용이 나온다. "숲에서 놀고 집에서 졸고" 어머니는 야로밀이 독창적이고 강력한 재능을 타고나기도 했거니와, 그의 시적인 활동은 운을 맞춰 쓴 동화책들의 영향을 받기도 했다는 인상을 받았다. 그녀는 아들에게 그런 책들을 어찌나 열심히 계속해서 읽어주었는지 아이는 아마도 그의 모국어가 철저히 강약격(強弱格) 시운(詩韻)으로만 이루어졌다고 생각했을지도 모른다. 그러나 여기에서 우리들이 바로잡아야 할 사실이 하나 있으니, 야로밀이 시적인 작품을 생산하게 된 진짜 이유는 재능이나 문학적인 본보기들과의 접촉이 아니라, 할아버지 때문이었다. 현실적이고 사리판단이 분명한 남자였으며 시를 노골적으로 적대시하던 할아버지는 상상도 가지 않을 만큼 한심한 2행 연귀(連句)들을 지어내어 몰래 손자에게 가르쳤다.

　야로밀은 곧 그의 어휘들이 유발시키는 관심을 의식하게 되었고, 그에 따라 행동하기 시작했다. 처음에 그는 자신의 뜻을 이해시키기 위해서만 언어를 사용했지만, 이제는 공감이나 찬사나 웃음을 자아내기 위한 말을 의식적으로 사용했다. 그는 자신의 말이 자아내는 효과를 예측했고, 예상했던 반응이 잦아지자 온갖 엉뚱하고 해괴한 말로 관심을 끌어모으려고 애썼다. 한번은 이에 대한 대가를 톡톡히 치렀는데, (옆집 사내아이가 마당에서 그 어휘를 사용하는 것을 들었고 다른 아이들이 모두 요란하게 웃음을 터뜨렸던 일이 기억났던 터라) 그는 어머니와 아버지에게 "두 사람 다 좆 같구나"라는 말을 했는데, 아버지는 재미있어하긴커녕 그의 귀퉁이를 냅다 쥐어박았다.

　그때부터 그는 어른들이 어휘를 사용하는 방법에 대해서, 그들이 어떤 어휘를 소중하게 생각하고, 어떤 어휘를 좋아하며, 어떤 어휘는 싫어하고, 어떤 어휘에 충격을 받는지 따위에 세심한 주의를 기울였다. 이런 관찰에 힘입어서 어느 날 그는 어머니와 함께 정원에 서 있다가 걸핏하면 할머니가 탄식하던 우울한 말을 적절히 구사할 수 있었다. "엄마, 정말로 인생이란 저 잡초나 마찬가지예요."

그가 정확히 무엇을 염두에 두고 있었는지는 알기가 힘들다. 그가 잡초의 속성을 구성하는 에너지와 그 쓸모없음을 생각하고 있지 않았다는 사실만큼은 분명하다. 아마도 그는 인생의 허무함과 슬픔이라는 상당히 막연한 개념을 표현하고 싶었을지도 모른다. 하지만 비록 그가 의도했던 바와는 다른 무슨 말을 했더라도 그가 한 말의 효과는 대단해서, 어머니는 그 자리에 얼어붙었다가 그의 머리를 쓰다듬고는 눈물을 글썽거리며 시인의 얼굴을 빤히 들여다보았다. 야로밀은 황홀한 찬사로 가득 찬 그 시선에 어찌나 도취되었던지, 다시금 그런 보상을 받게 되기를 갈망했다. 그래서 어머니와 산책을 하는 동안 그는 돌멩이를 걷어차고는 "엄마, 내가 방금 돌을 찼는데, 이제는 공연히 그랬다고 미안한 생각이 드는군요"라고 말하더니 허리를 굽혀 돌멩이를 부드럽게 쓰다듬었다.

어머니는 아들이 (겨우 다섯 살에 글을 깨우칠 만큼) 재능이 있을 뿐 아니라 보기 드물게 감수성이 강하고 다른 아이들과는 상당히 차이가 있다고 확신했다. 그녀는 이런 견해를 자주 할머니와 할아버지한테 털어놓았으며, 야로밀은 장난감 병정이나 목마(木馬)를 가지고 노는 체하면서 열심히 그런 이야기에 귀를 기울였다. 그는 집에 찾아오는 어른들이 그를 독특하고 뛰어난 아이로, 또는 전혀 어린아이라고 할 수 없는 특수한 존재로 생각하리라고 상상하고는 손님들의 눈치를 살폈다.

여섯 번째 생일이 가까워지고 그가 학교에 들어갈 무렵이 되자 식구들은 그에게 방을 따로 주어 혼자 자게 해야 한다고 주장했다. 어머니는 거침없이 흘러가는 잔인한 세월 때문에 한숨을 지었지만 그렇게 하도록 동의하는 수밖에 없었다. 그녀와 남편은 아들에게 생일 선물로 위층의 작은 방을 주고, 그 방에 긴 의자는 물론이며 책장과, 청결하고 말끔한 외모를 가꾸도록 부추기기 위한 거울과, 자그마한 책상 따위의 다른 적절한 가구들도 들여놓기로 결정했다.

아버지는 야로밀이 그린 그림들로 방을 장식해야겠다고 하면서 어린애가 아무렇게나 그린 사과와 집 그림들을 벽에 붙이기 시작했다. 어머니가 그에게로 가서 말했다. "당신이 나한테 줘야 할 게 좀 있어요." 아버지가 어머니를 쳐다보았고, 수줍으면서도 단호한 목소리로 그녀가 말을 이었다. "종이 몇 장하고 그림물감 말예요." 그녀는 방으로 가서 화장대 앞에 앉아 종이들을 펼쳐놓고는 상당히 오랫동안 큼직하게 글씨를 쓰는 연습을 했고, 그런 다음에는 마침내 붓으로 붉은 물감을 찍어 첫 번째 글자 ㅇ을 큼직하게 그리기 시작했다. 다음에는 ㅣ가 따랐으며, 잠시 후에는 "인생이란 잡초나 마찬가지이다"라는 글귀가 완성되었다. 그녀는 자신이 만든 작품을 흐뭇한 마음으로 살펴보았는데, 글자들은 하나같이 높이가 똑같고 간격도 일정했다. 그런데도 그녀는 새 종이에 다시 그 구절을 적었는데 이번에는 아들의 사상이 지닌 심오한 우울함을 보다 적절히 표현하는 듯싶은 암청색 빛깔을 사용했다.

그녀는 야로밀이 "나쁜 안나 훔친 바나나"라는 말도 했다는 사실이 생각났고, 그래서 행복한 미소를 지으며 (이번에는 새빨간 물감으로) "착한 안나 좋아하는 바나나"라고 썼다. "두 사람 다 좆 같구나"라는 말이 생각나서 속으로 웃기는 했지만 그 표현은 적지 않았다. 그 대신에 그녀는 (초록빛으로) "숲에서 놀고 집에서 졸고"라는 구절을 또박또박 적었다. 그녀는 또한 (사실 야로밀은 "우리 하녀 저고리는"이라고 말했었지만 어머니 생각에 "하녀"라는 말이 너무 조잡한 듯싶어서) "안나 저고리는 하얀 너구리"라는 말을 (자줏빛으로) 덧붙였다. 그런 다음에 그녀는 야로밀이 돌멩이를 어루만졌던 때가 생각났고, 그래서 잠시 곰곰이 생각해본 다음에 (새파란 빛깔로) "나는 돌멩이 하나도 다치지 않겠어요"라는 구절을 써놓았다. 약간 쑥스러운 기분을 느끼며 그녀는 (주황빛으로) "엄마, 나 뽀뽀 핥아"라고 덧붙여 썼고, 마지막으로는 황금빛으로 "엄마 예뻐"라고 썼다.

그의 생일 전날 저녁에 부모는 흥분한 야로밀을 할머니하고 같이 자라고 아래층으로 내려보낸 다음에 가구를 들여놓고 벽을 장식하기 시작했다. 아침에 그들이 아들을 변모한 방으로 불러왔을 때, 긴장한 상태였던 어머니는 야로밀의 반응에 당황했다. 아이는 잠자코 아무 말도 없이 방 한가운데 서 있었다. 그가 관심을 나타낸 것은 책상뿐이었는데, 이 관심까지도 불확실하고 소심한 그런 반응이었다. 그것은 학교에서 쓰는 책상과 비슷한 것으로서, 경첩을 달아 대각선으로 닫히게 만든 뚜껑은 필기판 역할을 하면서 동시에 물건들을 넣어두는 자그마한 칸도 닫는 역할을 했고, 의자와 더불어 책상 전체가 하나로 되어 있었다.

어머니는 더 이상 잠자코 참을 수가 없었다. "그래, 네 생각엔 어떠냐? 방이 마음에 들어?"

"네, 마음에 들어요." 아이가 대답했다.

"헌데 이 방에서 무엇이 가장 마음에 드니? 어서 우리들한테 말을 해보란 말이다!" 반쯤 열린 문 뒤에서 할머니와 함께 지켜보고 있던 할아버지가 다그쳤다.

"이거요." 소년이 말했다. 그는 책상 앞에 앉더니 경첩이 달린 뚜껑을 열었다 닫았다 했다.

"그림들은 어떻고?" 아버지가 틀에 끼워 붙인 그림들을 가리켰다.

아이가 머리를 들고는 미소를 지었다. "저도 저 그림들 알아요."

"그럼 그것들을 벽에 걸어놓은 것이 좋으냐 어떠냐?"

소년은 그대로 책상에 앉은 채로, 그림을 벽에 걸어놓은 것이 좋다는 뜻으로 머리를 끄덕였다.

어머니는 찢어지는 듯 마음이 아팠고 어디론가 사라지고 싶은 심정이었다. 그러나 그녀는 이 상황을 감수해야만 했다. 그리고 그의 침묵이 비판을 의미할지도 모른다고 해서, 화려한 빛깔의 글귀들을 무시하고 넘어갈 수는 없는 노릇이었다. 그래서 그녀가 말했다. "그리고 이 글귀들도 좀 봐!"

아이는 머리를 수그리고 책상 서랍 속을 보았다.

"그러니까 말이다, 내가 바라던 바는……." 무척 당황한 어머니가 말을 이었다. "난 그냥 네가 그토록 총명한 아들이었고 우리들 모두를 너무나 기쁘게 해주었기 때문에, 요람에 누워서 지낼 때부터 책상을 사용하게 될 때까지의 모든 기간 동안 네가 어떻게 성장했는지를 보여줄 수 있는 어떤 물건을, 기억을 되살려줄 무엇을 너한테 주고 싶었을 따름이란다……." 어머니는 죄지은 사람처럼 말했고, 그리고 너무 당황한 나머지 똑같은 말만 여러 차례 되풀이하다가 결국 더 이상 무슨 말을 해야 좋을지 몰라 입을 다물어버리고 말았다.

그러나 야로밀이 그 선물을 신통치 않게 생각한 줄 알았다면 그것은 그녀의 오해였다. 아들 역시 무슨 말을 해야 좋을지 알 수 없었지만, 불만을 느꼈던 것은 아니었다. 그는 자신이 한 말들을 항상 자랑스럽게 생각했으며, 그 구절들이 허공으로 사라지는 것을 원치 않았다. 그 어휘들이 조심스럽게 종이 위로 옮겨져 그림으로 변한 것을 보고 그는 일종의 성공을 거두었다는 인식을 하게 되었으니 — 사실은 그 성공이 어찌나 대단하고 예기치 못했던 것인지 그는 거기에 대해서 어떤 반응을 보여야 할지 몰라 불안감을 느꼈을 정도였다. 그는 자신이 '그럴 듯한 말을 잘하는 아이'라고 생각했는데, 그런 아이라면 바로 이 순간에 중요한 무슨 말을 해야 마땅하겠는데, 막상 할 말이 하나도 머리에 떠오르지 않아서 말없이 머리를 떨구고 말았던 것이다. 그러나 요지부동으로, 훨씬 영구하게, 자기 자신보다도 더 크게, 자신이 이야기한 구절들이 방 안에 잔뜩 널려 있는 것을 곁눈질로 보았을 때 그는 황홀감에 젖었으며, 그는 자신에 의해서 둘러싸였고, 자기 자신이 어찌나 많은지 방 안에 가득 넘쳐흐르고, 집 안을 가득 채우고 있는 듯한 기분이 들었다.

4

야로밀은 학교에 들어가기도 전에 글을 읽고 쓸 줄 알았다. 따라서 어머니는 그를 당장 2학년으로 입학시킬 수도 있으리라는 판단이 섰으며, 그래서 겨우 문교부로부터 특별 허가를 받아냈고, 위원회의 심사를 받은 야로밀은 결국 그보다 한 살 위인 아이들과 나란히 앉아 공부하게 되었다. 학교에서도 모든 사람이 그에게 찬사를 보냈고, 그래서 그에게는 교실이 가정을 반영하는 거울이라고만 여겨졌다. 어머니 날에 학교에서 무슨 행사가 있으면 그는 마지막으로 연단에 나와서 어머니에 대한 감동적인 시를 낭송해서 우렁찬 박수갈채를 받곤 했다.

그러나 그러던 어느 날 그는 박수갈채를 보내는 청중의 뒤에서 그들과는 상당히 다르게 반발과 적의에 가득 찬 또다른 청중이 숨어 있다는 사실을 깨달았다. 치료시간을 잡으려고 치과의사를 찾아갔던 그는 우연히 같은 반 아이 하나를 만났다. 사람들이 붐비는 대기실 창가에 서서 그들이 잡담을 나누고 있을 때, 야로밀은 나이 많은 어떤 남자가 다정한 미소를 지으며 그들의 대화에 귀를 기울이고 있다는 것을 눈치챘다. 여기에 자극을 받은 야로밀이 목청을 돋우어 다른 학생에게 만일 문교부장관이 되면 무엇을 하겠느냐고 물었다. 소년은 무슨 대답을 해야 좋을지를 몰라서 우물쭈물했고, 그래서 야로밀은 이 문제에 관해 최근에 할아버지한테서 자주 들었던 제안들을 잔뜩 늘어놓기 시작했다. 그러니까 만일 야로밀이 문교부장관이라면, 수업은 두 달 동안만 계속하고 열 달은 방학이 될 것이며, 선생은 아이들의 명령에 복종해서 학생들에게 빵집에서 케이크를 가져다주는 등 온갖 기막힌 개혁이 이루어질 것이라며,

굉장히 열을 올려 큰 목소리로 설명을 계속했다.

치료실 문이 열리더니 간호사가 환자 한 사람을 데리고 나왔다. 무릎에 책을 놓고 있던 여자가 읽던 곳을 표시하기 위해서 책을 손가락으로 짚은 채로 간호사에게 시선을 돌리고는 화가 나서 떨리는 목소리로 말했다. "제발 부탁인데요, 아가씨, 저기 저 아이를 좀 어떻게 해야겠어요! 어찌나 잘난 체하며 떠들어대는지 눈꼴이 시어서 못 보겠군요!"

성탄절 직후에 선생님은 아이들에게 한 명씩 교실 앞으로 나와서 휴일을 어떻게 보냈는지 짤막한 연설을 해보라고 시켰다. 야로밀의 차례가 되자 그는 그가 받은 집짓기와 스키와 스케이트와 책 따위의 멋진 성탄절 선물들을 설명하기 시작했는데, 잠시 후 아이들이 자기처럼 열광적이지 못하고, 그 가운데 몇 아이는 무관심하거나 심지어는 적의를 품은 표정으로 그를 쳐다보고 있는 것을 알았다. 그는 다른 선물들에 대한 나머지 목록을 열거하는 것을 갑자기 중단했다.

아니다, 아니다, 걱정하지 말라── 우리들은 부유한 아이와 그의 가난한 학급친구들에 대한 케케묵고 판에 박힌 이야기를 되풀이하려는 것이 아니다. 어쨌든 야로밀의 반에는 그보다 훨씬 더 잘사는 집의 아이들이 여럿이었고, 그 아이들은 다른 학생들과 사이좋게 지냈으며, 그들의 풍족한 가정환경은 아무도 부러워하지 않았다. 그렇다면 야로밀이 다른 아이들의 신경을 건드렸던 이유는 과연 무엇이었을까?

우리들로서는 그 이야기를 하기가 사뭇 난처하지만, 그것은 부유함 때문이 아니라 모성애 때문이었다. 그 사랑은 어디에나 다 자취를 남겨서, 그의 셔츠와 머리카락과 그가 교과서를 넣어가지고 다니는 책가방과 재미로 읽는 책에까지도 그 흔적이 나타났다. 모든 것이 특별히 선택되었고, 사랑하는 마음으로 그를 위해서 준비되었다. 검소한 어머니가 그를 위해서 바느질한 셔츠는 어쩐지 사내아이보다 계집아이한테 더 잘 어울리는 블라우스 같았다. 그의 긴 머리카락은 눈을 덮지 않게 하려고 뒤로 넘겨서 어머니의 머리핀으로 고정시켰다. 비가 올 때면 다른 학생들은 신발을 벗어 어깨에 둘러메고 철벅거리며 웅덩이를 건너는 동안 시인의 어머니는 큼직한 우산을 들고 학교 앞에서 그를 기다렸다.

어머니의 사랑은 친구들의 우정을 쫓아버리는 오명을 소년들의 이마에 찍어놓게 마련이었다. 시간이 흐름에 따라 야로밀은 그 표적을 감추는 기술을 터득했지만, 학교에서의 영광스러운 그의 첫 등장 이후 쓰라린 한두 해 동안은 학교친구들이 열심히 그를 비웃고 굴욕감을 느끼게 해주었으며, 아이들은 그를 몇 차례 두들겨 패기까지 했다. 그러나 가장 암담했던 무렵에도 야로밀에게는 믿을 만한 친구가 몇 명 있었으며, 평생 동안 그는 그들의 성실함에 고마움을 느꼈다. 그 친구들에 관해서 몇 마디 하고 넘어가야겠다.

첫 번째 친구는 그의 아버지였다. (젊었을 때 훌륭한 축구선수였던) 아버지는 가끔 야로밀과 함께 마당으로 나가서 야로밀을 두 그루의 나무 사이에 세워놓곤 했다. 아버지가 그에게 공을 차면 야로밀은 체코슬로바키아 국가대표 팀의 수문장이라도 된 기분이었다.

할아버지가 두 번째 친구였는데, 그는 야로밀을 자주 그의 일터 두 곳으로 데리고 가곤 했다. 한 곳은 이미 할아버지의 사위에게 경영권이 넘어간 큰 약국이었고, 다른 한 곳은 매혹적인 여자가 책임을 맡은 향수가게였는데, 향수가게 여자는 어린 소년에게 상냥한 미소를 짓고는 온갖 향수의 냄새를 맡아보게 해주어서, 야로밀은 냄새만 맡고도 각종 향수의 이름을 구별할 수 있게 되었다. 그는 눈을 감고 할아버지더러 그의 코끝에 자그마한 병들을 내밀어서 냄새를 식별하는 그의 능력을 실험해보라고 부추기곤 했다. "너는 후각의 천재로구나." 할아버지가 그를 칭찬해주면 야로밀은 새로운 향수의 발명가가 되는 꿈을 꾸었다.

세 번째 친구는 상당히 오랫동안 집에서 같이 살아온 신경질적이고 몸집이 작은 개 알리크였는데, 훈련을 받지 못해서 말을 잘 안 들었음에도 야로밀은 이 개가 교실 밖에서 기다리다가 그를 따라 학교에서 집까지 동행해서 학급의 모든 친구들이 충견이라고 부러워할 만한 충실한 친구 노릇을 하는 공상을 즐기곤 했다.

야로밀은 외로울 때면 열심히 개에 대한 공상을 했으며, 그러다보니 묘한 마티교의 신자처럼 되어서, 개가 자연의 모든 '미덕'을 구현한 동물 여신의 상징으로 변했다. 그는 고양이들과 개들 사이에서 벌어지는 대규모 전쟁들을 상상했는데, 그가 양철로 만든 장난감병정들을 가지고 온갖 군사적 책략을 발휘하고 장비를 동원하고 장군과 장교들도 등장시켰던 이 전쟁에서 야로밀은 인간이란 언제나 정의의 편에 서야 한다는 생각으로 항상 개의 편에 섰다.

그는 연필과 종이를 가지고 아버지의 방에서 많은 시간을 보냈으며, 그가 그리는 그림의 주요 소재는 개였다. 그는 장군과 병사와 축구의 영웅과 기사(騎士)로 묘사된 개들이 다양하게 벌이는 서사시적인 장면들을 한없이 그려냈다. 네 개의 다리로 선 자세로는 인간의 역할을 해내는 데 방해가 되었기 때문에 야로밀은 몸뚱아리가 인간인 개를 그리기 시작했다. 그것은 대단한 발견이었다! 인간을 그리려고 시도할 때마다 야로밀은 항상 심각한 난관에 부딪혔는데, 그는 사람의 얼굴을 묘사할 수가 없었다. 그런 반면에 야로밀은 주둥이 끝이 시커먼 잉크 얼룩처럼 생긴 개의 기다란 얼굴을 그리는 재주가 대단히 뛰어났다. 그래서 그의 몽상들과 서툰 시도들을 거쳐 개의 머리가 달린 사람들의 묘한 세계가 생겨났는데, 그는 전쟁과 축구 시합과 이색적인 모험의 상황들에 처한 이 세계의 주인공들을 재빠르고 쉽게 그려내게 되었다.

네 번째 친구의 자리를 차지했던 사람은 유일하게 학교친구였다. 그의 아버지는 학교의 관리인으로서, 걸핏하면 어떤 학생에 대한 불평을 교장한테 찾아가 늘어놓던 키가 작고 옹졸한 남자였다. 고자질을 당한 아이들은 그의 아들에게 분풀이를 했고, 그래서 그 아들은 학교에서 개와 비슷한 삶을 살아가야만 했다. 야로밀이 서서히 학생들에게 단체로 버림을 받은 다음에는 관리인의 아들만이 그를 찬양하는 충실한 친구로 남았고, 그래서 그는 야로밀의 집에서 하루를 보내자는 초대를 받았다. 그는 점심과 저녁식사 대접을 받았으며, 두 소년은 집짓기놀이를 했고, 나중에 야로밀은 친구의 숙제를 도와주기까지 했다. 다음 일요일에는 야로밀의 아버지가 두 아이를 데리고 축구 구경을 갔다. 그것은 신나는 경기였으며, 아버지는 광장한 인상을 심어주었다. 그는 모든 선수들의 이름을 알았고, 경기에 대해서는 진짜 정통파처럼 이야기했으며, 그래서 관리인의 아들은 그가 하는 말을 열심히 귀담아들었고, 야로밀은 그것이 자랑스러웠다.

겉으로 본다면 두 친구는 묘한 한 쌍을 이루어서, 야로밀은 항상 말끔한 옷차림인 반면에 관리인의 아들은 너덜너덜한 누더기를 걸쳤고, 야로밀은 항상 숙제를 꼼꼼히 준비하는 반면에 그의 친구는 둔한 학생이었다. 그렇긴 하더라도 관리인의 아들이 신체적으로 보기 드물게 강했기 때문에 야로밀은 헌신적인 이 친구와 함께 있으면 마음이 편했다. 어느 겨울날 오후에 두 아이는 여러 명의 소년들로부터 공격을 받고도 그들을 꼼짝 못하게 했으며, 야로밀은 그토록 훌륭히 막아낸 그들 자신이 흐뭇했다. 그렇지만 성공적인 방어의 영광은 공격의 영광과는 같지 않았다.

언젠가 도시의 외곽지역에 있는 공터에서 어슬렁거리며 돌아다니다가 그들은 아동 무도회에서 방금 돌아오기라도 한 것처럼 말끔하게 닦고 산뜻하게 옷을 차려 입은 소년을 만났다. "엄마의 치마폭에서만 노는 녀석이로구나!" 소년의 앞길을 가로막으며 관리인의 아들이 말했다. 그들은 그를 놀리고, 야유하는 질문들을 던지고, 무서워하는 소년의 반응을 보며 즐거워했다. 마침내 소년이 용기를 내어 그들을 옆으로 밀어버리려고 했다. "어디서 감히 이러는 거야! 너 맛을 좀 봐야겠구나!" 소년의 행동이 마치 치명적인 모욕이라도 된다는 듯 야로밀이 소리쳤고, 그것을 신호 삼아 관리인의 아들은 소년의 면상을 후려갈겼다.

지능과 완력은 기막힌 동반관계를 이룰 수 있다. 바이런은 나약한 주인에게 온갖 운동을 열심히 훈련시키던 권투선수 잭슨에게 따뜻한 애정을 느끼지 않았던가? "그 자식 때리지 말고 그냥 붙잡고만 있어봐!" 야로밀이 친구에게 소리쳤다. 그는 폐허에서 자라는 따끔따끔한 쐐기풀을 한 다발 잡아 뽑고는 소년을 강제로 발가벗긴 다음에 온몸을 쐐기풀로 때렸다. "착하고 어린 아들이 이렇게 온몸이 새빨개진 꼴을 보면 너희 엄마가 좋아하겠구나!" 야로밀이 놀려댔다. 그는 그의 동지에 대한 뜨거운 우정의 파도에, 그리고 엄마의 치마폭에 파묻혀 자라는 계집애 같은 모든 아이들에 대한 뜨거운 증오심의 파도에 휩싸였다.

5

그렇다면 왜 야로밀은 계속해서 외아들로 남아 있었던 것일까? 그의 어머니는 자식을 더 두고 싶은 욕심이 없었던 것일까?

사실은 그와 정반대로, 그녀는 처음 엄마가 되었을 때의 경험과 황홀한 시간을 다시 겪고 싶었지만, 남편이 항상 여러 가지 핑계를 대며 뒤로 미루곤 했다. 또다시 반박이나 당하고 그에 따르는 굴욕감을 느끼고 싶지 않았기 때문에 얼마 후에는 그녀도 남편에게 애원하는 것을 그만두었.

그러나 엄마가 되고 싶은 갈망에 대한 이야기를 하고 싶은 충동에 저항하면 저항할수록 그 욕구는 그만큼 더 그녀의 마음속을 가득 채웠으며, 그녀는 자신의 욕구를 받아들일 수 없고 비밀스러우며 심지어는 부정한 무엇이라고 생각하게 되어 남편이 그녀의 몸속에 아기를 만든다는 개념이 도발적이고 불결한 빛깔을 띠기 시작했고, 그녀가 상상 속에서 "어디 이리 와서 내가 딸을 하나 배게 만들어보시지"라고 남편의 약을 올리면 그 말이 상당히 음탕하게 생각되곤 했다.

어느 날 밤늦게 두 사람은 파티에 갔다가 유쾌한 기분으로 돌아왔다. 야로밀의 아버지는 아내의 옆에 누워 (여기에서 한 마디 밝혀두어야 할 일이겠지만, 결혼한 이후로 그는 눈으로 보는 쪽보다 손으로 만지는 쪽에서 더 욕망을 느껴 항상 보이지 않는 상태에서 그녀를 소유했던 터여서) 불을 끄고는 이불을 뒤집어쓰고 그녀와 성행위를 했다. 그들 사이에 사랑의 접촉이 드물었기 때문이었는지 아니면 포도주의 영향 때문이었는지 몰라도 그날 밤 그녀는 무척이나 오랫동안 경험하지 못했던 그런 황홀감에 빠져 남편에게 몸을 내맡겼다. '우리들이 아기를 만들고 있구나' 하는 생각이 온통 그녀의 머릿속을 가득 채웠고, 남편이 절정에 가까워지고 있음을 느낀 그녀는 더 이상 자신을 주체할 수가 없어서 조심성 따위는 내다버리고, 그녀와 같이 행위를 계속하고, 그녀에게 아기를 배게 해주고, 어린 딸을 하나 가지게 해달라고 황홀감에 빠져 그에게 소리를 지르기 시작했으며, 그녀가 경련을 일으키며 어찌나 그를 잔뜩 부둥켜안았는지 남편은 몸을 빼내고 그녀의 소망이 성취되지 않도록 하려고 있는 힘을 다해 발버둥을 쳐야만 했다.

나중에, 기운이 빠져 그들이 나란히 누웠을 때, 어머니는 남편에게로 바싹 파고들면서 다시금 귀엣말로 둘이서 아이 하나를 더 낳고 싶고, 그렇다, 그녀는 그에게 겁을 줄 생각은 없었다고 속삭였으며, 왜 조금 전에 그녀가 그토록 난폭하고 충동적으로 (그리고 그녀가 당장이라도 시인하겠지만, 어쩌면 돼먹지 않게) 행동했었는지를 설명하려고 했다. 그녀는 그들이 이번에는 틀림없이 딸을, 야로밀이 그녀의 마음에 쏙 들었던 것만큼이나 남편의 마음에 쏙 들 만한 어린 딸을 낳게 되리라고 우물쭈물 말했다.

기사는 자기가 처음부터 전혀 아기를 가질 생각이 없었다는 것을 (결혼한 다음에는 처음으로) 상기시켰으며, 그때는 자기가 억지로 양보를 했었으니까 이제는 아내가 양보할 차례이며, 만일 또다른 아이에게서 자신의 모습을 보게 되기를 정말로 원한다면, 결코 태어나지 않을 아이에게서 자신의 모습을 가장 잘 볼 수 있으리라고 장담하면서 아내의 이야기를 일축했다.

그들은 얼마 동안 말없이 누워 있었고, 어머니는 울기 시작했다. 그녀는 결국 밤새도록 흐느껴 울었고, 남편은 그녀에게 손도 대지 않은 채 몇 마디 위로의 말을 중얼거렸을 따름인데, 그 몇 마디 말만 가지고는 그녀 슬픔의 가장 바깥쪽 껍질조차도 제대로 뚫고 들어가지 못했으리라. 그녀는 드디어 모든 것을 이해하게 되었는데 — 그녀와 같이 살아가는 남자는 그녀를 전혀 사랑하고 있지 않았다.

그녀는 이토록 깊은 슬픔에는 여태까지 빠져본 적이 없었다. 다행히도 남편은 아무런 위안도 제공하지 못한 반면에 다른 것이 그녀에게 위안을 제공했는데, 그 다른 것이란 바로 역사(歷史)였다. 방금 설명한 밤이 지나고 3주일 후에 그녀의 남편은 군사동원령 징집장을 받았고, 그는 가방을 꾸려서 전방(前方)으로 떠났다. 전쟁 분위기가 어디에나 팽배했으며, 사람들은 방독면을 사들이고 지하 방공호를 만들었다. 어머니는 그녀의 국가가 처한 비극적인 운명을 마치 구세주이기라도 한 것처럼 쌍수를 들어 환영했고, 국가의 비운에 스스로 탐닉하며 아들에게 그들의 나라에 어떤 일이 벌어지고 있는지를 교육시키느라고 많은 시간을 보냈다.

강대국들이 뮌헨에서 만나 합의에 이르렀다. 독일군이 국경요새들을 점령했고, 야로밀의 아버지가 집으로 돌아왔다. 그런 다음에는 모두들 밤이면 밤마다 아래층 할아버지의 방에 둘러앉아 역사가 이루어가는 갖가지 과정들에 대한 이야기를 나누었다. 그들이 생각하기에는 최근까지 역사가 잠들어 있었거나 아니면 적어도 잠든 체하고 있었는데, 이제는 갑자기 기지개를 켜고 일어나 그 거대한 몸집의 그림자로 모든 것을 가려버린 듯싶었다. 오, 그 거대한 그림자가 어머니에게는 얼마나 반가운 것이었던가! 체코 사람들이 떼를 지어 국경지역으로 도망쳤고, 보헤미

아는 유럽의 한가운데서 껍질을 벗긴 오렌지처럼 헐벗은 무방비 상태였으며, 6개월 후에는 독일 탱크들이 프라하의 길거리에 나타났고, 어머니는 자신이 생존할 확률에 대해서 기만을 당하고 나라를 위해서 싸우기로 한 군인의 아내가 되었고, 또한 어머니는 바로 그 남자가 그녀를 전혀 사랑하지 않는다는 사실은 까맣게 망각해버렸다.

그러나 역사의 폭풍이 휘몰아치는 시대에도 머지않아 언젠가는 진부하고 일상적인 것들이 그늘로부터 벗겨져나오고, 부부의 잠자리도 그 엄청난 사소함과 놀라운 집요함을 거대한 모습으로 드러내게 마련이다. 어느 날 밤 야로밀의 아버지가 어머니의 젖가슴에 손을 얹었을 때, 그녀는 자기의 몸을 만지는 남자가 그녀를 무시했던 바로 그 사람이라는 사실을 의식하게 되었다. 그녀는 그의 손을 밀어 치우고는 남편이 그녀에게 했던 잔인한 말들을 상기시켜주었다.

그녀는 보복을 할 의도는 없었다. 그녀는 그냥 마음의 초라한 역사라고 해서 여러 민족이 얽힌 크나큰 사건들 때문에 영원히 구석으로 밀려나기만 할 수는 없다는 것을 암시하고, 그가 했던 매정한 말을 취소해서 상처를 아물게 할 수 있는 기회를 남편에게 주고 싶었을 따름이었다. 그녀는 민족의 비극이 그를 보다 예민한 사람으로 만들었다고 믿었으며, 어떤 부드러운 시늉이라도 그들의 사랑 이야기에서 새로운 시작을 뜻하는 징표로 받아들일 준비가 되어 있었다. 그러나 안타깝게도 다가오는 손을 물리치고 났더니 남편은 그냥 몸을 돌려 곧바로 잠이 들었다.

프라하에서 대규모 학생 시위가 벌어진 다음에 독일인들은 체코 대학교들을 폐쇄했고, 어머니는 이불 밑에서 남편이 그녀의 젖가슴으로 다시 손을 뻗어오기를 기다렸지만 결국 허사였다. 할아버지는 향수가게의 매력 있는 여자가 오랜 세월 동안 그의 돈을 빼돌렸다는 사실을 알아내고는 심하게 흥분해서 심장마비로 사망했다. 체코 학생들은 가축운반용 차량에 실려 집단수용소로 갔으며, 어머니는 의사를 찾아갔다가 그녀의 신경이 매우 좋지 않은 상태이기 때문에 장기간 휴식을 취해야 한다는 당부의 말을 들었다. 의사는 그녀에게 해마다 여름이면 자연을 사랑하는 수많은 사람들이 모여들어 낚시와 수영과 뱃놀이를 즐기는 강과 몇 개의 호수 가까이에 위치한 어느 자그마한 온천 휴양지 부근의 하숙집 이야기를 해주었다. 때는 이른 봄철이었고, 그래서 어머니는 호숫가의 조용한 산책이라는 생각에 매료되었다. 그렇지만 그녀는 지나간 여름날들의 향수를 불러일으키며 여름철 야외 레스토랑 주변의 하늘에 항상 떠돌고 있는 듯 여겨지는 명랑한 댄스 음악을 생각하니 마음이 착잡해졌고, 자신의 슬픈 처지가 그녀를 불안하게 만들었으며, 그래서 절대로 혼자서는 휴가를 갈 수가 없으리라는 판단을 내렸다.

그러나 물론―― 그녀는 누구를 데리고 같이 가면 좋을지를 당장 깨달았다! 결혼생활에 대한 온갖 고민과 두 번째 아이에 대한 열망 때문에 그녀는 최근에 그를 거의 잊어버리다시피 했었다. 그 귀여운 자식을 잊어버리다니, 그녀는 얼마나 한심하고, 얼마나 자학적인 여자였던가! 그녀는 죄를 뉘우치듯 그를 굽어보며 말했다. "야로밀아, 너는 나의 첫 아이이고, 두 번째 아이이기도 하단다!" 그녀는 그를 꼭 껴안고 두서없이 떠들어댔다. "너는 나의 첫 번째이고 두 번째이고 세 번째이고 네 번째이고 다섯 번째이고 여섯 번째이고 열 번째 자식이란다……." 그리고 그녀는 그의 얼굴에 마구 키스를 퍼부었다.

6

역으로 그들을 마중 나온 사람은 키가 크고 오만한 태도를 보이는 백발의 여인이었는데, 기골이 장대한 짐꾼이 옷가방 두 개를 집어 검은 이륜마차가 벌써 대기하고 있던 길거리로 들고 나갔으며, 짐꾼이 마부석으로 기어올라갔고 야로밀과 그의 어머니와 키가 큰 여자는 덮개를 씌운 좌석에 서로 마주 보며 앉았고, 말이 뚜거덕거리며 한쪽으로는 르네상스식 아케이드가 늘어섰고 다른 쪽으로는 낡은 담쟁이가 뒤덮인 고성(古城)의 푸른 울타리를 둘러친 정원이 있는 광장을 거쳐 작은 읍내의 거리를 빠른 걸음으로 지나갔다. 그런 다음에 그들은 강으로 내려갔으며, 야로밀은 한 줄로 늘어선 노란 오두막집들과 다이빙대와 하얀 탁자들과 의자들을 보았고, 그 너머로 호숫가를 따라 늘어선 포플러들도 얼핏 보았으며, 마차는 어느새 강변 지대에 띄엄띄엄 떨어진 별장들을 향해 달려가고 있었다.

그 별장들 가운데 한 곳에서 말이 멈추었고, 마부가 내려서 짐을 집어 들었다. 야로밀과 그의 어머니는 마부를 따라 정원과 현관을 지나 층계를 하나 올라가서 결혼한 부부들이 흔히 그렇게 하듯이 옆으로 나란히 놓은 트윈 베드가 있는 방으로 들어갔다. 커다란 유리창이 두 개였는데, 그 가운데 하나는 정원과 강이 내다보이는 발코니로 나가게 되어 있었다. 어머니가 발코니의 난간을 잡고는 심호흡을 몇 차례 했다. "아, 얼마나 황홀하게 조용한 곳인지!" 그녀가 말하고는 다시금 한 차례 심호흡을 하며 배를 대는 곳에서 가만히 까닥거리면서 떠 있던 붉은 칠을 한 보트를 물끄러미 쳐다보았다.

그날 저녁식사를 하는 자리에서 어머니는 다른 객실에 묵고 있던 노부부와 사귀게 되었고, 그때부터 매일 밤 작은 식당에서는 조용히 속삭이는 대화 소리가 들려왔으며, 야로밀은 모든 사람의 호감을 받았고, 어머니는 아들의 이야기와 견해와 분별력을 보이며 과시하는 자랑에 귀를 기울이며 즐거워했다. 그렇다. 그는 '분별력'을 보일 수밖에 없었다. 야로밀은 치과 대기실에서 어떤 여자한테 당한 굴욕적인 경험을 절대로 잊지 못할 것이었고, 그런 경멸하는 눈초리로부터 자신을 방어하기 위한 보호수단을 항상 찾았으며, 물론 아직도 찬사를 듣고 싶어 열심이었지만 그래도 그는 순수함과 겸손함을 보이면서 표현하는 간결한 구절들을 동원해서 찬사를 듣는 방법을 습득했다.

야로밀은 고요한 정원의 한가운데 위치한 별장과, 신비한 세계로 가는 기나긴 항해의 꿈을 불러일으키던 배가 정박해 있는 검푸른 강물과, 동화에 나오는 백작부인처럼 보이는 키가 큰 여인을 실어가려고 가끔 진입로로 올라오는 검은 빛깔의 마차와, 한 세기에서 다른 세기로 또는 하나의 꿈에서 다른 꿈으로 오락가락하듯 이륜마차를 타고갈 수 있는 버려진 수영장과, 그 그늘에서 옛날에 용맹한 기사들이 결투를 벌였던 좁다란 아케이드가 달린 르네상스식 광장으로 이루어진 신비의 세계로 들어섰다.

이 아름다운 동화의 세계에는 개를 데리고 다니는 어떤 남자도 포함되었다. 그들이 처음 그 남자를 보았을 때 그는 강둑에 꼼짝 않고 서서 물결을 멍하니 쳐다보고 있었는데, 가죽 코트를 걸친 그의 곁에는 검은 독일종 셰퍼드가 웅크려 앉아 있었고, 화석처럼 굳어버린 그들의 자세를 보니 개와 사람이 둘 다 어떤 다른 세계에서 온 존재들 같았다. 다음번에 그들이 다시 그를 보았던 것 역시 같은 장소에서였는데 (여전히 가죽 코트를 걸친) 남자가 막대기를 집어던지면 개가 그것을 물어다 그에게 다시 가져다주곤 했다. (강과 포플러로 이루어진 풍경 속에서) 세 번째로 그들이 그를 만났을 때는 남자가 어머니한테 가볍게 목을 끄덕여 인사를 했고, 호기심이 많은 야로밀이 확인한 바에 의하면 그들이 지나간 다음에도 그는 몇 차례 머리를 돌려 그들을 돌아보았다. 다음날 산책을 나갔다 돌아오던 그들은 검은 독일 셰퍼드가 별장의 입구에 앉아 있는 것을 보았다. 현관으로 들어선 그들은 대화를 주고받는 소리를 들었고, 그 남자의 목소리가 개의 주인이라는 것은 의심할 나위가 없었으며, 그들은 어찌나 호기심에 사로잡혔는지 현관에서 머뭇거리며 여주인이 잡담을 나누고 결국 밖으로 나올 때까지 서성거렸다.

어머니가 개를 손으로 가리켰다. "저 개의 주인이 누구인가요? 우린 산책을 나가기만 하면 항상 그 남자를 만난답니다."

"우리 고등학교의 미술 선생님이랍니다."

어머니는 야로밀이 그림 그리기를 좋아하기 때문에 미술 선생과 이야기를 나누고 전문가의 견해를 듣고 싶은 생각이 많다면서 깊은 관심을 드러냈다. 여주인이 남자를 어머니에게 소개했고, 야로밀은 스케치북을 가져오라는 말을 듣고 위층으로 달려 올라갔다.

그래서 여주인과 야로밀과 그림들을 검토하는 개의 주인과 쉴 새 없이 설명을 늘어놓는 어머니, 이렇게 네 사람이 작은 응접실에서 자리를 같이했고, 어머니는 야로밀이 정물화나 풍경화보다는 항상 활동적인 장면들을 훨씬 더 좋아하는 경향을 보인다고 하면서, 왜 모든 등장인물들이 개의 머리가 달린 사람들인지 영문을 알 수 없긴 하지만 그의 그림들은 정말로 활력과 생명력이 있는 듯 여겨지는데, 혹시 야로밀이 진짜 사람들을 그린다면 그의 그림이 가치를 가지게 될지도 모르겠지만, 어쨌든 아들이 시도하는 바가 무엇인지 잘 납득이 가지 않는다는 말도 했다.

개의 주인은 기꺼이 그림들을 검토해보더니 짐승의 머리와 인간의 몸뚱아리가 이룬 결합이 너무나 신비하고 매혹적이라고 평가했다. 그 까닭은 두 세계의 환상적인 결합은 분명히 우발적인 것이 아니기 때문이며, 이런 주제에 대해서 그토록 다양한 그림을 그렸다는 사실은 그 개념이 소년기의 신비한 심오함 속에 뿌리를 박은 무엇으로서 소년이 가진 어떤 집념을 뚜렷하게 보여주기 때문이라고 개주인이 말했다. 외적 세계를 재현하는 능력에 의해서만 소년의 재능을 평가하는 것은 잘못인데, 그런 능력은 누구라도 터득할 수가 있는 것이기 때문이었다. (자신이 선생 노릇을 하는 것은 먹고 살기 위한 필요악에 불과하다는 뜻을 비치면서) 예술가로서 그가 매혹을 느끼게 된 것은 소년이 종이 위에 표출시킨 독창적이고 차원 높은 내적 세계라고 했다.

어머니는 야로밀에 대한 칭찬을 듣자 기분이 좋아졌고, 여주인은 소년의 머리를 쓰다듬으며 그의 앞날에 위대한 미래가 기다리고 있다는 선언을 했고, 그러는 동안 야로밀은 그 모든 말을 기억 속에 깊이 새기며 마룻바닥을 응시했다. 화가는 내년에 그가 프라하에 있는 어느 학교로 자리를 옮길 예정이므로, 앞으로도 야로밀이 그리는 작품들을 그에게 가져다 보여주었으면 좋겠다고 말했다.

'내적 세계!' 그것은 어마어마한 말이었으며, 야로밀은 그 말을 듣고 굉장한 만족감을 느꼈다. 그는 다섯 살 때 벌써 자신이 다른 아이들과는 다른 보기 드문 아이라는 소리를 들었던 사실을 결코 잊지 않았고, 학우들이 그의 가방이나 셔츠를 가지고 마구 놀려대는 따위의 행동은 (비록 괴로운 것이긴 했어도) 그의 특이함을 끊임없이 상기시켜주는 요소였다. 하지만 지금까지는 그의 특이성이 공허하고 막연한 무엇이어서 파악할 수 없는 희망이나 이해가 불가능한 거부의 형태를 취했어도 이제는 드디어 '독창적인 내적 세계'라는 분명한 윤곽이 나타나게 되었다. 그러면서 동시에 그 윤곽은 개의 머리가 달린 세계의 영상들이라는 확실하고도 명료한 내용을 담고 있었다. 물론 그가 칭찬을 듣게 된 개사람[犬人]의 발견은 단순한 우연에 의한 사건이어서, 인간의 얼굴을 그릴 능력이 그에게 없었다는 간단하고도 솔직한 이유 때문이었음을 야로밀은 너무나 잘 알았고, 이런 인식은 그에게 자신의 내적 세계가 가진 독특성이 어떤 능동적인 노력으로부터 연유한 것이 아니라, 제멋대로 그의 머릿속을 스치고 지나간 모든 요소들로 구성되었다는 인상을 주었다. 그것은 선물로서 그에게 주어진 무엇이었다.

그때부터 그는 자신의 모든 사상과 관념에 세심한 주의를 기울이기 시작했고, 그것들을 스스로 찬양했다. 예를 들면 만일 그가 죽는다면 그가 살던 세계도 존재가 끝나리라는 관념이 머리에 떠올랐다. 처음에는 이 생각이 그냥 번갯불처럼 머리를 스치고 지나가기만 했었는데, 자신의 내적인 독창성을 인식하게 된 지금 그는 전에 그토록 많은 다른 상념들이 그랬듯이 이 생각이 그냥 빠져나가 사라지도록 가만히 있지 않았다. 그는 이 관념을 움켜잡고, 관찰하고, 모든 각도에서 검토했다. 그는 강가를 따라 산책을 할 때면 가끔 눈을 감고서 그가 눈을 감았을 때도 강이 존재하는지를 자신에게 묻곤 했다. 물론 눈을 뜨기만 하면 강물은 그의 앞에서 계속 흘러갔지만, 문제가 되는 사실은 그렇다고 해도 그것이 야로밀이 쳐다보고 있지 않는 동안에도 강물이 그곳에 존재한다는 명제를 증명하지는 못한다는 것이었다. 이런 문제에 무척 흥미를 느낀 그는 실험을 하느라 많은 시간을 보냈고, 그런 다음에는 어머니한테 그것들을 모두 이야기했다.

휴가의 끝이 가까워질수록 그들은 대화에서 점점 더 많은 기쁨을 느끼게 되었다. 날이 저문 다음에 그들은 밖으로 나가 낡아빠진 나무 벤치에 앉아 손을 잡고는 커다란 달이 비쳐 이리저리 흔들리는 물결을 물끄러미 쳐다보았다. "저 달이 얼마나 아름다우냐!" 어머니가 한숨을 지으면 아들은 물에 비친 달빛의 동그라미를 쳐다보며 강을 따라 머나먼 항해를 떠나는 꿈을 꾸었다. 그러면 어머니는 곧 되돌아가지 않으면 안 되는 무미건조한 생활의 나날들을 생각하며 이런 말을 했다. "애야, 내 마음속에는 크나큰 슬픔이 자리잡고 있단다. 하지만 너는 내가 하는 말이 무엇을 의미하는지 모를 테지." 그리고 그녀가 아들의 눈을 보면 그 눈에는 이해를 하고 싶은 갈망과 사랑이 가득 넘치는 것만 같았다. 여자가 고민거리를 아이에게 털어놓다니! ─ 그녀는 이런 생각이 들자 겁이 덜컥 났다. 그러면서도 이해심이 많아 보이는 그 두 눈이 남모르는 타락 행위처럼 그녀의 마음을 끌었다. 그들은 트윈 베드에 나란히 누웠고, 어머니는 야로밀이 여섯 살이 될 때까지 그들이 이렇게 나란히 눕곤 했고 그 시절에 얼마나 행복했었는지가 생각났으며, 그녀는 잠자리를 같이하면서 자신이 행복했던 유일한 남자는 바로 아들이었다는 사실을 깨달았다. 그 생각이 나자 어머니는 웃었지만, 아들의 부드러운 눈길을 다시 살펴본 다음에 그녀는 이 아이가 그녀의 마음을 슬픈 일들로부터 돌려놓음으로써 그녀에게 '망각의 위안'을 제공할 능력을 갖추었을 뿐 아니라 그녀의 이야기를 귀담아들음으로써 그녀에게 '이해의 위안'도 마련해준다고 스스로 수긍했다. 그녀가 아들에게 말했다. "너한테 아주 중대한 비밀을 한 가지 얘기해줄게. 내 인생에는 사랑이란 것이 거의 없단다." 그리고 또 언젠가 그녀는 아들한테 이런 말까지도 했다. "엄마로서의 나는 행복하지만, 엄마도 역시 여자는 여자란다."

그렇다, 이렇게 반쯤 마음을 털어놓는 은밀함은 죄악의 매혹을 담고 있었으며, 그녀는 그 사실을 알았다. 언젠가 아들이 예기치 않게 "어머니, 저는 어머니가 생각하시는 것처럼 그렇게 어리지 않으니까 어머니의 마음을 잘 이해해요"라고 대답했을 때 그녀는 겁이 잔뜩 났다. 물론 소년은 마음속에 아무런 구체적인 생각이 없었으며, 어머니의 모든 슬픔을 자기도 기꺼이 같이 나누고 싶다는 뜻을 전달하고 싶었을 따름이었다. 그렇긴 해도 그의 말에는 여러 가지 가능한 의미가 담겨 있었다. 그 의미들은 위험한 차원을, 금지된 은밀함과 부정(不正)한 이해의 차원을 갑자기 어머니의 눈앞에 펼쳐놓았다.

7

그렇다면 야로밀의 독특한 내적 세계는 계속해서 성장했을까?

별로 그렇지 못했다. 초등학교 시절에는 야로밀에게 어린애 장난처럼 쉽기만 하던 학교공부가 고등학교에서는 훨씬 어려워졌고, 수업과 숙제로 이어지는 음울한 일과 속에서 그의 내적 세계의 영광은 시들어가기 시작했다. 선생은 세상의 고통과 고민만을 다루는 비관적인 책들에 관해서 비웃는 투로 이야기했으며, 인생은 잡초와 같다던 야로밀 자신의 개념이 이제는 그에게 모욕적일 정도로 유치하게 여겨졌다. 그는 지금까지 그가 느꼈거나 생각했던 모든 것이 정말로 자기 자신의 소유인지, 어쩌면 그의 사상들은 도서관의 책들처럼 기성품으로서 항상 준비되어 있다가 사람들이 빌려 쓰기만 하면 되는 세계의 개념들을 보관한 창고에서 꺼내온 어떤 공통된 부분에 불과한 것은 아닌지, 이제는 더 이상 자신이 없어졌다. 그렇다면 그는 누구일까? 그의 내적인 자아는 정말로 어떻게 되어 있을까? 그는 자신의 내적인 존재를 자세히 살펴보려고 애썼지만 그의 눈에 띄는 것이라고는 거울에 비친 자신의 염탐질하는 시선(視線)뿐이었다.

그래서 그는 2년 전에 그의 내적 세계에 관한 이야기를 처음으로 꺼냈던 남자가 그리워지기 시작했다. (수채화를 그릴 때면 물감이 항상 연필로 그린 윤곽 밖으로 번져나가서) 그는 미술점수가 늘 신통치 않았다. 그래서 어머니는 아들의 소망에 응해서, 야로밀이 학교공부를 잘 따라가고 미술점수를 올리게 하기 위해서 그 화가를 찾아내 그를 개인교수로 써야겠다는 판단을 내렸다.

그래서 어느 날 야로밀은 그 화가의 화실로 찾아가게 되었다. 그 화실은 어느 아파트 건물의 꼭대기층에 있는 두 개의 방으로 이루어졌는데, 첫 번째 방은 책장으로 가득했고, 창문이 없는 두 번째 방은 비스듬한 지붕에 커다랗고 뿌연 우윳빛 유리를 여러 장 박아놓아 채광을 했다. 이 아틀리에에는 완성하지 않은 그림들을 걸어놓은 몇 개의 이젤과 종이와 물감을 담은 작은 병들이 흩어진 기다란 탁자가 있었으며, 벽은 아프리카 가면의 탁본이라고 화가가 설명한 이상하고 검은 얼굴들로 뒤덮여 있었고, 야로밀의 눈에 상당히 익숙해진 개는 구석에 놓인 긴 의자에 올라앉아서 찾아온 손님을 조용히 관찰했다.

화가는 야로밀더러 기다란 탁자에 앉으라고 하고는 스케치북을 뒤적이며 넘겼다. "이 그림들은 다 똑같구나." 마침내 그가 말했다. "이래서는 아무런 장래성도 없겠어."

야로밀은 바로 이 개사람들이 전에 화가가 그토록 좋아했던 그림들이며, 그를 위해서 이것들을 특별히 그려가지고 왔다는 사실을 화가에게 상기시켜주고 싶었지만, 한 마디도 할 수 없는 자신에게 실망과 좌절감만 잔뜩 느꼈다. 화가는 야로밀의 앞에 새 종이를 한 장 꺼내주고는 물감 한 병을 열고 손에 붓을 쥐어주었다. "아무거나 머리에 떠오르는 걸 그리기 시작해. 깊이 생각하지 말고 너 자신을 생각나는 그대로 표현해봐……." 그러나 야로밀은 너무나 겁이 나서 아무것도 머리에 떠오르지 않았고, 화가가 다시 재촉을 하자 초조한 나머지 다시금 앙상한 몸뚱아리에서 뻗어나온, 절대적으로 확실한 개의 머리로 되돌아가고 말았다. 화가는 만족하지 않았고, 당황한 야로밀은 학교에서 연필로 그린 윤곽 안쪽에 말끔히 채색을 하지 못해 고생하고 있으니까 수채화 물감을 제대로 사용하는 방법을 배우고 싶다고 말했다.

  "너희 어머니도 그런 얘기를 하더구나." 화가가 대답했다. "하지만 지금 당장은 수채화 물감일랑 다 잊어버리고, 개도 다 잊어버리도록 해라." 그러더니 그는 소년의 앞에 두툼한 책을 내놓고, 채색한 배경을 가로질러 꼬불탕거리며 장난스럽게 어린애가 그려놓은 듯한 선을 보여주는 페이지를 펼쳤다. 그 선은 야로밀에게 지네와 불가사리와 빈대와 별과 달을 연상시켰다. 화가는 소년이 상상력을 동원해 그 선과 비슷한 무엇을 그리기를 기다렸다. "하지만 제가 뭘 그려야 하나요?" 야로밀이 질문했고, 화가는 이렇게 대답했다. "선을 하나 그어. 네 마음에 드는 그런 선을 그으라구. 화가가 해야 할 일은 그 무엇도 그대로 베끼는 것이 아니고 종이 위에 자신의 선들로 이루어진 세계를 창조하는 일이라는 걸 잊지 마." 그래서 야로밀은 전혀 마음에 들지 않는 선들을 여러 장의 종이에 그리고 또 그렸으며, 마지막으로 어머니가 시킨 대로 지폐 한 장을 화가에게 주고는 집으로 갔다.

  이렇듯 그들의 만남은 야로밀이 예상했던 바와는 상당히 다른 형태로 이루어졌다. 그것은 잃어버린 그의 내적 세계에 대한 재발견의 길을 열어주지 못했다. 그와는 반대로 야로밀이 정말로 자기 자신의 창조물이라고 내세울 만한 존재들인 개의 머리가 달린 축구선수들과 군인들을 박탈당하는 결과만 빚어졌다. 그렇지만 교습을 받으니 어떻더냐고 어머니가 그에게 물었을 때 야로밀은 신이 난 듯 보고를 했는데, 그렇다고 해서 소년이 위선자 노릇을 한 것은 아니었으니, 비록 그 만남을 통해서 내적 세계가 그에게로 돌아오지는 않았지만, 모든 사람에게 공개되지는 않았어도 어떤 잠시 동안이나마 그가 구경하는 특전을 누렸던 독특한 외적 세계를 접할 기회는 가진 셈이었다. 예를 들면 그에게 혼란을 가져다주긴 했지만 집에 걸려 있는 풍경화나 정물화하고는 (그 차이점이 무엇인지를 한눈에 깨달을 수 있을 만큼) 뚜렷하게 완전히 구별이 가는 멋진 그림들을 보았으며, 그가 당장 소화시킬 수 있었던 몇 가지 귀담아들을 만한 이야기도 들었다. 그런 이야기들 가운데 그는 '부르주아'라는 어휘가 모욕적인 명칭임을 이해했는데, 부르주아란 그림들이 실물과 똑같이 보여야 좋아하는 사람이었고, (야로밀의 마음에 들었던 대목이 바로 이 말이었는데) 그런 사람은 죽었으면서도 자신이 죽었다는 사실을 모르기 때문에 우리들이 비웃어주어도 좋았다.

　　야로밀은 개사람들의 그림을 통해서 전에 그가 달성했던 성공을 되풀이하고 싶은 욕망을 품고 계속해서 열심히 화가를 찾아갔지만 모두 다 허사였다. 미로의 작품들을 변모시킨 그림을 그리려고 휘갈기고 아무렇게나 곡선을 그려놓아도 그것은 기계적인 모방일 따름이어서 어린애다운 환상의 매력은 하나도 없었고, 아프리카 가면들을 그려봐도 어수룩한 흉내의 수준을 넘지 못해서 화가가 바랐던 소년 자신의 상상력을 일깨우는 데는 실패하고 말았다. 야로밀은 지금까지 화가를 그토록 여러 번 찾아갔는데 단 한 마디의 칭찬도 듣지 못했다는 것이 견딜 수 없었다. 그래서 그는 대담한 행동을 취하기로 작정하고, 여자의 나체를 그린 그림들이 담긴 그의 비밀 스케치북을 가지고 갔다.

이 그림들은 주로 할아버지의 서재에서 가져온 잡지에서 야로밀이 본 사진들을 보고 그린 것이었다. 따라서 스케치북의 처음 몇 페이지에 실린 그림들은 19세기 우화의 주인공들에게서 전형적으로 발견되는 고상한 자세를 취한 성숙하고 동상(銅像) 같은 인상을 주는 여자들이었다. 하지만 그 다음부터는 훨씬 더 흥미로운 그림이어서, 한 페이지는 머리가 없는 여자의 모습이었는데, 여자의 목이 있는 자리의 종이가 베어져서 마치 상상의 도끼자국만 남기고 목이 베인 것처럼 보였다. 종이의 베인 자국은 야로밀이 호주머니칼로 만든 것이었다. 야로밀은 그의 반에 있는 어느 여학생에게 무척 마음이 끌렸다. 그는 걸핏하면 옷을 입은 그녀의 몸뚱아리를 뚫어져라 응시했는데, 그녀의 발가벗은 모습을 무척 보고 싶어했다. 어쩌다보니 그는 이 계집아이의 사진을 찍게 되었고, 그래서 사진의 머리 부분을 잘라 스케치북의 베어낸 자리에 끼워놓음으로써 소원을 성취하게 되었다. 그 다음 여러 페이지에 나오는 모든 나체화도 머리가 없고, 목을 끼워 넣는 구멍을 칼로 뚫어놓았다. 어떤 몸뚱아리들은 상당히 이상한 자세를 취해서, 소변을 보는 것처럼 쪼그리고 있기도 했고, 잔 다르크처럼 불타오르는 장작더미 위에 서 있거나, 다른 고문 장면들을 배경으로 삼고 있기도 했다. 머리가 없는 어떤 여자는 장대에 몸이 찔렸고, 또 어떤 여자는 다리가 잘려나갔고, 세 번째 여자는 팔이 하나 없었다. 다른 여자들은 차마 이곳에서는 말하기 어려운 그런 모습들이었다.

당연한 일이었지만, 야로밀은 이런 그림에 화가가 어떤 반응을 보일지 전혀 알지 못했다. 그 그림들은 분명히 그의 두툼한 책에 실린 작품들이나 화실의 캔버스에 그려놓은 것들과는 무척 거리가 멀었다. 그렇긴 해도 야로밀은 그의 비밀 스케치북에 담긴 그림들이 화가의 작품들과 어딘지 일맥상통하는 부분이 있어서 파격적이고, 집에 있는 그림들과는 다르고, 화가의 작품들과 마찬가지로 야로밀의 가족이나 늘 그의 집에 찾아오는 손님들로 구성된 어떤 집단에 의해서 비난과 오해를 받으리라고 느꼈다.

화가는 스케치북을 넘기며 그림을 모두 훑어보았다. 아무 말도 없이 그는 소년에게 두툼한 책을 한 권 준 다음에 자리에 앉아 탁자 위에 흩어진 종이들을 부지런히 치웠다. 야로밀이 책을 훑어보기 시작했다. 그는 목발로 받쳐줘야 할 정도로 엉덩이가 잔뜩 뒤로 튀어나온 벌거벗은 남자의 그림과, 부화해서 꽃이 되는 달걀과, 개미들이 잔뜩 기어다니는 얼굴과, 손이 바위로 변하는 남자의 그림을 보았다.

화가가 야로밀에게로 가까이 갔다. "잘 보라구." 그가 말했다. "달리가 얼마나 기막힌 환쟁이인가를 말야!" 그러더니 그는 야로밀의 앞에 작은 석고 나상(裸像)을 가져다놓았다. "그동안은 기초를 소홀히 해왔는데, 그건 잘못이었던 것 같구나. 세계를 획기적으로 변형시키기 전에, 있는 그대로의 세계를 먼저 봐야만 하지." 그리고 야로밀의 스케치북은 여자들의 몸뚱아리로 가득 차기 시작했으며, 야로밀의 소묘에 화가는 윤곽과 균형을 수정하고 가미해나갔다.

8

만일 어떤 여자가 육체적으로 흡족하게 살아가는 데 실패한다면, 그녀는 자신의 육체를 적으로 간주하게 된다. 어머니는 야로밀이 미술 강습을 받고 집으로 가져오는 이상한 낙서들을 보고 별로 기분이 좋지 않았고, 아들이 벌거벗은 여자들의 그림을 보여주기 시작하자 그녀의 불안감은 맹렬한 불쾌감으로 바뀌었다. 며칠 후에 그녀는 하녀 마그다가 딸기를 따는 것을 창가에서 지켜보았다. 야로밀이 그녀를 위해서 사다리를 붙잡아주었는데, 그의 시선은 자꾸만 하녀의 스커트 속을 힐끔거렸다. 어머니가 생각하기에 그녀는 최근에 여자의 젖가슴과 엉덩이로 이루어진 군대로부터 공략을 받아온 듯싶었으며, 그래서 반격을 가하기로 작정했다. 그날 오후에 야로밀은 늘 그랬던 대로 미술 강습을 받으러가기로 되어 있었는데, 그녀는 얼른 옷을 차려 입고는 아들보다 먼저 화가의 화실로 갔다.

"저는 청교도는 아니에요." 안락의자에 푹 주저앉으며 그녀가 말했다. "하지만 당신도 알다시피 야로밀은 지금 위험한 나이에 접어들고 있어요."

그녀는 화가에게 어떤 말을 하리라고 마음속으로 세심하게 검토했었지만, 지금은 할 말을 몰라 당황하기만 했다. 물론 그녀는 항상 그녀의 생각들에 소리 없이 박수갈채를 보내던 푸른 정원을 배경으로 삼아, 그녀의 집이라는 익숙한 분위기 속에서 그 말들을 연습했었다. 그러나 이곳에는 푸른 자연이라곤 흔적조차 없었다. 이곳에서 그녀는 이젤에 올려놓은 이상한 그림들과 앞발 사이에 머리를 두고 회의적인 스핑크스처럼 긴 의자에서 그녀를 빤히 쳐다보는 개에게 둘러싸였다.

화가는 어머니의 비판을 무뚝뚝하게 반박하더니, 학교에서 가르치는 미술이란 한 아이가 가지고 있을지도 모르는 재능을 죽여버리기나 할 따름이어서 야로밀의 학교성적에는 아무런 관심도 없다는 말까지 했다. 그렇다, 그녀의 아들이 그린 그림들에 그가 매혹을 당한 것은 특이하고도 거의 병적이라고 할 정도인 예민한 상상력 때문이었다.

"이 이상한 패턴을 눈여겨보도록 하세요. 몇 년 전에 당신이 보여주었던 그의 그림들—모든 그림에 개의 머리가 달린 사람들을 그려놓았죠. 요즘 그 애는 발가벗은 여자들을 그렸는데, 모든 인물이 머리가 없어요. 그가 인간의 얼굴을 인정하기를 거부하고, 사람들이 인간성을 가졌다는 것을 거부한다는 사실의 중요성을 모르시겠어요?"

어머니는 아들이 벌써 사람들에게서 인간성을 박탈할 정도로 그토록 비관주의자가 되었다고는 믿기가 어렵다고 말했다.

"당연한 일이지만 그 애는 어떤 비관주의적인 인식을 통해서 그런 그림들을 그리게 된 것은 아닙니다." 화가가 반박했다. "예술은 그 원천이 이성 속에 있는 것이 아니니까요. 개의 머리가 달린 사람들을 그리거나 머리가 없는 여자들을 그리게 된 것은 즉흥적인 행동이었어요. 저는 그런 영감이 어쩌다가 머리에 떠올랐는지를 야로밀도 모른다고 확신합니다. 이상하긴 하더라도 전혀 무의미하다고는 볼 수 없는 그런 형상들을 그리도록 잠재의식이 그에게 속삭였던 거예요. 야로밀의 상상력과 전쟁 사이에 어떤 신비한 연관성이 있다고 생각하지 않으세요? 밤낮으로 모든 순간에 우리들로 하여금 떨고 전율하게 만드는 바로 그 전쟁 말이에요. 전쟁은 인간으로부터 얼굴과 머리를 박탈하지 않았습니까? 우리들은 머리가 없는 여자들의 몸뚱아리를 갈망하는 머리가 없는 남자들로 가득한 세계에서 살아가고 있지 않을까요? 이른바 현실적인 세계관이라는 것도 가장 속단적인 착각이 아닐까요? 당신에게 묻고 싶은데 ─ 아드님의 그림 속에는 훨씬 더 많은 진리와 현실이 담겨 있지 않습니까?"

그녀는 화가를 꾸짖으려고 찾아왔지만 이제는 꾸짖음을 받을까봐 두려워하는 소심한 소녀처럼 당황했다. 그녀는 어떻게 대답을 해야 좋을지 알 수가 없었다.

화가는 의자에서 일어나 화실의 한쪽 구석에 틀에 넣지 않고 그냥 벽에 기대어 세워놓은 여러 개의 캔버스가 있는 곳으로 걸어갔다. 그는 그 가운데 하나를 끌어내어 그림을 그린 쪽이 보이도록 돌려놓고는 몇 발자국 뒤로 물러나 쭈그리고 앉았다. "이리 좀 와보세요." 그가 어머니에게 말했고, 그녀가 순순히 가까이 가자 그녀의 허리에 손을 얹고 더 가까이 끌어당겨서 이제는 그들이 나란히 쪼그리고 앉게 되었으며, 어머니는 불에 타버린 황량한 풍경인지 아니면 피가 줄줄 흘러내리는 흔적인지 모를 배경 속에서 연기가 잔뜩 피어오르는 불길처럼 보이는 적갈색 모양들이 이상한 형태로 모여 있는 그림을 보았다. 이 풍경화 속에 (팔레트 칼로) 사람의 형상을 긁어놓았는데, (벗겨져 드러난 캔버스에 의해서 이루어진 효과였지만) 그 묘한 형상은 하얀 밧줄로 얽어놓은 것처럼 보였다. 그것은 걷는다기보다는 둥둥 떠다니고, 실제로 존재하기보다는 멀리서 반짝이는 듯싶었다.

또다시 어머니는 무슨 말을 해야 좋을지 몰랐고, 화가는 계속해서 의견을 피력했다. 그는 현대 화가들의 환상을 훨씬 능가하는 전쟁의 환영(幻影)을 이야기했고, 인간의 살점이 가지마다 뒤엉킨 나무, 손가락이 달리고 몸통에서는 인간의 눈이 부릅뜨고 노려보는 나무의 무시무시한 영상을 이야기했다. 그런 다음에 그는 그런 황폐한 시대에는 전쟁과 사랑 이외에 그 무엇도 야로밀의 관심을 끌지 못한다는 이야기도 했다. 어머니가 그 그림에서 보는 형상처럼 피에 물든 처절한 전쟁의 현실 뒤에서 빛나는 사랑 말이다. (어머니 역시 그 그림을 어떤 종류의 전쟁터라고 파악했으며, 그 하얀 형태를 인간의 모습이라고 생각했기 때문에 대화를 나누기 시작한 후 처음으로 어머니는 화가의 말을 이해할 수 있었다.) 화가는 그들이 처음 만났던 강둑 이야기를 했다. 그는 그녀가 수줍고 하얀 사랑의 몸뚱아리처럼 안개 속에서 나타났다고 말했다.

그러더니 그는 쪼그리고 앉은 어머니를 그에게로 돌려놓고는 키스를 했다. 어떤 일이 벌어지는지 그녀가 미처 눈치채기도 전에 그가 키스를 한 것이었다. 이것은 사실상 그들 사이에서 이미 벌어졌던 상황들과 상통하는 면이 있었으니, 지금까지 벌어진 사건들은 항상 그녀에게 날벼락이나 마찬가지여서 그녀가 생각하거나 기대하던 것보다 언제나 앞질러 달려가는 듯싶었으며, 그녀가 미처 생각도 하기 전에 이렇게 키스가 이루어졌고, 그에 대한 반사 작용은 이미 벌어진 상황을 바꿔놓으려고 하는 대신에 어떤 잘못된 일이 벌어졌다는 사실을 그대로 인정하는 것일 따름이었다. 그러나 어머니는 이것이 잘못인지에 대해서도 확신이 서지 않았고, 그래서 그녀는 그 문제를 푸는 것은 당분간 뒤로 미루기로 하고 현재의 순간에 정신을 집중시켰다.

그녀는 자신의 입 안으로 들어온 남자의 혀를 느꼈고, 다음 순간 그녀는 자신의 혀가 기운이 빠져 축 늘어져서 화가에게 그것이 축축한 걸레처럼 느껴지리라는 생각이 들었다. 그녀는 창피해졌고 — 그토록 오랜 세월 동안 사랑이라고는 맛본 적이 없으니 그녀의 혀가 걸레처럼 변했다는 사실도 별로 놀랄 일이 아니라는 분노에 찬 생각이 번개처럼 머리를 스치고 지나갔다. 그녀는 혀의 끝을 뾰족하게 해서 재빨리 그의 혀에 응답했고, 그는 그녀를 번쩍 들어 긴 의자로 안고 갔으며, (그동안 줄곧 그들을 빤히 쳐다보고 있던 개가 긴 의자에서 얼른 뛰어내려 근처 마룻바닥에 엎드렸고) 화가는 그녀를 편안하게 눕힌 다음에 젖가슴을 어루만졌다. 화가의 얼굴은 젊고 정열적으로 보였으며, 그녀는 자부심과 만족감을 느꼈다. 그녀는 어떻게 적절히 응해야 하는지를 자신이 이제는 더 이상 알지 못하는 것이 아닐까 걱정이 되었고, 바로 그 이유 때문에 그녀는 젊고 정열적으로 행동해야 한다고 자신에게 명령을 내렸으며, (이번에도 역시 그녀가 미처 생각해볼 겨를도 없을 만큼 빨리 사건이 벌어져서) 그는 그녀의 삶과 육체에 깊숙이 들어온 세 번째 남자가 되었다.

갑자기 그녀는 자신이 이 남자를 원하는지 아닌지조차 전혀 알지 못한다는 사실을 깨달았다. 그녀가 아직도 한심하고 경험이 없는 어린 소녀처럼 행동하고 있으며, 자신이 하고 있는 행위에 대해서 조금이라도 생각을 해보았더라면 현재의 상황은 절대로 벌어지지 않았으리라는 생각이 머리에 떠올랐다. 이런 생각을 하고보니, 그녀가 부부간의 성실성을 깨뜨리게 된 원인은 욕정이 아니라 순진함 때문이었다는 결론이 내려졌기 때문에 그녀는 마음이 진정되었다. 그러나 순진함이라는 개념은 그녀를 성숙하지 못하고 순박한 상태로 남아 있게 만든 남자에 대해서 더욱 심한 분노를 느끼게끔 했으며, 이 분노가 이성을 커튼처럼 가려버려서 그녀는 모든 생각을 송두리째 중단했고, 자신의 숨 가쁜 맥박만 의식하게 되었다.

그들의 숨결이 가라앉고 이성이 정신을 차린 다음, 자신의 생각들로부터 몸을 숨기기라도 하려는 듯 그녀는 화가의 가슴에 머리를 파묻었고, 그가 머리카락을 쓰다듬도록 그냥 내버려두었으며, 유화 물감의 아늑한 냄새를 깊이 들이마시면서 누가 먼저 말을 꺼낼지 기다려보았다.

그러나 처음 소리를 낸 것은 그의 입도 아니고 그녀의 입도 아니었으며 — 그것은 초인종이었다. 화가가 몸을 일으키더니 얼른 바지를 끌어 올리고는 말했다. "야로밀이에요."

그녀는 완전히 겁에 질렸다.

"괜찮아요. 걱정하지 말아요." 그는 그녀의 머리를 쓰다듬어준 다음에 화실에서 나갔다.

그는 소년을 맞아들여 앞방에 있는 책상에 앉혔다.

"화실에는 손님이 한 분 와 계시니까 우린 여기 있기로 하자. 네가 오늘 가지고 온 그림을 보여다오." 야로밀이 화가에게 그의 스케치북을 넘겨주었다. 화가는 야로밀의 그림을 살펴보고, 그의 앞에 물감을 놓고, 종이와 붓을 주고, 주제를 제시하고는 그에게 그림을 그리도록 지시했다.

그가 화실로 돌아왔을 때 어머니는 옷을 다 입고 당장 나갈 준비가 되어 있었다. "왜 저 애를 머물게 했나요? 왜 보내버리지 않았어요?"

"당신은 나에게서 그렇게 서둘러 떠나고 싶은가요?"

"이건 미친 짓이에요." 그녀가 말했고, 화가가 다시 그녀를 껴안았다. 이번에 그녀는 그의 손길에 저항도 하지 않고, 호응도 하지 않았다. 그녀는 영혼이 없는 육체처럼 그에게 안겨 서 있기만 했다. 이 무기력한 육체의 귀에 대고 화가가 속삭였다. "그래요, 미친 거예요. 사랑이란 미치지 않으면 아무것도 아니니까요." 그리고 그는 그녀를 긴 의자에 앉히고는 키스를 하고 젖가슴을 어루만졌다.

그리고 나서 그는 그동안 야로밀이 그린 그림을 보려고 밖으로 나갔다. 이번에 그가 소년에게 주었던 주제는 소년의 기교를 발전시키기 위한 것이 아니었다. 그보다는 최근에 소년이 꾼 어느 꿈에서 깊은 인상을 남겼던 한 장면을 그리라고 했었다. 화가는 야로밀의 작품을 훑어보고는 환상에 대한 강연을 늘어놓았는데, 꿈에 있어서 가장 아름다운 요소는 일상적인 생활에서라면 절대로 일어날 수 없는 사람들과 물체들의 만남, 그 환상적인 만남이 이루어질 수 있다는 것이며, 꿈에서는 열린 창문으로 돛배가 들어오기도 하고, 20년 전에 죽은 여자가 침대에서 일어나 배를 타면 그 배가 갑자기 관으로 변하기도 하고, 관은 꽃이 만발한 강둑을 따라 떠내려갈 수도 있다는 것이었다. 그는 로트레아몽(우루과이 태생으로 파리에서 살았던 19세기 초현실주의 선구자였던 시인/옮긴이)의 명언을 인용해서, 아름다움이란 "병원 수술대 위에서 이루어진 우산과 재봉틀의 우연한 만남"이라고 말했다. 또한 화가는 말했다. "그렇다고 해도 그런 만남은 한 화가의 아파트에서 이루어진 한 여인과 한 소년의 만남보다 더 아름다울 수는 없지."

야로밀은 그의 선생이 보통 때보다 훨씬 활기에 차 있음을 알았다. 그는 꿈과 시에 대한 이야기를 할 때 화가의 목소리에 특이한 온화함이 깃들어 있음을 의식했다. 야로밀은 그것이 좋았으며, 자신이 그런 열정적인 토론에 대한 자극제 노릇을 했다는 사실이 기뻤고, 한 여인과 한 소년의 만남에 대한 화가의 마지막 말도 이해가 갔다. 처음 화가가 그들이 앞방에 있어야겠다고 말했을 때, 야로밀은 화실에 여자가 있는 모양이라고 당장 짐작이 갔으며, 야로밀이 잠깐 만나보지도 못하게 하는 점으로 미루어보아 그것도 단순히 아무 여자가 아니라 특별한 어떤 사람인 모양이었다. 하지만 그는 이 신비를 풀어보려고 하기에는 아직도 성인들의 세계로부터 너무나 멀리 떨어져 있었고, 다만 화가가 마지막에 그 미지의 여인과 야로밀을 연관짓던 태도에 훨씬 더 관심이 쏠렸다. 야로밀이 생각하기에는 그가 여기에 와 있다는 바로 그 사실이, 어쩐지 화가가 여자의 존재에 대해서 훨씬 더 깊은 의미를 부여하도록 하는 듯싶었다. 야로밀은 화가가 그를 좋아하고, 그를 화가의 삶에 영향력을 끼치는 어떤 사람이라고 간주하는 것 같으며, 그들 두 사람 사이에 어떤 깊고 은밀한 유대가, 그러니까 어리고 경험이 없는 야로밀로서는 잘 파악할 수 없었지만 현명한 어른이었던 개인교수는 분명히 파악했던 그런 유대가 존재한다는 생각을 하고는 기분이 좋아졌다. 이런 생각들이 야로밀을 행복하게 했고, 화가가 다음 주제를 내주자 소년은 신이 나서 붓을 물감에 담그고는 화판 위로 몸을 수그렸다.

화실로 돌아간 화가는 어머니가 울고 있는 것을 보았다. "어서 제발 날 당장 집으로 보내주세요!"

"그럼 어서 가요. 둘이 같이 가면 되겠군요. 야로밀의 수업도 곧 끝날 테니까."

"당신은 악마예요." 그녀가 눈물을 글썽이며 말했고, 화가가 그녀에게 키스했다. 그리고 그는 다시 옆방으로 달려가 (아, 소년은 그날 얼마나 행복했을까만!) 야로밀의 작품에 대해서 다시 칭찬을 하고는 집으로 보냈다. 그는 화실로 돌아와서 흐느껴 우는 어머니를 페인트로 얼룩진 낡은 긴 의자에 앉히고는 그녀의 부드러운 입과 축축한 뺨에 키스하고 다시 섹스를 했다.

9

어머니와 화가의 정사(情事)는 처음부터 그렇게 설정되어버린 성격에 따라 지속되어서, 그것은 그녀가 꿈에 젖어 기대하거나 미리 세심하게 검토한 그런 사랑이 아니라, 정신을 차릴 겨를도 없이 그녀를 사로잡은 예기치 않았던 사랑이었다.

이 사랑은 그녀에게 마음에 관한 자신의 '무방비 상태'를 끈질기게 상기시켰다. 그녀는 경험이 부족했고, 어떻게 행동하고 말해야 할지 알지 못했고, 화가의 개성이 강하고 열띤 얼굴만 대하면 그녀의 모든 말과 행동이 창피하게 느껴졌다. 그녀의 육체도 마찬가지로 무방비 상태여서, 처음으로 그녀는 야로밀이 태어난 다음에 몸 관리를 게을리한 것을 후회하기 시작했으며, 살갗이 처량하게 주름지고 겹겹으로 축 늘어진 배를 거울에 비쳐보고는 두려움에 사로잡혔다.

아, 육체와 영혼이 조화를 이루며 함께 늙어가는 그런 사랑을 그녀는 오래 전부터 얼마나 갈망했었던가. (그렇다, 그녀는 그런 사랑을 예상했었으며, 그런 사랑이라면 떳떳하게 직시할 수가 있었으리라.) 그러나 너무나 갑자기 뛰어들어서 신경을 곤두세워야 하는 이런 관계는 그녀의 영혼은 고통스러울 만큼 젊고 육체는 고통스러울 만큼 낡은 것 같아서, 미성숙한 영혼이나 노쇠한 육체는 다 같이 그녀의 몰락을 가져올 수 있었기 때문에, 그녀는 떨리는 발로 줄타기라도 하는 듯한 심정으로 모험을 했다.

화가는 그녀에게 한껏 관심을 쏟아부었으며, 그녀를 그의 그림과 사상의 세계로 끌어넣으려고 애썼다. 어머니는 그것이 좋았다. 그것은 그녀에게 그들의 결합이 유리한 상황을 이용해먹으려는 두 육체의 단순한 음모에 불과하지는 않다는 사실을 증명해주었다. 그러나 육체뿐 아니라 영혼까지도 사랑이 차지하려면 더 많은 시간이 필요하게 마련이었고, 점점 더 자주 집을 비워야 하는 이유를 (특히 할머니와 야로밀에게) 정당화하기 위해서 어머니는 새로운 친구들이 생겼다는 이야기를 자꾸 지어내야만 했다.

그녀는 화가가 작업을 하는 동안 곁에 앉아 있곤 했지만 그는 그것으로 만족하지 않았고, 자신이 이해하고 있는 바로는 인생의 기적이나 마찬가지인 축복들을 캐내는 유일한 길은 예술뿐이라고 그녀에게 설명했으며, 그런 축복은 어린아이가 장난을 하거나 평범한 사람이 꿈을 되새겨볼 때도 발견할 수 있다고 했다. 화가는 여러 빛깔의 물감을 어머니에게 주고는 종이에 잉크 방울로 얼룩을 만들어 입으로 불어보라고 했다. 빛깔들이 종이를 가로질러 제멋대로 흘러나가 복잡한 무늬로 뒤덮였고, 화가는 어머니의 작품들을 그의 책장에 달린 유리판 뒤에 세워두고는 그를 찾아온 손님들에게 자랑을 하며 보여주었다.

그녀가 찾아가기 시작한 초기의 어느 날, 집으로 돌아가려고 화실을 나서는 어머니에게 그는 집에 가서 읽으라고 몇 권의 책을 안겨주었다. 그녀는 야로밀이 혹시 호기심을 느껴 그 책들이 어디서 났느냐고 묻거나 식구들 가운데 누가 비슷한 질문을 할까봐 걱정이 되어 그 책들을 몰래 읽어야만 했다. 그 책들은 표지부터가 상당히 독특해 보이고 그녀의 가족이나 친구들의 책장에서는 쉽게 찾아보기 어려운 그런 인상을 주었기 때문에 그녀로서는 제대로 대답하기가 어려울 것이었다. 그래서 그녀는 책들을 그녀의 브래지어와 잠옷을 넣는 옷바구니 속에 숨겨두었다가 틈틈이 혼자 있을 시간이 날 때만 읽었다. 옳지 못한 어떤 행위를 한다는 인식과 들킬지도 모른다는 두려움이 어쩌면 그녀의 정신 집중에 방해가 되었을지도 모른다. 그 책들을 읽어서 별로 얻는 바가 많지 않으리라고 여겨지기도 했고, 사실상 두세 번을 다시 읽어도 그녀로서는 이해가 가지 않는 페이지도 많았다.

화가에게 책들을 돌려주러 가면 어떤 책을 어떻게 생각하느냐고 그가 당장 물어볼 것이고, 막연히 긍정하는 대답을 듣기보다는 상호간에 공통적으로 발견한 진리를 같이 나누고 싶어할 화가에게 무슨 대답을 해야 할지 몰라서 그녀는 숙제를 하지 못한 여학생처럼 불안했다. 어머니는 그런 것들을 다 알았지만, 그렇다고 해서 그것이 어느 책에 담긴 내용이 무엇이며, 화가가 그토록 중요하다고 생각하는 바가 무엇인지를 이해하는 데 도움이 되지는 않았다. 그래서 약삭빠른 여학생처럼 그녀는 핑계를 지어내어, 남들한테 들킬까봐 책을 몰래 읽어야만 했고 그래서 제대로 정신을 집중할 수가 없었다고 불평을 늘어놓았다.

화가는 그 핑계가 정당하다고 인정하고는 교묘한 해결 방법을 찾아냈다. 다음에 야로밀이 교습을 받으러왔을 때 화가는 그에게 현대 미술의 조류에 관한 강의를 한 다음에 그 주제를 다룬 책 몇 권을 빌려주었으며, 소년은 신이 나서 그 책들을 받아가지고 갔다. 야로밀의 책상에서 처음 그 책들을 보게 된 어머니는 이 밀반입된 서적들이 그녀를 위해서 몰래 보내진 것임을 깨닫고 겁이 났다. 그때까지만 해도 그녀가 벌이는 모험의 부담은 몽땅 그녀 자신만이 혼자서 지고 있었지만, 이제는 (순결함의 더할 나위 없는 상징이었던!) 그녀의 아들이 자기도 모르는 사이에 간통을 위한 연락병 노릇을 하게 된 것이었다. 그러나 어떻게 해볼 방법이 없었다. 그 책들은 아들의 책상에 놓여 있었고, 어머니는 어머니로서의 정당한 염려를 구실로 내세우며 그 책들을 보는 수밖에 없었다.

언젠가 한번은 그녀가 용기를 내어 화가에게 그가 빌려준 시가 필요 이상으로 막연하고 모호한 것 같다는 말을 했다. 화가는 자신의 견해에 대해서 약간이라도 반대하는 행위라면 모조리 반역 행위라고 생각하는 남자였으므로 그녀는 그 말을 하자마자 당장 후회했다. 어머니는 그 상처를 치유하기 위해서 서둘렀다. 화가가 찡그린 얼굴을 캔버스 쪽으로 돌리자 그녀는 얼른 블라우스와 브래지어를 벗었다. 그녀의 젖가슴은 아름다웠고, 그녀도 그 사실을 알고 있었다. 이제 그녀는 (약간 자신이 없긴 해도) 자랑스럽게 그 젖가슴을 내밀고 화실을 가로질러 건너가 이젤에 얹힌 캔버스로 반쯤 가려진 화가의 앞에 멈춰 섰다. 화가는 심통이 나서 캔버스에 건성으로 붓을 가져가다가는 가끔 한번씩 어머니를 힐끔거렸다. 어머니가 그의 손에서 붓을 빼앗아 입에 물고는 지금까지 그녀가 어느 누구에게도 결코 사용한 적이 없었던 야비하고 자극적인 말 한 마디를 나지막한 목소리로 중얼거렸다. 몇 차례 그 말을 되풀이하던 그녀는 화가의 분노가 욕정으로 바뀌는 것을 보았다.

그렇다, 그녀는 지금까지 이런 식으로 행동했던 적이 한번도 없었으며, 지금도 근육에 힘을 주며 무척 애를 쓰는 중이었다. 그러나 화가가 그들의 정사가 시작되었을 때부터, 자유분방하고 희롱을 즐기는 기분으로 그녀가 자신의 마음을 표현하기를 바랐으며, 인습이나 수치심이나 금욕 따위로부터 해방되어 완전히 자유롭게 행동하기를 바랐다는 사실을 그녀는 알고 있었다. 그는 걸핏하면 이런 말을 했다. "내가 당신한테서 원하는 것은 자유뿐입니다. 난 당신이 자신의 완전한 자유의 상태를 나에게 선물로 주기를 바랍니다!" 그리고 그는 이 선물에 대한 끊임없는 증거를 요구했다. 서서히 어머니는 그런 거침없는 행동이 무척 아름다운 무엇인 모양이라는 확신을 조금쯤 가지게 되었지만, 동시에 그녀는 어떻게 그것을 터득해야 하는지 그 방법을 절대로 깨닫지 못할까봐 걱정이 되었다. 그녀가 '자유의 상태가 되기 위한 방법을 터득하려고' 애를 쓰면 쓸수록 그녀의 자유는 그만큼 더 어려운 과제가 되었다. 그것은 하나의 의무가 되었고, (화가로 하여금 가장 크게 놀라도록 만들 만한 어휘와 소망과 행위가 무엇인지를 곰곰이 따지고, 또한 그 행동이 즉흥적이었다고 그를 납득시켜야 하기 때문에) 그것은 그녀가 집에서 미리 준비해야 할 일이 되었으며, 자유라는 소명 아래에서 어찌나 신음을 하고 괴로워했는지 급기야는 그것이 무거운 부담으로 느껴지기 시작했다.

"가장 나쁜 것은 세계가 자유가 아니라는 것이 아니라 인간이 그들의 자유를 터득하지 못했다는 것이죠." 걸핏하면 그는 그녀에게 이런 말을 했는데, 그녀는 이 말이 얼마나 그녀에게 적절히 어울리는지를 느꼈고, 화가가 전적으로 그리고 철저히 부정해야 한다고 믿었던 그 낡은 세계에 자신이 얼마나 깊숙이 빠져 있는지를 깨달았다. "비록 우리들이 세계를 바꿔놓을 수 없다고 해도, 적어도 우리들의 삶이라도 바꿔서 자유롭게 살도록 해야 합니다." 그가 말했다. "만일 모든 삶이 독특하다면 우리들은 독특하게 살아가도록 합시다. 신선하고 새롭지 않은 모든 것을 우리들은 거부해야 합니다. 철저하게 현대적이어야 할 필요가 있습니다." 그는 랭보를 인용했고, 그녀의 마음은 그가 하는 말에 대한 믿음과 자신에 대한 회의로 가득 차서 경건하게 그의 이야기에 귀를 기울였다.

화가의 사랑이 철저한 오해에 바탕을 두었을지도 모른다는 생각이 머리에 떠오르자 그녀는 정말로 어째서 자기를 사랑하는지 그에게 물어보고 싶어졌다. 질문을 받으면 그는 권투선수가 나비를 사랑하듯, 가수가 침묵을 사랑하듯, 악한이 마을 처녀를 사랑하듯, 그녀를 사랑한다는 식으로 대답했다. 그는 백정이 송아지의 겁먹은 눈을 사랑하듯, 번갯불이 조용한 전원의 지붕을 사랑하듯, 그녀를 사랑한다고도 말했다. 그는 그녀가 무료한 세계로부터 구원을 받은 소중한 여자이기 때문에 그녀를 흠모한다고 말했다.

그녀는 황홀경에 빠져 그의 이야기를 들었으며, 잠깐이라도 짬을 낼 수만 있으면 그를 보러 찾아갔다. 그녀는 지극히 아름다운 풍경들을 훑어보긴 하지만 너무 서두르느라고 숨이 가빠 경치를 제대로 감상하지 못하는 관광객 같은 기분을 느꼈다. 그녀는 자신의 정사를 정말로 즐길 수는 없었지만, 그것이 크고도 아름다운 무엇이어서 절대로 놓쳐서는 안 된다는 것을 알았다.

그러면 야로밀은 어떠했는가? (화가가 자신의 책들을 집 밖으로 내보내는 것이 정상적으로는 결코 있을 수 없는 일이지만 야로밀의 경우에만 특별히 예외로 해주겠다는 말을 아이에게 여러 차례 상기시켜주었던 터여서) 소년은 화가가 자신의 서재에 있는 책들을 빌려준다는 사실이 사뭇 자랑스러웠으며, 시간이 무척 많았기 때문에 꿈에 젖어 그 책들을 열심히 읽어댔다. 그 시절에는 현대 미술이 아직 부르주아 대중의 케케묵은 전유물이 되지 않았으므로 어떤 밀교의 매혹적인 광채랄까, 비밀 결사나 특수 집단이나 종족 따위에 얽힌 낭만주의를 항상 꿈꾸는 나이인 어린 시절에만 매력을 느낄 수 있는 그런 마술적인 힘을 그대로 가지고 있었다. 나중에 그것에 대해서 시험을 보게 될 교과서이기라도 한 것처럼 처음부터 끝까지 부지런히 읽어내려가던 어머니와는 상당히 다른 수용성과 감수성을 가지고 야로밀은 그 책들의 마술적 분위기에 한껏 빨려 들었다. 시험 걱정을 해야 할 필요가 없었던 야로밀은 실제로 그 책들 속에서 정성들여 읽은 대목이 단 한 줄도 없었다. 그는 빈둥거리며 책들을 뒤적이고, 가끔 한 페이지에 멈춰서는 몇 줄의 시에 대해서 명상을 하고, 별로 의미가 없어 보이는 시의 다른 부분에는 관심도 나타내지 않았다. 한 줄의 시나 한 구절의 산문은 그 자체가 아름다웠을 뿐만이 아니라, 다른 사람들에게서 숨겨진 것들에 대해서 민감한 영혼을 가진 선택된 인간들의 영역으로 인도하는 마술적인 문이었기 때문에, 그를 행복하게 해주기에 충분했다.

어머니는 아들이 단순한 연락병 노릇에 만족하지 않고 그냥 전해주기만 하면 되는 책들을 정말로 흥미를 느끼며 읽어치우고 있다는 사실을 알았다. 따라서 그녀는 그들이 같이 읽는 독서 자료에 관한 이야기를 아들과 나누기 시작했고, 애인에게는 차마 꺼낼 용기도 없었던 질문을 아들에게 했다. 그녀는 빌려온 책들에 대해서 아들이 화가보다도 더 깊은 열정을 가지고 탐닉해 있음을 알고는 놀랐다. 그녀는 엘뤼아르의 시집에서 아들이 어떤 시구들 밑에 밑줄을 쳐놓은 것을 보았다. '한쪽 눈에는 달빛을, 다른 눈에는 햇빛을 담고 잠들거라.' "그 문장이 어디가 대단하다는 거냐? 왜 사람이 한쪽 눈에다 달빛을 담고 자야 하지? '모래 양말을 신은 돌맹이 다리'라니. 어떻게 모래로 양말을 만든다는 거냐?" 야로밀은 어머니가 시를 비웃고 있을 뿐만 아니라 아들이 너무 어려서 이해하지 못하리라고 생각해서 그를 놀려대고 있지나 않은지 의심했다. 그래서 그는 심술이 나서 퉁명스럽게 대답했다.

맙소사, 그녀는 열세 살짜리 아이한테도 당해내지 못했다! 그날 그녀는 적군의 군복으로 변장한 간첩 같은 기분을 느끼며 화가를 만나러 갔다. 그녀의 행동은 그나마 보여주었던 순발력의 찌꺼기까지도 상실했으며, 그녀의 모든 언동은 무대 공포증에 사로잡혀 야유를 받으며 쫓겨날까봐 두려워하면서 대사를 웅변조로 읊어대는 풋내기 여배우의 연기와 흡사했다.

그 무렵에 화가는 막 사진기의 마력을 발견한 참이었다. 그는 어머니에게 그가 처음 찍은 사진들을 보여주었는데, 그 사진들은 묘하게 구성한 물체들의 고요한 세계와 잊혀졌거나 버림을 받은 물건들의 괴이한 풍경을 담고 있었다. 그러더니 그는 지붕창 밑에서 그녀더러 포즈를 취하라고 하고는 사진을 찍기 시작했다. 처음에 어머니는 아무 말도 할 필요가 없었기 때문에 마음이 놓였다. 그녀는 앉거나, 서거나, 미소를 짓거나, 그녀의 몸매나 얼굴에 대해서 가끔 그가 늘어놓은 찬사와 지시에 귀를 기울이기만 하면 그만이었다.

그러나 갑자기 그의 눈에서 광채가 빛났고, 붓을 집어 검정 물감에 담그더니 어머니의 머리를 가만히 뒤로 젖히고는 얼굴에 두 개의 굵은 선을 엇갈려 그었다. "나는 당신을 지워버린 것입니다! 나는 하느님의 창조를 취소한 것입니다!" 그가 웃음을 터뜨리고는 굵직한 두 개의 선이 코 위에서 엇갈린 어머니의 모습을 사진으로 찍었다. 그런 다음에 그는 그녀를 욕실로 데리고 가서 얼굴을 씻기고는 수건으로 닦아주었다.

"나는 처음부터 다시 창조하기 위해서 방금 당신을 지워버린 것입니다." 화가가 말했다. 그는 다시금 붓을 집어서 그녀의 얼굴에 또 무엇을 그리기 시작했다. 그는 고대 상형문자 비슷한 선들과 동그라미들을 그려넣었다. "얼굴은 메시지, 얼굴은 글자." 그가 말하고는 다시 어머니를 비스듬한 지붕창으로부터 쏟아져내리는 빛 속에 앉히고는 자꾸만 셔터를 눌러댔다.

잠시 후에 그는 어머니더러 마룻바닥에 누운 포즈를 취하라고 했다.

그는 고대 두상(頭像)의 석고 복제품을 그녀의 옆에 놓고는 어머니의 얼굴에 그려놓은 것과 똑같은 선들을 석고상에도 그려넣었다. 그는 진짜 머리와 석고상의 머리를 둘 다 사진으로 찍은 다음에 어머니의 얼굴에서 물감을 지워버리고는 다시 새로 그림을 그려넣고 또 사진을 찍었다. 그런 다음에 그녀를 긴 의자에 앉히고 옷을 벗기기 시작했다. 어머니는 그가 젖가슴과 다리에 그림을 그려넣으려고 그러는 것 같아 걱정이 되었으며, (자신의 유머 능력을 발휘하려는 시도가 낭패를 보아 멍청이처럼 보일까봐 항상 두려워했던 터라 상당히 많은 용기가 필요하긴 했지만) 미소를 지으며 거부의 뜻을 전하려고 시도했다. 그러나 화가는 그녀의 몸에 그림을 그리는 데에는 더 이상 관심이 없었다. 그 대신에 그는 그녀에게 섹스를 했는데, 마치 하느님이 스스로 창조한 여자와 잠자리를 같이 하듯이, 자신의 환상의 산물이며, 자신의 영상을 따라 자신이 창조한 여자에게 성교를 한다는 것이 특별히 흥분을 시키기라도 하듯 그녀의 머리를 쓰다듬어가면서 즐거워했다.

    사실상 그 순간에 어머니는 그의 영상과 창조를 넘어서는 어떤 단계에 이르러 있었다. 그녀는 이 사실을 알았고, 남자가 그 사실을 알아서는 안 된다는 생각에 자제력을 총동원해야만 했다. 그녀는 자신이 그의 농반자가 아니고, 사랑할 가치가 있는 마술적 상대방도 아니며, 다만 생명이 없이 반사된 영상이고, 순종하는 거울이며, 남자가 자신의 욕망이라는 영상을 투사(投射)한 피동적인 표면에 불과하다는 사실을 남자가 눈치채지 못하게 해야만 했다. 그녀는 성공했다. 화가는 환희의 절정에 도달하고는 즐거운 기분으로 그녀의 육체로부터 미끄러져나갔다. 집으로 돌아간 그녀는 마치 굉장한 시련이라도 겪은 듯한 기분이었고, 그날 밤 잠이 들기 전에 흐느껴 울었다.

    다음에 그녀가 화실로 찾아갔을 때도 그림을 그리고 사진을 찍는 과정이 다시 되풀이되었다. 화가는 그녀의 옷을 벗긴 뒤에 이번에는 벌거숭이로 드러난 젖가슴의 아름답고 곡선을 이룬 표면에 그림을 그렸다. 그러나 그가 완전히 그녀를 발가벗기려고 하자 어머니는 처음으로 반항을 했다.

온갖 다양한 사랑의 놀이를 수없이 화가와 벌이는 동안 그녀가 배를 감추는 데 성공할 수 있었던 기술과 재주는 참으로 비상한 것이었다! 옷을 모두 벗은 다음에도 그녀는 그래야 훨씬 더 흥분을 자극한다고 암시를 해가면서 가터벨트는 벗으려고 하지 않았으며, 늘 어두컴컴한 분위기를 마련해달라고 부탁하는가 하면, 어루만지는 애인의 손을 배에서 끌어다 젖가슴에 올려놓곤 했다. 그러다가 다른 모든 꾀가 고갈된 다음에 그녀는 수줍음을 내세워 호소를 했는데, 화가는 그런 성격을 인정했을 뿐 아니라 호감을 가지기까지 했다. (그는 어머니에게 그녀가 하얀 빛깔의 구현이며, 그녀로부터 받았던 이 첫인상이 캔버스에 팔레트 칼로 긁어 하얀 형상을 표출시켜야겠다는 생각을 불러일으켰다는 말을 여러 번 했었다.)

그런데 지금 그녀는 살아 있는 동상처럼 화실의 한가운데 발가벗고 서서 그녀 자신을 화가의 눈과 붓 앞에 바쳐야만 할 처지가 되었다. 그녀는 저항을 했고, 처음 찾아왔을 때 그랬던 것처럼 그녀는 화가에게 그가 원하는 것이 미친 짓이라고 말했다. 그랬더니 화가도 역시 그때 대답했던 것처럼, 그렇다, 사랑은 미친 짓이다,라고 말하고는 그녀의 옷을 잡아당겨 벗겼다.

그래서 그녀는 방 한가운데 서서 그녀의 배 이외에는 아무 생각도 할 수가 없었다. 그녀는 밑을 내려다보기가 두려웠지만, 절망적인 마음으로 무수히 거울에서 보았던 배가 눈앞에 선히 보였다. 그녀는 자신이 거대한 배 이외에는 아무것도 아니며, 추악하게 주름진 가죽뿐이라는 생각이 들었다. 그녀는 수술대 위에 누운 여자, 마음이 철저히 텅 비어야 하는 사람, 결국 모든 일이 무사히 끝나리라는 신념에 자신을 맡겨야만 하는 사람, 수술과 고통이 드디어 끝나게 되고 그동안 아무것도 하지 않고 참기만 하면 그만인 사람처럼 느꼈다.

화가는 붓을 집어 물감에 담갔다가 그녀의 어깨와 배꼽과 다리에 찍어 바르고는 뒤로 물러나 사진기를 집어들었다. 그런 다음에 그는 그녀를 욕실로 데리고 들어갔으며, 그곳에서 그녀를 텅 빈 욕조 속에 눕혔다. 그는 한쪽 끝에 구멍이 숭숭 뚫리고 뱀처럼 생긴 샤워 호스를 그녀의 몸에 걸쳐놓고는 이 금속 뱀은 물이 아니라 독가스를 뿜어내며, 그것이 사랑의 목을 조르는 전쟁의 손처럼 그녀를 무겁게 억누른다고 말했으며, 그런 다음에 그는 다시 그녀를 방으로 데리고 가서 사진을 더 찍었고, 순순히 따라가던 그녀는 더 이상 배를 가리려고 하지 않았지만 그래도 상상 속에서 그 배가 훤히 보이기만 했고, 화가의 눈과 그녀의 배, 그녀의 배와 화가의 눈이 눈앞에 어른거리기만 했다…….

온몸에 물감을 바른 그녀를 마침내 융단 위에 눕히고, 아름답고도 감촉이 서늘한 골동품 두상 옆에서 화가가 그녀와 관계했을 때 어머니는 더 이상 견딜 수가 없어서 그의 품에 안긴 채로 흐느껴 울기 시작했다. 화가는 자신의 정열적인 몰입이 아름답고, 끈질기고, 맥박치는 운동으로 변형되고 나면 황홀경과 행복감 이외는 어떤 다른 반응도 불러일으키지 않으리라고 확신했었기 때문에 아마도 그녀가 흐느껴 우는 이유를 제대로 파악하지 못했으리라.

어머니는 화가가 어떤 상황이 벌어지고 있는지를 이해하지 못한다는 사실을 깨달았고, 그래서 정신을 가다듬고는 울음을 그쳤다. 그러나 집으로 돌아와서 층계에 다다랐을 때 그녀는 현기증을 느껴 쓰러져서 무릎이 까졌다. 겁이 난 할머니가 그녀를 방으로 데리고 가서는 이마를 만져보고 체온계를 그녀의 겨드랑이에 끼워넣었다.

어머니는 몸에 열이 있었다. 그녀는 정신분열증을 일으켰다.

10

며칠 후에 런던에서 보낸 체코의 공수대원들이 보헤미아의 독일군 총독을 죽였고, 계엄령이 선포되었으며, 길거리에는 처형자들의 명단을 길게 나열한 포스터가 나붙었다. 어머니는 침대에 누워 있었고, 의사가 날마다 찾아와서 그녀의 엉덩이에 바늘을 꽂았다. 남편이 그녀의 침대로 와서 곁에 앉아서는 손을 잡고 그녀의 눈을 물끄러미 들여다보았으며, 어머니는 그녀가 정신분열증을 일으킨 원인이 최근에 벌어진 사태들에 대한 공포 때문이라고 남편이 판단을 내렸다는 것을 알았고, 그녀는 남편이 다정하고 친절하게 대해주며 어려운 시기에 참된 친구로서 그녀를 힘닿는 데까지 도와주고 싶어하는 반면에 자신은 그를 기만하고 있음을 의식하며 수치심을 느꼈다.

저택에서 여러 해 동안 같이 지냈으며, 역사가 깊고 훌륭한 민주적인 전통의 정신에 입각해서 할머니에게 그녀는 하녀가 아니라 집안식구나 마찬가지라는 말을 즐겨 들었던 마그다는 어느 날 그녀의 약혼자가 게슈타포에게 체포되었다는 소식을 듣고 울면서 집으로 돌아왔다. 그리고 정말로 며칠 후에는 그의 이름이 처형된 인질들의 명단을 실은 검붉은 포스터에 검은 글씨로 끼어 있었으며, 마그다는 젊은 약혼자의 부모를 만나러 가기 위해서 며칠 휴가를 받았다.

집으로 돌아온 마그다는 약혼자의 가족이 그의 재를 담은 납골단지도 받지 못했으며, 유해의 행방을 어쩌면 영원히 모르게 되리라는 이야기를 했다. 그녀는 울음을 터뜨렸고, 거의 매일 흐느껴 울었다. 그녀는 자신의 작은 방에 들어가 울곤 했으므로 흐느낌 소리가 벽에 막혀 잘 안 들리긴 했지만, 어떤 때는 식사를 하다 말고 그 자리에서 울음을 터뜨리기도 했다. 그 일이 있은 후부터 그의 가족은 (전에는 부엌에서 혼자 식사를 하던) 그녀를 식탁에서 같이 밥을 먹도록 해주었는데, 이 보기 드문 친절은 그녀가 약혼자를 잃었으므로 동정의 대상이 되었음을 마그다에게 날마다 상기시켜주는 결과를 유발해서, 걸핏하면 그녀의 눈이 붉어지고 눈물이 뺨을 타고 흘러내려 그릇 위로 떨어지곤 했다. 마그다는 눈물과 충혈된 눈을 숨기려고 애쓰며 머리를 떨구고는 그녀의 슬픔이 아무도 모르게 그냥 지나가기를 바랐지만 그러면 그럴수록 사람들은 더욱 그녀를 염려했으며, 누군가는 몇 마디 위로의 말을 하게 마련이었고 그러면 그녀는 요란하게 울음을 터뜨리기가 보통이었다.

야로밀은 이 모든 상황을 흥미진진한 연극 공연처럼 관찰했으며, 젊은 처녀의 눈에서 눈물이 맺히고, 그리고는 수줍어하며 그녀가 슬픔을 감추려고 애쓰다가 결국 슬픔이 승리를 거두어 눈물이 방울져 떨어지는 장면을 보게 되기를 고대하며 기다렸다. (무엇인지 금지된 행동을 하고 있다는 인식이 들었기 때문에 은밀히 그러긴 했지만) 그는 열심히 그녀의 얼굴을 훔쳐보았고, 그 얼굴을 부드러움으로 감싸주며 어루만지고 위로하고 싶은 욕구와 흥분감이 마음에 가득해졌다. 밤에 잠자리에서 혼자 있을 때면 그는 그 얼굴을 어루만지며, '울지 말아요, 울지 말아요, 울지 말아요'라는 소리만 되풀이하는 자신의 모습을 상상했는데, 무슨 이야기를 해야 할지 다른 말은 하나도 생각나지 않았기 때문이었다.

(침대에서 오랫동안 훌륭한 휴식을 취한다는 전통적이고 효과적인 가정 요법에 다시 의존한 덕택에) 어머니의 정신분열증이 가라앉았고, 비록 두통이 나고 맥박이 빨라진다고 계속해서 불평을 늘어놓으면서도 장을 보러 가거나 집안살림을 돌보면서 다시 돌아다니기 시작했다. 어느 날 그녀는 편지를 쓰려고 책상 앞에 앉았다. 그녀는 첫 문장을 미처 다 끝마치기도 전에 화가가 그녀를 감상적이고 어리석은 여자라고 생각하리라는 사실을 깨달았고, 그녀는 화가의 심판이 두려웠다. 그러나 그녀는 마음을 진정시킨 뒤에 이 편지에 대해서 그녀는 답장을 요구하거나 기대하지 않았고, 그에게 전하게 될 그녀의 마지막 말이 될 것이라고

자신을 납득시켰으며, 이런 인식이 그녀에게 계속해서 편지를 쓸 수 있는 용기를 주었다. (묘한 저항감과 더불어) 안도감을 느낀 그녀는 자신이 써내려가는 문장들 속에서 다시금 그녀의 자아를— 화가를 만나기 전의 그 좋았던 시절, 그녀의 참되고 낯익은 자아를 되찾아냈다. 어머니는 그를 사랑하고 있으며, 그들이 함께 보낸 마술적인 순간들을 절대로 잊지 않겠지만, 그에게 진실을 말해줘야 할 시간이 되었는데, 그녀는 그가 상상했던 바와는 다른 여자, 무척 다른 여자여서, 사실상 그녀는 평범하고 구식인 여자이고, 언젠가는 아들의 순진한 얼굴을 마주 볼 수도 없게 될까봐 두렵다는 내용을 편지에 썼다.

이렇게 그녀는 드디어 그에게 참된 진실을 말하고 있었던 것일까? 안타깝게도 사실은 전혀 그렇지가 않았다! 그녀는 자신이 사랑의 행복이라고 일컬었던 것이 사실은 힘겨운 노력에 지나지 않았다는 이야기를 그에게는 전혀 비치지 않았고, 그녀의 추악한 뱃가죽이나 정신분열증이나 무릎이 까진 상처나 일주일 동안 침대에서 휴식을 취한 이야기도 조금도 하지 않았다. 그녀는 이런 솔직함이 그녀에게는 어울리지 않으리라고 생각했기 때문에 그 이야기들을 쓰지 않았다. 그녀는 드디어 자기 자신이 되기를 원했고, 그녀는 솔직하지 않아야만 자기 자신이 될 수 있었다. 어쨌든 그녀가 만일 완전히 솔직한 태도로 모든 이야기를 털어놓았다면 그것은 주름진 배를 드러내고 그의 앞에 누워 있는 것이나 마찬가지였다. 그렇다, 그녀는 내면이거나 표면이거나 간에 그녀 자신을 화가에게 노출시키는 것은 그만두기로 했으며, 겸손함을 통해서 그녀 자신을 안전하게 감추기를 원했고, 따라서 그녀는 진실하지 못한 태도를 취해서 아들과 어머니로서의 성스러운 의미에 대한 이야기 이외에는 아무것도 써서는 안 되었다. 편지를 끝냈을 때쯤에는 그녀 자신이 자신의 정신적인 위기를 유발시킨 원인이, 자신의 배 때문도 아니고, 화가의 사상들을 추적하기 위한 고생스러운 노력 때문도 아니며, 위대하긴 하지만 죄악의

범주에 포함될 수밖에 없는 사랑에 대한 모성애의 반발심 때문이라고, 상당히 확신하게 되었다.

이 무렵에 그녀는 자신을 한없이 슬프기만 할 뿐 아니라 숭고하고 비극적이고 강인한 여인이라고 믿었으며, 며칠 전에는 단순히 괴롭기만 했던 슬픔이 이제는 점잖은 어휘들로 치장이 되어서 그녀에게 어떤 위안과 기쁨을 제공해주었다. 그것은 아름다운 슬픔이었으며, 그녀는 우울한 광채가 비추어 애달프게 아름다워진 자신의 모습을 보았다.

그 얼마나 기막힌 우연의 일치였던가! 눈물에 젖은 마그다의 눈을 보고 황홀경에 빠져 지내던 야로밀은 슬픔의 아름다움에 대해서 훤히 알았으며, 그 즐거움 속으로 한껏 몰입했다. 그는 계속해서 화가의 책을 뒤적였고, 엘뤼아르의 시를 끝없이 암송하면서 '그녀 육체의 고요함 속에 눈동자 빛깔의 자그마한 눈송이 하나'라거나 '그대의 눈시울을 씻어주는 머나먼 바다'라거나, '나의 사랑하는 눈동자 속에 새겨진 슬픔' 같은 신비한 시구에 자신이 휩쓸리게 내맡겨두었다. 엘뤼아르는 마그다의 고요한 육체를 노래하는 시인이 되었고, 눈물의 바다가 그녀의 눈을 적셨다. 그에게는 그녀의 삶 전체가 '슬픔이 사랑스러운 얼굴'이라는 단 한 구절의 마력 안에 갇힌 것처럼 보였다. 그렇다, 슬픔이 사랑스러운 얼굴, 그것이 바로 마그다였다.

어느 날 저녁 식구들은 연극 구경을 갔고, 그는 그녀와 단둘이 집에 남아 있었다. 그는 집에서의 그녀의 생활 습성을 진작부터 모두 기억 속에 새겨두었기 때문에, 토요일인 오늘 저녁에 마그다가 목욕을 하리라는 사실을 알았다. 부모님과 할머니가 극장에 갈 계획을 일주일이나 미리 세웠었기 때문에 그에게는 모든 준비를 갖출 시간이 충분했다. 며칠 전에 그는 욕실문의 열쇠구멍 덮개를 들어올리고는 빵을 한 덩어리 짓이겨 붙여서 고정시켜놓았다. 시야를 더 넓히기 위해서 그는 문에서 열쇠를 뽑아 감추었다. 식구들은 욕실에 들어가도 문을 잠그지 않았기 때문에 열쇠가 없어졌다는 사실을 아무도 눈치채지 못했다. 문을 잠그는 사람은 마그다뿐이었다.

집 안은 텅 비고 조용했으며, 야로밀은 가슴이 두근거렸다. 그는 위층 그의 방에 있었으며, 혹시 누가 무엇을 하느냐고 묻는 경우에 대비해서 책을 한 권 펼쳐 세워놓았지만, 읽지는 않고 소리에만 귀를 기울이고 있었다. 드디어 그는 파이프 속으로 물이 흘러가서 욕조의 바닥으로 쏟아지는 소리를 들었다. 그는 복도의 불을 끄고는 발돋움을 하고 층계를 내려갔는데, 다행히도 열쇠구멍에는 덮개가 내려져 있지 않았고, 눈을 열쇠구멍에 대고 보니 마그다는 팬티만 걸치고는 발가벗은 몸으로 젖가슴을 드러낸 채로 욕조를 굽어보는 중이었다. 그는 지금까지 한 번도 보지 못했던 구경을 하게 되어 심장이 마구 방망이질을 했고, 잠시 후에는 더 많은 것을 보게 되고 아무도 그것을 방해하지 않으리라는 사실도 알았다. 마그다가 몸을 일으키더니 거울이 걸린 곳으로 가서 (야로밀이 그녀의 옆모습을 지켜보는 동안) 자신의 모습을 잠깐 쳐다보았고, 그러더니 (이제는 야로밀이 그녀의 앞쪽을 볼 수 있도록) 다시 몸을 돌려서 욕조로 걸어갔다. 그녀는 멈춰 서서 팬티를 벗어 던져버렸고, (아직도 야로밀이 그녀의 앞쪽을 지켜보고 있는 동안) 욕조로 들어갔다.

야로밀은 욕조로 들어간 다음에도 여전히 그녀를 볼 수 있었지만, 욕조 속의 물이 그녀의 어깨까지 올라와서 모두 가렸기 때문에 다시금 눈동자가 눈물의 바다에 잠긴 슬픈 얼굴, 변함없이 낯익은 얼굴, 그 '얼굴' 이외에는 볼 수가 없었는데, 그러면서도 그것은 완전히 다른 얼굴이었다. 머릿속에서 야로밀은 (지금, 다음에, 그리고 앞으로도 영원히) 그 얼굴에 벌거숭이 젖가슴과 배와 허벅지와 엉덩이를 연결시키게 되었다. 그것은 '발가벗은 몸뚱아리로 빛나는 얼굴'이었다. 그 얼굴은 아직도 그의 마음속에서 부드러움을 자아냈지만, 그 부드러움까지도 본질이 달라서, 숨가쁘게 두근거리는 그의 맥박을 동반하는 그런 부드러움이었다.

그러다가 갑자기 그는 마그다가 그의 눈을 빤히 마주 쳐다보고 있다는 것을 알았다. 그는 몰래 들여다보다가 들켰다는 생각이 들어 겁이 덜컥 났다. 그녀는 열쇠구멍을 빤히 쳐다보면서 (약간 수줍어하며, 그리고 약간 상냥하게) 미소를 지었다. 그는 펄쩍 뛰어 문에서 물러났다. 그녀는 그를 본 것일까 아닐까? 그는 열쇠구멍을 여러 차례 검토했었으며, 염탐질을 하는 눈을 안에서는 절대로 볼 수 없다는 것을 확인해두었다. 하지만 마그다의 표정과 미소를 어떻게 설명해야 할까? 혹시 그녀가 우연히 야로밀이 있는 쪽으로 시선을 돌렸고, 그가 몰래 훔쳐보고 있을지도 모른다는 '생각에' 웃었던 것은 아닐까? 사정이야 어떻게 되었든지 마그다와 시선이 마주치자 그는 어찌나 당황했는지 감히 다시는 문 가까이 갈 용기가 나지 않았다.

그러나 얼마 후에는 마음이 진정되었고, 그러자 기막힌 묘안이 그의 머리를 번갯불처럼 스치고 지나갔다. 욕실문은 잠겨 있지 않았고, 마그다는 목욕을 하겠다는 것을 그에게 일러두지 않았었다. 만일 그가 아무것도 모르는 체하면서 그냥 느긋하게 욕실로 들어간다면 어떻게 될까? 다시금 가슴이 두근거리기 시작했다. 그는 그 장면을 상상해보았다. 그는 문을 열었다가 깜짝 놀라 멈춰서지만 상당히 태연한 목소리로 '칫솔을 가지러 들어왔을 뿐이에요'라고 말하고는, 발가벗은 몸으로 말문이 막힌 그녀 곁으로 아무렇지도 않은 듯이 지나가리라. 그녀의 아름다운 얼굴은 식사를 하다가 갑자기 눈물이 북받쳐올라올 때처럼 무안한 표정을 짓고, 그는 욕조를 지나 세면대로 가서 칫솔을 집어들고, 그리고는 욕조 앞에서 걸음을 멈추고 마그다를 굽어보고, 푸르스름한 물밑에서 빛나는 그녀의 발가벗은 몸뚱아리를 굽어보고, 그녀의 얼굴을, 부끄러워하는 그녀의 얼굴을 물끄러미 쳐다보고, 그 얼굴을 어루만지고 쓰다듬으면...... 아, 상상 속에서 이 순간에 이르자 그는 흥분의 회오리에 휩쓸려 모든 것이 시야에서 지워졌고, 더 이상 아무 생각도 할 수가 없었다.

그의 등장이 상당히 자연스럽게 보이도록 만들기 위해서 그는 소리 없이 층계를 다시 올라간 다음에 요란하게 성큼성큼 걸어내려왔으며, '칫솔을 가지러 들어왔을 뿐이에요'라는 말을 차분하고 무관심한 목소리로 제대로 할 수가 없으리라는 두려움에 사로잡혀 몸이 떨리는 것을 의식했지만, 그래도 어쨌든 그는 계속해서 나아갔고, 욕실에 거의 다다랐을 때는 가슴이 어찌나 심하게 두근거렸는지 숨도 잘 쉴 수가 없었는데, 그때 "야로밀, 나 목욕하고 있어! 들어오지 마!"라고 외치는 소리가 들려왔다. 그는 "오, 아니에요, 난 그냥 부엌으로 가는 거예요!"라고 대답하고는 정말로 복도를 가로질러 다른 쪽에 있는 부엌으로 가서 부엌문을 열었다 닫았고, 그런 다음에 그의 방으로 돌아갔다.

그제야 그는 예기치 않았던 경고 때문에 그가 겁을 내어 물러나야만 할 이유가 도대체 없었으며, '그래도 괜찮아요, 마그다. 난 칫솔만 가지고 나오면 되니까요'라고 간단히 말하고는 무작정 안으로 들어갔어도 괜찮았으리라는 생각이 들었다. 야로밀이 항상 잘 대해주었기 때문에 마그다는 그를 좋아했고, 그래서 그녀는 틀림없이 그 일을 고자질하지는 않았으리라. 그리고 그는 또다시 바로 그의 눈앞에서 마그다가 욕조 안에 누워 있는 욕실로 자기가 곧장 걸어들어가고, 그녀가 '너 뭘 하는 거야? 어서 나가!'라고 소리치는 장면을 상상해보았다. 그러나 그녀는 아무런 행동도 할 수 없었으리라. 그녀는 자신을 방어할 방법이 없었고, 그녀의 얼굴을, 그녀의 큰 눈을 야로밀이 굽어보는 동안 욕조 속에 꼼짝도 못하고 갇혀 누워 있어야 했기 때문에 약혼자의 죽음을 맞았을 때나 마찬가지로 무기력한 상태였으리라……

그러나 이 환상은 돌이킬 수 없는 차원으로 사라졌고, 야로밀은 욕조에서 멀리 떨어진 파이프 속으로 물이 빠져나가는 둔감한 소리를 들었으며, 기막힌 기회가 영원히 사라졌고, 그는 이렇게 기회를 잃어버린 것이 화가 났다. 그는 마그다와 다시 단둘이만 같이 있게 될 기회가 쉽사리

찾아오지 않을 것이며, 비록 그런 상황이 이루어진다고 하더라도 그때는 욕실문의 열쇠를 벌써 오래 전에 다시 만들어놓은 다음일 것이고, 마그다는 안으로 들어가 문을 단단히 잠가버리리라. 그는 완전히 기가 죽어 긴 의자에 주저앉았다. 그러나 잃어버린 기회보다도 그를 더욱 괴롭힌 것은 그에게 결여된 용기 — 그에게서 차분한 마음을 박탈해 모든 일을 망쳐놓으며 멍청하게 두근거리기만 하던 그의 가슴이었다. 그는 자신에 대해서 심한 '역겨움'을 느꼈다.

그런 역겨움에는 어떻게 대처해야 하는가? 그 감정은 슬픔과 상당히 달랐으며, 사실상 그것은 슬픔과 아주 상반되는 느낌이었다. 사람들이 그에게 못마땅한 짓을 할 때면 야로밀은 방으로 들어가 문을 잠그고 울곤 했었지만, 그 눈물은 행복하고 거의 기쁨에 가까운 눈물, 거의 '사랑스러울' 정도의 눈물이어서 그 눈물을 통해서 야로밀은 야로밀을 동정하고 위로했다. 그와는 대조적으로 야로밀의 결점을 야로밀에게 드러낸 이 갑작스러운 역겨움은 자신의 영혼 그 자체에 반발하게 만들었다! 이 역겨움은 치욕만큼이나 노골적이고 분명했으며, 얼굴에 뺨을 맞는 것만큼이나 확실한 그런 감정이었다. 유일한 구원은 도망뿐이었다.

그러나 만일 우리들이 자신의 옹졸함과 직면하게 된다면, 그때 우리들은 어디로 도망칠 수가 있단 말인가? 몰락으로부터의 도피는 위로 향하는 것밖에 없다! 그래서 그는 자리에 앉아 (야로밀 이외에는 그 어느 누구에게도 결코 빌려준 적이 없었다고 화가가 다짐했던) 책을 펼치고는 그가 좋아하는 시들을 읽으려고 열심히 정신을 집중해보았다. 그리고 또다시 그는 '그대의 눈시울을 씻어주는 머나먼 바다'에 관한 시구를 읽었고, 눈앞에 마그다의 모습이 어른거렸다. 그녀의 고요한 육체 속에는 눈송이가 존재했으며, 쏴아 울리는 파도 소리는 창문을 통해서 강물 소리처럼 그 시 속에서 되울렸다. 야로밀은 슬픔에 사로잡혀 책을 덮었다. 그는 연필을 집어 글을 쓰기 시작했다. 엘뤼아르나 네즈발이나 다른 시

시인의 탄생 75

인들이 그랬으리라고 상상한 그대로 야로밀은 운이나 격조를 맞추지 않으면서 한 줄씩 시구를 써내려갔다. 그것은 야로밀이 방금 읽은 시들을 변형시킨 일련의 시구들이었지만, 그 변형된 시구들은 그의 인생 경험 역시 포함하고 있었다. 그 시구들은 '녹아서 물이 되는 서글픔'도 담았고, 그 표면이 '내 눈의 높이에 다다를 때까지 자꾸만자꾸만 올라오는 푸른 물'도 담았으며, '끝없는 물의 나라를 지나 나아가고 또 나아가는' 육체, 물속에 잠긴 육체, '슬픔에 젖은 육체'도 담고 있었다.

그는 자신이 쓴 시를 몇 차례 처량하게 읊조리는 투로 큰소리를 내어 읽었으며, 기분이 좋아졌다. 그 시의 심장부에는 목욕을 하는 마그다가 있었으며, 문에 가져다댄 그의 얼굴도 있었다. 그리하여 그는 경험이라는 '테두리 밖에서' 자신을 발견한 것이 아니라 그 '위로' 치솟아올랐으며, 자신에 대한 역겨움은 '아래에' 남았다. 저 아래쪽에서는 그의 손바닥에서 초조하게 땀이 나고 숨이 찼었지만, 이 '위쪽' 시의 나라에서 그는 그런 어수룩한 차원을 훨씬 뛰어넘었던 것이다. 열쇠구멍과 그의 비겁함에 대한 사건은 트램펄린(trampoline)에 지나지 않았으며, 그는 지금 그 위로 뛰어오르는 중이었다. 그는 더 이상 경험으로부터 지배를 받지 않았고, 그가 써놓은 글에 의해서 오히려 경험이 지배를 받았다.

이튿날 그는 할머니더러 타자기를 사용할 수 있도록 허락해달라고 청하고는 그 시를 특별한 종이에 베껴놓았는데, 그러니까 그것은 단순히 한 무더기의 어휘들에서 그치지 않고 하나의 '개체(個體)'가 되었기 때문에 그냥 소리를 내어 읽었을 때보다 훨씬 아름답게 여겨졌다. 그 개체로서의 독립성은 의심할 나위도 없었다. 평범한 단어들은 의사 전달의 순간에만 기능을 발휘하기 때문에 입에서 떨어지자마자 그 존재가 사라질 따름이며, 사물에 종속된 어휘들이란 기호에 지나지 않는다. 반면 시라는 수단에 의해서 어휘들은 대상 그 자체로 변형되고 더 이상 무엇에도 종속이 되지 않는다. 시어(詩語)들은 순간적으로 기호 노릇을 하고 금방 없어져버리는 것이 아니라 영원히 존재해야 하는 특성이 있다.

어제 야로밀이 경험했던 바는 이제 시라는 형태로 구현되었지만, 그와 동시에 과일의 속에서 죽어가는 씨앗처럼 천천히 사라져갔다. '나는 물속에 가라앉고, 심장의 두근거림이 수면에 동그라미 파문을 일으킨다.' 이 시구는 욕실문 앞에서 벌벌 떨었던 소년을 묘사하지만, 동시에 그 시구가 소년을 삼켜버렸고, 그래서 시는 소년을 초월하고 이겨낸 셈이었다. '슬프도다, 물속의 내 사랑이여'라는 시구도 있었는데, 야로밀은 물속의 사랑이 마그다라는 사실을 알았지만, 그 시구 속에서는 어느 누구도 그녀를 찾아내지 못할 것이며 그녀는 시구 속에 파묻혀 실종되고 사라져버렸다는 사실도 알았으니, 그가 써놓은 시는 현실 그 자체나 마찬가지로 식별이 불가능하고 독립된 것이었다. 그것은 누구의 동료도 아니며, 그냥 '존재할' 뿐이었다. 시의 독립성은 야로밀에게 은둔이라는 멋진 세계를, '제2의 생(生)'이라는 이상적인 가능성을 제공했다. 그는 이 시가 어찌나 마음에 들었는지 이튿날 다른 시를 더 써보려고 했으며, 서서히 그는 이 활동으로 빠져들어가기 시작했다.

11

비록 자리에서 일어나 회복기 환자처럼 집 주위를 돌아다니긴 했어도 그녀는 조금도 행복하지를 않았다. 그녀는 화가의 사랑을 버렸지만, 그 자리를 메울 남편의 사랑을 대신 받지는 못했다. 야로밀의 아버지는 집에 있을 때가 별로 없었다! 그들은 그가 밤마다 늦게 들어오는 데 익숙해졌으며, 일 때문에 자주 멀리 가야 한다는 것을 알았기 때문에 그가 사나흘씩 집을 비워도 아무렇지 않게 생각했지만, 이번에는 전혀 아무런 연락도 없이 그냥 저녁에 집으로 돌아오지를 않았고, 어머니는 남편이 어디로 갔는지 통 알 길이 없었다.

야로밀은 너무나 오래간만에 한번씩 아버지를 보았기 때문에 집에 없더라도 없는 줄도 몰랐다. 야로밀은 방에서 시에 대한 생각을 하고 있었다. 만일 어떤 시가 참된 시가 되려면 그 시를 쓴 사람 말고도 누군가 그것을 읽어야 했고, 그래야만 그것이 단순히 얼굴만 가린 일기장이 아니라 그 작품을 쓴 사람으로부터 독립해서 작품 자체로서의 생명을 가지고 있음을 증명할 수 있다. 처음에 그는 자기가 쓴 시들을 화가에게 보여 줄 생각이었지만, 그토록 가혹한 비평을 내리는 사람에게 설불리 가져다 바치기에는 그 작품들이 그에게는 너무나 중요한 것이었다. 그는 그의 시에 대해서 자신이 느꼈던 그런 감정을 느낄 만한 어떤 사람을 찾아내고 싶었으며, 미리 숙명적으로 결정된 그 독자가 누구인지를 곧 깨달았다. 독자가 될 만하다고 그가 판단한 사람은 슬픈 눈에 고통스러운 목소리를 가지고 집 주위를 돌아다니고 있었는데, 야로밀이 보기에는 그녀가 곧장 그의 시를 향해 걸어오고 있는 듯싶었다. 흥분감에 젖어 그는 꼼꼼하게 타자로 쳐서 정리한 시 몇 편을 어머니에게 넘겨주고는 그의 방으로 달려가 그녀가 다 읽고 그를 부르기를 기다렸다.

그녀는 시를 읽고 울었다. 어쩌면 그녀는 왜 자신이 울고 있는지 몰랐겠지만, 우리들로서는 그 이유를 추측하기란 어려운 일이 아니다. 그녀의 눈에서는 네 가지의 눈물이 흘러내렸다.

첫 번째로, 그녀는 야로밀의 시와 화가가 그녀에게 빌려주었던 시들 사이에서 유사성을 발견하고 충격을 받았으며, 그녀의 눈에는 잃어버린 사랑에 대한 탄식의 눈물이 가득 고였다.

다음에 그녀는 아들의 시구들로부터 발산되는 어떤 전반적인 슬픔을 감지했으며, 오늘이 그녀에게 아무 연락도 하지 않고 남편이 집을 비운 지 이틀째라는 사실이 생각났고, 그래서 굴욕감과 아픔의 눈물을 흘렸다.

그러나 거의 곧바로 그녀는 그토록 수줍어하며 헌신적인 태도로 그의 시를 그녀에게 가져다준 아들이 모든 상처에 대한 치유의 원천이었기 때문에, 위안의 눈물이 쏟아져나오는 것을 느꼈다.

그리고 마지막으로 시를 몇 차례 읽은 다음에 그녀는 통렬한 감탄의 눈물을 흘렸는데, 그것은 이 시구들이 그녀에게는 난해하게 여겨졌고, 따라서 거기에는 그녀가 파악할 수 있는 능력을 넘어서는 무엇이 포함되었을 것이며, 결과적으로 자신이 기막히게 재능이 뛰어난 아이의 어머니라는 인상을 받았기 때문이었다.

어머니는 그를 들어오라고 불렀지만, 일단 아들이 앞에 서자 그녀는 화가가 빌려준 책에 대해서 질문을 하려고 했을 때와 똑같은 기분을 느껴서, 시에 대해서 무슨 말을 해야 좋을지 알 수가 없었고, 기대를 잔뜩 품고 기다리는 아들의 얼굴을 보고 그녀는 아무 말도 못하고 그냥 끌어안고 키스를 해주었다. 초조한 마음이었던 야로밀은 어머니의 어깨에 얼굴을 파묻을 수 있게 되자 안도감을 느꼈다. 그런가 하면 어머니는 품에 안긴 어린 아들의 몸을 만져보면서 그녀를 압박했던 화가의 그림자가 그녀로부터 멀어지는 것을 느끼고 용기를 얻어서 말을 하기 시작했다. 그러나 그녀는 울먹거리는 그녀의 목소리나 눈에 글썽거리는 눈물을 감출 수가 없었는데, 바로 그런 것들이 야로밀에게는 그녀가 실제로 하는 말보다 훨씬 깊은 의미가 있었다. 어머니의 목소리와 눈에서 드러난 감정의 표시는 그의 시가 힘을, 참되고 실질적인 힘을 가졌다고 보증해주는 거룩한 증거였다.

날은 어두워지는 중이었고, 아버지는 집으로 돌아오지 않았고, 어머니의 머리에는 야로밀의 얼굴에 어떤 화가나 남편도 따라갈 수 없는 그런 부드러운 아름다움이 넘쳐흐른다는 생각이 떠올랐고, 이 옳지 못한 생각은 어찌나 집요했는지 그녀는 그 생각에서 벗어날 수가 없었으며, 그녀는 아들을 임신했던 무렵에 애원을 하듯 아폴로의 동상을 물끄러미 쳐다보곤 했었다는 이야기를 아들에게 해주었다. "그리고 말이다, 너는 정말 아폴로만큼이나 잘생겼고, 아폴로를 그대로 꼭 닮았어. 사람들이 말하기를 아이는 어머니가 임신 중에 했던 생각들을 좀 물려받는다고 하던데, 난 그게 단순히 미신만은 아니라는 생각이 들기 시작했단다. 너는 아폴로의 시적인 감각까지도 물려받았으니까."

그러더니 그녀는 아들에게 자신이 가장 사랑했던 것이 바로 문학이라는 이야기를 했다. 그녀가 대학을 간 가장 큰 이유도 문학을 공부하기 위해서였으며, 가장 탐닉했던 그 방향으로 정진하기 위해서 몸을 바치지 못하게 되었던 것은 (임신 때문이었다고는 말하지 않고) 결혼 때문이었다고 말했다. 그녀가 지금 야로밀을 시인이라고 생각한다는 것이 멋지고도 놀라운 일이긴 했지만, 그것은 또한 오래 전부터 그녀가 예상했던 것(그렇다, 이 위대한 명칭을 그에게 처음으로 붙여준 사람은 그녀였다)이기도 했다.

어머니와 아들, 사랑에 성공을 거두지 못해 실망한 이 두 사람은 서로 상대방에게서 위안을 얻으며 밤이 깊어가는 줄 모르고 이야기를 나누었다.

제2부
자비에르

1

그의 귓전에서는 거의 끝나가는 휴식 시간의 소음이 아직도 쟁쟁하게 울렸다. 잠시 후에는 늙은 수학 선생이 교실로 들어가 칠판에 가득 써놓은 숫자들을 가지고 학생들을 괴롭히기 시작하리라. 길 잃은 파리의 윙윙거리는 소리가 선생의 질문과 학생의 대답 사이에 펼쳐진 끝없는 공간을 가득 채우리라……. 그러나 그때쯤이면 그는 멀리 가 있을 것이다!

때는 세계대전이 끝나고 1년 후 봄철이었으며, 태양이 빛났다. 그는 몰다우 강으로 가서 강변을 따라 산책했다. 교실의 세계는 아득히 먼 곳에 있었고, 교실과 그를 연결짓는 것은 몇 권의 공책과 교과서를 넣어 가지고 다니는 작은 갈색 책가방뿐이었다.

그는 카를 다리에 이르렀다. 강물 위로 몸을 내밀고 줄지어 선 동상들이 어서 건너오라고 그에게 손짓했다.

(워낙 자주 그리고 워낙 열심히 땡땡이를 치던 그였지만) 학교에서 땡땡이를 치면 거의 언제나 카를 다리가 그를 무척 강렬하게 유혹했으며, 그럴 때마다 그는 그곳으로 끌려갔다. 그는 오늘도 역시 자신이 다리를 건너가서, 3층 창문이 다리의 석조 난간과 같은 높이여서 그냥 껑충 뛰어내리기만 하면 될 듯싶은 노란 빛깔의 낡은 건물 옆의 메마른 땅과 다리가 이어지는 다리의 끝 부분에서 걸음을 멈추리라는 것을 알았다.

그는 (항상 닫혀 있는) 그 창문을 멍하니 쳐다보면서 그 안에서는 누가 살고 있을까를 즐겨 상상했다.

하지만 이번에는 (아마도 날씨가 너무나 화창했기 때문인지 몰라도) 덧문들이 열려 있었다. 새가 한 마리 들어 있는 새장 하나가 벽에 걸려 있었다. 그는 걸음을 멈추고 하얀 철사로 우아하게 꾸민 장식적인 새장을 구경하다가, 방의 어둠을 배경으로 사람의 모습이 윤곽을 드러내고 있음을 깨달았다. 비록 뒤쪽에서 보긴 했어도 그는 그것이 여자라는 사실을 알았고, 얼굴을 볼 수 있도록 그녀가 돌아서기를 바랐다.

여자의 모습이 움직이긴 했지만 방향이 반대쪽을 향해서 어둠 속으로 사라지고 말았다. 그러나 창문은 열려 있었고, 그는 그것이 은밀한 침묵의 암시이며, 손짓해 부르는 초대라고 확신했다.

그는 그 초대에 저항할 수가 없었다. 그는 펄쩍 뛰어 난간에 올라섰다. 창문과 다리 사이에는 도랑이 있었는데, 도랑 바닥에는 돌이 깔려 있었다. 책가방이 거치적거렸다. 그는 열린 창문을 통해서 책가방을 컴컴한 방으로 던져넣은 다음에 뒤따라 창턱으로 뛰어내렸다.

2

자비에르의 모습을 사진틀처럼 담은 높다란 직사각형 창문은 그가 뻗은 두 팔이 창의 양쪽 옆에 닿고, 높이가 그의 키와 꼭 맞는 그런 크기였다. 그는 (멀리 떨어진 곳의 거리감에 매혹된 사람처럼) 뒤쪽으로부터 앞쪽으로 시선을 옮기며 방 안을 살펴보았는데, 가장 먼저 그의 눈에 띈 것은 뒤쪽에 있는 문이었다. 그리고는 왼쪽 벽에 기대어놓은 크고 배가 불룩한 옷장과, 오른편으로는 조각한 나무로 머리와 발 양쪽 끝을 막은 침대와, 방의 한가운데 내놓은 둥근 탁자의 편물 탁상보 위에 올려놓은 화병이 있었다. 그리고 마침내 그는 발 밑 값싼 융단의 술이 달린 가장자리에 떨어진 책가방을 발견했다.

그가 막 가방을 보고는 그것을 집으려고 방 안으로 몸을 구부려넣으려는 참에 방의 침침한 뒤쪽에 있는 문이 열리고는 여자가 나타났다. 그녀는 당장 그를 알아보았는데, 방 안이 컴컴했기 때문에 직사각형 창문은 한쪽이 밤 같았고 다른 쪽은 낮 같았다. 여자 쪽에서 보면 창문에 나타난 남자가 황금빛 배경에 검은 실루엣 같아서, 낮과 밤 사이에 균형을 잡고 선 사람처럼 보였다.

빛 때문에 눈이 부셔서 여자가 침입자의 얼굴을 볼 수 없었는지 몰라도 자비에르는 약간 입장이 유리했다. 그의 눈은 이미 어두컴컴한 방에 익숙해져서, 여자의 부드러운 몸매와, 그녀의 얼굴에 담긴 우울함과, 아무리 어두운 곳에서라도 뚜렷하게 드러나는 창백한 안색을 알아볼 수 있었다. 그녀는 문간에 서서 자비에르를 물끄러미 쳐다보았는데, 그녀는 숨을 몰아쉬며 두려움을 표현할 만큼 경솔하지도 않았고, 그에게 말을 걸 만큼 머리가 빨리 돌아가지도 않았다.

잘 알아볼 수 없는 상대방의 얼굴을 한참 동안 자세히 서로 살펴본 다음에야 자비에르가 침묵을 깨뜨렸다. "내 책가방이 여기 있어서요."

"책가방이라뇨?" 마치 자비에르의 목소리가 그녀를 안심시켜주기라도 한 듯 등 뒤로 문을 닫으며 그녀가 물었다.

자비에르는 창턱에서 몸을 웅크리고는 마룻바닥에 떨어진 가죽가방을 가리켰다. "그 속에는 중요한 것들이 잔뜩 들어 있어요. 수학 공책, 과학 교과서, 체코어 작문 숙제를 한 공책이 있죠. 난 '금년에는 어떻게 봄이 왔는가?'라는 주제로 겨우 작문을 끝냈어요. 그걸 쓰느라고 많이 힘들었기 때문에, 처음부터 머리를 짜내서 다시 쓰고 싶지는 않군요."

여자가 몇 발자국 방 안쪽으로 들어섰고, 자비에르는 그녀를 더 잘 볼 수 있게 되었다. 부드럽고 우울하다고 생각했던 그녀에 대한 그의 첫인상은 정확했다. 두 개의 커다란 눈이 불분명한 얼굴에서 떠 있었으며, '두려움'이라는 또 하나의 어휘가 그의 머리에 떠올랐다. 예기치 않았던 그의 출현에 대한 두려움이 아니라 아주 오래된 두려움이었는데, 그것은 용서를 비는 듯한 그녀의 손짓과, 창백함과, 크고 움직임 없는 눈의 형태로 그녀에게 남아 있었다.

그렇다, 여자는 정말로 용서를 빌고 있었다! "죄송합니다." 그녀가 말했다. "하지만 당신 책가방이 어떻게 우리 집 방으로 들어왔는지 전혀 알 길이 없군요. 조금 아까 방을 청소했는데, 그땐 이곳에 전에 없던 물건은 하나도 못 봤거든요."

"아무래도 상관없습니다." 아직도 창턱에 웅크리고 앉은 채로 자비에르가 말했다. 그는 마룻바닥을 가리켰다. "아직 저기 있는 걸 보니 안심입니다."

"당신이 가방을 찾게 되어서 기뻐요." 그녀가 말하고는 미소를 지었다.

그들은 서로 마주 보았다. 그들 사이를 갈라놓은 것은 편물 탁상보를 덮고 밀초종이로 만든 조화(造花)를 가득 채운 유리 화병을 올려놓은 탁자뿐이었다.

"그래요, 잃어버렸더라면 무척 골치 아프게 되었을 거예요." 자비에르가 말했다. "국어 선생이 그렇지 않아도 나를 미워하고 있으니, 만일 숙제를 잃어버린다면 틀림없이 나를 낙제시킬 거예요."

여자의 얼굴에서 공감하는 표정이 나타났다. 그녀의 눈이 어찌나 커졌는지 얼굴의 나머지 부분과 몸뚱아리는 그 눈에 그냥 붙어 있는 부속물처럼 여겨져서 자비에르는 눈 이외에 아무것도 의식할 수 없게 되었다. 그는 그의 시야의 언저리에만 존재하는 여자의 얼굴 용모나 몸매의 윤곽에 대해서는 아무것도 선명하게 파악하지 못했다. 여자가 주는 지배적인 인상은 사실상 갈색 광채로 모든 것을 씻어내는 듯한 그녀의 커다란 눈으로 국한되었다.

바로 그 눈을 향해서, 이제 자비에르는 탁자를 돌아서 다가갔다. "난 나이가 많은 낙제생이랍니다." 그녀의 어깨에 손을 얹으며 말했다. (아, 그 어깨는 젖가슴만큼이나 말랑말랑했다!) "내 말을 믿어요." 그가 말을 이었다. "1년 후에 같은 교실로 돌아와서 또다시 같은 책상에 앉는 순간보다 더 서러운 일은 아마 없을 거예요……."

그러자 그녀가 갈색 눈을 들어 그를 쳐다보았고, 행복의 물결이 그를 삼켰다. 자비에르는 이제 그가 손을 내려 그녀의 젖가슴이나 아랫배나 어느 곳이라도 만질 수 있다는 것을 알았는데, 그녀를 지배하는 두려움이 그의 품 안에서 그녀를 유순하게 만들 것이기 때문이었다. 하지만 그는 손을 움직이지 않았고, 아름답고 둥근 언덕 같은 어깨를 손바닥으로만 감싸 잡았으며, 그것만으로도 충분히 아름답고 만족스러워서 더 이상 바라는 것이 없었다.

잠시 동안 그들은 꼼짝도 않고 서 있었다. 여자는 열심히 귀를 기울이는 듯싶더니, 나지막이 속삭였다. "얼른 가셔야겠어요. 남편이 돌아오고 있어요!"

자비에르에게는 책가방을 집어들고 창문으로 나가 다리의 난간으로 뛰어오르는 것처럼 간단한 일은 또 없지만, 그는 그렇게 하지 않았다. 그는 여인이 위험에 처했으며, 그녀와 같이 있어야만 한다는 황홀한 기분에 사로잡혔다. "난 당신을 버려두고 갈 수 없습니다!"

"남편이라니까요! 어서 가세요!" 그녀가 애원했다.

"아닙니다. 난 당신하고 같이 있겠어요! 나는 겁쟁이가 아닙니다!" 자비에르가 선언했고, 그 사이에 벌써 층계에서 발자국 소리가 뚜렷하게 들려왔다.

여자가 자비에르를 창문 쪽으로 밀어내려고 했지만 그는 위험에 처한 여자를 내버릴 수가 없다는 것을 알았다. 어느새 방의 반대편 끝에서 문이 열리는 소리가 들려왔다. 마지막 순간에 자비에르는 마룻바닥으로 몸을 던져 침대 밑으로 기어들어갔다.

3

찢어진 매트리스를 다섯 개의 널빤지가 받쳐주는 침대와 마룻바닥 사이의 공간은 관(棺)보다 조금도 더 넓을 것이 없었다. 하지만 관하고는 달라서 (매트리스의 밀짚 향기가 풍기는) 그 공간은 기분 좋은 냄새가 났으며, (발자국 소리가 크게 울리는 것이) 음향 상태가 완벽했고, 시야는 충분히 트였다. (매트리스를 덮은 회색 헝겊을 통해서 그가 절대로 버려서는 안 되는 여인의 얼굴, 매트리스의 두꺼운 천을 뚫고 나온 지푸라기 세 가닥에 찔린 듯 보이는 얼굴이 비쳤다.)

그의 귀에 들려온 발자국 소리는 무거웠으며, 머리를 돌린 자비에르는 방 안으로 뚜벅뚜벅 들어오는 한 켤레의 목 긴 구두를 보았다. 그는 여자의 목소리를 들었고, 몇 분 전에 그에게 말했을 때나 마찬가지로 우울하고, 겁에 질리고, 유혹적인 그 목소리를 듣자 통렬한 슬픔의 의식이 그를 사로잡았다. 그러나 자비에르는 이성적인 남자여서 갑자기 밀어닥치는 질투의 아픔을 극복했고, 여인이 위험에 빠져 있으며 그녀가 동원할 수 있는 무기인 얼굴과 우울함으로 자신을 보호하고 있다는 것을 이해했다.

그는 남자의 목소리를 들었는데, 그 목소리는 마룻바닥을 가로질러 성큼성큼 걸어왔던 검은 목 긴 구두와 완벽하게 잘 어울리는 듯싶었다. 그는 여자가 "아뇨, 아뇨, 아니에요"라고 말하는 것을 들었다. 남자의 발이 그가 숨어 있는 곳으로 왔고, 그의 머리 위 나지막한 지붕이 더욱 가라앉아 거의 얼굴에 닿을 지경이었다.

그는 여자가 다시 "아뇨, 아뇨, 지금은 안 돼요, 제발"이라고 말하는 소리를 들었고, 자비에르는 굵고 거친 매트리스 헝겊의 결을 통해서 그녀의 얼굴을 다시 보았는데, 그 얼굴은 굴욕감을 그에게 전하려고 하는 것 같았다.

그는 관 속에서 일어나고 싶었고, 어서 여자를 구하고 싶었지만, 그래서는 안 된다는 사실도 알고 있었다. 그녀의 얼굴이 너무나 가깝게 느껴졌으며, 그를 굽어보며 애원하는 그 얼굴로부터 세 가닥의 지푸라기가 세 개의 화살처럼 뻗어 나왔다. 자비에르의 머리 위에서 널빤지들이 율동을 일으키며 흔들리기 시작했고, 여자의 얼굴에 화살처럼 꽂혔던 지푸라기가 그 율동에 맞춰 자비에르의 얼굴을 간질였고, 그래서 그는 갑자기 재채기를 했다.

자비에르의 머리 위에서 벌어지던 모든 동작이 멈추었고 침대가 조용해졌다. 아무 소리도 나지 않았고, 자비에르도 숨을 죽였다. "무슨 소리가 났지?"라는 남자의 말과 "난 아무 소리도 듣지 못했는데요"라는 여자의 대답이 들려왔다. 잠시 침묵이 흐른 다음에 남자가 물었다. "저 가방은 뭐야?" 자비에르는 시끄러운 발자국 소리를 들었고, 창문 쪽으로 걸어가는 목 긴 구두를 보았다.

'저 친구는 목 긴 구두를 신은 채로 섹스를 하고 있었구만!' 자비에르가 분노해서 생각했다. 그는 화가 났고, 결단의 순간이 왔다고 느꼈다. 그는 팔꿈치로 몸을 지탱하며 방 안에서 어떤 상황이 벌어지고 있는지를 충분히 볼 수 있을 만큼 침대 밑으로부터 미끄러져나왔다.

"누구야? 당신 그놈을 어디다 숨겨놓았지?" 남자의 목소리가 외쳤으며, 자비에르는 검정 목 긴 구두를 신은 사람이 경찰관의 제복인 감색 바지와 감색 상의를 입고 있음을 보았다. 남자가 신경을 곤두세우고 방 안을 둘러본 다음에 그 안에 연인이 숨어 있다는 암시라도 하듯 배가 불룩한 모양의 옷장으로 달려갔다.

그 순간에 자비에르는 고양이처럼 소리 없이, 그리고 표범처럼 재빠른 동작으로 숨어 있던 곳으로부터 벌떡 일어섰다. 제복 차림의 남자는 옷이 가득 들어찬 옷장 문을 열고는 안으로 손을 들이밀고 있었다. 그러나 이때쯤에는 이미 자비에르가 그의 등 뒤에 와 서 있었고, 숨겨놓은 연인을 잡으려고 남자가 다시 손을 들이밀려고 하는 순간 자비에르는 뒤에서 그의 목덜미를 움켜잡아 옷장 속으로 밀어넣었다. 그리고는 문을 닫아 잠그고 열쇠를 호주머니에 넣은 다음에 여자를 향해 돌아섰다.

4

옷이 너무 많아 방음 효과를 내어 무슨 말인지 알아듣기 힘든 욕설을 퍼붓는 고함 소리와 옷장을 두드리는 소음을 들으며 그는 여인의 휘둥그레진 갈색 눈과 마주 보았다.

그는 커다란 눈의 응시를 받으며 침대에 걸터앉아 여자의 어깨를 잡았고, 손바닥에 닿는 그녀 맨살의 감촉을 느낀 다음에야 그는 그녀가 온몸을 거의 드러내는 슬립만 걸쳤다는 것을 알았고, 그 속옷 밑에서 보드라운 젖가슴이 유혹적으로 들먹거리는 것을 보았다.

옷장을 탕탕 두드리는 소리가 계속되었고, 자비에르는 여인을 꼭 껴안은 채로 그녀의 몸매를 음미하려고 했지만 여인의 모습이 녹아서 사라지는 듯하더니 결국 커다랗고 투명한 두 눈만 남았다. 그는 그녀에게 두려워하지 말라고 말했으며, 옷장이 안전하게 잠겼다는 증거로 열쇠를 보여주었고, 남편을 가둔 감옥은 단단한 참나무로 만들었으므로 포로가 자물쇠를 열거나 부수고 나올 수가 없다는 사실을 그녀에게 상기시켜주었다. 그러더니 그는 여인에게 키스를 했고, (마치 현기증이 나는 상태를 극복하기 어려운 것처럼 그의 손은 여전히 그녀의 노출된 두 어깨에 그대로 얹혀 있었는데, 그녀의 젖가슴이 너무나 유혹적이어서 손을 차마 밑으로 내려 만지기가 두려웠기 때문이었다) 입술을 그녀의 뺨에 댔는데, 그러자 그는 깊고 깊은 물속에 잠겨들어가는 듯한 기분을 느꼈다.

"우린 어떻게 해야 하죠?" 그녀가 물었다.

그는 여인의 어깨를 어루만지며 걱정할 필요가 없고, 만사가 잘 해결

될 것이고, 그는 여태까지 이토록 행복했던 적이 없고, 옷장 속에서 들려오는 소음은 도시의 다른 쪽 끝에서 짖어대는 개나 축음기판에서 나오는 폭풍 소리만큼조차 관심이 없다고 대답했다.

그가 상황을 주도하고 있음을 과시하기 위해서 그는 몸을 일으키고 차분하게 방 안을 둘러보았다. 그러더니 탁자 위에 놓인 곤봉을 보고 미소를 지었다. 그는 그것을 집어들고 옷장으로 가더니 안에서 두드리는 소리에 응답해서 옷장의 옆구리를 몇 차례 세차게 때렸다.

"우린 어떻게 해야 하나요?" 여인이 다시 묻자 자비에르가 대답했다. "우린 멀리 떠날 거예요."

"저이는 어떻게 하구요?" 그녀가 물었다. "사람은 먹지 않고도 이삼 주일은 버틸 수 있답니다." 자비에르가 말했다. "1년 후에 우리들이 돌아와 보면 제복과 장화 차림의 해골만 남아 있겠죠." 그는 다시금 시끄러운 소리가 나는 가구로 다가가서 곤봉으로 때리고는 웃음을 터뜨렸으며, 따라 웃기를 바라며 여자를 쳐다보았다.

그러나 그녀는 심각한 표정을 지은 채로 되풀이해서 물었다. "우리들은 어디로 갈 건가요?" 자비에르가 설명을 하려고 했지만, 그녀가 말을 가로막고는 이곳이 그녀의 집이며, 그녀를 데리고 가려는 곳에는 그녀의 옷장과 새가 없을 것이라고 말했다. 자비에르는 가정이란 옷장이나 새장에 갇힌 새가 아니라, 사랑하는 사람이 함께 있는 곳을 의미한다고 대답했다. 그러더니 그는 자기도 집이 없으며, 그의 가정은 행동과 여행으로 이루어졌다고 덧붙여 말했다. 그는 하나의 꿈으로부터 다른 꿈으로, 하나의 풍경으로부터 다른 풍경으로 이동을 해야만 살아갈 수가 있으며, 만일 한 장소에 너무 오래 머물렀다가는 그녀의 남편이 여러 주일 동안 옷장 안에 갇혀 있으면 죽게 되리라는 것만큼이나 분명히 자기도 죽고 말리라고 말했다.

이런 대화를 주고받는 동안 그들은 옷장이 조용해졌음을 깨달았다.

그 정적이 어찌나 예민하게 느껴졌는지 그들은 폭풍이 지난 다음에 상쾌한 평화가 찾아온 것처럼 마음이 맑아졌고, 카나리아는 노래를 부르기 시작했으며, 창문은 노란 석양의 광채로 가득 찼다. 그것은 여행을 떠나라는 유혹처럼 아름다웠다. 그것은 하느님의 자비처럼 아름다웠고, 어느 경찰관의 죽음처럼 아름다웠다.

여인이 자비에르의 얼굴을 어루만졌는데, 그녀가 스스로 마음이 내켜 그를 만진 것은 이때가 처음이었다. 또한 자비에르가 그녀의 참되고 꿋꿋한 면모를 분명히 보았던 것도 이때가 처음이었다. 그녀가 말했다. "그래요, 우린 떠날 거예요. 우린 당신이 원하는 어느 곳으로라도 갈 거예요. 내가 몇 가지 물건을 챙길 테니 잠깐만 기다려줘요."

그녀가 다시금 그를 어루만지고는 미소를 지으며 문으로 걸어갔다. 그는 갑자기 평화로움이 흘러넘치는 눈으로 그녀는 지켜보았고, 물고기처럼 유연하게 흐르는 그녀의 걸음걸이를 지켜보았다.

그리고 그는 침대에 누웠다. 그는 기분이 무척 좋았다. 안에 갇힌 남자는 잠이 들었거나 목이라도 매달았는지 옷장 속은 조용했다. 그 고요한 정적은 넓은 공간을 가득 채웠고, 창을 통해서 몰다우 강의 속삭임과 도시의 둔감한 소음이 — 너무나 멀어서 숲이 살랑거리는 듯한 소음이 들어왔다.

자비에르는 다시금 그가 여행을 떠나도 좋으리라는 기분을 느꼈다. 그리고 항해를 떠나기 전의 순간, 내일의 수평선이 우리들을 찾아와 약속의 손짓을 해주는 순간보다 더 아름다운 것은 없었다. 자비에르는 구겨진 담요 위에 누워 있었고, 모든 것이 녹아 멋진 하나의 결합체가 되어서, 부드러운 침대는 여인이 되었고, 여인은 물이 되었고, 물은 유연하면서도 탄력성이 있는 선실의 침대가 되었다.

문이 열리고 여자가 다시 들어왔다. 그녀는 파란 옷을 입고 있었다. 물처럼 파랗고, 영원히 손짓해 부르는 수평선처럼 파랗고, 그가 천천히 아무런 저항도 못하며 휩쓸려 흘러들어가는 잠처럼 파란 빛깔이었다.
  그렇다. 자비에르는 잠이 들었다.

5

자비에르는 깨어 있는 삶을 위해서 자신을 재충전하느라고 잠을 자지 않는다. 그렇다, 1년에 삼백예순다섯 번씩 오락가락 흔들리는 잠과 깨어 있음의 단조로운 추를 그는 알지 못한다.
  그에게는 수면이 삶과 상반되는 것이 아니었고—수면이 삶이며, 삶이 꿈이었다. 그는 한 삶에서 다른 삶으로 옮겨가듯 한 꿈에서 다른 꿈으로 옮겨갔다.
  가로등 이외에는 칠흑처럼 어두운 암흑이었다. 원뿔 모양의 가로등 불빛 속에서 그들은 밤을 가르며 나아갔고, 커다란 눈송이들이 소용돌이를 쳤다.
  그는 역(驛)의 문으로 달려들어가서 얼른 대합실을 통과해 플랫폼에 이르렀다. 그곳에서는 칙칙거리고 수증기를 뿜으며 창문들을 훤히 밝힌 기차가 기다리고 있었다. 늙은 남자가 랜턴을 흔들고 그의 곁을 지나가면서 찻간문들을 닫았다. 자비에르가 얼른 뛰어올라 탔고, 노인이 커다랗게 반원을 그리며 높이 랜턴을 흔들었고, 신호나팔의 차분한 음조가 플랫폼의 다른 쪽 끝에서 들려왔고, 기차가 떠났다.

6

일단 차를 타고 난 그는 숨을 돌리려고 멈추었다. 또다시 그는 마지막 순간에 성공했으며, 아슬아슬한 순간에 도착하는 것을 그는 특별히 자랑으로 삼았다. 다른 사람들은 항상 잘 짜인 계획표에 따라 시간을 맞춰왔고, 그래서 그들은 선생이 나눠준 시험지를 베끼듯 아무런 놀라움도 없이 평생을 살아가게 마련이었다. 자비에르는, 기차 찻간의 미리 지정된 자리에 앉아서 그들이 일주일을 보낼 예정인 산에 있는 오두막에 대해서 그리고 단 한 번의 실수도 없이 항상 자동적이고 맹목적으로 살아갈 수 있도록 학교에서 벌써 훤히 익힌 질서정연한 일상생활에 대해서 예정된 뻔한 대화를 나누는 그들을 상상해보았다.

그런 반면에 자비에르는 갑작스러운 충동에 이끌려서 상당히 예기치 않게, 거의 마지막 시간에 도착했다. 그는 이제 찻간의 통로에 서서, 자기가 무엇에 홀려 수염 속에서 벼룩들이 들끓고 대머리가 벗겨진 선생들과 따분한 학우들과 함께 수학여행을 같이 오게 되었는지 의아해했다.

그는 어슬렁거리며 찻간을 돌아다니기 시작했다. 어떤 아이들은 통로에 서서 성에가 덮인 유리창에 입김을 불어 녹여서 빠끔하게 생긴 구멍으로 바깥을 내다보았고, 또 어떤 아이들은 머리 위 선반 위에 스키를 엇걸어 옷가방에 기대놓고는 자리에 앉아 한가하게 빈둥거렸다. 뒤쪽 어디에서인가 카드 놀이를 하는 아이들도 있었고, 어떤 찻간에서는 '우리 집 카나리아가 죽어 없어졌다네. 우리 집 카나리아가 죽어 없어졌다네. 우리 집 카나리아가 죽어 없어졌다네……' 하면서 네 단어만 한없이 되풀이하고 또 되풀이하는 가난한 멜로디로 이루어진 끝없는 노래를 목구멍이 터져라 불러댔다.

그는 그 찻간 앞에서 걸음을 멈추고 안을 들여다보았다. 안에는 그와 같은 학년이었던 금발의 여학생 한 명과 상급반 남학생 세 명이 있었다. 그를 보자 여학생은 낯을 붉혔지만, 커다란 눈을 자비에르에게 고정시킨 채로 노래를 계속 불러댐으로써 당황한 기색을 감추려고 했다. "우리 집 카나리아가 죽어 없어졌다네. 우리 집 카나리아가……."

자비에르는 뒤로 물러나서 학생들이 즐겨 부르는 노래와 웃고 떠드는 소리가 들려오는 다른 찻간들을 걸어갔다. 그는 차장 제복을 입은 남자가 찻간마다 문 앞에서 멈추고 차표를 보여달라면서 그를 향해 가까이 오는 것을 보았다. 자비에르는 제복에 속아 넘어가지 않았는데,— 차장의 모자를 쓴 사람은 틀림없이 라틴어 선생이었으며, 기차표가 없기 때문이기도 했거니와 라틴어 강의를 들어본 지가 (얼마나 오래 되었는지 도대체 기억조차 나지 않았지만 어쨌든) 상당히 오래 되었기 때문에 무슨 수를 써서라도 그를 피해야 한다는 것을 알았다.

  그는 라틴어 선생이 어느 찻간을 들여다보느라고 몸을 앞으로 수그린 순간을 틈타서 얼른 그의 뒤로 빠져나가 세면실과 화장실로 통하는 두 개의 문이 달린 작은 칸이 있는 앞쪽으로 갔다. 세면실의 문을 연 그는 포옹을 하고 있는 이상한 한 쌍의 남녀를 보았는데, 그들은 50대의 근엄하고 엄격한 여자인 체코어 선생과, 항상 첫째 줄에 앉으며 어쩌다가 가끔 교실에 들어갈 때가 있더라도 자비에르가 거들떠보지도 않던 어느 학생이었다. 그를 보자 깜짝 놀란 두 연인은 재빨리 서로 떨어져서 세면대 위로 몸을 숙이고는 수도꼭지에서 졸졸 떨어지는 가느다란 물줄기 밑에서 부지런히 손을 비벼댔다.

  자비에르는 그들을 훼방놓고 싶은 생각이 없어서 다시 승강계단으로 나갔는데, 그곳에는 금발의 동급생이 서 있다가 커다랗고 파란 눈으로 그를 쳐다보았다. 자비에르가 영원히 계속되리라고 생각했던 카나리아에 대한 노래를 더 이상 부르고 있지 않아서 그녀는 입술이 움직이지 않았다. 아, 그렇지 않아도 이 세상의 모든 것이 애초부터 눈앞이 막막한 운명인데, 노래가 영원히 계속되리라고 믿다니 얼마나 미친 짓인가! 그는 생각했다.

  이런 생각을 염두에 두고 그는 금발 여학생의 눈을 물끄러미 쳐다보았으며, 덧없는 순간이 영원으로 통하고 작은 것이 큰 것으로 통하는 거짓된 놀이에 동의해서는 안 되고, 사랑이라고 일컫는 헛된 놀이에 응해서도 안 된다는 사실을 깨달았다. 그렇기 때문에 그는 몸을 돌려 키가 큰 체코어 여선생이 키가 작은 남학생의 허리를 끌어안고 다시 비벼대고 있는 세면실로 되돌아갔다.

"제발 부탁입니다. 다시 손을 씻는 시늉을 하지는 말아요!" 자비에르가 그들에게 말했다. "내가 세수를 해야겠으니까요." 그는 차분하게 그들을 지나 물을 틀고는 세면대로 몸을 수그린 다음에 그의 뒤에 당황해서 서 있던 두 연인에게 여유를 주고 자신도 잠시나마 혼자만의 시간을 가져보려고 했다. "옆칸으로 가야겠어." 결심을 한 듯한 목소리로 선생이 속삭였다. 자비에르는 문이 짤그락거리고 네 개의 발이 옆에 붙은 화장실로 들어가는 소리를 들었다. 그는 혼자 남았다. 흐뭇해진 그는 벽에 목을 기대고는 크고 애절한 두 개의 푸른 눈이 감미로운 빛을 비쳐준 생각들을, 사랑의 덧없음에 대한 생각들을 하느라고 자신을 잊었다.

7

기차가 멈추었고, 웃고 떠드는 소리와 두드리고 발을 구르는 소리와 나팔 소리가 들려왔으며, 자비에르는 숨어 있던 곳에서 나와 플랫폼으로 몰려내려가는 아이들과 합류했다. 그는 언덕들과 커다란 달과 빛나는 백설(白雪)을 보았으며, 그들은 대낮처럼 모든 것이 훤히 잘 보이는 어둠 속을 지나서 나아갔다. 그들은 기나긴 행렬을 이루었으며 스키들이 성스러운 상징물처럼, 거룩한 선서를 하는 손가락들처럼 위를 가리키고 있었다.

소원 성취를 비는 상징물 같은 스키를 가지고 있지 않은 사람은 자비에르 혼자뿐이었기 때문에 그는 호주머니에 두 손을 찌른 채로 기나긴 행렬에 섞여 따라갔다. 그는 계속 걸었고, 축 늘어진 다른 학생들이 주고받는 이야기를 들었다. 그가 머리를 돌려보니 연약하고 자그마한 금발의 여학생은 제일 뒤쪽으로 처져서 무거운 스키를 들고 발이 눈 속에 푹푹

꺼지며 비틀거리는 중이었다. 잠시 후에 그가 다시 돌아보니 늙은 수학 선생이 자신의 스키 위에 그녀의 스키를 얹어서 어깨에 메고는 다른 팔로 여학생을 부축해주고 있었다. 불행한 늙은이가 불행한 젊은이를 위로하는 그 씁쓸하고도 감미로운 광경을 지켜보며 자비에르는 기분이 좋아졌다.

그들은 희미한 댄스 음악 소리를 들었고, 자비에르의 일행이 숙소로 삼게 될 목조 간이건물들에 둘러싸인 식당으로 가까이 갈수록 그 음악 소리는 점점 더 커졌다. 자비에르는 예약한 방도 없었고, 치워둘 스키도 없었고, 갈아입을 옷도 없었다. 그래서 그는 곧장 홀로 갔다. 그곳에는 무도장과, 재즈 악단과, 식탁에 앉은 손님 몇 명이 있었다. 몇 명의 남자에게 에워싸여 맥주를 마시던 짙은 적색의 스웨터와 몸에 꼭 끼는 슬랙스 바지 차림의 여자가 당장 그의 눈에 띄었다. 자비에르는 그 여자가 우아하고 자존심이 강하며, 따분해하고 있다는 것을 알았다. 그는 그녀에게로 가서 춤을 추자고 청했다.

그들은 무도장 한가운데로 나가 단둘이서 춤을 추었다. 자비에르는 여자의 목이 아름답게 시들었고, 눈가의 피부가 아름답게 주름졌다고 생각하며, 얼굴에 깊이 팬 골짜기들을 살펴보았다. 그리고 그는, 겨우 학생인 나이에 그토록 오랜 세월을 품에 안고 있다는 사실이 — 거의 끝막음을 해가는 인생을 품에 안고 있다는 사실이 행복했다. 그는 그녀와 같이 춤을 춘다는 것이 자랑스러웠고, 그래서 마치 그와 같이 춤을 추는 상대방의 나이가 높고 높은 산이고, 젊은 금발 여학생은 그 산의 발치에서 애원하며 우러러보는 풀잎 한 잎에 지나지 않는 듯한 기분이 들어서, 그 여학생이 지금 들어와 드날리는 그의 우월함을 봐주기를 바랐다.

그리고 그가 바라던 그대로 되었다. 스키복 바지를 치마로 갈아입은 여학생들을 동반하고 남학생들이 홀로 몰려 들어오기 시작했고, 빈 식탁의 자리를 그들이 모두 채웠기 때문에 자비에르는 상당히 많은 관중이 지켜보는 한가운데서 짙은 적색의 여인과 춤을 추게 되었다. 그는 어느 식탁에 앉은 금발의 여학생을 보고는 마음이 흐뭇해졌다. 그녀는 아름다운 드레스를 입었는데, 너저분한 홀에 비해서 너무 좋아 보이는 하얗고 섬세한 드레스를 입어서인지 아까보다도 훨씬 연약하고 가련해 보였다. 자비에르는 그녀가 그 드레스를 그에게 보여주기 위해서 입었음을 알았고, 그녀를 놓쳐서는 안 되며, 오늘 저녁은 철저히 그녀를 위해서만 살리라고 굳게 결심했다.

8

맥주 잔 너머로 그들을 빤히 쳐다보던 바보 같은 얼굴들을 참을 수가 없어진 그는 짙은 적색 스웨터의 여자에게 더 이상 춤을 추고 싶지 않다고 말했다. 여자가 웃으면서 동의했다. 비록 악단이 한창 음악을 연주하는 도중이었고 무도장에는 다른 사람이 아무도 없었지만, 그래도 그들은 (남들이 모두 빤히 지켜보는 가운데) 춤을 중단하고는 손을 맞잡고 무도장에서 벗어나 식탁들을 지나서 하얀 바깥으로 나갔다.

바깥 공기는 차가웠고, 자비에르는 얼마 안 있다가 추운 곳으로 뒤따라 나올 하얀 드레스 차림의 연약하고 병든 듯한 여학생을 생각하고 있었다. 그는 짙은 적색 옷 여인의 팔을 잡고 더 멀리 벌판으로 나갔다. 그는 자기가 요술 피리를 부는 사람이고 그녀는 피리 소리를 듣고 따라오는 여자라는 생각이 들었다.

잠시 후에 레스토랑의 문이 열리더니 금발의 여학생이 나왔다. 하얀 드레스가 백설과 하나가 되어 마치 눈 속에서 걸어가는 눈송이 같은 그녀는 아까보다도 더욱 연약해 보였다. 자비에르는 따뜻한 옷을 입고 무척 나이가 많은 여자를, 스웨터 차림의 여자를 끌어당겨 키스를 했고,

스웨터 밑으로 그녀의 몸을 만져보았고, 슬픈 표정으로 그들을 물끄러미 지켜보는 몸집이 자그마한 백설의 아가씨를 곁눈질로 힐끗 훔쳐보았다.

그는 나이 많은 여자를 눈 속에 눕힌 다음에 어기적거리며 그녀를 올라탔다. 그는 시간이 자꾸 늦어지고 있으며, 여학생의 옷이 얇고, 서릿발이 그녀의 종아리와 무릎을 타고 올라갔으며, 냉기가 그녀의 허벅지까지 다다르고, 점점 더 높이 올라가서 사타구니와 아랫배까지 이르렀으리라는 것을 알았다. 그들은 몸을 일으켰고, 연상의 여인은 그녀가 방을 얻은 어느 건물로 그를 이끌고 갔다.

방은 아래층에 있었으며 창문은 눈이 덮인 지면과 거의 같은 높이였다. 자비에르는 겨우 몇 발자국 떨어진 곳에서 그를 지켜보는 금발의 여학생을 보았다. 그는 자신의 영상으로 그의 내면을 가득 채우던 이 여학생의 모습을 놓치고 싶지 않았고, (불빛을 필요로 하는 목적을 오해한 연상의 여인이 음탕하게 웃긴 했지만) 불을 켠 다음에 그녀의 손을 잡고 창가로 갔으며, 창문을 통하여 완전히 바깥에서 볼 수 있는 자리에서 그녀를 포옹하고는 두툼하고 털이 푹신한 스웨터를 (나이 많은 육체를 보호하기 위한 따스한 스웨터를) 들어올렸고, 너무나 추워서 더 이상 자신의 육체를 느끼지 못할 정도로 꽁꽁 얼었을지도 모르는 여학생을 생각했고, 모든 감각을 상실할 정도로 얼얼하게 얼어붙은 육체 속에서 희미하게 깜박이는 그녀의 영혼을, 자비에르가 사랑했던—아, 그가 그토록 엄청난 사랑을 느끼며 흠모했던 영혼을 둘러싼, 죽어버린 껍질에 불과한 그녀의 육체를 생각했다.

그토록 엄청난 사랑을 누가 감당할 수 있단 말인가? 자비에르는 팔에서 기운이 빠지는 것을 느꼈다. 그의 두 팔은 나이 많은 여자의 젖가슴을 노출시킬 만큼 묵직한 스웨터를 높이 들어올릴 힘도 없었다. 그는 온몸이 무겁다는 기분이 들어서 침대에 힘없이 주저앉았다. 그가 느낀 황홀한 만족감을 설명하기는 어려운 일이었다. 사람이란 지극히 행복해지면 그 보상으로 잠이 찾아오게 마련이다. 자비에르는 미소를 지으며 깊은 잠에 빠졌다. 그는 두 개의 얼어붙은 눈이, 두 개의 차가운 달이 비추는 아름답고 감미로운 밤으로 빠져들어갔다.

9

자비에르는 기나긴 회색 끈처럼 탄생에서부터 죽음에까지 이르는 단 하나의 삶만을 살아가지 않는다. 그렇다, 그는 그의 삶을 살지 않고—그는 그 삶을 잠자고, 그 잠은 삶 속에서 꿈과 꿈 사이를 오가며 뛰어다닌다. 그는 꿈을 꾸고, 한참 꿈을 꾸다가 잠이 들어서 또다른 꿈을 꾸고, 그래서 잠은 하나의 상자 속에 다른 상자가 들어 있는, 여러 개의 상자와 같다.

보라! 바로 이 순간에 그는 카를 다리 옆에 있는 집에서도 잠을 자는 동시에 산 속에 있는 집에서도 잠을 잔다. 그 두 개의 잠이 오래 계속되는 두 가지 풍금의 음(音)처럼 여운을 남긴다. 그 두 가지 음에 이제 세 번째 음이 겹쳐진다.

그는 서서 주위를 둘러보고 있다. 길거리는 텅 빈 것 같고, 그림자들이 가끔 어른거리며 나타나 길모퉁이를 돌아서, 아니면 어느 문 안으로 들어가서 재빨리 사라진다. 자비에르도 역시 남들의 눈에 띄고 싶지 않다. 그가 교외지역의 샛길을 따라 살금살금 접근하는 사이에 도시의 다른 쪽 끝에서 총성이 들려온다.

마침내 어느 집으로 들어간 그는 층계를 내려간다. 지하층 복도에서 문이 몇 개 열린다. 잠시 동안 그는 옳은 문을 찾고, 그리고는 그 문을 두드린다. 세 번 두드리고—잠시 쉬고—그리고 세 번 더.

10

 문이 열리고 작업복 차림의 젊은이가 그에게 들어오라고 말했다. 그들은 옷걸이에 옷들이 걸려 있고, 잡동사니가 가득 차 있고, 구석에는 총들이 쌓여 있는 방을 몇 개 지나갔다. 그들은 (집의 안채를 훨씬 벗어난 모양이어서) 긴 통로를 내려가 작은 지하의 홀로 들어갔는데, 그곳에는 스무 명 이상의 사람들이 앉아 있었다.

 그는 빈 의자에 앉아서 그곳에 모인 사람들을 살펴보았는데, 아는 얼굴이 몇 명밖에 되지 않았다. 홀의 위쪽에는 세 사람이 탁자 뒤에 앉아 있었다. 그들 가운데 뾰족한 모자를 쓴 한 남자가 방금 말을 하고 있었는데 — 모든 일이 결판이 날 예정이었던, 곧 다가올 어느 비밀의 날에 대한 이야기였다. 삐라, 신문, 라디오, 우체국, 전신국, 무기 — 모든 것이 계획대로 진행될 것이었다. 다음에 그는 개개인에게 그들이 맡은 임무에 관해서 물어보았다. 마지막으로 그는 자비에르에게로 시선을 돌리고 명단을 가져왔느냐고 물었다.

 그것은 무서운 순간이었다. 안전한 곳에 간직할 수 있도록 확실히 해두기 위해서 자비에르는 오래 전에 그 명단을 체코어 공책의 마지막 페이지에 베껴놓았었다. 그 공책은 다른 교과서들과 함께 그의 책가방 속에 들어 있었다. 그런데 그 가방이 어디로 갔을까? 그는 가방을 가지고 있지 않았다!

 모자를 쓴 남자가 질문을 되풀이했다.

 맙소사, 그 가방이 도대체 어디로 갔을까? 자비에르는 황급히 생각해 보았고, 그러자 마음속 깊은 곳에서 감미로운 황홀감이 밀려오면서 막연하지만 집요한 어떤 기억이 표면으로 떠올라오려고 했다. 그는 그 기억을 움켜잡고 싶었지만, 모든 사람의 얼굴이 대답을 기다리며 그에게로 쏠려 있었기 때문에 그럴 만한 시간이 없었다. 그는 명단을 가지고 있지 않다고 시인할 수밖에 없었다.

모든 사람들, 그의 믿음직한 모든 동지들의 표정이 음울해졌고, 모자를 쓴 남자는 차가운 목소리로 만일 적이 그 명단을 손에 넣는다면 그들이 모든 희망을 걸고 있는 그날은 파탄을 맞을 것이고, 다른 날들과 마찬가지로 그날도 공허하고 죽어버린 하루가 되리라고 말했다.

그러나 자비에르가 미처 대답을 하기도 전에 회장의 책상 뒤쪽에 있는 문이 열리더니 한 남자가 날카롭게 휘파람을 불었다. 이것이 비상 신호라는 것을 모두들 알고 있었다. 모자를 쓴 남자가 어떤 명령을 내리기도 전에 자비에르가 소리쳤다. "제가 앞장을 서게 해주세요!" 그가 이 말을 한 까닭은 그들이 가야 할 길이 위험한 길이었으며, 선봉에 나선 사람은 목숨을 걸어야 한다는 사실을 알았기 때문이었다.

자비에르는 그가 잊어버리고 명단을 가지고 오지 않았기 때문에 그 죄의식을 씻어내야만 한다는 것을 알았다. 그러나 위험을 자청하게 만든 이유는 죄의식뿐만이 아니었다. 그는 인생을 단순한 생존의 차원으로 격하시키고 인간으로 하여금 절반밖에 인간 노릇을 못하게 만드는 옹졸함에 역겨움을 느꼈다. 자신은 저울의 한쪽에 생을, 그리고 다른 쪽에는 죽음을 놓아보고 싶었다. 그는 자신의 모든 행동, 모든 나날, 그렇다, 존재할 가치가 있는 모든 시간과 순간을 죽음이라는 궁극적인 상황에 의해서 측정해보고 싶었다. 그렇기 때문에 그는 일행의 앞장을 서고, 심연의 위에서 줄타기를 하고, 총탄의 후광이 그의 머리를 빛나게 하고, 죽음 그 자체만큼이나 그가 거대해질 때까지 모든 사람의 눈앞에서 자라나기를 원했다······.

모자를 쓴 남자가 냉정하고 근엄한 눈으로 그를 쳐다보았는데, 그 시선 속에서는 이해의 불꽃이 번득였다. "좋소." 그가 말했다. "당신이 앞장을 서시오!"

11

 그는 철문을 비집고 나가 좁다란 마당에 이르렀다. 날은 어두웠고, 멀리서 총성이 들려왔으며, 하늘을 보니 탐조등 불빛들이 지붕 위로 이리저리 비추었다. 좁다란 철제 사다리가 땅바닥에서부터 5층 건물의 꼭대기까지 이어졌다. 그는 기어올라가기 시작했다. 다른 사람들이 마당으로 따라 나와서 벽 앞으로 몰렸다. 그들은 그가 지붕까지 올라가서 안전하다는 신호를 해주기를 기다렸다.
 그런 다음에 그들은 앞장 선 자비에르를 따라 소리 없이 조심스럽게 옥상을 기어넘어갔다. 어둠을 꿰뚫어보면서 그는 고양이처럼 움직였다. 자비에르가 어느 지점에서 멈추고는 모자를 쓴 남자에게 손짓하더니 저 아래 까마득히 먼 아래쪽에서 총신이 짧은 무기를 손에 들고 사방을 살피며 달려가는 사람들을 가리켰다. "어서 계속해서 길을 안내해요." 남자가 자비에르에게 말했다.
 그리고 자비에르는 이동을 계속해서 이 지붕에서 저 지붕으로 뛰어 건너고, 짤막한 철제 사다리를 기어오르고, 굴뚝 뒤로 몸을 숨기고, 집들과 지붕의 언저리들과 길거리의 대포들을 끊임없이 확인해대는 귀찮은 탐조등들을 피해가면서 나아갔다.
 아름다운 여행을 하던 말없는 남자들이 한 무리의 새로 변해 밑에서 기다리는 적들의 위를 날아서 지나쳐 도시의 위험이 없는 다른 쪽의 지붕들 위로 내려앉았다. 그것은 아름답고도 긴 여행이었지만 이제는 너무 길어졌고, 자비에르는 피로를 느끼기 시작했는데, 그것은 감각을 둔화시키고 이성을 환각으로 가득 채우는 그런 종류의 피로였다. 그는 장송행진곡이, 시골 장례식에서 취주악단이 흔히 연주하는 쇼팽의 유명한 "장송 행진곡(Marche Funébre)"이 들려온다고 생각했다.
 그는 속도를 늦추지 않았고, 정신을 가다듬고 불길한 환각들을 극복하기 위해서 최선을 다해 노력했다. 그래도 소용이 없어서 마치 눈앞에 닥친 그의 운명을 예고하듯, 마치 눈앞에 닥쳐온 죽음의 검은 베일을 이 전투의 순간에 덮어씌우려는 듯, 음악이 그의 귓전에서 집요하게 울렸다.

왜 그는 이 환각에 그토록 흥분하며 저항했는가? 그는 옥상에서 벌인 대모험을 멋지고도 기억에 남을 만한 공적으로 만들 그런 숭고한 죽음을 원하지 않았던가? 그의 죽음을 예고하는 장송곡은 그의 용기에 대한 승리의 전송가가 아니었던가? 그의 전투는 그의 장례식이고, 그의 장례식은 전투였으니 — 그런 오묘한 결합을 통해서 삶과 죽음이 하나가 되었다는 것은 아름답지 않은가?

그렇다, 자비에르는 죽음이 부르는 것을 두려워하지는 않았지만, 지금 이 순간에 더 이상 자신의 감각에 의존할 수 없고, (동지들의 안전을 보장하기로 선언했던!) 그가 장송곡의 음울한 소리에 귀가 마비되어 적이 그들을 사로잡으려고 함정을 파는 소리를 더 이상 들을 수 없게 되는 것은 겁이 났다.

그러나 현실과 그토록 가까운 유사한 환각이 정말로 가능하단 말인가? 상상 속의 쇼팽 행진곡이 엉성한 리듬과 단조로운 트롬본 음으로 그토록 가득할 수 있단 말인가?

12

눈을 뜬 그는 초라한 옷장 하나와 그가 누워 있는 침대밖에 없는 방을 보았다. 그는 옷을 입고 잠들었기 때문에 다시 옷을 입을 필요가 없고 침대 밑에 놓인 신발만 신으면 된다는 것을 알고는 마음이 놓였다.

하지만 그토록 실감나게 들리던 취주악단의 구슬픈 장례음악은 어디로 갔을까?

그는 창가로 갔다. 눈이 덮여 거의 폐허처럼 보이는 풍경 속에서 몇 사람이 꼼짝도 않고 서 있었다. 검은 옷을 입고 그에게 등을 돌린 그들은 주변의 시골 풍경처럼 처량하고 쓸쓸한 모습이었다. 하얀 눈이 녹아 축축한 땅에는 여기저기 더러운 잔설만 얼룩처럼 남았다.

그는 창문을 열고 몸을 밖으로 내밀었다. 이제야 그는 이해가 갔다. 음울한 옷차림의 사람들이 깊은 구멍 옆에 놓인 관 주위에 둘러서 있었다. 구덩이의 반대쪽에는 검은 옷차림의 또다른 한 무리의 사람들이 작은 악보판을 끼운 취주악기들을 들고 있었다. 그들은 악보를 열심히 들여다보며 쇼팽 행진곡을 연주했다.

창문은 땅과 거의 높이가 같았다. 그는 밖으로 나와서 무리 속으로 들어갔다. 그 순간에 건장한 두 남자가 관 밑으로 밧줄을 넣어서 구덩이 위로 들어올렸다가 천천히 내렸다. 문상객들 사이에 서 있던 어느 노부부가 흐느껴 울기 시작했고, 다른 사람들이 그들의 팔을 잡고 위로했.

관이 바닥에 닿았고, 검은 옷을 입은 사람들이 한 명씩 걸어올라가서 관 위에 흙을 한 줌씩 뿌렸다. 줄의 끝에 서 있던 자비에르도 눈덩이와 뒤섞인 흙을 조금 집어 구덩이로 던져넣었다.

다른 모든 사람과 전혀 모르는 사이인 문상객은 자비에르 혼자뿐이었고, 무슨 일이 벌어졌었는지를 모두 아는 사람도 자비에르 혼자뿐이었다. 금발의 소녀가 왜 그리고 어떻게 죽었는지를 아는 사람은 자비에르 밖에 없었다. 오직 자비에르만이 그녀의 종아리와 아랫배와 젖가슴을 만져대던 차가운 손에 대해서 알고 있었다. 그녀의 죽음을 야기한 사람이 누구인지 자비에르 이외에는 아무도 알지 못했다. 그녀가 고통을 받았고, 그녀의 사랑이 배반을 당하고 버림을 받는 꼴을 보느니보다 차라리 여기서 죽기를 원했던 바로 그 자리에 왜 그녀가 묻히고 싶어했는지를 아는 사람은 오직 자비에르뿐이었다.

모든 것을 알고 있는 사람은 자비에르 혼자뿐이었다. 다른 사람들은 이해를 못하는 구경꾼으로서, 이해를 못하는 희생자로서 참석했을 따름이었다. 그는 높은 산들이 솟아오른 배경 속에서 그들을 보았으며, 대지의 웅장함 속으로 죽은 소녀가 사라지듯 그들도 엄청나게 머나먼 곳으로 자취를 감추는 듯싶었다. (모든 사실을 알았기 때문에) 자비에르는 축축한 풍경보다 훨씬 더 거대했고, 그래서 문상객들과 죽은 소녀와 삽을 들고 무덤을 파는 사람들과 시골의 들판과 언덕들—그 모든 것이 그의 내면으로 들어갔고, 그의 광활함 속으로 사라졌다.

그의 삶은 풍경에 의해서 그리고 살아남은 사람들의 슬픔과 소녀의 죽음에 의해서 지탱되었고, 그는 내부에서 나무 한 그루가 자라는 듯 그의 육체의 내면이 채워지는 것을 느꼈다. 그는 자신이 커진다고 느꼈으며, 이제는 그의 육체를 외투라고만, 가면이라고만, 겸손함 대신에 쓴 가면이라고만 인식했다. 이런 자아의 가면을 쓰고 그는 이제 죽은 소녀의 부모에게로 다가가서 애도의 뜻을 표했다. (울어서 붉어지긴 했지만 아버지의 얼굴은 그에게 소녀의 모습을 상기시켰다. 그들은 힘없이 그에게 손을 내밀었고, 그의 손바닥 안에서 그들의 손은 너무나 연약하고 초라하게 느껴졌다.)

그가 마지막으로 금발의 소녀를 보았으며 잠이 들었던 목조 간이건물에서 그는 한참 동안 벽에 몸을 기대고 서서 장례식 손님들이 몇 명씩 흩어져 뿌연 안개 속으로 멀리 사라지는 것을 지켜보았다. 갑자기 그는 누가 얼굴을 어루만지는 것을 느꼈다. 그렇다, 그는 손길의 감촉을 분명히 느꼈다. 그는 그 손길이 의미하는 바를 자신이 이해한다고 확신하면서 고마운 마음으로 받아들였다. 그는 그것이 용서의 손길임을 알았다. 금발의 소녀는 그녀가 그에 대한 사랑을 멈추지 않았으며 사랑은 무덤을 넘어서 계속 살아 있음을 그에게 알려주었다.

13

　그는 꿈과 꿈 사이로 둥둥 떠다녔다.
　하나의 꿈이 아직도 생생한데, 또다른 꿈이 벌써 은은하게 드러나기 시작할 때가 가장 아름다운 순간이었다.
　고원(高原)에 서 있던 그를 어루만지는 두 손은 이미 다음 꿈에 등장하는 여인의 손이 되었지만 자비에르는 아직 이 사실을 알지 못했고, 그래서 손은 그 자체만으로 존재해서, 텅 빈 공간에 몸뚱아리로부터 떨어져나와 기적처럼 홀로 존재하는 손이, 두 가지 모험과 두 가지 삶 사이에 떠 있는 손이, 몸이나 머리의 부담을 지지 않는 손이 되었다.
　오, 마술적인 손의 어루만짐이 영원히, 영원히 계속되게 하라!

14

　그는 손뿐만 아니라 그의 가슴을 누르는 부드럽고 커다란 젖가슴의 감촉도 느꼈다. 그리고 그는 검은 머리의 여인을 보았고 그녀의 목소리를 들었다. "일어나요! 제발 좀 일어나라구요!"
　그는 커다란 옷장을 들여놓은 작고 잿빛인 방의 구겨진 침대 위에 누워 있었다. 자비에르는 이곳이 다리 옆에 있는 집이라는 사실이 기억이 났다.
　"잠을 더 자고 싶어한다는 건 나도 알아요." 변명을 하는 듯한 투로 그녀가 말했다. "하지만 겁이 나서 당신을 깨울 수밖에 없었어요."
　"뭐가 무서워서요?"
　"세상에, 당신은 아무것도 모르는군요!" 그녀가 말했다. "들어봐요!"
　자비에르가 신경을 곤두세우고 가만히 귀를 기울였다. 멀리서 총성이 들려왔.

그는 침대에서 뛰쳐나와 창가로 달려갔다. 푸른 작업복 차림의 남자들이 무리를 지어 자동소총을 들고 다리를 순찰하는 중이었다.

그것은 몇 개의 벽을 통해서 되울리는 기억과 같았다. 자비에르는 무장한 노동자들이 길거리를 경비한다는 것을 알았지만, 아직도 그는 무엇인가를, 그의 눈에 보이는 것과 자신의 관계를 설명해줄 만한 무엇인가를 망각한 것 같은 기분이 들었다. 그는 자신이 실제로 그 장면에 속하긴 했지만, 어느 배우가 무대로 나가는 것을 잊어버려서 그를 빼놓고 절름발이 연극이 계속되는 듯, 어떤 실수로 인해서 그 장면으로부터 떨어져 나왔음을 알았다. 그리고 갑자기 그는 기억해냈다.

기억이 나는 순간에 그는 방 안을 둘러보고 안도의 한숨을 지었다. 책가방은 아무도 가지고 가지 않아서 벽에 기대어놓은 채로 그냥 있었다. 그는 가방이 있는 곳으로 뛰어가서 그것을 열어보았다. 수학 공책과 체코어 공책과 과학 교과서 — 모두 그 안에 있었다. 그는 체코어 공책을 꺼내 뒤쪽을 펼쳐보고는 다시 한숨을 지었다. 검은 머리의 남자가 그에게 내놓으라고 요구했던 명단이 — 깨알 같으면서도 쉽게 알아볼 수 있는 글씨로 꼼꼼히 써놓은 명단이 그대로 있었다. 자비에르는 앞쪽에 '금년에는 어떻게 봄이 왔는가?'라는 주제로 쓴 작문이 실려 있는 공책에 이 중요한 서류를 감춰놓은 자신의 재치에 다시금 흐뭇해졌다.

"도대체 뭘 보고 있어요?"

"아무것도 아니에요." 자비에르가 대답했다.

"난 당신이 필요해요. 난 당신의 도움이 필요해요. 무슨 일이 벌어지고 있는지 당신도 알잖아요. 그들이 집집마다 뒤져서 사람들을 끌어내 처형하는 중이에요."

"걱정하지 말아요." 그가 웃었다. "처형은 없을 테니까요!"

"그걸 어떻게 알아요?" 그녀가 따졌다.

그것을 어떻게 아느냐고? 혁명의 첫날에 처형되어야 할 인민의 모든 적들을 기록한 명단이 그의 공책에 적혀 있었고, 따라서 처형은 이루어질 수가 없었다. 어쨌든 그는 아름다운 여인의 불안감에는 조금도 관심이 없었다. 그는 총성을 들었고, 다리를 경비하는 남자들을 보았고, 그가 동지들과 그토록 열심히 계획을 세웠던 그날이 마침내 왔는데 그동안 줄곧 잠만 자고 있었다는 것 이외에는 아무 생각도 할 수가 없었다. 그는 다른 방에, 다른 꿈속에 있었다.

그는 밖으로 달려나가 작업복 차림의 동지들에게 그의 신분을 밝히고, 다른 아무도 가지고 있지 않아서 누구를 체포하고 누구를 처형해야 할지를 알 수가 없기 때문에, 그것이 없다면 혁명은 엉망이 되어버릴 바로 그 명단을 전해주고 싶었다. 그러나 그는 그것이 불가능한 일이라는 것을 깨달았다. 그는 오늘의 암호를 알지 못했고, 오래 전부터 반역자 취급을 받았으니, 아무도 그를 믿지 않으리라. 그는 다른 삶 속에, 다른 이야기 속에 있었으며, 그가 뒤에 남겨놓은 다른 삶을 구제할 방법이 이제는 하나도 없었다.

"당신 왜 그래요?" 여자가 불안해하며 물었다.

그리고 만일 그가 상실한 삶을 더 이상 구할 수 없다면 적어도 그 순간에 살고 있는 삶이나마 숭고하게 만들어야겠다는 생각이 자비에르의 머리에 떠올랐다. 그는 아름답고 유연한 여자를 물끄러미 쳐다보았고, 생은 바깥에, 새가 우는 소리처럼 아득한 총 소리가 흘러들어오던 창문 밖 저 멀리에 있기 때문에 그녀를 떠나야만 한다는 것을 알았다.

"어디로 가는 거예요?" 그녀가 소리쳤다.

자비에르가 미소를 짓고는 창밖을 가리켰다.

"나를 데리고 가겠다고 약속했잖아요!"

"그건 오래 전 얘기예요."

"나를 배반하겠다는 건가요?"

"그래요. 난 당신을 배반할 거예요."

그녀는 무릎을 꿇고 앉아 그의 두 다리를 끌어안았다.

그는 그녀를 내려다보았고, 그녀가 얼마나 사랑스러우며 뿌리치고 가버리기가 얼마나 힘든 일인가를 생각했다. 그러나 창 너머의 세계가 훨씬 더 아름다웠다. 그리고 만일 그 세계를 위해서 사랑스러운 여인을 버린다면, 그때는 배반한 사랑의 대가로 인해서 그 세계가 훨씬 더 가치 있게 되리라.

"당신은 아름다워요." 그가 말했다. "하지만 나는 당신을 배반해야만 합니다." 그는 여인의 팔을 뿌리치고 창문을 향해 뚜벅뚜벅 걸어갔다.

제3부
수음을 하는 시인

1

 야로밀이 그의 시를 가져다 어머니에게 보여주던 날, 어머니는 아버지가 돌아오기를 기다렸지만 허사였다. 그는 그 이후에도 돌아오지 않았다.
 그 대신에 어머니는 게슈타포로부터 남편이 체포되었다는 공식 통보를 받았다. 전쟁이 끝나갈 무렵에 또다른 공식 통보가 날아왔는데, 그것은 남편이 집단수용소에서 죽었다는 내용이었다.
 그녀의 결혼생활은 불행한 것이었지만, 미망인 생활은 멋지고도 고상했다. 그녀는 연애하던 시절의 남편 사진을 큼직하게 황금빛 틀에 끼워 벽에 걸어놓았다.
 전쟁이 끝나고 프라하 시민들이 크게 환희하는 가운데 독일군이 보헤미아로부터 철수했으며, 어머니는 포기하면서 검소하게 살아간다는 아름다움으로 빛나는 생활을 시작했다. 아버지에게서 물려받은 돈이 바닥이 나버리자 하녀를 해고할 수밖에 없었는데, 알리크가 죽은 다음에 그녀는 새로운 개를 키우지 않기로 했고, 직장을 구해야만 했다.
 더욱 많은 변화가 이루어져서, 그녀의 언니는 시내 한복판에 있는 아파트를 갓 결혼한 아들에게 내주고 남편과 둘째 아들을 데리고 부모의 저택 아래층으로 들어와 살기로 결정했다. 그래서 할머니는 이층으로 올라와 미망인이 된 어머니하고 같이 살았다.

볼테르가 볼트를 발명한 사람이라고 말하는 것을 들은 이후로 어머니는 형부를 한없이 경멸했다. 형부 집안사람들은 촌스러운 오락이나 즐기며 시끄럽게 떠들어대는 그런 부류였다. 아래층에서 벌어지는 유쾌한 생활은 위층의 우울한 분위기와는 딴판이었다.

그런데도 어머니는 (발칸 여자들이 포도를 담은 바구니를 이고 다니는 것처럼) 눈에 보이지 않는 남편의 납골단지를 머리에 이고 다니기라도 하듯이 풍족하게 지내던 시절보다도 훨씬 도도한 자세를 지키며 걸어다녔다.

2

욕실 선반에는 작은 향수병들과 크림들과 연고들이 수북했지만 요즈음 어머니는 그것들을 사용하는 일이 별로 없었다. 그렇지만 돌아가신 그녀의 아버지와, (이제는 꼴도 보기 싫은 형부의 소유가 된) 그의 약국과, 사라져버린 과거의 자유분방한 생활을 상기시켜주었기 때문에 한숨을 지으며 가끔 멈춰 서서 그것들을 둘러보곤 했다.

부모와 남편과 함께 지내던 과거의 삶이 서글픈 그늘로 둘러싸인 듯싶었으며, 이 어두운 인식이 그녀의 마음을 답답하게 만들었다. 그녀는 모두 다 흘러가버린 이제 와서야 그 시절의 아름다움을 제대로 음미할 수가 있었고, 아내로서 정숙하지 못했다는 데 대해서 자신을 책망했다. 그녀의 남편은 의심할 나위도 없이 죽음의 위험에 노출되어 있었고 마음이 걱정으로 무거웠을 테지만 그녀의 편안한 생활을 그대로 유지해주기 위해서 그가 벌인 지하활동에 대해서는 그녀에게 단 한마디도 비치지 않았다. 남편이 왜 체포되었고, 어떤 레지스탕스 단체 소속이었으며, 그가 실제로 맡았던 임무가 무엇이었는지를 그녀는 아직도 전혀 알지 못했다. 그리고 그녀는 그것이 남편이 그녀에게 무관심하다고만 생각했던 편협한 여자였던 자신에 대한 수치스러운 형벌이라고 여겼다. 그녀가 바람을 피웠던 시기가 바로 남편이 가장 큰 위기에 시달리던 무렵이었다는 사실을 생각해보면 그녀는 자신이 그렇게 역겨울 수가 없었다.

그녀는 자신의 모습을 거울에 비쳐보고는 그녀의 얼굴이 아직도 젊다는 사실을—— 마치 세월이 실수를 해서 그냥 남겨두고 돌아서 지나가기라도 한 것처럼, 필요 없을 정도로 젊다는 사실을 깨달았다. 최근에 그녀는 야로밀을 데리고 길거리를 걸어내려가는 그녀를 보고 어떤 사람이 그들이 남매라는 인상을 받았다는 것을 알게 되었다. 이것이 그녀에게는 무척 우습게 생각되었다. 그렇긴 해도 그녀는 기분이 좋았고, 그때부터는 극장이나 음악회에 야로밀을 데리고 다니는 것을 더욱 좋아하게 되었다.

어쨌든 그녀에게 야로밀 이외에 또 무엇이 남아 있었을까?

할머니는 기억력과 건강을 서서히 잃어갔다. 그녀는 집에 앉아서 야로밀의 양말을 꿰매거나 딸의 옷들을 다림질하며 시간을 보냈다. 그녀는 후회와, 추억과, 뼈아픈 회한 투성이였다. 그녀는 사랑스럽고 우울한 분위기를 자아냈다. 이렇듯 야로밀은 과부가 둘이나 되는 여자들의 집에서 살았다.

3

(섭섭하게도 어머니가 그것들을 서랍 속에 넣어두었기 때문에) 그의 어린 시절 명문(名文)들은 더 이상 방의 벽들을 장식하지 못했고, 그 대신에 야로밀이 잡지에서 오려내어 골판지에 붙여놓은 스무 장쯤의 작은 입체파와 초현실주의 복제품 그림들이 나붙었다. 벽에는 줄 한 가닥이 매달린 전화 수화기도 걸려 있었다. (전화 수리공에게서 선물로 받은 잘린 수화기에서 야로밀은 정상적인 전체로부터 분리됨으로써 마술적인 힘을 얻었고, '초현실주의적인 물체'라는 이름을 붙여도 좋을 만한 그런

종류의 대상을 파악했다.) 하지만 그가 가장 자주 응시했던 대상은 같은 벽에 걸린 거울에 비친 영상이었다. 그에게는 자신의 얼굴보다 더 많은 신경을 쓰며 연구하는 대상이 없었고, 자신의 얼굴보다 더 그를 괴롭힌 것도 없었으며, (비록 엄청난 노력을 기울인 대가로 얻은 믿음이긴 했지만) 자신의 얼굴보다 더 큰 믿음을 가진 대상도 없었다.

그의 얼굴은 어머니를 닮았는데, 그가 남자였기 때문에 섬세함이 훨씬 더 두드러져 보이는 그는 꽤 괜찮은 외모였다. 매끄럽고 아름다운 작은 코에 자그맣고 약간 들어간 턱을 가졌다. 그는 이 턱이 무척 마음에 걸렸다. 그는 쇼펜하우어가 쓴 유명한 수필에서 인간과 유인원의 차이를 보여주는 것이 바로 턱의 모양이기 때문에 뒤로 물러앉은 턱은 특히 불쾌한 특징이라는 내용을 읽은 적이 있었다. 그러나 야로밀은 나중에 우연히 릴케의 사진을 보게 되었는데, 릴케 역시 턱이 들어갔고, 그래서 그는 용기와 위안을 얻었다. 그는 한쪽에는 유인원이, 다른 한쪽에는 릴케가 경계를 이루는 그 엄청난 세계에서 절망적으로 오락가락하면서 거울을 들여다보느라고 많은 시간을 보내곤 했다.

사실상 야로밀의 턱은 지극히 조금만 들어갔으며, 아들의 얼굴이 매력 있는 아이의 얼굴이라는 어머니의 판단은 상당히 옳은 것이었다. 그러나 매력이 있다는 바로 그 사실이 턱 자체보다도 더욱 야로밀을 괴롭혔으니, 섬세하고 고운 용모가 그를 몇 살 더 어려 보이게 만들었고, 학우들이 야로밀보다 한 살 많았기 때문에 그의 얼굴에 나타난 어린 티는 누구라도 쉽게 알 수 있을 만큼 두드러졌고, 더구나 끊임없이 남들이 상기시켜주는 바람에 그 사실을 잠시라도 잊어버리기가 불가능했다.

그런 얼굴을 들고 다녀야 하다니 그 얼마나 힘겨운 부담이었던가! 그 연약하고 섬세한 용모는 얼마나 무거운 부담이었던가!

(야로밀은 때때로 무서운 악몽을 꾸었는데, 찻잔이나 숟가락이나 깃털 따위의 지극히 가벼운 어떤 물체를 들어올려야 하는데 그렇게 할 수가

없어서 쩔쩔매는 꿈이었다. 물체가 가벼우면 가벼울수록 그는 점점 더 약해져서 '가벼움 밑으로 가라앉았다.' 그는 얼굴이 땀으로 흠뻑 젖어서 부들부들 떨며 잠에서 깼다. 그 꿈들은 거미줄처럼 가벼운 그의 섬세한 얼굴에 관한 것이었으며 그 거미줄은 아무리 쓸어버리려고 해도 마음대로 되지 않았다.)

4

서정시인들은 일반적으로 여자들이 이끌어나가는 집안 출신들이 많아서, 예세닌과 마야코프스키의 누이들, 블로크의 숙모들, 횔덜린과 레르몬토프의 할머니들, 푸시킨의 유모, 그리고 물론 어느 누구보다도 어머니들—어머니들이 아버지들보다 훨씬 큰 영향력을 끼친 경우들이었다. 와일드 부인과 릴케 부인은 그들의 아들들을 어린 계집아이처럼 옷을 입혔다. 소년이 초조하게 자꾸만 거울을 들여다보는 것이 이상하게 여겨지는가? '남자가 되어야 할 때가 되었다'고 오르텐은 일기장에 썼다. 이 서정시인은 그의 얼굴에서 남성적인 흔적을 찾기 위해서 평생을 보냈다.

야로밀은 그가 찾아내기를 갈망했던 것을—눈에 깃든 강인한 표정과 입의 잔인한 선(線)을 보게 될 때까지 거울 속에 있는 자신의 모습을 자꾸만 응시하고 또 응시했다. 그 목적을 성취하기 위해서 그는 물론 어떤 특별한 미소라고 할까, 윗입술이 경련을 일으키는 듯 뒤로 당겨지는 그런 냉소를 지어야만 했다. 그는 또한 머리카락을 다듬는 방법을 바꿈으로써 그의 얼굴을 바꿔보려고도 했다. 그는 머리카락을 이마 위에서 덩어리를 이루게 해서 숱이 많고 마구 흐트러진 인상을 주려고 애썼다. 하지만 얼마나 딱한 일인가! 어머니가 너무나 좋아해서 조금 잘라 메달에 넣어 목에 걸고 다니기까지 할 정도였던 그의 머리카락은 야로밀의 목적을 위해서는 가장 곤란한 장애물이어서, 방금 부화한 병아리의 솜털처럼 노랗고 민들레의 털만큼이나 섬세했다. 그 머리카락은 다듬어서 어떤 형태를 갖추어놓기가 불가능했다. 어머니는 걸핏하면 그 머리를 쓰다듬으며 천사의 머리카락 같다고 했지만, 야로밀은 천사를 증오하고 악마를 사랑했다. 그는 머리카락을 검게 물들이고 싶었지만, 머리에 물을 들인다는 것은 금발을 그대로 두는 것보다도 더욱 여자 같은 짓이었기 때문에 선뜻 그렇게 하지 못했다. 그가 할 수 있었던 일이라고는 머리카락을 가능한 한 길게 자라도록 내버려두고, 솔질이나 빗질을 하지 않는 것뿐이었다.

그는 기회가 있을 때마다 자신의 용모를 확인하고 바로잡았다. 그는 상점의 진열창 앞을 지나갈 적마다 자신의 모습을 얼른 살펴보았다. 그가 자신의 모습을 자세히 관찰하면 관찰할수록 점점 더 익숙해지긴 했지만, 그러면서도 동시에 더 고통스럽고 더 걱정스러워지기도 했다. 예를 들어보자.

그는 학교에서 집으로 돌아오는 중이다. 길거리는 텅 비어 있고 멀리서 한 젊은 여자만이 그를 향해 걸어오고 있다. 그들은 필연적으로 점점 더 서로 가까워진다. 야로밀이 보니 여자는 아름답고, 그는 자신의 얼굴을 생각한다. 그는 연습을 쌓은 잔인한 미소를 지어 보이려고 애쓰지만, 성공하지 못할까봐 걱정이 된다. 그는 여자들의 눈에 우스꽝스러워 보이게 만드는 소녀처럼 앳된 한심한 그의 얼굴만 생각한다. 그는 이제 뻣뻣해지고 (기가 막힐 노릇이지만!) 새빨개지는 그 바보 같고 어린 얼굴과 완전히 하나가 된다! 그는 여자가 그를 쳐다볼 가능성을 줄이기 위해서 발걸음을 서두른다. 만일 그 아름다운 여자가 혹시 그의 새빨개진 얼굴을 보기라도 한다면, 그는 절대로 그 수치심을 극복할 수가 없을 것이기 때문이다!

5

거울 앞에서 보내는 시간은 항상 그를 절망의 밑바닥으로 떨어지게 했다. 그렇지만 다행히도 그가 하늘 높이 솟아오르게 만드는 또 하나의 거울이 있었다. 그 천국의 거울은 바로 그가 쓰는 시였으며, 그는 아직 쓰지 않은 시를 갈망했고, 이미 창조한 것에 대해서는 아름다운 여인들을 기억함으로써 누리는 그런 기쁨을 느끼며 자신의 시들을 수집했다. 그는 그 시들을 지은 사람일 뿐 아니라 그것들에 대한 이론가이며, 역사가이기도 했으므로, 자신의 시에 대한 논문도 쓰고 개별적인 여러 단계로 분류했으며, 그 시대마다 명칭을 붙여놓아서 2, 3년 후에는 그의 시를 문학사가(文學史家)의 사랑과 관심의 대상이 될 만한 가치가 있는, 발전과정의 기록으로 엮어놓는 방법을 터득했다.

이것이 그에게 위안을 주었으니, '아래쪽'에서 본다면 그는 일상적인 생활의 차원에서 살아가며 학교를 다니고, 어머니와 할머니와 함께 식사를 하고, 단조롭고 무미건조한 공허감을 겪었다. 그러나 '위쪽'으로 올라가며 세월이 찬란한 스펙트럼으로 발산되도록 환하게 밝힌 이정표들로 빽빽한 또다른 부분이 있었다. 그는 이 스펙트럼의 한 단면에서 다른 단면으로 열심히 뛰어다녔고, 그럴 때마다 그가 새로운 시대, 엄청난 창조성의 시대에 곧 도달하리라는 자신이 생겼다.

또다른 자신감의 원천은 그가 어떤 독특한 보물의 상속자이고, 그의 용모(와 그의 삶)의 무의미성에도 불구하고 자신이 '선택된' 인간에 속한다는 야로밀의 확신이었다.

이 이야기를 밝혀보기로 하자.

야로밀은 계속해서 화가를 만났지만, 어머니가 찾아가지 못하게 말렸기 때문에 별로 자주 가지는 않았다. 그는 스케치를 오래 전에 그만두었지만, 언젠가 한번 용기를 끌어모아 몇 편의 시를 화가에게 가져다주었으며, 그때부터 그는 자기가 써서 수집한 시를 여러 차례에 걸쳐 모두 화가에게 보여주었다. 화가는 깊은 관심을 보이며 그것들을 읽었고, 때로는 가지고 있다가 그의 친구들에게 보여주기도 했다. 전에 그의 그림에 대해서 그토록 회의적이었던 화가는 아직까지도 야로밀에게 확고부동한 권위자로 남아 있었기 때문에 화가의 그런 반응은 야로밀을 뛸 듯이 기뻐하게 만들었다. 야로밀은 예술적인 가치를 측정하는 데에는 (프랑스의 어느 박물관에 보관된 백금 미터 막대기처럼 초보자들의 머릿속에 뿌리를 박은) 어떤 객관적인 기준이 존재하며, 화가가 그 기준이 무엇인지를 잘 안다고 믿었다.

그러나 야로밀을 의아하게 만들었던 것이 하나 있었는데, 그는 그의 시들 가운데 어느 것을 화가가 마음에 든다고 할지를 결코 미리 알 수가 없었다는 것이었다. 화가는 어느 날은 야로밀이 왼손으로 얼른 내미는 짤막한 작품을 칭찬하다가도 또 어떤 때는 야로밀이 스스로 걸작들 가운데 하나라고 간주하는 시를 보고 하품을 하기도 했다. 그것은 무엇을 의미했을까? 만일 야로밀이 자신의 작품이 가진 가치를 인식할 수 없다면 그것은 그가 참된 이해 없이 기계적으로, 건성으로, 제멋대로 시를 창조하고 있으며, 따라서 (상당히 우발적으로 창조한 개사람들의 세계로 화가를 매혹시켰던 것이나 마찬가지로) 그것은 진정한 가치가 없다는 의미가 아닐까?

"이걸 보라구." 언젠가 그들의 대화가 그 문제를 다루게 되었을 때 화가가 말했다. "분명히 넌 이 시 속에 네가 삽입시킨 개념이, 의식이 살아 있는 네 이성의 산물이라고 확신했겠지, 안 그래? 아니야, 전혀 그렇지가 않아. 그건 그냥 생겨나고, 저절로 이루어지고, 갑자기, 예기치 않게 너를 찾아왔던 거야. 그 개념을 정말로 창조한 자는 네가 아니라 너의 내면에 있는 어떤 인물, 네 머릿속에 들어 있는 시인이지. 그 시인은 모든 인간의 내면을 통해서 흐르는 힘찬 무의식의 흐름이야. 어느 누구에게도 특혜를 베풀지 않는 그 흐름이 어쩌다가 너를 바이올린의 현으로 선택했다는 것은 전혀 네가 이룬 업적이라고 할 수 없어."

화가는 겸손함에 관한 훈시(訓示)라고 생각하고 이런 말을 했지만, 야로밀은 그 이야기 속에서 그의 자부심을 장식할 만한 빛나는 보석을 당장 찾아냈다. 좋다, 시상(詩像)을 창조한 자는 야로밀이 아니라고 해두자. 그렇긴 해도 어떤 신비한 힘이 그를 도구로 선택하지 않았던가. 따라서 그는 '재능'보다 훨씬 더 위대한 무엇에 대한 자부심을 느낄 수 있었다. 그는 '선택이 되었다'는 자부심을 느껴도 좋았다.

그뿐 아니라 그는 온천 휴양지의 여주인이 '저 아이의 앞날에는 위대한 미래가 기다리고 있다'고 한 예언을 결코 잊어버리지 않았다. 그는 그런 말들을 예언처럼 믿으며 받아들였다. 야로밀의 마음속에서는 미래라는 것이 (그 불가피성에 대해서 화가가 자주 이야기하던) 혁명이라는 모호한 개념과 시인들이 내세우던 그에 못지않게 모호한 방종한 자유라는 개념과 결합되는 수평선 너머에 존재하는 미지의 나라였다. 그는 미래라는 세계가 그의 영광으로 가득하게 될 것임을 알았고, 그 인식은 야로밀에게 모든 고통스러운 불확실성과 더불어 (자유롭고 독립적으로) 그의 내면에서 살아가는 확실성을 제공했다.

6

아, 야로밀이 문을 잠그고 방에 들어앉아 이 거울, 저 거울, 그의 거울들을 차례로 물끄러미 들여다보던 오후들은 얼마나 지루하고 공허했던가!

어떻게 그것이 가능했을까? 어쨌든 사람들은 항상 젊음이 인생에서 가장 풍요한 시기라고 말했다! 그런데 왜 그는 그토록 생명력이 결핍되었다고 느꼈을까? 그토록 심한 '공허감'은 어디에서 온 것이었을까?

공허감이라는 말은 '패배'라는 말만큼이나 불쾌한 것이었다. 그리고 그가 있는 자리에서는 (적어도 공허감의 성채나 마찬가지인 집에서는) 아무도 섣불리 입에 올리지 않는 다른 말들도 있었다. 예를 들면 '사랑'이라는 말이나 '여자'라는 말이 그것이었다. 1층을 차지한 세 명의 친척을 그는 얼마나 증오했던가! 그들은 걸핏하면 한밤중까지 파티를 열어서 시끄럽게 웃고 떠드는 소리가 들려왔고, 여자들의 날카로운 목소리는 잠을 잘 수가 없어서 담요를 고치처럼 몸에 둘둘 말고 누운 야로밀의 영혼을 찢어놓곤 했다. 사촌은 겨우 두 살 위였지만, 그 2년의 차이는 어마어마한 것이었다. 대학생이었던 사촌은 매혹적이고 젊은 아가씨들을 (부모의 이해와 승낙을 받고) 그의 방으로 데리고 왔으며, 그는 야로밀을 친절하지만 무관심한 태도로 대했다. (상속받은 가게에 몰두해서 지내느라고) 야로밀의 이모부는 별로 집에 붙어 있지 않았지만 이모의 목소리는 쉴 새 없이 집 안에서 울렸다. 야로밀을 만날 때마다 그녀는 "넌 여자들하고는 어떻게 지내니?"라고 판에 박힌 똑같은 질문을 되풀이했다. 그녀의 놀려대는 듯하고 재미있어하는 질문이 비참한 그의 마음을 깊숙이 찔러댔기 때문에 야로밀은 그녀의 얼굴에 침을 뱉어주고 싶었다. 야로밀이 여자들하고 전혀 접촉이 없었던 것은 아니지만, 데이트는 하늘의 별들만큼이나 드문드문 있는 행사였다. '여자'라는 말은 '동경'이나 '실패'라는 말과 마찬가지로 답답한 것이었다.

    실제로 여자들하고 같이 지낸 시간은 매우 적었지만, 그는 데이트에 대한 기대로 많은 시간을 보내곤 했다. 이러한 기대는 단순히 미래에 대한 공상이라기보다는 여러 가지 준비와 공부로 이루어졌다. 야로밀은 데이트의 성공 여부가 무엇보다도 고통스러운 침묵의 공백을 피하며 대화를 잘 이어갈 수 있는 능력에 달렸다고 확신했다. 여자와의 데이트에서는 무엇보다도 대화의 기술이 중요했다. 그는 공책을 하나 따로 마련해서 대화에 써먹기에 적당한 이야기들을 적어보았다. 그것들은 다른 사람들에 관한 일화들이 아니라 야로밀 자신의 삶에 관한 이야기들이었다. 그가 직접 경험했던 모험은 하나도 없었기 때문에 그는 그런 이야기들을 상상으로 지어냈다. 그는 분수를 잃지 않아서, 그가 (읽었거나 들었거나) 지어내어 자신을 주인공으로 등장시킨 이야기들은 그를 영웅으로 만들어놓지는 않았다. 그 이야기들은 다만 거의 눈에 띄지 않게 그를 공허감과 무기력의 세계로부터 행동과 모험의 세계로 경계선을 넘어가게 해줄 따름이었다.

그는 또한 (야로밀 자신이 각별히 좋아했던 작품들은 아니었음을 밝혀두는 것이 옳겠지만) 갖가지 시구들을 베끼기도 했는데, 그 구절들은 여성적인 아름다움을 찬양하는 내용이었으며, 그가 그것을 자신의 관찰인 것처럼 내보일 만한 그런 시구였다. 예를 들면 그는 이런 구절을 베껴놓았다. '그대의 입술과 눈과 머리카락—그대의 얼굴은 자랑스러운 삼색기(三色旗)······.' 물론 그는 그 시구의 모든 운율의 요소를 제거하고는, 갑자기 떠오른 독창적인 생각처럼 그리고 재치 있는 찬사처럼 여자에게 써먹었다. "뭐랄까요, 난 방금 당신의 얼굴이 사랑스러운 삼색기라는 걸 깨달았어요! 당신의 눈과 입과 머리카락이 말이에요. 이제부터 나는 어떤 다른 깃발도 섬기지 않겠습니다!"

보라. 야로밀이 데이트를 나간다. 그는 미리 준비한 시구들 이외에는 아무것도 생각할 수가 없고, 그의 목소리가 자연스럽지 못하거나 그가 하는 말이 형편없는 풋내기 배우가 암기한 내용을 읊어대기만 하는 것처럼 들리지 않을까 걱정이 된다. 마지막 순간에 그는 그 시구를 사용하지 않기로 결심하지만, 그 구절들에만 온통 신경을 썼기 때문에 이제는 할 말이 하나도 없게 된다. 데이트는 고통스럽고 어색한 저녁이 되며, 야로밀은 여자가 속으로 그를 비웃는다고 생각되어 철저한 패배의식을 느끼며 그녀에게 작별인사를 한다.

집에 돌아오면 그는 책상 앞에 앉아서 분노에 젖어 마구 휘갈겨 써대기 시작한다. '그대의 눈초리는 미지근한 오줌만 같고, 천박한 참새와 같은 그대의 멍청한 생각들을 향해서 나는 내 화승총(火繩銃)을 발사하고, 그대의 사타구니 사이에 있는 질펀한 연못으로 뚱뚱한 개구리들이 첨벙거리며 뛰어든다…….'

그는 그렇게 쓰고 쓴 다음에 자신이 써놓은 글을 읽어보고는 격렬하고도 거침없는 자신의 환상이 마음에 들어서 무척 흐뭇해한다.

나는 시인이다. 나는 위대한 시인이다. 그는 자신에게 그 사실을 납득시키고는 일기장에 이렇게 써넣는다. '나는 위대한 시인이고, 나는 위대한 감수성의 소유자이고, 나는 극악무도한 환상의 소유자이고, 나는 거침없이 느끼고…….'

어머니가 집으로 돌아와서 그녀의 방으로 간다.

야로밀은 거울 앞에 서서 증오에 차고 어린애 같은 그의 얼굴을 살펴본다. 그는 보기 드문 무엇, 선택된 무엇의 광채를 찾아낼 때까지 오랫동안 그 얼굴을 응시한다.

옆방에서는 어머니가 발돋움을 하고 손을 뻗어 황금빛 틀에 끼운 남편의 사진을 벽에서 떼어낸다.

7

그날 어머니는 전쟁이 시작되기 전부터 남편이 오랫동안 유대인 처녀와 정사를 벌였다는 사실을 알아냈다. 보헤미아가 독일군에게 점령되고 유대인들이 코트에 굴욕적인 노란별을 달고 다니게 된 후에도 그는 그녀를 버리지 않고 계속해서 만났으며, 힘닿는 데까지 도와주었다.

그러다가 그녀는 테레진 유대인 거주지구로 끌려갔고, 그는 미치광이 같은 계획을 세워서, 체코인 경비원 몇 사람의 도움을 얻어 경계가 삼엄한 지역으로 스스로 침투해 들어가서 잠깐 동안 애인을 만나는 데 성공했다. 그 성공으로 인해서 자만심이 생긴 그는 똑같은 모험을 반복하려고 시도하다가 붙잡혔으며, 그후 여자와 그는 결국 돌아오지 못했다.

어머니는 머리에 이고 다니던 눈에 보이지 않는 납골단지를 남편의 사진과 함께 버렸다. 이제 더 이상 그녀는 자랑스럽고 꼿꼿한 자세로 걸어다닐 이유가 없었고, 그녀로 하여금 머리를 높이 들고 다니게 만들 만한 것이 하나도 남지 않았다. 모든 도덕적인 비애도 이제는 타인들의 전유물이 되었다.

늙은 유대인 여자의 목소리가 그녀의 귓전에서 쟁쟁하게 울렸다. 그 여자는 남편의 애인과 친척 간이었으며, 어머니에게 모든 이야기를 해준 장본인이었다. "그분은 지금까지 내가 알았던 어떤 사람보다도 가장 용감했어요." 그리고 이런 말도 했다. "이제 이 세상에는 나 혼자만 남았어요. 우리 가족은 몽땅 집단수용소에서 몰살을 당했으니까요."

유대인 여자가 그녀와 마주 앉아 웅장한 고통을 한껏 누리는 동안 어머니가 느끼던 고통에는 아무런 영광이 내포되지 못했다. 그녀는 내면에 웅크린, 치졸한 고통만을 느꼈다.

8

그녀 마음의 향을 태우며
안개 속에서 연기를 피우는 그대 건초더미여

들판에 파묻힌 어느 소녀의 시체를 상상하며 그는 이런 시구를 썼다.

그의 시에서는 죽음이 무척 자주 등장했다. (그의 모든 작품을 아직까지도 가장 먼저 읽는 독자였던) 어머니는 이 집요한 의식에 대해서 때맞지 않게 인생의 비극에 노출되었기 때문에 아들의 감수성이 너무 빨리 성숙했던 것이라고, 잘못 생각했다.

야로밀이 작품에서 서술했던 죽음은 현실의 죽음과는 별로 관련이 없었다. 죽음이 현실성을 가지게 되는 것은 연륜의 틈바구니를 헤치고 침투하기 시작할 때뿐이다. 야로밀에게는 그럴 나이가 까마득하게 멀기만 해서, 그것은 추상적인 꿈일 따름이지 현실은 아니었다.

그러면 그 꿈에서 그는 무엇을 추구하고 있었던가?

그는 광대무변함을 추구했다. 그의 삶은 한심할 정도로 작았고, 주변에 존재하는 모든 것은 무미건조하고 시시했다. 죽음은 절대성이었다. 그것은 나누거나 희석시킬 수가 없었다.

여자들의 존재에 대한 그의 현실적인 경험은 (몇 차례의 애무와 수많은 무의미한 어휘들에 지나지 않아서) 무시해도 좋을 만한 것이었지만, 여자들의 절대적인 부재는 위대한 웅장함이었다. 들판에 묻힌 소녀를 상상했을 때 그는 불현듯 슬픔의 숭고함과 사랑의 위대함을 발견했다.

그렇지만 죽음의 꿈속에서 그는 절대성뿐 아니라 축복도 추구했다.

그는 흙 속으로 서서히 분해되어 들어가는 몸뚱아리를 꿈꾸었는데, 그에게는 이것이 아름다운 사랑의 행위이며, 육체가 대지로 돌아가는 감미로운 변천이라고 여겨졌다.

세상은 그에게 끊임없는 상처를 주었다. 그는 여자들 앞에서 낯을 붉혔고, 수치심을 느꼈으며, 어디를 가나 조롱을 당하는 기분이었다. 죽음의 환상 속에서는 모든 것이 고요하게 정체되었고, 인간은 아무런 방해를 받지 않고 조용히 행복하게 살아갈 수 있었다. 그렇다, 야로밀이 상상하는 죽음은 살아 있는 죽음이었다. 그 죽음은 어머니의 둥그런 뱃속에서 인간이 자신에 대해서 스스로 하나의 세계로 존재하기 때문에 이 세상으로 들어올 필요가 없었던 시기와 놀랄 만한 유사성이 있었다.

그는 그런 죽음을 통해서, 영원한 행복과 일맥상통하는 그런 죽음을 통해서, 어떤 여자와 결합되기를 갈망했다. 그가 쓴 어느 시에서는 연인들이 서로 자라나서 상대방의 내면으로 엉켜들어갈 때까지, 시간을 초월해서 영원히 살아갈 견고한 광물로 천천히 그들 자신을 변형시키며 움직임이 불가능한 단 하나의 존재가 될 때까지 포옹한 상태로 단단히 뒤엉켜 있었다.

또 어떤 때는 어찌나 오랫동안 같이 있었는지 이끼가 자라서 연인들을 뒤덮어 결국 그들 자신이 이끼가 되는 장면도 상상해보았다. 그러다가 우연히 어떤 사람이 그들을 밟고 올라서면 (마침 그때가 이끼의 꽃이 만발하는 시기여서) 그들은 꽃가루처럼 하늘로 솟아오르고, 하늘로 치솟아오르는 연인들만이 느낄 수 있는 그런 형언할 수 없는 행복감을 느끼게 되는 것이었다.

9

그대는 이미 모든 일이 일어났다는 이유 때문에 과거는 끝났으며 변할 수 없다고 생각하는가? 오, 아니다. 과거는 여러 빛깔의 비단옷을 걸치고 있고, 우리들은 그것을 볼 때마다 다른 빛깔을 보게 된다. 얼마 전까지만 해도 어머니는 화가와 정사를 벌이느라고 남편을 배반했다는 데 대해서 자신을 꾸짖었지만, 이제 그녀는 남편에 대한 충성이라는 인식으로 인해서 그녀의 하나뿐인 참된 사랑을 배반했다는 것을 알고 절망에 빠졌다.

그녀는 얼마나 비겁한 여자였던가! 기사였던 그녀의 남편이 위대하고 낭만적인 사랑의 모험을 벌이며 살아가는 동안 그녀는 집안의 하녀처럼 형편없는 찌꺼기만 얻어먹으며 만족했었다. 그러면서도 그 사건이 그녀를 몰락시키기 전에는, 화가와 벌인 그녀의 모험이 의미하는 바가 무엇인지를 미처 제대로 깨닫지 못하고 불안과 양심의 가책으로 그녀가 늘 그토록 고통을 받았다는 생각을 하면 기가 막힐 노릇이었다. 이제 그녀는 모든 것을 분명히 알 수가 있었으니, 인생이 그녀의 마음에 제공했던 단 하나의 크나큰 기회를 그녀가 던져버린 셈이었다.

열병처럼 집요하게 화가에 대한 생각들이 그녀를 사로잡기 시작했다. 그녀의 기억이 관능적인 사랑의 순간들을 겪었던 시내의 화실을 배경으로 삼아 투영된 것이 아니라 자그마한 온천 휴양지의 강과 배와 르네상스식 아케이드로 이루어진 목가적 풍경을 무대로 삼았다는 점을 여기에서 밝혀두어야겠다. 그녀는 그녀의 마음의 천국을 사랑이 잉태만 되었을 뿐 아직 태어나지는 않았던 그 고요하고 아늑한 나날들을 배경으로 해서 찾았다. 그녀는 화가를 다시 만나서, 그들의 사랑을 새롭게, 자유롭게, 즐겁게, 아무 방해도 받지 않으면서 다시금 맛볼 수 있도록 그들이 처음 만났을 때의 파스텔 빛깔 풍경으로 그녀를 데리고 돌아가달라고 애원하고 싶었다.

어느 날 그녀는 꼭대기층에 있는 그의 화실로 층계를 올라갔다. 그러나 안에서 수다스럽게 떠드는 여자의 목소리가 들려왔기 때문에 초인종을 울리지는 않았다.

그후 며칠 동안 그녀는 그와 마주치게 될 때까지 그의 집 앞에서 오락가락 서성거렸다. 늘 그렇듯이 그는 가죽 코트 차림이었고, 젊은 아가씨의 팔을 잡고 전차 정거장으로 바래다주는 중이었다. 그가 되돌아오는 시간을 맞춰 그녀는 그의 앞으로 지나갔다. 그는 그녀를 알아보았고, 놀란 표정으로 그녀에게 인사를 했다. 그녀 역시 예기치 않은 우연한 만남인 듯이 놀란 체했다. 그는 그녀더러 화실로 같이 올라가자고 했다. 자연스러운 한 번의 손길에도 그의 품 안에서 자신이 녹아버리리라는 것을 알았기 때문에 그녀는 가슴이 마구 뛰기 시작했다.

그는 그녀에게 포도주를 권했고, 그가 새로 그린 그림들을 보여주었고, 과거를 돌이켜보며 사람들이 미소를 짓듯이 그런 우정이 담긴 미소를 그녀에게 지었다. 그는 그녀에게 전혀 손을 대지 않았고, 그녀를 역까지 배웅해주었다.

10

어느 날 수업이 끝나고 학생들이 교실 앞쪽으로 몰려갔을 때 야로밀은 그가 기다리던 기회가 왔다고 생각했으며, 책상에 혼자 앉아 있던 여학생을 향해서 남들의 눈에 띄지 않도록 슬그머니 다가갔다. 그는 오래 전부터 그녀를 좋아했고, 그들은 자주 한참 동안 서로를 쳐다보곤 했는데, 이제 드디어 그는 그녀의 곁에 앉게 되었던 것이다. 왁자지껄 떠들어대던 아이들은 그들이 나란히 앉아 있는 것을 보고는 장난을 치기로 결정을 내려서, 킬킬거리고 수군대며 몰래 교실에서 빠져나가 교실문을 잠가버렸다.

다른 학생들에게 둘러싸여 있는 한, 야로밀은 남의 눈에 띄지도 않고 자유롭다는 기분을 느꼈지만, 텅 빈 교실에서 여학생과 단둘이 있게 되자, 그는 당장 눈부시게 조명을 비춘 무대 위에 있는 것 같았다. 그는 재치 있는 대화로 그의 불안감을 감춰보려고 했다. (이제 그는 미리 준비한 이야깃거리들에 완전히 의존하지 않고도 대화를 이어가는 방법을 터득했다.) 그는 다른 학생들의 행동이 잘못 빗나간 계획의 완벽한 본보기라고 생각했다. 그 행동은 (밖으로 쫓겨난 꼴이 되어서 그들의 호기심을 충족시킬 수 없었기 때문에) 행동을 저지른 자들에게는 불리하고, (처음부터 그렇게 되기를 바랐던 터라) 희생자가 되어야 할 사람들에게는 오히려 유리한 결과를 가져왔기 때문이었다. 여학생은 이 상황을 한껏 이용해야 한다는 데 동의한다고 말했다. 키스가 이루어질 분위기가 코앞에 닥쳐왔다. 그가 조금 더 몸을 앞으로 내밀기만 하면 그만이었다. 그렇지만 그에게는 그녀의 입술까지 이르는 길이 멀고 힘들게만 여겨졌다. 그는 키스는 하지 않고 이야기만 하고 또 했다.

종이 울렸고, 이것은 선생이 곧 돌아와서 바깥에 모여 있는 아이들더러 문을 열라고 명령하게 된다는 것을 의미했다. 그것을 알았기 때문에 안에 갇힌 그들은 긴장했다. 야로밀은 다른 아이들에게 복수를 하는 최선의 방법은 그들로 하여금 부러움을 느끼게 만드는 것이라고 말했다. (도대체 그가 어디에서 그런 용기가 생겼는지 모르지만) 야로밀은 손가락 끝으로 여학생의 입술을 만져보고는 미소를 지으며 그토록 아름답게 칠한 입술로 키스를 하면 그의 얼굴에는 틀림없이 지워지지 않는 자국이 남으리라고 말했다. 그녀도 다시 동의했고, 그들이 키스를 하지 않는다면 그토록 섭섭한 일은 또 없으리라고 말했다. 바로 그때 복도에서 선생의 화난 목소리가 들려왔다.

야로밀은 선생이나 다른 학생들이 아무도 그의 얼굴에서 키스 자국을 보지 못한다면 너무나 섭섭한 일이 될 것이라고 말했다. 또다시 그는 몸을 앞으로 내밀고 싶었으며, 또다시 그녀의 입술이 에베레스트 산만큼이나 까마득하게 여겨졌다.

"그래, 애들이 정말로 질투를 느끼게 만들자." 여학생이 말했다. 그녀는 가방에서 립스틱과 손수건을 꺼내서 손수건에 립스틱을 묻히고는 야로밀의 얼굴에 새빨갛게 문질렀다.

문이 벌컥 열리고는 화가 잔뜩 난 선생을 앞세우고 아이들이 와르르 몰려들어왔다. 선생이 들어올 때면 품행이 방정한 학생들이 늘 그러듯이 야로밀과 여학생은 벌떡 일어섰다. 그들은 줄줄이 늘어선 텅 빈 책상들 한가운데 단둘이 서 있었고, 잔뜩 모인 구경꾼들의 눈은 야로밀의 얼굴에 찍힌 아름답고 빨간 자국에서 떨어질 줄을 몰랐다. 그는 행복하고 자랑스러웠다.

11

사무실에서 같이 근무하는 동료 한 사람이 어머니에게 추파를 던지고 있었다. 그는 결혼한 남자였는데, 어머니에게 그를 그녀의 집으로 초대해달라고 설득하는 중이었다.
　어머니는 그녀의 성적인 자유에 대해서 야로밀이 어떤 태도를 취할 것인지를 알 길이 없어서 불안했다. 그녀는 아들에게 간접적으로 조심스럽게 전쟁에서 죽은 남자들의 미망인들과 그들이 새로운 삶을 시작할 때 겪는 어려움에 관해서 말했다.
　"'새로운 삶'이라니, 그게 무슨 소린가요?" 아들이 화를 내며 반박했다. "새 남자하고 시작하는 삶을 의미하는 건가요?"
　"글쎄, 그야 물론 그것도 한 부분이긴 하지. 삶은 계속되어야 하고, 야로밀, 살아가려면 필요한 것들이 있어······."
　죽어간 영웅에 대한 여인의 충절은 야로밀이 가장 거룩하게 생각하는 신화들 가운데 하나였다. 그것은 사랑의 절대적인 힘이 단순히 시적인 허구가 아니라 생을 살아갈 만한 가치가 있도록 만드는 참된 것임을 보장하는 것이었다.
　"위대한 사랑을 알았던 여자가 어떻게 다른 사람하고 같은 침대에서 뒹굴 수가 있나요?" 그는 정숙하지 못한 미망인들에 대해서 화를 냈다. "고문을 당하고 죽음을 맞은 남편을 아직 기억하는 마당에 어떻게 다른 남자를 아무렇지도 않게 만질 수가 있나요? 그들은 어떻게 무덤을 넘어서까지 남편을 괴롭혀 두 번씩이나 죽일 수가 있나요?"
　과거는 여러 빛깔의 비단옷을 걸치고 있다. 어머니는 마음에 드는 동료를 거부했고, 그녀의 과거 전체는 다시 한번 완전히 다른 변모를 드러내게 되었다.
　그녀가 남편을 위해서 화가를 배반했다는 것은 진실이 아니었다. 그것은 야로밀을 위해서였다! 그녀는 아들을 위해서 올바른 가정을 지켜나가고 싶었다! 만일 자신의 알몸을 드러내는 것이 오늘날까지 그녀를 불안하게 만들었다면, 그것은 야로밀이 그녀의 배를 흉측하게 만들었기 때문이었다. 그를 세상에 태어나게 하겠다고 끈질기게 고집했던 결과로 그녀는 남편의 사랑까지도 잃었다!

처음부터 그는 그녀가 가진 모든 것을 빼앗아갔다.

12

(이때쯤에는 벌써 여러 번의 키스를 경험했던) 그는 언젠가 댄스 교실에서 만난 여자와 같이 스트로모브카 공원의 한적한 오솔길을 따라 산책하고 있었다. 대화 도중에 침묵이 점점 길어지더니 결국 그들 자신의 발자국 소리, 그들이 동행하는 발자국 소리 이외에는 아무것도 들리지 않았으며, 그래서 그들은 지금까지 감히 적시하지 못했던 사실을—그들이 함께 걷고 있다는 사실을 깨달았다. 그리고 함께 걷고 있다면 그들은 서로 좋아하는 것이 틀림없었다. 그들의 발자국 소리가 이 사실을 확인해주었으며, 그들의 걸음걸이가 점점 느려졌고, 갑자기 여자가 야로밀의 어깨에 머리를 얹었다.

그것은 지극히 아름다운 순간이었지만 야로밀이 그 마력을 미처 제대로 음미해보기도 전에 그는 자신이 흥분하고 있다는 것을 느꼈는데, 그것은 누가 봐도 당장 빤히 알 수 있는 그런 흥분이었다. 그는 이 부끄러운 꼴을 당장 끝내기 위해서 그의 육체를 통제해보려고 애썼지만, 아무리 애를 써도 성공하지 못했다. 그는 혹시 여자의 시선이 아래쪽으로 내려가 그의 엉거주춤한 자세를 보면 어쩌나 하는 생각에 겁이 덜컥 났다. 그는 나무 꼭대기에 있는 새들과 구름에 대한 이야기를 해서 그녀의 시선을 위쪽으로 돌리려고 애썼다.

(지금까지 어떤 여자도 그의 어깨에 머리를 얹은 적이 없었으며, 그는 이 제스처를 그의 삶이 끝나는 바로 그날까지 이어질 헌신의 맹세라고 간주했기 때문에) 그날의 산책은 환희로 가득 찼지만, 더불어 한없는 수치심을 느끼기도 했다. 그는 자신의 육체가 고통스러운 무분별함을 다시

보이지나 않을까 두려웠다. 오랫동안 궁리를 한 다음에 그는 어머니가 헝겊들을 보관하는 벽장에서 길고 널찍한 끈을 하나 찾아내어 다음 번 데이트를 나가기 전에 바지 속에 적절한 조처를 취해서 그가 흥분했다는 신호기가 그의 다리에 묶인 채로 얌전히 있게끔 해놓았다.

13

십여 가지 에피소드들 가운데 이 이야기를 선택한 까닭은 야로밀이 지금까지 그의 생에서 경험했던 행복의 정점이 여자가 그의 어깨에 머리를 얹었다는 정도임을 보여주기 위해서였다.

여자의 머리가 그에게는 여자의 육체보다 훨씬 더 깊은 의미가 있었다. (따지고 보면 그는 과연 어떤 다리가 아름다운 것이며, 엉덩이의 판단 기준은 무엇인지 따위의) 여자의 육체에 대해서는 별로 잘 알지 못하는 반면에 그는 얼굴을 판단하는 데에는 자신감을 느꼈으며, 그의 눈에는 어느 여자가 사랑스러운지 아닌지를 판단하는 기준은 오직 얼굴뿐이었다.

야로밀이 육체의 아름다움에는 관심이 없었다는 주장을 하려는 것은 아니다. 여자의 발가벗은 몸뚱아리를 생각하기만 해도 그는 머리가 어지러워진다. 이 미세한 차이를 살펴보고 넘어가야겠다.

그는 여자의 발가벗은 육체를 갈망하는 것이 아니라, 발가벗은 육체로 인해서 더욱 빛나는 여자의 얼굴을 갈망했다.

그는 여자의 육체를 소유하기를 갈망하는 것이 아니라, 사랑의 증거로서 그에게 육체를 바치는 여자의 얼굴을 소유하기를 갈망했다.

육체는 그가 경험한 테두리를 넘어서는 것이고, 바로 그 이유 때문에 그것은 수많은 시의 주제가 되었다. 그 무렵 그의 시에서는 '자궁'이라는 어휘가 얼마나 많았던가? 그러나 시의 마력을 통해서 (무경험의 마력을 통해서) 야로밀은 교미와 번식을 위한 기관을 환상적인 꿈들의 아리송한 상징적 개념으로 변형시켰다.

어느 시에서 그는 여자의 육체 한가운데 '재깍거리는 작은 시계'가 들어 있다고 썼다.

또 어느 시구에서 그는 여자의 성기가 '눈에 보이지 않는 존재들의 고향'이라고 상상했다.

그리고 또 그는 동그란 고리의 이미지에 열중했고, 자기 자신을 구멍으로 한없이 떨어지다가 결국 '그녀의 육체 속으로 떨어지고 영원히 떨어지기만 하는' 구슬이라고 생각했다.

또 어떤 시에서는 여자의 두 다리가 나란히 흐르는 두 개의 강으로 변했으며, 강들이 합류하는 지점에는 성경에 나오는 이름처럼 들리는 헤렙이라는 신비한 산이 솟아 있다고 상상했다.

또 어떤 시는 어느 풍경 속에서 지루하게 세발자전거를 타는 사람(velocipede rider)의 기나긴 방황에 관한 것이었다. (그에게는 세발자전거라는 단어가 석양만큼이나 아름답게 들렸다.) 여기 등장하는 풍경은 여자의 육체였으며, 그가 그 안으로 들어가 잠을 자고 싶어하던 두 개의 건초더미는 그녀의 젖가슴이었다.

불완전함이나 질병이 없고, 모든 결점으로부터 해방된 육체, 눈에 보이지도 않고 알아볼 수도 없는 여인의 육체, 철저히 환상적인 육체 — 목가적인 놀이터를 돌아다니는 이 여행은 너무나 신비했다.

아이들에게 동화책을 읽어주는 그런 어조로 자궁과 젖가슴에 관한 글을 쓰는 것은 너무나 멋진 일이었다. 그렇다, 야로밀은 민감성의 세계에서, '가공된 어린 시절'의 세계에서 살았다. '가공된'이라고 말한 까닭은 진실한 어린 시절은 천국이 아니고, 특별히 민감하지도 않기 때문이다.

민감성이 존재성을 가지는 순간은 삶이 어떤 사람에게 갑자기 자극을 주어 성인의 문턱을 향해 그를 몰아갈 때이다. 그는 어렸을 때는 제대로 파악하지 못했던 어린 시절의 모든 혜택을 납득한다.

민감성은 성숙에 의해서 깨닫게 되는 두려움이다.

그것은 우리들이 서로를 어린아이처럼 취급하기로 상호간에 동의하는 작고 인공적인 공간을 창조하려는 시도이다.

민감성은 또한 사랑에 육체적으로 부수되는 결과들에 대한 두려움이기도 하다. 그것은 (책임과 육체적인 요소로 인해서 속박과 억압 투성이인) 성숙의 영역으로부터 사랑을 끌어내고, 여자를 아이로 간주하기 위한 시도이다.

'그녀의 혀는 즐겁게 고동치는 심장이어라.' 그는 어느 시구에서 이렇게 썼다. 그가 보기에는 그녀의 혀와, 새끼손가락과, 젖무덤과, 배꼽이 들리지 않는 목소리로 대화를 나누는 독립된 존재들 같았다. 그가 보기에는 여자의 육체가 수천 개에 달하는 그런 존재들로 이루어지며, 육체를 사랑한다는 것은 그 무수한 존재들의 무리에 귀를 기울이고, '그녀의 두 젖무덤이 비밀의 신호를 주고받으며 속삭이는 소리'를 듣는 것을 의미하는 듯싶었다.

14

그녀는 추억을 가지고 자신을 괴롭혔다. 그러나 과거를 응시하던 그녀는 아기 야로밀과 같이 살았던 시절의 낙원을 잠시 돌이켜보고는 결국 마음을 고쳐먹었다. 그렇다, 야로밀이 그녀에게서 모든 것을 빼앗아갔다는 것은 사실이 아니었으며, 오히려 그와는 반대로 야로밀은 어느 누구보다도 그녀에게 많은 것을 주었다. 그는 그녀에게 거짓으로 더럽혀지지 않은 한 조각의 삶을 주었다. 집단수용소에서 돌아온 유대인 여자도 그 행복을 위선과 공허함의 차원으로 전락시킬 수 없었다. 그렇다, 그 낙원의 조각이 그녀에게는 유일한 진실이었다.

그리고 (달라지는 칼레이도스코프의 무늬처럼) 과거는 다시 달라진 모습을 취해서, 야로밀은 그녀로부터 가치 있는 것을 전혀 빼앗아간 적이 없으며, 도금한 휘장을 찢어젖히고는 거짓과 위선을 노출시켰을 따름이었다. 남편이 그녀를 사랑하지 않는다는 사실을 알아낼 수 있도록 그는 태어나기도 전부터 어머니를 도와주었고, 13년 후에는 새로운 슬픔 이외에는 아무것도 가져다주지 못할 미친 모험으로부터 그녀를 구해주었다.

그녀는 야로밀의 어린 시절을 같이 나눈다는 경험이 그들 두 사람 모두를 위한 맹세이며, 거룩한 계약이라고 자주 그녀 자신에게 다짐했다. 그러나 그녀는 아들이 그 계약을 어긴다는 사실을 점점 더 깨닫게 되었다. 어머니는 아들에게 말을 할 때면 야로밀이 별로 신경을 써서 듣지도 않고, 그의 머릿속이 그녀와는 같이 나눌 의사가 전혀 없는 생각들로 가득 차 있음을 알았다. 어머니는 아들이 그의 자그마한 비밀들, 육체와 이성에 대한 비밀들을 그녀에게 말하기를 부끄러워하며, 그녀가 뚫고 들어갈 수가 없는 베일 뒤로 자신을 감추고 있음을 알았다.

그것은 그녀에게 고통스럽고 짜증나는 일이었다. 그가 아기였을 때 그들이 이루어놓았던 거룩한 계약의 한 부분은 아들이 항상 그녀를 믿고, 그녀에게 수치심을 느끼지 않으며 속마음을 털어놓는다는 것이 아니었던가?

그녀는 그들이 공통된 삶을 살아가던 무렵에 한때 같이 나누었던 진실을 부활시키기를 갈망했다. 아들이 어린아이였을 때 그랬듯이 그녀는 어떤 옷을 입어야 한다고 그에게 아침마다 말해주었으며, 팬티와 셔츠를 골라줌으로써 그녀는 하루 종일 그의 옷 아래에서 상징적으로 같이 존재할 수 있었다. 이것이 아들을 짜증스럽게 만든다는 사실을 눈치채자 그녀는 아들의 속옷이 조금이라도 더러워지면 그를 붙잡아 앉혀놓고 야단을 침으로써 그에 대한 복수를 했다. 그녀는 아들이 옷을 입거나 벗을 때 방에서 서성거림으로써, 참을 수 없었던 그의 수줍어하는 태도에 대해서 벌을 주었다.

"야로밀, 이리 와봐. 네 모습이 어떤지 내가 한번 봐야겠다." 손님들이 집에 찾아왔던 언젠가 그녀가 야로밀을 불렀다. "맙소사, 너 대체 그게 무슨 꼴이냐!" 일부러 헝클어뜨려놓은 머리카락을 보고 그녀가 큰소리로 말했다. 그녀는 손님들과의 대화를 중단하지 않은 채로 빗을 가져다가 그의 머리를 빗겨주기 시작했다. 얼굴은 릴케를 닮았고 극악무도한 상상력을 갖추었던 위대한 시인은 화가 나서 상기된 얼굴로 가만히 앉아 빗질을 당했다. 저항의 기미라고는 얼굴에 (오래 전부터 그가 연습해왔던) 잔인한 냉소를 짓고 있다는 것뿐이었다.

어머니는 그녀의 빗질 솜씨가 어떤지 그 결과를 살펴보려고 뒤로 물러난 다음에 손님들에게로 돌아섰다. "저 아이가 얼굴을 저렇게 찡그리는 한심한 습관을 어디서 배웠는지 모르겠군요."

그리고 야로밀은 세계에 획기적인 변화가 일어나도록 영원히 헌신하겠다고 맹세했다.

15

그가 도착했을 때는 토론이 한창 열을 올리던 중이었다. 그들은 발전의 정의에 대해서, 그리고 발전이라는 것이 정말로 존재하기는 하는가에 대해서 토론했다. 그가 주위를 둘러보니 어느 학교친구의 초청을 받아 찾아간 모임에서 만났던 적이 있으며 전형적인 프라하 고등학교 학생들로 이루어진 젊은 마르크스주의자 서클이 눈에 띄었다. 이곳에서는 학교에서 체코어 선생이 주선하는 토론회에서보다 참석자들이 훨씬 진지해 보였지만, 어디를 가거나 꼭 끼어 있는 말썽꾼들은 이 모임에도 역시 있었다. 그런 자들 가운데 한 사람이 시든 백합을 손에 들고 가끔 킁킁거리며 냄새를 맡아대 다른 사람들을 킬킬거리게 만들었고, 그래서 결국 이 모임이 열리던 아파트의 주인인 키가 작고 머리가 검은 남자가 그 꽃을 빼앗아야만 했다.

누군가가 예술에서는 발전을 언급할 수 없으며, 셰익스피어가 현대의 어느 극작가보다도 뒤떨어진다는 주장은 아무도 내세우지 못할 것이라는 이야기를 했고, 그래서 야로밀은 토론에 귀가 솔깃해졌다. 야로밀은 이 토론에 참여하고 싶었지만 낯선 사람들에게 이야기를 하기가 무척 힘이 들었다. 그는 모든 사람이 그의 새빨개진 얼굴과 제스처에 어색한 그의 손을 빤히 쳐다보리라는 것이 두려웠다. 그런데도 그는 어서 이 작은 집단에 '어울리고' 싶었으며, 말을 하지 않는다면 어울릴 수 없으리라는 사실을 알았다.

용기를 얻기 위해서 그는 화가를, 그가 전혀 의심한 적이 없었던 위대한 권위자를 생각했고, 자신이 그의 친구이며 제자라는 사실을 상기했다. 그랬더니 그는 어찌나 힘이 생겼는지 마침내 토론에 참여하여 그가 화가의 화실을 방문했을 때 들었던 이야기들을 그대로 반복했다. 이 상황에서 놀라운 사실은 그가 자신의 생각을 이야기하지 않는 데서 그치지 않고, 심지어는 자신의 목소리가 아닌 목소리를 사용하고 있었다는 점이다. 그의 입에서 나오는 목소리는 화가의 목소리를 닮았으며, 이 목소리는 그의 손에도 영향을 주어서 화가의 독특한 제스처까지도 흉내내기 시작하는 것을 보고 야로밀 자신도 약간 놀랐다.

야로밀은 예술에서도 반박할 여지가 없는 발전이 이루어져서, 현대 사조는 천 년에 걸친 예술의 발전에 있어서 완전한 혁명이라고 주장했다. 그는 예술이 드디어 정치적, 철학적 관점들을 전파하고 현실을 모방하는 의무로부터 해방되었으며, 그래서 우리들은 예술의 참된 역사가 이제야 시작되는 셈이라고 말할 수 있다고 설명했다.

이 순간에 몇 사람이 끼어들려고 했지만 야로밀은 발언권을 넘겨주지 않았다. 처음에 그는 자신의 입에서 흘러나오는 화가의 어휘들과 억양을 듣고 불쾌했었지만, 잠시 후에는 이 대용품 자아가 그를 방패처럼 가려주기 때문에 안전과 자신감의 원천이 된다는 사실을 깨달았다. 그는 더 이상 불안해하거나 수줍어하지 않았다. 그는 자신이 하는 말이 듣기 좋았으며, 그래서 이야기를 계속했다.

그는 현대에 이르기까지는 인류가 유사 이전의 시대에서 살아왔으며, 인류의 참된 역사는 궁핍의 세계로부터 자유의 세계로 도약하는 프롤레타리아 혁명과 더불어 겨우 시작되었다는 마르크스의 사상을 인용했다. 예술의 역사에서는 그에 비견할 만큼 결정적인 전환점은 앙드레 브르통과 다른 초현실주의자들이 자동기술(의식적으로 문장을 닦아가며 쓰지 않고 마음에 떠오르는 그대로 기술해나가는 방법/옮긴이)의 기법을 발견하여 인간의 잠재의식 속에 숨겨진 보물을 보여주게 된 바로 그 순간이었다. 야로밀은 이것이 러시아의 사회주의 혁명과 같은 시기에 일어난 사건이라는 것은 상징적인 의미가 있다고 말했다. 인간 상상력의 해방은 경제적 속박으로부터의 해방과 같은 자유의 세계로 비약하는 똑같은 도약을 수반했던 것이다.

여기에서 검은 머리의 남자가 토론에 끼어들었다. 그는 발전의 원칙을 옹호하는 야로밀을 찬양했지만, 초현실주의를 프롤레타리아 혁명과 그토록 밀접하게 연관지어도 좋을지에 대해서는 회의를 나타냈다. 그는 현대 예술이 퇴폐적이며, 프롤레타리아 혁명과 가장 훌륭하게 일치하던 시대의 예술은 사실주의였다고 그의 신념을 피력했다. 앙드레 브르통이 아니라 체코 사회주의 시의 창시자인 이르지 볼커야말로 우리들의 본보기가 되어야 한다는 주장이었다. 야로밀은 전에도 그런 견해를 접한 적이 있었다. 사실상 그런 사상들을 냉소적으로 비웃으며 그에게 설명해준 사람이 화가였다. 야로밀도 역시 비꼬는 미소를 지으려고 해보았으며, 사회주의적 사실주의는 예술적인 관점에서 본다면 전혀 새로운 것이 없고, 과거의 부르주아 "키치(kitsch : 저속한 예술품/옮긴이)"의 복제품에 지나지 않는다고 반박했다. 이에 검은 머리의 남자는 새로운 세계를 건설하는 투쟁에 도움이 되는 예술만이 현대적인 예술이며, 대중이 이해할 수 없는 초현실주의는 그 범주에 든다고 말하기 어렵다고 반박했다.

토론은 흥미로웠다. 검은 머리의 남자는 매력 있는 태도를 잃지 않고 독선에 빠지지 않으면서 그의 반박론을 제시했고, 그래서 모든 사람의 시선이 그에게 몰리자 약간 도취된 야로밀이 비록 가끔 지나치게 신랄한 야유를 동원하긴 했어도, 토론은 끝까지 언쟁으로 발전하지는 않았다. 아무런 최후의 판결도 이루어지지 않았다. 다른 사람들이 발언권을 이어 받았고, 야로밀이 주장하던 관점은 잠시 후에 다른 주제들에 의해서 밀려났다.

하지만 발전이 존재하느냐 아니냐, 초현실주의가 부르주아 운동이냐 아니면 혁명적인 운동이냐를 결정하는 것이 정말로 그토록 중요한 일이었을까? 야로밀과 그들 가운데 어느 편의 관점이 옳은가 하는 것이 정말로 문제가 되었을까? 야로밀에게 정말로 중요했던 것은 그가 이제 그들과 연결되었다는 사실뿐이었다. 그는 그들과 논쟁을 벌였지만, 그 집단에 따스한 공감을 느꼈다. 그는 더 이상 이야기에 귀를 기울이지 않았고, 그의 이성은 행복감으로 가득 찼다. 그는 더 이상 어머니의 아들이나 교실에 앉은 학생으로서가 아닌 자기 자신으로서 존재하며 함께 어울려도 좋은 사람들을 드디어 찾아낸 것이었다. 그리고 인간이란 타인들과 완전히 뒤섞였을 때에만 자아를 누릴 수 있다는 생각이 그의 머리에 떠올랐다.

검은 머리의 남자가 자리에서 일어났고, 그에게는 무엇인가 할 일이 있었기 때문에 — 그는 그것이 대단한 일이라는 그럴 듯한 인상을 주기 위해서 일부러 막연하게 언급했었다 — 그들의 지도자를 위해서 자리를 비워줘야 할 때가 되었음을 모두들 인식했다. 그들이 나가려고 현관

에 모여들었을 때 안경을 쓴 어떤 여자가 야로밀에게로 가까이 다가왔
다. 토론이 진행되는 동안 야로밀이 단 한번도 그녀에게 약간의 관심도
보인 적이 없다는 사실을 밝혀두어야겠다. 어쨌든 그녀는 전혀 두드러진
인상을 주지 못했고, 그저 수수한 여자여서 — 못생기지는 않았어도 별
로 볼품이 없는 그런 여자였다. 그녀는 특별히 별다른 꾸밈이 없이 머리
카락을 부드럽게 이마 위로 모아 넘겼고, 화장은 하지 않았으며, 발가벗
고 다닐 수야 없는 노릇이니까 그냥 걸친 듯한 그런 옷차림이었다.
 "아까 당신이 한 얘긴 아주 흥미로웠어요." 그녀가 그에게 말했다. "난
당신하고 그 토론을 좀더 해보고 싶어요……."

16

검은 머리의 남자가 사는 아파트로부터 별로 멀리 떨어지지 않은 곳에
공원이 하나 있었고, 그들은 이야기를 나누며 그곳으로 갔다. 야로밀은
그녀가 대학생이며 (그의 마음을 엄청난 자부심으로 뿌듯하게 가득 채울
사실이었지만) 그보다 무려 두 살이나 위라는 것을 알게 되었다. 그들은
둥그렇게 구부러진 오솔길을 따라 산책했으며, 여자는 이지적인 대화를
시작했고 야로밀도 점잖은 태도로 이야기했다. 그들은 자신이 무슨 생각
을 하고, 무엇을 믿고, (여자는 과학 쪽으로 관심이 기우는 반면에 야로
밀은 예술 쪽으로 기울었지만) 자신의 취향이 어떤지를 서로 상대방에게
알려주려고 열심이었다. 그들은 존경하고 흠모하는 모든 인물의 명단을
열거했는데, 여자는 야로밀의 파격적인 관점들에 매혹되었다고 되풀이
해서 말했다. 그녀는 잠시 침묵을 지키고는 그를 에페부스(ephebus : 고
대 그리스의 젊은이를 지칭하는 라틴어로서, 특히 정식 시민이 되기 위
한 준비로 군사 및 체육 훈련을 받는 아테네의 18-19세의 소년을 의미했
음/옮긴이)라고 불렀는데, 그가 방으로 걸어들어오는 순간에 그녀의 눈

에는 야로밀이 매력적인 에페부스로 보였고……。

야로밀은 그 단어가 무엇을 의미하는지 정확히 알 수 없었지만, 어떤 특별한 명칭을 — 그것도 더구나 그리스의 명칭을 얻는다는 것은 기막힌 일이라고 생각되었다. 그는 그 단어가 젊음과 무슨 관계가 있으며, 그것은 그가 개인적으로 경험했던 거북하고 굴욕적인 그런 젊음이 아니라 강인하고도 흠모할 만한 그런 젊음이라고 생각되었다. 이렇듯 여대생은 그의 성숙하지 못한 나이를 언급하면서도 젊음으로부터 고통스러운 요소들을 제거하고 그것을 오히려 장점으로 바꾸어놓았다. 그들이 여섯 바퀴째 공원을 돌게 되었을 때 야로밀은, 처음부터 그러고 싶다는 생각을 염두에 두고는 있었지만 그렇게 하려면 충분한 용기를 동원해야 하는 그런 행동을 취했는데, 여자의 팔을 잡았다는 그 행동은 하나의 커다란 발전이었다.

여자의 팔을 '잡았다'는 것은 별로 정확한 표현이 아니었다. 그녀의 엉덩이와 팔뚝 사이로 슬그머니 손을 '넣었다'고 말하는 편이 훨씬 정확할 것이었다. 그는 여자가 아예 눈치도 채지 못하기를 바라는 듯 조심스럽게 그 행동을 했는데, 정말로 그녀는 그의 손길에 전혀 아무런 반응도 나타내지 않았고, 그래서 그의 손은 그녀가 신경을 쓰지 않아서 곧 떨어질 것만 같은 손가방이나 꾸러미 따위의 무슨 이질적인 물체처럼 엉거주춤 그녀의 팔꿈치 옆에 얹혀 있었다. 그러나 갑자기 그의 손은 그녀의 팔이 밑으로 슬그머니 들어온 손의 존재를 의식하고 있다는 것을 눈치챘다. 그리고 그의 다리는 여자의 걸음걸이가 서서히 느려지고 있다는 사실을 깨달았다. 그는 전에도 이런 순간을 경험했고, 피할 수 없는 무엇이 허공에 매달려 기다리고 있음을 알았다. 그리고 어떤 필연적인 상황이 눈앞에 닥치면 일반적으로 벌어지는 일인데, (아마도 그들에게 적어도 어느 정도의 자유의지는 있다는 것을 증명이라도 하고 싶은 듯) 사람들은 그 상황이 한순간이나마 더 빨리 이루어지도록 추진시키게 마련이다. 어쨌든 여태까지 축 늘어져 있기만 했던 야로밀의 손에 생기가 돌더니 여자의 팔을 지그시 눌러 쥐었다. 그 순간에 여자는 갑자기 걸음을 멈추고 안경을 쓴 얼굴을 들어 그를 쳐다보더니 가방을 땅에 떨어뜨렸다.

이 제스처에 야로밀은 깜짝 놀랐다. 우선, 황홀한 상태에 빠졌던 그는 여자가 손에 무엇을 들고 있었다는 사실을 전혀 모르고 있었다. 그래서 이 장면에서 그에게는 가방이 하늘에서 전하는 메시지처럼 떨어졌던 것이다. 그리고 그녀가 대학교에서 곧장 마르크스주의 토론회로 왔으며, 가방 속에는 아마도 보다 차원이 높은 학문을 배우기 위한 자료와 학구적인 연구 내용을 담은 소책자들이 들어 있을지도 모른다는 가능성을 깨닫자 야로밀은 완전히 도취되어버리고 말았다. 그가 생각하기에는 두 손을 해방시켜 그를 움켜잡고 싶다는 이유 때문에 그녀가 모든 과학과 인문 교육을 땅바닥으로 던져버린 것만 같았다.

사실상 가방을 떨어뜨린 것은 너무나 감동적인 사건이어서, 그들은 어느새 찬란한 현기증을 느끼며 서로 키스를 하기 시작했다. 키스는 한참 동안 계속되었고, 마침내 키스를 계속하기에도 진이 빠지자 그들은 다음에 어떻게 해야 할지 몰라 당황했다. 그녀는 안경 쓴 얼굴을 그에게로 비스듬히 기울이더니 불안한 흥분감이 가득한 목소리로 말했다. "당신은 틀림없이 내가 다른 모든 애들과 똑같다고 생각하겠죠. 하지만 난 절대로 그렇지 않아요. 난 다르다구요."

어쩌면 이 말이 가방을 떨어뜨린 행동보다도 훨씬 더 감동적이었는지도 모를 듯싶었고, 야로밀은 자신이 그를 사랑하는 여자와, 첫눈에 그를 사랑하게 된 여자와 함께 있다는 사실을 깨닫고 놀랐다. 그리고 (나중에 자세히 읽고 또 읽기 위해서 그의 의식의 여백에) 그를 사랑하는 여자가 고민을 한 적이 있을 정도로 그가 경험이 많다고 생각했다는 사실을 재빨리 기록해두었다.

그는 그녀에게 다른 여자들과 마찬가지라고 생각하지 않는다고 말해 주었다. 그녀가 가방을 집어들었다. (야로밀이 이제야 자세히 보니까 책을 잔뜩 넣은 그 가방은 정말로 묵직하고 위압적으로 보였다.) 그리고 그들은 일곱 번째로 공원을 돌기 시작했다. 또다시 키스를 하려고 그들이 걸음을 멈추었는데 갑자기 눈부신 불빛이 그들을 비추었다. 두 명의 경찰관이 그들 앞에 버티고 서서 신분증을 보여달라고 요구했다.

당황한 두 연인은 신분증을 찾느라고 더듬거렸다. 그들은 떨리는 손으로 신분증을 제시했는데, 경찰관들은 창녀들을 적발하려고 나왔거나 아니면 따분한 순찰 중에 그냥 잠깐 장난이라도 치고 싶었던 모양이었다. 어쨌든 젊은 남녀에게는 이것이 기억에 남을 만한 사건이어서 (야로밀이 그녀를 집으로 데려다줄 때까지) 저녁 내내 그들은 편견과, 마음이 편협하고 속된 자들의 도덕관념과, 경찰의 우매함과, 구세대와, 구태의연한 법과, 전반적으로 썩어빠진 세상으로 인해서 위협을 받았던 참된 사랑의 역경에 대한 이야기를 나누었다.

17

아름다운 하루였고, 아름다운 저녁이었다. 야로밀이 마침내 집에 이르렀을 때는 거의 자정이 다 되었으며, 어머니는 초조하게 이 방에서 저 방으로 서성거리며 돌아다니던 중이었다.

"걱정이 돼서 미칠 지경이었다! 대체 어딜 갔었니? 넌 나를 노골적으로 무시하는구나!"

야로밀은 아직도 머릿속이 그의 위대한 경험으로 가득 차 있었으며, 화가의 자신만만한 목소리를 흉내내어 아까 마르크스주의자 모임에서 그랬던 것과 똑같은 태도로 어머니에게 설명하려고 했다.

어머니는 그 목소리를 당장 알아차렸다. 그녀는 아들이 잃어버린 연인의 목소리로 그녀에게 말하는 것을 들었다. 그녀는 그녀의 소유가 아닌 얼굴을 보았고, 그녀의 소유가 아닌 목소리를 들었다. 거듭되는 거부의 상징처럼 아들이 그녀의 앞에 서 있었다. 그녀는 견딜 수가 없었다.

"네가 날 죽이려고 이러는구나! 네가 날 죽이려고 이래!" 그녀는 발작적으로 소리치고는 옆방으로 달려들어갔다.

야로밀은 그 자리에 선 채로 얼어붙었다. 그는 겁이 났고, 어떤 어두운 죄의식이 그를 둘러싸기 시작했다.

(안타깝게도, 사랑하는 야로밀이여, 그대는 절대로 그 느낌을 떨쳐버리지 못할 것이다. 그대는 잘못을 저질렀다, 그대는 잘못을 저질렀다! 집을 나설 때마다 그대는 다시 그대를 불러 세우며 꾸짖는 표정을 마음속에 가진 채로 나가게 될 것이다! 그대는 기나긴 목줄에 매인 개처럼 세상을 돌아다니게 되리라! 멀리 떠나가 있을 때라도 그대는 여전히 목에 묶인 끈을 느낄 것이다! 그리고 심지어는 여자들과 같이 있을 때라도, 심지어는 여자들과 나란히 침대에 누워 있을 때라도, 그대의 목에는 기나긴 목줄이 매달려 있을 것이며, 어딘가 머나먼 곳에서 어머니가 그 줄의 한쪽 끝을 손에 쥐고는 그대의 육체가 일으키는 부끄러운 움직임으로부터 진동을 느낄 것이다!)

"어머니, 제발 화내지 말고 저를 용서해주세요!" 눈물에 젖은 그녀의 얼굴을 어루만지며 야로밀은 침대 옆에서 불안하게 무릎을 꿇고 앉아 있었다.

(샤를 보들레르여, 그대는 마흔 살이 되어서도 여전히 그대의 어머니를 두려워할 것이다!)

어머니는 그녀의 살갗에 와닿는 아들의 손가락 감촉을 가능한 한 오래 느끼면서 음미한 다음, 한참 시간이 지난 다음에야 그를 용서해주었다.

18

(자비에르에게는 어머니도 없고 아버지도 없으며, 부모가 없다는 것이 자유의 첫 번째 선행조건이므로 이런 일들은 자비에르에게는 결코 일어날 수가 없다.

그러나 이것이 부모를 잃는다는 것과는 별개의 문제임을 이해하기 바란다. 제라르 드 네르발[19세기 프랑스 작가로 죽기 얼마 전에 정신이상을 일으켰음/옮긴이]의 어머니는 그가 아기였을 때 죽었지만, 그래도 그는 그녀가 가진 아름다운 눈이 그를 최면시키는 힘의 영향을 받으며 평생을 보냈다.

부모를 거부하거나 부모를 묻었을 때 자유가 시작되는 것이 아니라, '부모가 태어날 때 자유는 죽는 것'이다.

자신의 출신을 알지 못하는 자가 자유이다.

숲 속에 떨어진 알에서 태어나는 자가 자유이다.

하늘에서 떨어져 전혀 고마움을 느끼지 않으며 대지로 내려오는 자가 자유이다.)

19

그가 대학생과 연애를 하던 첫 번째 주일 동안 야로밀은 다시 태어나기라도 한 것 같은 기분을 느꼈다. 그는 자신이 에페부스라는 명칭으로 언급되는 것을 들었고, 그를 아름답고 이지적이며 상상력이 풍부한 남자라고 하는 소리도 들었다. 그는 안경을 쓴 젊은 여인이 그를 사랑하며, 그가 그녀를 버리지나 않을까 두려워서 떨고 있다는 것을 알게 되었다. (그녀는 그들이 작별인사를 나눈 다음에 야로밀이 가벼운 발걸음으로 걸어가버리는 모습을 지켜보고 있으면, 멀리 가버리고 자꾸만 멀어져서 사라지는 이별의 장면이 눈에 선해진다고 그에게 말했다…….) 그가 두 개의 거울 속에서 그토록 오랫동안 추구했던 이미지를 야로밀은 드디어 발견한 것이다.

첫 번째 주일에 그들은 날마다 만났다. 그들은 사흘 동안 저녁이면 시내를 돌아다니면서 시간을 보냈는데, 한 번은 (칸막이 특석에 앉아 키스를 하느라고 무대에는 신경도 쓰지 않았지만) 연극을 보러 갔고, 나머지 두 번은 영화구경을 갔다. 일주일째 되던 날 그들은 다시 산책을 나갔다. 바깥 날씨가 매섭게 추웠는데, (어머니가 입고 나가라고 그에게 권한 회색 편물조끼는 시골뜨기에게나 어울릴 것 같아서) 그는 재킷 속에 스웨터를 입지 않은 채로 가벼운 반코트만 걸쳤고, (그의 헝클어진 머리가 야로밀 자신만큼이나 야성적으로 보인다고 여대생이 찬사를 늘어놓는 바람에) 모자도 쓰지 않았다. 기다란 양말의 고무줄이 헐거워서 자꾸만 종아리에서 흘러내렸기 때문에 그는 회색 짧은 양말을 신었다. (우아함에서는 그런 세밀한 부분까지 신경을 쓸 만한 여유가 없었기 때문에 그는 양말과 바지 사이에 조화가 결여되었다는 것쯤은 그냥 넘겨버리기로 했다.)

그들은 일곱 시에 만나 발밑에서 눈이 밟혀 바스락거리는 외곽지대의 공터들을 지나서 교외로 나갔으며, 가는 길에 가끔 걸음을 멈추고 키스를 했다. 그녀의 육체가 보여주는 순응하는 태도에 야로밀은 굉장한 감동을 받았다. 그때까지 그가 여자들과 맺어온 관계들이란 한걸음씩 서서히 올라가야 하는 따분한 등산과 비슷해서, 여자가 키스를 허락할 때까지는 오랜 기간이 걸렸고, 젖가슴에 손을 대도 좋다는 허락을 받기까지는 또다시 오랜 기간이 걸렸으며, 드디어 엉덩이를 만질 수 있는 상황에까지 다다른다면 그것은 상당히 커다란 업적으로 간주할 만했고 — 어쨌든 그 이상은 전혀 발전된 것이 없었다. 하지만 이번 관계는 처음부터 완전히 딴판이었다. 그녀는 야로밀의 품에 안기면 무방비 상태로 완전히 축 늘어져서 어떤 상황도 마다하지 않을 정도였고, 그는 기분이 내키면 언제라도 그녀를 만질 수가 있었다. 그는 이것을 위대한 사랑의 표현이라고 받아들였지만, 예기치 않았던 자유를 맞아 어떻게 해야 할지 제대로 알지 못했던 야로밀로서는 한편으로 당황하기도 했다.

그리고 (일주일째가 되던) 그날, 여학생은 그에게 어서 부모가 자주 집을 비우고 그래서 야로밀을 그녀의 집으로 초대할 기회가 왔으면 좋겠다는 말을 했다. 황홀하고 폭발적인 이 말이 나온 다음에 한참 동안 침묵이 흘렀고, 그들 두 사람은 다 같이 빈 집에서의 만남이 무엇을 의미하는지를 깨달았다. (야로밀의 품에 안기고 나면 젊은 여인이 상당히 무방비 상태가 된다는 점을 우리들은 염두에 두어야 한다.) 그들은 잠자코 있었고, 잠시 침묵이 흐른 다음에 여자가 조용한 목소리로 말했다. "나는 마음이 얽히는 일에서는 타협 따위는 존재하지 않는다고 믿어요. 사랑이란 서로 상대방에게 모든 것을 준다는 것을 의미하니까요."

야로밀도 역시 사랑이란 모든 것을 의미한다고 믿었기 때문에 그 말에 완전히 공감했다. 그러나 그는 뭐라고 대답해야 할지 알 수 없었고, 그래서 대답 대신에 걸음을 멈추고는, (지금은 밤이며 어둠 속에서는 열정을 식별하기가 힘들다는 사실을 망각하고) 열정이 넘치는 눈으로 그녀를 응시했으며, 그녀를 힘차게 껴안고는 맹렬한 키스를 퍼부었다.

15분가량 침묵이 흐른 다음에 여자는 다시금 말이 많아졌고 그녀가 여태까지 집으로 초대한 남자는 야로밀이 처음이라고 알려주었다. 그녀는 남자친구들이 많지만 그들은 정말 아무도 친구 이상은 아니며, 그들은 그런 관계에 익숙해져서 농담 삼아 그녀를 석녀(石女)라고 부른다고 말했다.

야로밀은 자기가 석녀의 첫 번째 연인이 되리라는 것을 알고 기쁘긴 했지만, 그러면서도 일종의 무대 공포증 같은 것을 느꼈다. 그는 사랑의 행위에 대해서 온갖 이야기를 다 들었으며, 여자에게서 처녀성을 빼앗는다는 것이 일반적으로 상당히 힘든 일로 간주된다는 것을 알았다. 그는 생각이 갈팡질팡했으며, 여자의 대화에 참여하기가 힘들어졌다. (이 제안이 유사 이전의 시대로부터 역사의 시대로 도약하는 데 대해서 마르크스가 남긴 명언을 상기시킨다는 생각이 들었던) 그는 자신의 인생의 역사에서 참된 시작을 마련하게 될 그 위대한 약속의 사건에 대한 기쁨과 불안감 속으로 빠져들어갔다.

이야기는 별로 주고받지 않았지만 그들은 아주 오랫동안 시내를 지나 산책을 하며 돌아다녔다. 밤이 깊어지자 날씨가 점점 추워졌고, 야로밀은 얇은 옷만 걸친 그의 몸으로 냉기가 스며드는 것을 느꼈다. 그는 몸을 따스하게 할 만한 장소를 찾아보자고 제안했지만, 시내로부터 너무 멀리 나왔기 때문에 술집이나 어떤 공공시설도 전혀 눈에 띄지 않았다. 마침내 집으로 돌아왔을 때 그는 온몸이 꽁꽁 얼어 있었다. (산책이 끝나갈 무렵에 그는 이빨이 덜덜거리지 않게 하려고 무척 애를 써야만 했다.) 이튿날 아침, 잠이 깬 그는 목구멍이 심하게 아팠다. 어머니가 체온계를 가져왔고, 그의 몸에 열이 있다고 했다.

20

야로밀의 육체가 침대에 누워 앓고 있는 동안 그의 영혼도 곧 닥쳐올 크나큰 사건에 몰입하여 지냈다. 그날에 대한 기대는 추상적인 행복과 구체적인 걱정으로 이루어졌다. 관련된 갖가지 실질적인 세부사항들에 있어서 야로밀은 여자와 성교하는 것이 과연 어떤 것인지를 전혀 몰랐기 때문이었다. 그는 그런 행위에는 준비와 기교와 지식이 필요하다는 정도만 알았다. 그는 육체적인 사랑의 뒤에 숨어 임신이라는 흉악한 위협이 도사리고 있다는 것을 알았고, (학교에서 친구들과 수없이 그런 이야기를 나눴었기 때문에) 임신을 방지하는 방법들이 따로 있다는 사실도 알

앗다. 미개한 시대에는 (싸움터로 나가기 전에 기사들이 갑옷을 몸에 걸치듯이) 남자들이 사랑의 도구 끝에 투명하고 작은 양말 같은 것을 씌우곤 했었다. 이론적인 관점에서라면 야로밀은 그런 일에 대한 정보가 풍부했다. 하지만 어떻게 그런 작은 양말을 손에 넣을 수 있을까? 야로밀은 너무 창피해서 약국에 가서 그런 것을 하나 달라는 말을 차마 꺼내지 못하리라! 그리고 여자가 모르게 그것을 어떻게 착용할 수 있을까? 그에게 작은 양말은 난처한 것이라고 여겨졌으며, 여자가 그것을 알게 되면 어쩌나 하는 생각을 하니 기가 막혔다. 집에서 그것을 미리 착용하는 것이 가능한 일일까? 아니면 여자 앞에 발가벗고 서게 될 때까지 꼭 기다려야만 할까?

그는 그런 질문들에 대한 해답을 알지 못했다. 그는 그 투명한 양말을 하나도 가지고 있지 않았으며, 어떻게 해서든지 꼭 구해서 착용하는 시험을 해봐야겠다고 자신에게 다짐했다. 그는 이 문제에 있어서의 성공이 속도와 기술에 크게 좌우되는 일이어서 연습을 하지 않고는 해낼 수가 없으리라고 상상했다.

그는 다른 것들에 대해서도 걱정이 되었다. 사랑의 행위는 정말로 어떤 것일까? 그의 몸속에서는 무슨 일이 벌어질까? 만일 그 쾌감이 너무나 엄청나서 자제력을 잃고 큰소리로 고함이라도 지르면 어떻게 될까? 그러면 그가 우스워 보이지 않을까? 그리고 그 일이 도대체 얼마나 오랫동안 계속될까? 아, 하느님 맙소사, 준비도 없이 그런 일에 임하는 것이 정말로 가능할까?

그때까지만 해도 야로밀은 아직 수음을 경험하지 못했다. 그는 그런 행위란 참된 사나이라면 피해야 마땅한, 어떤 열등한 짓이라고 간주했다. 그는 자신을 전락시키는 행위가 아니라 위대한 사랑을 경험할 인간의 운명을 타고났다고 믿었다. 그렇긴 하지만 어느 정도의 준비도 없이 어떻게 위대한 사랑을 불태울 수 있을까? 야로밀은 그런 성숙과정에서는 수음이 필수적인 한 부분이라고 믿기에 이르렀으며, 그것에 대한 기본적인 반발을 완화시켰다. 그는 그것을 더 이상 육체적인 사랑을 대신하는 초라한 행위가 아니라, 그 목적을 향해 나아가기 위해서 거쳐야 하는 필연적인 한 단계라고 간주했으니, 그것은 가난의 고백이 아니라 풍요함을 위한 기초였다.

그래서 그는 (몸에 38도가 넘는 열이 있는 상태에서) 사랑의 행위에 대한 첫 연습을 하게 되었다. 그는 이 행위가 아주 짧은 시간 동안만 계속되고, 그것이 황홀경에 빠져 소리를 지를 만큼 그에게 자극을 주지 못한다는 것을 깨닫고는 놀랐다. 이것은 그를 실망시키기도 하고 안심시키기도 했다. 그후 며칠 동안 그는 이 실험을 몇 차례 더 반복했지만 아무런 추가 지식도 거두어들이지 못했다. 하지만 그는 이 방법을 통해서 보다 큰 통제력을 쌓고 있다는 기분이 들었고, 이제는 완전히 자신감을 가지고 그의 애인을 대할 수 있게 되었다.

야로밀이 플란넬 붕대를 목에 두르고 사나흘 침대에 누워 있던 어느 날 아침 할머니가 방으로 달려들어오더니 흥분해서 소리쳤다. "야로밀! 온 도시가 미쳐버린 모양이야!" 그가 일어나 앉았다. "무슨 일이 일어났나요?" 할머니는 아래층에 있는 라디오에서 혁명이 터졌다는 방송이 나온다고 설명했으며, 야로밀은 침대에서 뛰어나와 옆방으로 가서 라디오를 틀었고, 클레멘트 고트발트의 목소리를 들었다.

(우리들이 알고 있다시피, 보다 심각한 문제들이 그의 염두에 있었기 때문에 별로 관심은 없었지만) 최근에 그런 이야기를 많이 들었기 때문에 그는 당장 사태를 파악했는데, 공산주의자가 아닌 각료 세 명이 공산주의자인 고트발트 수상에게 사임하라고 위협한 일이 있었다. 그런데 지금 야로밀은 고트발트가 광장에 모인 군중들에게 연설하는 것을 들었다. 그는 공산당을 마비시키고 사회주의를 향한 민족의 발전을 저해하려고 계획했던 반역자들을 비난하는 중이었다. 그는 공산당의 지도 아래

새로운 혁명 권력기구가 구성되고 있는 동안 그 각료들의 사임을 끝까지 요구하도록 인민들에게 호소했다.

헌 라디오의 지글거리는 소리 속에서 고트발트의 연설이 우레처럼 환호하는 군중의 함성에 뒤섞여 사라졌다. 할머니의 방에서 잠옷 바람으로 서 있던 야로밀은 이 방송을 듣고 온통 흥분하고 열광해서, 목에 붕대를 잔뜩 감은 채 목쉰 소리로 외쳤다. "드디어 올 것이 왔구나! 이렇게 될 줄 알았어! 드디어!"

할머니는 야로밀의 열광이 옳은 반응인지 별로 자신이 없는 눈치였다. "너 정말 이게 잘된 일이라고 생각하니?" 걱정스러운 어조로 그녀가 물었다. "그래요, 할머니, 잘된 거예요. 굉장히 잘된 일이라구요!" 그는 할머니를 포옹하고는 흥분해서 방 안을 왔다갔다 하며 서성거렸다. 그는 광장에 모였던 군중이 오늘이라는 날짜를 하늘로 드높이 올려보내 앞으로 수백 년 동안 그곳에서 별처럼 빛나게 만들었다고 믿었다. 그리고 그토록 영광스러운 날에 민중과 함께 길거리에 나가서 어울리는 대신에 할머니와 함께 집에 있다는 것이 참으로 수치스러운 일이라고 생각했다. 그러나 그가 이런 생각을 제대로 따져볼 겨를도 없이 문이 벌컥 열리고는 흥분해서 상기된 얼굴로 이모부가 들어오며 소리쳤다. "너 무슨 일이 벌어지고 있는지 얘기 들었냐? 그 갈보들! 그 거지 같은 갈보들! 그런 식으로 폭동을 일으키다니!"

야로밀은 잘난 체하는 그의 사촌형과 이모와 함께 항상 밉기만 하던 이모부를 힐끗 쳐다보았다. 그리고 드디어 승리의 순간이 그를 찾아왔다는 생각이 들었다. 그들은 서로 마주 보고 섰다. 이모부는 문을 등지고 선 반면에 야로밀은 라디오를 등지고 있었고, 그래서 야로밀은 10만 명이나 되는 엄청난 군중의 지지를 받고 있다는 기분을 느꼈고, 그가 이모부에게 말을 하는 것은 10만 명이 단 한 명의 개인에게 이야기를 하는 셈이었다. "그건 폭동이 아니라 혁명입니다." 그가 말했다.

"혁명 좋아하네." 이모부가 대답했다. "군대를 업고, 거기에다 경찰과 강대국까지 옆에 끼고서라면 누구라도 혁명쯤은 간단히 일으킬 수 있단 말이다."

마치 버릇이 잘못 든 아이를 야단이라도 치는 듯한 이모부의 깔보는 목소리를 듣고 야로밀은 증오심이 머리끝까지 치밀었다. "군대와 경찰은 우리들을 모두 다시 노예 집단으로 만들어놓으려는 몇몇 놈들을 막는 데 필요한 거예요."

"이 건방진 녀석아." 야로밀의 이모부가 대답했다. "그렇지 않아도 대부분의 권력은 벌써 빨갱이들의 손에 들어가 있어. 그들은 나머지 권력도 몽땅 장악하기 위해서 이 폭동을 일으킨 거란 말이다. 맙소사, 난 네가 멍청하고 한심한 녀석이라는 걸 옛날부터 알고 있었어."

"그리고 전 노동자 계급이 이모부 같은 자본주의자 기생충들을 역사의 쓰레기통에 쓸어넣으리라는 걸 옛날부터 알고 있었죠."

야로밀은 거의 아무런 생각도 하지 않고 홧김에 마지막 말을 했다. 그렇긴 해도 우리들은 이 말을 검토해봐야겠다. 그는 공산주의 웅변가들이나 공산주의 신문들에 거듭거듭 등장하는 단어들을 사용했는데, 모든 해괴한 선전 문구들을 싫어했던 야로밀은 항상 그런 표현을 싫어했다. 그는 무엇보다도 우선 자신을 시인이라고 간주했으며, 비록 혁명적인 견해들을 가지고 있긴 했어도 자신의 어휘들을 절대로 포기하지 않으리라는 각오가 되어 있었다. 그런데도 그는 방금 자본주의자 기생충과 역사의 쓰레기통이라는 어휘를 사용했다.

그렇다, 그것은 놀랄 만한 일이었다! 한참 흥분해 있을 때, (따라서 참된 자아가 말을 하는 즉흥적인 순간에) 야로밀은 자신의 언어를 버리고 다른 사람을 위한 매체로 행동하는 것을 선택했던 것이다. 그는 그냥 그렇게 하게 된 것이 아니라 강렬한 쾌감을 의식하면서 그렇게 행동해서, 자신이 머리가 10만 개나 달린 군중의 한 부분이며, 히드라의 머리가 달린 괴물의 한 가지 기관이 되었다고 느꼈는데, 그것이 그에게는 찬란하게 여겨졌다. 이제 그는 어제까지만 해도 그로 하여금 낯을 붉히고 말을 더듬게 만들었던 사람들을 깔볼 수 있을 정도로 자신이 강하다고 느꼈다. (자본주의자 기생충들을 역사의 쓰레기통에 쓸어넣으리라는) 선언의 원시적인 단순성은 함축성이 있는 의미를 비웃고, 그에게 우스꽝스러울 만큼 단순한 삶의 본질에 대한 이해로부터 지혜를 찾아내는 직선적이고 단순한 사람들의 대열에 낄 수 있는 자격을 주었기 때문에 그는 행복감을 느꼈다.

(플란넬 붕대를 목에 두르고 잠옷 바람인) 야로밀은 두 다리를 벌리고 손을 옆구리에 얹고는 격정의 찬사를 외쳐대는 라디오 앞에 꿋꿋하게 버티고 섰다. 그에게는 이 소음이 그의 내면으로 흘러들어가 그의 육체에 힘을 가득 채우고, 그래서 결국 요란하게 웃어대는 바위나 거대한 나무처럼 그가 이모부와 맞서도록 만들어주는 것 같았다.

그리고 볼테르가 볼트의 아버지라고 믿었던 이모부가 앞으로 나서더니 야로밀의 **뺨**을 철썩 때렸다.

야로밀은 얼굴이 얼얼할 정도로 아픔을 느꼈다. 그는 모욕을 당했으며, (히드라의 머리가 달린 괴물이 아직도 그의 뒤에서 으르렁거리는 가운데) 자신이 나무나 바위처럼 힘차고 거대하다고 느꼈기 때문에, 그는 이모부에게 덤벼들어 복수하고 싶었다. 그러나 그가 그 결정에 이르기까지는 꽤 시간이 걸렸고, 그러는 사이에 이모부가 몸을 돌려 방에서 나가 버렸다.

야로밀이 그의 등 뒤에 대고 "보복하겠어요! 내가 보복을 하겠다구요, 이 돼지 같으니라구!" 하며 소리치고는 문을 향해서 달려갔다. 그러나 할머니가 그의 잠옷을 붙잡고는 그를 진정시켰다. 야로밀은 "돼지 같으니라구, 더러운 돼지 같으니라구"라고 자꾸 투덜거리면서, 여대생에 대한 꿈과 더불어 그가 떨쳐버린 지 한 시간도 안 되는 침대로 되돌아갔다.

그는 더 이상 그녀에 대한 생각을 할 수가 없었다. 그는 아직도 이모부의 모습이 눈앞에 선했고, 뺨도 여전히 상당히 얼얼했다. 그는 보다 남자답게 행동하지 못한 자신을 꾸짖었다. 사실상 그는 어찌나 맹렬히 자신을 꾸짖었는지, 분노한 눈물로 베개를 적시며 흐느껴 울기 시작했다.

어머니는 그날 오후 늦게 집으로 와서 그날 있었던 사건들을 초조한 표정으로 전해주었다. 어머니가 근무하는 부서에서는 그녀가 무척 존경하던 부장이 즉각 제거되었으며, 사무실에서 공산주의자가 아닌 사람들은 모두 곧 체포를 당하지나 않을까 두려워한다고 했다.

야로밀은 베개로 몸을 버티고는 팔꿈치를 괸 채로 열심히 대화에 참여했다. 그는 어머니에게 지금 진행되고 있는 것이 혁명이며, 혁명이란 의로운 사회를 수립해서 한꺼번에 완전히 폭력을 뿌리 뽑을 수 있도록 하기 위해서 어느 정도의 폭력을 요구하는 짤막한 과도기라고 설명했다. 그는 어머니도 그 점을 잘 알아야 한다고 말했다.

어머니는 열을 올리며 반박했지만, 야로밀은 그녀의 모든 반박에 준비가 되어 있었다. 그는 부유한 사람들의 통치 그리고 기업가들과 장사꾼들의 통치의 우매함을 공격했고, 그녀 자신의 가족이 그런 유형에 포함되어 있다는 사실이 어머니를 괴롭혔던 일을 교묘하게 상기시켰다. 그는 어머니에게 그녀의 언니가 보여주는 폐쇄성과 그녀의 형부가 보여주는 저속함을 지적했다.

어머니는 판단력이 갈팡질팡하기 시작했고 야로밀은 그의 어휘들이 거둔 성공 때문에 기분이 좋았다. 그는 아까 뺨을 맞은 데 대한 보복이 이루어졌다고 느꼈다. 그 사건이 머리에 떠오르자 그는 다시금 속이 끓어올랐다. "어머니, 전 오늘 큰 결심을 하나 내렸어요." 그가 선언했다. "전 공산당에 가입하겠습니다."

어머니의 얼굴에서 못마땅해하는 기미를 눈치채고 그는 자신의 입장을 보다 자세하게 설명했다. 그는 벌써 오래 전에 가입하지 않았던 것을 부끄럽게 생각하며, 그가 자란 가정환경의 부담 때문에 그의 참된 동지들로부터 지금까지 떨어져 지냈을 따름이라고 말했다.

"그렇다면 너는 이 집에서 태어난 것이 못마땅하단 말을 하는 거냐? 내가 네 엄마라는 게 부끄럽고?"

어머니는 깊은 상처를 받은 듯한 말투였고, 야로밀은 그의 어머니와 그 밑에 깔려 있는 그녀의 참된 자아는 그녀의 언니나 부유한 사람들의 사회하고는 아무런 관계가 없다는 것이 그의 견해이므로, 어머니가 그의 말을 오해한 것이라고, 재빨리 설명을 덧붙였다.

그러나 어머니는 이렇게 말했다. "만일 네가 조금이라도 나를 생각해준다면, 거기 가입하지 말아라. 네 이모부하고 여기서 살아간다는 것이 얼마나 어려운지는 너도 알잖니. 만일 네가 공산주의자들하고 한패가 되었다는 걸 이모부가 알게 된다면 난리가 날 거야. 제발 정신 좀 차려."

야로밀의 목구멍에서는 자신에 대한 연민이 왈칵 치밀어올랐다. 이모부에게 맞은 뺨을 갚아주긴커녕 그는 방금 뺨을 한 대 더 맞은 셈이었다. 그는 얼굴을 돌렸고, 어머니가 방에서 나가자마자 다시 한번 흐느껴 울기 시작했다.

21

저녁 여섯 시였다. 여대생이 하얀 앞치마를 두르고 문간에서 그를 맞아 아늑한 부엌으로 안내했다. 달걀부침에 살라미 소시지가 고작인 저녁식사는 별것 아니었지만, (어머니와 할머니를 제외한) 여자가 그를 위해서 식사를 요리해주긴 이번이 처음이었으므로 그는 사랑하는 사람의 보살핌을 받는 남자로서의 자부심을 느끼며 식사했다.

그런 다음에 그들은 옆방으로 들어갔다. 그 방에는 편물 탁상보를 씌우고 육중한 유리 화병으로 눌러놓은 둥그런 마호가니 탁자가 놓여 있었고 벽에는 형편없는 그림들이 걸려 있었다. 방의 한쪽은 자그마한 베개들로 푹신하게 꾸며놓은 긴 의자가 차지했다. 모든 것이 오늘 저녁을 위해서 손질되고 꾸며졌으며, 그래서 그들은 편안한 자리에 마음 놓고 앉기만 하면 그만이었다. 하지만 묘하게도 여대생은 둥근 탁자 옆의 딱딱한 의자에 앉았고, 야로밀도 그렇게 했다. 오랫동안 그들은 딱딱한 의자에 앉은 채로 이러저러한 잡담을 했고, 그러다보니 야로밀의 목구멍은 불안감으로 말라들어갔다.

그는 열한 시까지 집으로 가야만 했다. 그는 (친구들이 파티를 열기로 했다면서) 어머니에게 외박을 허락해달라고 애원했지만, 어머니가 어찌나 단호하게 거절을 하는지 더 이상 밀어붙일 수가 없었다. 이제 그는 아직 남아 있는 네 시간이 그가 실천할 첫 번째 사랑의 행위를 치르기에 충분하기를 바라는 수밖에 없었다.

그러나 여대생은 한없이 이야기를 계속했고, 주어진 시간은 빠른 속도로 줄어들기만 했다. 그녀는 전에 짝사랑을 하다가 자살을 기도했던 오빠와 가족에 대한 이야기를 했다. "그 충격을 나는 평생 동안 잊지 못하겠죠. 나는 다른 여자들하고 같아질 수 없어요. 나는 사랑을 가볍게 생각할 수가 없다구요." 그녀가 말했고, 야로밀은 그 말이 약속된 육체적인 사랑의 기쁨에 엄숙한 면모를 추가하게 되리라는 것을 깨달았다. 그는 의자에서 몸을 일으켜 그녀를 굽어보며 아주 진지한 목소리로 말했다. "난 당신을 이해합니다. 그래요, 난 이해하죠." 그런 다음에 그는 여대생이 의자에서 일어나도록 부축해주고, 긴 의자로 이끌고 가서 찬찬히 앉혔다.

그들은 키스를 하고, 포옹을 하고, 애무를 나누었다. 그것이 굉장히 많은 시간을 잡아먹었다. 야로밀은 여자의 옷을 벗길 때가 되었다는 생각을 자꾸 했지만, 전에 그런 것을 해본 적이 전혀 없었기 때문에 그는 어떻게 시작해야 좋을지 몰랐다. 우선 그는 불을 꺼야 하는지 그냥 내버려두어야 하는지도 알지 못했다. 비슷한 상황들에 대해서 그가 읽어본 모든 자료들에 의하면 그는 불을 꺼야 한다는 인상을 받았었다. 어쨌든 그는 재킷 호주머니 속에 투명하고 작은 양말 꾸러미를 준비해두었으며, 만일 결정적인 순간에 그것을 상대방의 눈에 띄지 않고 점잖게 착용해야 한다면 그때는 어둠이 필수적이었다. 그러나 한참 포옹을 하고 있다 말고 무작정 일어나서 전기 스위치가 있는 곳으로 걸어갈 수야 없는 노릇이라는 생각이 들었을 뿐 아니라, 그런 행동은 (그가 훌륭한 가정교육을 받으며 성장했다는 점을 미루어 생각한다면) 상당히 예의에 어긋나는 짓으로 여겨지기도 했다. 그는 다른 사람의 집에 와 있었고, 누가 뭐라고 해도 불을 끄고 켜는 것은 사실상 집주인이 알아서 할 일이었다. 마침내 그는 수줍어하면서도 겨우 용기를 내어 그녀에게 물었다. "우리 불을 꺼야 하지 않을까요?"

여자가 대답했다. "아뇨, 아니에요, 제발 그러지 말아요." 야로밀은 그것이 무엇을 의미하는지 — 더욱 은밀한 행위는 거절하는 것인지 아니면 사랑을 하고 싶긴 하지만 어둠 속에서는 싫다는 말인지, 어느 쪽인지를 알 수가 없었다. 물론 그녀에게 직접 물어볼 수도 있었지만, 실제로 그런 생각을 말로 표현하기가 두려웠다.

그는 열한 시까지 집으로 돌아가야만 한다는 생각이 다시 머리에 떠올랐고, 그래서 소심한 수줍음을 극복해야 한다고 스스로 다짐했다. 그는 세상에 태어난 이후 첫 번째로 여자의 단추를 풀었다. 그것은 그녀의 하얀 블라우스에 달린 꼭대기 단추였고, 그는 조바심하며 그녀의 반응을 기다렸다. 그녀는 아무 말도 하지 않았다. 그래서 그는 계속해서 다른 단추들도 풀었고, 그녀의 스커트 허리춤에서 블라우스를 잡아당겨 뽑았으며, 결국 블라우스를 겨우겨우 벗겨놓았다.

그녀는 이제 스커트와 브래지어만 몸에 걸친 채로 베개 위에 편히 누워 있었다. 조금 아까까지만 해도 야로밀에게 열을 올리며 키스를 하던 그녀가 이상하게도 이제는 반쯤 벌거숭이가 된 채로 화석처럼 굳어버린 것 같았다. 그녀는 움직이지 않았고, 총살을 당하는 사형수가 그를 겨누는 총구들에 저항이라도 하듯 빳빳하게 젖가슴을 내밀고 있었다.

야로밀은 그녀의 옷을 더 벗기는 것 이외에는 다른 선택의 여지가 없었다. 그는 그녀의 스커트 옆에 달린 지퍼가 손에 닿자 그것을 열었다. 이 한심한 청년은 허리에 스커트를 죄는 고리가 달려 있다는 것을 전혀 알지 못했고, 당황한 나머지 그는 그녀의 엉덩이를 거쳐 스커트를 끌어내리려고 몇 분 동안이나 애를 썼지만 아무런 소용이 없었다. 아직도 눈에 보이지 않는 처형자들에게 가슴을 내민 채로 여대생은 전혀 도와줄 기미를 보이지 않았는데, 아마도 그가 처한 어려움을 의식하지도 못한 듯싶었다.

아, 야로밀이 고통을 받아야 했던 15분이나 20분가량은 그냥 넘어가는 자비를 베풀기로 하자. 그는 드디어 여자의 옷을 완전히 벗기는 데 성공했다. 그토록 오랫동안 그들이 계획했던 순간을 기다리며 베개에 기대고 누운 그녀가 얼마나 헌신적인 태도인지를 보고 야로밀은 자기도 옷을 벗는 수밖에 없다는 사실을 깨달았다. 그러나 샹들리에가 눈부시게 빛나고 있었고 야로밀은 옷을 벗기가 창피해졌다. 거실 옆에 있는 (부부를 위한 대형 침대를 들여놓은 구식) 침실을 얼핏 보아둔 야로밀은 한 가지 묘안을 생각해냈는데, 그곳은 불이 꺼져 있었으므로 그 침실에서라면 어둠 속에서 옷을 벗고, 심지어는 이불로 몸을 가릴 수도 있을 것 같았다.

"우리 침실로 자리를 옮길까요?" 그가 한참만에야 입을 열었다.

"왜요? 당신한테 왜 침실이 필요한가요?" 여대생이 웃었다.

우리들은 그녀가 왜 웃었는지 알지 못한다. 그것은 불필요하고, 우발적이고, 불안한 웃음이었다. 그렇긴 해도 그 웃음은 야로밀의 기분을 상하게 했다. 그는 혹시 어리석은 무슨 말이나 하지 않았을까, 그리고 침실로 가자던 제안이 우스꽝스러운 그의 경험 부족을 노출시키지나 않았을까 걱정이 되었다. 샹들리에 불빛이 빤히 노려보는 듯한 낯선 방에서, 그를 보고 웃어대는 낯선 여자와 함께 있던 그는 당장 완전히 버림을 받고 기가 꺾인 듯싶었다.

그 순간에 그는 오늘 저녁 두 사람 사이에는 어떤 사랑도 이루어지기가 불가능하다는 것을 깨달았다. 그는 침울한 표정으로 긴 의자에 앉았으며, 상황이 이런 식으로 돌아간 것이 섭섭하기도 했지만 동시에 안도감을 느끼기도 했다. 이제는 더 이상 불을 켜거나 끄는 일, 그리고 옷을 벗는 일에 대해서 고민할 필요가 없어졌다. 그리고 그는 이것이 자신의 탓이 아니라는 사실이 기뻤다. 그녀는 그렇게 바보처럼 웃어서는 안 될 일이었다.

"왜 그래요?" 그녀가 물었다.

"아무것도 아니에요." 야로밀이 말했다. 그는 만일 자신이 왜 기분이 나쁜지 이유를 설명하려고 덤볐다가는 우스꽝스러워질 뿐이라는 사실을 알고 있었다. 그래서 그는 자신을 억제하고, 그녀를 긴 의자에서 일으키고는 태연한 체하면서 그녀를 계속해서 훑어보았다. (그는 이 상황의 주인이 되기를 원했고, 그의 생각으로는 관찰하는 사람이 관찰의 대상이 되는 사람의 주인이라는 생각이 들었다.) 마침내 그가 말했다. "당신은 상당히 아름답군요."

앞으로 벌어질 일에 대한 기대를 하며 기다리던 긴 의자에서 일단 뻣뻣해진 몸을 일으키고 난 여대생은 완전히 해방된 기분을 느꼈다. 그녀는 말이 많고 자신만만한 자아를 되찾았다. (아마도 관찰의 대상이 되는 사람이 관찰하는 사람의 주인이라고 느꼈기 때문인지는 몰라도) 그녀는 빤히 쳐다보는 시선을 전혀 개의치 않았다. 그녀가 물었다. "난 옷을 입었을 때하고 벗었을 때 가운데 언제가 예쁘죠?"

모든 남자가 한평생을 살아가는 동안 직면하게 되고, 그에 대해서는 젊은 남자들이 교육의 한 부분으로서 가르침을 받아야 하는 여성의 전형적인 질문이 몇 가지 있다. 그러나 우리들 대부분이나 마찬가지로 야로밀은 엉뚱한 공부만 했기 때문에 무슨 대답을 해야 좋을지 전혀 알 길이 없었다. 그는 여대생이 어떤 대답을 듣고 싶어하는지 짐작해보려고 애썼지만 갈피를 잡을 수가 없었다. 여자는 일반적으로 옷을 입고 사람들 앞에 모습을 나타내게 마련이니까 그녀는 마땅히 그런 식으로 아름다워야 기분이 좋을 것이었다. 그런 반면에 알몸은 육체적인 진실성의 상태로 간주될 수도 있으니까, 그런 관점에서 생각한다면 발가벗었을 때가 더 아름답다는 말을 해줘야 훨씬 기뻐하리라.

"당신은 옷을 입어도 예쁘고 벗어도 예뻐요." 그가 말했지만 그녀는 이런 기피하는 대답을 전혀 달가워하지 않았다. 그녀는 방 안에서 깡충거리며 뛰어다니고 야로밀 앞에서 포즈를 취해보이고는 솔직한 대답을 해달라고 재촉했다. "난 당신이 어떤 쪽으로 나를 더 좋아하는지 그게 알고 싶어요."

이렇게 보다 개인적인 각도로 질문을 바꾸자 대답을 하기가 훨씬 쉬워졌다. 만일 다른 사람들이 그녀의 모습을 아는 것은 옷을 입었을 때뿐인데도 그런 모습이 덜 매력적이라고 야로밀이 말한다면 그것은 너무나 눈치 없는 소리 같았다. 그러나 만일 그녀가 지금 그의 주관적인 견해를 묻고 있는 것이라면 그는 개인적으로는 그녀의 발가벗은 모습을 더 좋아한다고 마음 놓고 밝힐 수가 있었는데, 그 까닭은 이 대답이 그가 있는 그대로의 그녀를 좋아하고 —— 인공적인 장식을 가미할 필요 없이 진실하고 꾸밈없는 그녀를 좋아한다는 의미가 되기 때문이었다.

보아하니 그의 판단은 정확했던 모양이어서, 그의 판결을 듣고 난 다음에 그녀는 아주 호의적인 반응을 보였다. 그녀는 그가 떠날 때까지 옷을 다시 입지 않았고, 그에게 여러 차례 키스를 했으며, (열한 시가 되려면 15분이나 남았으니 어머니가 기뻐할 일이었지만) 그가 가려고 일어서자 그의 귀에 대고 이렇게 속삭였다. "오늘 밤 난 당신이 정말로 나를 사랑한다는 걸 알게 되었어요. 당신은 좋은 남자이고, 정말로 나를 아껴주는군요. 그래요, 당신이 옳아요. 이러는 쪽이 더 좋아요. 우리 그건 당분간 보류해두기로 해요. 우린 무언가 기대할 만한 걸 간직하고 있어야 하니까요."

22

이 무렵에 그는 장시(長詩)를 한 편 쓰기 시작했다. 그것은 자신이 늙었음을 불현듯 인식하게 된 남자, '운명의 마지막 간이역(簡易驛) 너머'에서 자신이 버림받고 잊혀졌음을 알게 된 남자에 관한 서술체의 시였다.

> 사람들이 그의 집 벽들을 하얗게 칠하고
> 그의 물건들을 끌어내고 있으니,
> 옛날 그대로 남은 것이 하나도 없네.

무자비한 '세월'에 쫓겨 집에서 도망친 그는 그의 생애에서 가장 강렬한 시절을 살았던 곳으로 돌아가려고 달려간다.

> 뒤쪽 층계, 3층, 끝에서부터 두 번째 문,
> 문패의 이름은 너무 흐려 읽을 수가 없고.
> "20년이 흘렀으니 제발 나를 들여보내주오!"

오랜 세월을 고적하게 지낸 다음에 냉혹한 무관심으로부터 깜짝 놀라 깨어난 노부인이 문을 연다. 그녀는 너무나 오랫동안 핏기를 잃었던 입술을 깨물고는 오랫동안 게을렀던 손을 움직여 씻지도 않은 듬성듬성한 머리카락을 가다듬고, 벽에 걸린 옛 애인들의 사진을 그가 보지 못하게 가리려고 어색하게 두 팔을 내민다.

그러다가 그녀는 아무래도 다 괜찮으며, 겉모습은 더 이상 문제가 되지 않는다는 것을 얼핏 깨닫는다.

"20년이 지나고 그대가 돌아왔으니
내 인생에서 중요한 만남이
마지막으로……."

그렇다, 다 상관없다. 주름살이나, 초라한 옷이나, 누렇게 변한 치아나, 숱이 없는 머리카락이나, 축 늘어진 살갗이나, 핏기가 사라진 입보다 훨씬 소중한 무엇이 있다.

확실성.
인생의 마지막
가장 너그러운 선물이다.

그리고 그는 지친 듯한 표정으로 방을 건너가 탁자의 위쪽을 손으로 천천히 만져본다.

옛적의 사랑이 남긴 손가락 자국들을
그의 축 늘어진 장갑이 지워버리고.

그는 그녀가 많은 남자들을,

그녀의 살갗에서 모든 찬란함을 제멋대로 낭비해버린

수많은 연인들을 사귀었었다는 사실을 깨닫는다. 그의 영혼 속에서 오랫동안 잊혀졌던 노래가 설렌다. 도대체 그것은 어떤 노래였던가?

모래의 침대 위에 떠서 흘러가고, 떠서 흘러가고…….
그대의 알맹이, 그대 자신의 마음에서 알맹이만 남을 때까지
그대는 흘러가고 또 흘러간다.

그녀는 이 남자도 그녀에게 아무것도, 견실하거나 젊은 아무것도 줄 수가 없음을 깨닫는다. 그러나

지금 온통 나를 휘어잡는
이 피로의 순간들,
깨끗하고 고요하고 필연적인
자연의 법칙에 대한 이 증언들을
나는 오직 그대에게만 물려주고…….

깊은 감동을 받아서 두 사람은 서로 상대방의 주름진 얼굴을 만져본다. 그는 그녀를 "나의 아가씨"라고 부르며, 그녀는 그를 "나의 사랑하는 사람"이라고 부른다. 그리고 그들은 운다.

그의 초라함 ── 그리고 그녀의 초라함을
감추기 위한 간접적인 막연한 표정이나 대화가
그들 사이에는 전혀 없었다.

그들이 타오르는 혓바닥을 적시기 위해서 갈망하는 것은 바로 상호간의 그 초라함이다. 그들은 상대방에게서 그것을 탐욕스럽게 빨아 마신

다, 그들은 서로 상대방의 가엾은 육체를 어루만져주고, 상대방의 살갗 밑에서 죽음의 엔진이 조용히 부릉거리는 소리를 듣는다. 그리고 그들은 두 사람이 서로 완전히 그리고 영원히 상대방의 소유이며, 마지막 사랑이 항상 가장 위대한 사랑이기 때문에 이것이 그들의 마지막이면서 가장 위대한 사랑이라는 것을 안다. 남자가 생각한다.

이 사랑은 벽이나 마찬가지이고,
이 사랑은 밖으로 나가는 문이 없으며…….

그리고 여자가 생각한다.

죽음이 시간적으로는 아직 멀리 있을지 모르나
그 유사한 상황은 이제 우리 두 사람 곁에 있다.
의자에 깊숙이 주저앉은 우리들은 일을 다 끝냈다.
우리들의 발은 평화를 찾았으며,
우리들의 손은 더 이상 만질 필요가 없으니…….
입에 들어 있는 침이
이슬로 바뀌기를 기다리는 것 이외에는
더 이상 할 일이 없네.

이 이상한 작품을 읽고 나서 어머니는 이번에도 역시 아들의 보기 드문 성숙함—그로 하여금 자신의 현실로부터 그토록 멀리 떨어진 인생의 경지를 파악하게끔 만드는 성숙함에 놀랐다. 그녀는 시에 등장하는 주인공들이 노년기의 참된 심리상태를 전혀 표현하지 않았다는 점을 깨닫지 못했다. 나중에 결국 야로밀은 여대생에게도 시를 보여주었는데, 그녀는 이 시의 참된 본질을 이해하지 못하고 그것이 시체 애호증 경향

(necrophilic)을 보인다고 평했다.

아니다, 이 시는 늙은 남자나 늙은 여자하고는 아무런 관계도 없었다. 만일 두 주인공이 얼마나 늙었느냐고 우리들이 물었다면 야로밀은 당황해서 말을 더듬으며 마흔에서 여든 살 사이라고 했을 것이다. 노년기에 대해서 그가 알고 있던 바라고는 그것이 성숙기를 지난 시기여서, 운명도 끝이 나고, 미래라고 일컬어지는 그 무서운 신비를 더 이상 두려워할 필요도 없으며, 그 동안 겪었던 모든 사랑이 확실하고 결정적인 양상을 갖추는 시기라는 것이 전부였다.

사실상 야로밀은 불안하기 짝이 없어서, 발가벗은 여자의 몸뚱아리에 접근할 때는 가시를 밟는 듯했다. 그는 육체를 갈망하면서도 그것을 두려워했다. 그렇기 때문에 그의 시에서 야로밀은 육체의 구체적인 양상들로부터 어린애 같은 유희의 세계로 도망쳤다. 그는 육체에서 현실성을 박탈했으며, 여성의 성기를 콧노래 소리를 내는 장난감이라고 상상했다. 시에서 그는 반대 방향으로 도망쳐서, 육체가 더 이상 위험이나 환희를 수반하지 않고 가련하며 비참할 따름인 노년기로 숨어버렸고, 늙은 육체의 초라함은 언젠가는 늙어버려야 할 운명인 젊은 여자의 육체가 가진 자부심에 대해서 어느 정도 그를 중화시켜주었다.

이 시는 자연주의적인 추악함으로 가득했다. 야로밀은 누런 치아나, 눈가에 낀 눈곱이나, 축 늘어진 뱃가죽을 잊지 않았다. 그러나 이런 세부적인 요소들이 가진 가혹함의 이면에는 사랑을 영원하고도 변함없는 원천으로, 어머니의 사랑과 대체할 수 있는 것으로, 시간에 종속되지 않는 것으로, '참된 마음'으로, 사나운 짐승들이 날뛰고 지도조차 없는 세계처럼 그의 앞에 펼쳐져 있는 믿음직스럽지 못한 육체의 힘을 극복할 능력을 가진 것으로, 그렇게 사랑을 간직해두고 싶은 강렬한 욕망이 있었다.

그는 인위적이고 어린애 같은 사랑과, 비현실적인 죽음과, 비현실적인 노년기에 대한 시를 썼다. 이 시는 성숙한 여인의 아주 현실적인 육체를 향해 불안하게 나아가는 그의 머리 위에서 휘날리던 세 개의 엷은 푸른 빛깔의 깃발이었다.

23

(어머니와 할머니가 며칠 시골로 다니러 간 사이에) 그녀가 집으로 찾아왔을 때, 벌써 날이 저물고 있었는데도 그는 전혀 불을 켜지 않았다. 그들은 저녁식사를 한 다음에 야로밀의 방에 앉아 있었다. (어머니가 늘 그를 침대로 보낼 시간인) 열 시쯤 되어서 그는 상당히 자연스럽고 태연하게 말을 할 수 있도록 하루 종일 연습해두었던 말을 했다. "우리 침대로 갈까?"

그녀가 머리를 끄덕였고, 야로밀은 이부자리를 정리했다. 그렇다. 아무런 불상사도 없이 모든 일이 계획대로 진행되었다. 여자가 한쪽 구석에서 옷을 벗었고 (훨씬 서투른 솜씨로) 야로밀이 다른 구석에서 옷을 벗었다. (콘돔 한 봉지는 이미 치밀하게 잠옷 주머니에 넣어두었던) 그는 재빨리 잠옷을 걸친 다음에 이불 속으로 기어들어갔다. (잠옷이 너무 커서 그를 작아 보이게 만들기 때문에 그는 이 잠옷이 그에게 어울리지 않는다는 것을 알았다.) 그는 옷을 벗는 여자를 구경했다. (아, 석양빛을 받은 그녀는 지난번보다도 훨씬 아름다워 보였다.)

그녀는 침대로 미끄러져 들어와서 그의 옆으로 파고들더니 어느새 그에게 맹렬히 키스하기 시작했다. 잠시 후에 야로밀은 작은 꾸러미를 풀어야 할 때가 다 되었음을 깨달았다. 그는 호주머니에 손을 넣고 가능한 한 상대방이 눈치채지 못하게 그것을 꺼내려고 했다. "뭘 찾아?" 여자가 물었다. "아무것도 아냐." 그가 대답하고는 꾸러미를 잡으려던 손을 얼른 여자의 젖가슴에 올려놓았다. 그는 잠깐 실례한다고 말하고는 화장실로 가서 제대로 준비를 갖추는 것이 가장 좋으리라는 판단이 섰다. 그러나 (여자는 계속해서 그에게 키스를 하고 있는데) 그는 이런 궁리들을 하고 있으려니까 빤히 드러날 정도로 그가 처음에 느꼈던 육체적인 흥분이 시들어갔다. 이제는 더 이상 꾸러미를 풀어야 할 이유가 없어졌기 때문에 그는 새로운 혼란에 빠지고 말았다. 따라서 그는 여자를 정열적으로 애무하려고 애쓰는 동시에 사라진 흥분이 혹시 돌아오지나 않을지 신경을 곤두세우고 지켜보았다. 흥분은 돌아오지 않았다. 불안하게 응시하는 그의 눈초리를 받자 야로밀의 육체는 두려움에 사로잡혔다. 아무리 봐도 그것은 커지기는커녕 자꾸 위축되기만 했다.

사랑의 놀이는 더 이상 그에게 아무런 쾌감도 제공하지 못했고, 그 방패막이 뒤에서 그는 자신을 괴롭히며 어서 그의 명령을 따르도록 육체를 다그쳤다. 어루만지고 키스하고 쓰다듬는 동작이 오래오래 계속되었는데, 그것은 끝없는 고뇌였고, 무슨 말을 하더라도 그의 수치스러운 면모에만 관심을 가지게 만들 따름이라고 여겨져서 무슨 말을 해야 좋을지를 전혀 알지 못했던 야로밀에게 그것은 철저한 침묵의 고뇌였다. 그녀의 잘못인지 남자의 잘못인지 정확히 알 수는 없어도 부끄러운 어떤 사태가 벌어지고 있다는 사실을 눈치챘기 때문인지 여자도 역시 조용해졌다. 어쨌든 그녀로서는 준비가 되어 있지 않고 뭐라고 이름을 가져다붙이기도 어려운 어떤 상황이 진행되는 중이었다.

한심한 무언극이 마침내 저절로 진이 빠지고 나자 그들은 베개를 깔고 누워 잠을 청하려고 해보았다. 그들이 얼마나 오래 잠을 잤는지, 또는 정말로 한숨이라도 잠을 잤는지 아니면 서로 상대방으로부터 숨기 위해서 그냥 잠든 체했을 뿐인지는 말하기가 어렵다.

아침에 잠이 깨었을 때 야로밀은 그녀를 쳐다보기가 겁이 났고, 그녀의 고뇌에 찬 모습이 아름다워 보였으며, 그가 그녀를 소유하지 않았기 때문에 그만큼 더 아름다운 듯싶었다. 그들은 부엌으로 들어가 아침식사를 준비하고는 자연스러운 대화를 주고받으려고 애써 시도해보았다.

마침내 그녀가 말했다. "자기는 나를 사랑하지 않아."

야로밀은 그렇지 않다고 그녀를 안심시키려고 했지만 여자가 말을 가로막았다. "아니, 다 소용없는 일이야. 날 설득할 방법은 없어. 그건 자기보다 강한 힘이고, 어젯밤에 진실이 다 드러났어. 자기는 날 충분히 사랑하질 않는 거야. 그건 어젯밤에 자기도 스스로 깨달았겠지."

야로밀은 그의 실패가 사랑의 깊이와는 아무런 관계가 없음을 그녀에게 납득시킬 생각이었지만, 나중에 그 생각을 바꾸었다. 여자의 말은 그의 수치를 감출 수 있는 예기치 않았던 기회를 그에게 마련해주었다. 그의 육체가 어딘가 잘못되었다는 생각을 받아들이기보다는 그가 그녀를 사랑하지 않는다는 비난을 듣고 참아내는 편이 훨씬 쉬웠다. 그래서 그는 아무 말도 하지 않고 마룻바닥을 물끄러미 내려다보았다. 여자가 똑같은 비난을 되풀이하자 그는 짐짓 불확실하고 신빙성이 없게 들리게끔 꾸민 목소리로 말했다. "난 정말로 당신을 사랑해."

"거짓말." 그녀가 말했다. "자기는 다른 사람을 사랑하는 거야."

그것은 더욱 좋았다. 야로밀은 그 비난이 어느 정도 진실임을 시인하는 듯 머리를 떨구고는 서글프게 어깨를 으쓱했다.

"참된 사랑이 아니라면 나에게 사랑은 아무 소용이 없어." 그녀가 침울하게 말했다. "난 이런 문제를 어떻게 가볍게 넘겨야 하는지 모른다고 했었잖아. 난 어떤 여자의 대용품 노릇을 한다는 생각을 하면 참을 수가 없다구."

비록 방금 그가 보낸 밤이 고통으로 가득하긴 했어도 야로밀이 그의 실패를 지우고 성공적으로 그런 밤을 다시 보낼 시도를 할 만한 기회는 아직 있었다. 그렇기 때문에 그가 말했다. "아냐, 그런 소리하지 마. 난 정말로 당신을 사랑해. 당신을 무척 사랑한다구. 하지만 당신한테 숨겨왔던 게 있어. 나한테 전에 다른 여자가 있었던 건 사실이야. 그 여자는 나를 사랑했는데, 난 그녀에게 끔찍한 잘못을 저질렀어. 그 잘못이 이제는 어두운 그림자처럼 나를 억누르고 있는 거야. 난 어쩔 수가 없어. 제발 날 이해하려고 노력해봐. 나는 당신 이외엔 아무도 사랑하지 않는데 앞으로 당신이 나를 안 만나주겠다면 그건 공평한 일이 아냐."

"난 앞으로 다시는 자기를 만나지 않겠다는 소린 하지 않았어. 하지만 다른 여자가 있다면, 비록 그림자만이라고 해도 참을 수 없어. 당신이야 말로 나를 이해하려고 해보라구. 나한테는 사랑이 모든 것이고, 사랑이 절대적이야. 사랑에 있어서 난 타협이라는 건 모르니까."

야로밀은 여자의 안경 쓴 얼굴을 보았고, 혹시 그녀를 잃지나 않을까 하는 생각에 마음이 아팠다. 그녀는 그에게 너무나 가깝게 느껴졌고, 그를 이해할 능력을 갖춘 여자 같았다. 그렇긴 해도 그녀에게 진실을 말하는 모험은 할 수가 없었다. 그는 자신이 숙명의 그림자에 가려진 사람, 마음이 갈기갈기 찢어져 동정을 받아야 마땅한 사람인 체했다.

"당신은 절대적인 사랑을 말하지." 그가 말했다. "하지만 그건 무엇보다도 상대방을 더 잘 이해하고, 모든 것 — 심지어는 그의 그림자까지도 사랑한다는 걸 의미하지 않을까?"

그것은 훌륭한 변론이었고, 여자는 잠깐 침묵을 지키며 그 말을 마음속에서 삭이는 것처럼 보였다. 따지고 보면 모든 것을 다 상실하지는 않은 모양이라고 야로밀은 생각했다.

24

야로밀은 그가 쓴 시를 아직 그녀에게 보여주지 않았다. 그는 화가가 약속을 지켜서 그의 시를 어느 권위 있는 잡지에 게재해주어 인쇄된 작품으로 당당하게 그녀를 매혹시킬 수 있게 될 날을 기다리던 참이었다. 그리고 이제 그는 시의 도움이 절실하게 필요했다. 그는 여자가 그의 시, 특히 늙은 남녀에 관한 작품을 일단 읽기만 하면 이해하고 감동을 받으리라고 확신했다. 그의 추측은 빗나갔다. 아마도 그녀는 나이 어린 그녀의 친구에게 어떤 객관적이고 비판적인 충고를 해줘야 옳지 않을까 하고 생각한 모양이었다. 그래서 그녀는 자연스럽고도 지극히 사무적인 논평으로 그를 무너뜨려버렸다.

야로밀로 하여금 전에 자신의 독특성을 발견하게끔 만들었던 그녀의 열광적인 찬미라는 멋진 거울은 어떻게 된 것일까? 모든 거울에서 그는 이제 미숙함이라는 견딜 수 없는 냉소적인 찌푸림만을 보았다. 이 무렵에 그의 머리에 떠오른 것은 어느 유명한 시인의 이름이었는데, 그 시인은 유럽 전위파의 한 사람이며 해괴한 지역 행사들에 자주 참여하여 널리 알려진 인물이었다. 비록 그를 개인적으로는 알지 못하고 만난 적도 없었지만, 야로밀은 순박한 신자들이 교회의 고위 성직자들에게 느끼는 그런 맹목적인 신앙에 사로잡혔다. 그는 겸손하게 부탁하는 편지와 더불어 그의 시를 보냈다. 그는 시인으로부터 다정하고 찬사를 늘어놓는 답장을 받게 되리라는 꿈을 꾸었는데, 이 환상은 점점 드물어지고 점점 슬퍼지던 여대생과의 만남에 진통제 역할을 했다. (그녀는 시험 때가 되어 시간이 거의 없다고 했다.)

(사실은 별로 오래 전도 아니지만) 그는 어떤 여자하고도 대화를 나누려면 어려움을 느꼈던 때로 거슬러올라가게 되어서, 다시금 집에서의 사전 준비가 필요해졌다. 요즈음 또다시 그는 모든 데이트를 며칠 전부터 머릿속에서 그려보며 저녁 내내 여대생과 주고받는 대화를 상상하며 시간을 보냈다. 이런 상상의 대화 속에서는 여대생이 야로밀의 집에서 아침식사를 하며 못마땅하게 생각했던 '다른 여자'의 모습이 점점 더 신비하면서도 선명하게 드러났다. 그녀는 야로밀에게 풍요롭게 살아온 과거의 광채를 불어넣었고, 질투가 섞인 관심을 자극했으며, 그의 육체가 겪은 실패를 설명했다.

처음 그녀에 대한 이야기를 꺼냈을 때만큼이나 예기치 않게 이 상상 속의 경쟁자에게 관심이 없어진 여대생과 야로밀의 실제 대화에서는 불행히도 그 여자가 눈에 띄지도 않고 곧 사라져버렸기 때문에 그녀는 오직 상상의 대화에서만 나타났다. 그래서 야로밀은 얼마나 실망했던가! 말이 헛나간 것처럼 들리도록 잘 연습해서 야로밀이 지나가는 말로 자꾸 그녀에 대한 언급을 해도 여대생은 못 들은 체했으며, 다른 여자의 회상에 몰두해 있다는 암시를 주느라고 갑자기 침묵을 지켜도 그녀는 아무런 반응이 없었다.

대신에 그녀는 대학생활에 대해서 (그에게는 섭섭한 일이었지만 상당히 즐겁고) 긴 이야기들을 그에게 잔뜩 해주었고, 어찌나 신이 나서 여러 친구 학생들의 모습에 대한 묘사를 생생하게 늘어놓았는지 야로밀에게는 그들이 자기 자신보다도 더 실감나게 느껴질 정도였다. 그들 두 사람은 그들이 처음 만났을 때의 상황으로 돌아가는 중이어서, 야로밀은 수줍은 소년이 되었고, 그녀는 해박한 대화에 열중하는 석녀가 되었다. (야로밀은 그런 순간을 사랑하고 애타게 갈망했는데) 가끔 한번씩 어쩌다가 그녀는 갑자기 우수에 젖거나 어떤 슬프고도 향수에 젖은 말을 했다. 그러나 여대생의 슬픔이 오직 그녀 자신의 내면으로만 향했고 야로밀의 감정과 소통을 하려는 욕망이 그녀에게 전혀 없었기 때문에 야로밀은 그런 분위기를 자신의 마음과 연결지으려고 애를 써봐도 아무 소용이 없었다.

그녀의 슬픔은 무엇으로부터 연유하는 것일까? 어쩌면 그녀가 생각하기에 사라져가는 듯싶은 사랑을 애통해하는지도 모르고, 어쩌면 어떤 다른 사람을 생각하고 있는지도 모를 노릇이었다. 한번은 (영화구경을 끝내고는 조용하고 어두운 길거리를 따라 집으로 돌아가던 중이었는데) 그 슬픔의 순간이 어찌나 강렬했는지 그녀가 그의 어깨에 그녀의 머리를 얹었다.

세상에! 전에도 이런 일이 있었다! 댄스 강습을 받다가 사귄 여자와 공원을 산책하다가 야로밀에게 그런 일이 일어났었다. 전에 그토록 심하게 그를 발기시켰던 머리의 그 제스처는 다시금 똑같은 효과를 유발했으며, 그는 흥분했다! 부인할 수 없을 정도로, 거대하게, 그는 흥분했다! 다만 이번에 그는 부끄럽게 생각하지 않았고 — 오히려 그 반대였다! 이번에 야로밀은 여자가 그의 흥분한 상태를 눈치챘으면 하고 필사적으로 희망했다!

그러나 그녀는 슬픔에 젖어 그의 어깨에 머리를 얹었고, 안경 너머로 머나먼 허공을 멍하니 쳐다보기만 할 따름이었다.

야로밀의 발기한 상태는 자랑스럽게, 의기양양하게, 눈에 보일 정도로 계속되었으며, 그는 상대방이 그것을 보고 흐뭇해하기를 열심히 기다렸다. 그는 여대생의 손을 잡아 그의 남성을 그녀가 느낄 수 있는 곳으로 끌어다놓고 싶었지만, 그것은 아무리 생각해도 절망적이고 미친 짓이며, 충동에 불과한 행동이라는 기분이 들었다. 그는 만일 걸음을 멈추고 그녀를 바싹 끌어안으면 그녀의 몸이 그의 정력적인 발기를 느끼리라는 생각이 머리에 떠올랐다.

그러나 늦어지는 그의 걸음걸이에서 야로밀이 걸음을 멈추고 그녀를 포옹하려고 그런다는 사실을 눈치채자 여대생은 당장 "아냐, 제발, 우리 그러지 말자……"라고 말했으며, 그 말을 하는 목소리가 어찌나 애달팠는지 야로밀은 한마디 말도 못하고 순순히 그녀의 뜻을 따랐다. 그리고 그의 두 다리 사이에 달린 그 물건 — 그 꼭두각시 같고 한심한 존재는 그를 괴롭히며 비웃는 적이나 마찬가지였다. 야로밀은 낯설고도 슬픔에 젖은 머리 하나가 어깨에 얹힌 채로, 두 다리 사이에는 코웃음을 치는 낯선 장난꾸러기 하나를 데리고 계속해서 걸었다.

25

(유명한 시인은 아직도 답장을 하지 않았고) 어쩌면 그는 깊은 슬픔과 위안을 받고 싶은 갈망이 파격적인 행동을 정당화한다고 생각했는지도 모른다. 그래서 야로밀은 예고도 없이 화가를 방문했다. 현관에 다다른 그는 들려오는 목소리들로 미루어보아 화가가 상당히 많은 손님들을 접대하고 있음을 알았고, 그래서 인사나 하고 돌아가려고 했다. 그러나 화가는 그를 화실로 정중하게 초청해서 맞아들이고는 함께 있던 세 명의 남자와 두 명의 여자 손님에게 소개했다.

 야로밀은 다섯 명의 낯선 사람이 쳐다보는 시선에 뺨을 붉혔지만, 그러면서도 화가가 그를 소개하면서 훌륭한 시를 썼다는 말을 했고 화가의 말투를 들어보니 손님들이 벌써 그에 대한 이야기를 전에 들어본 적이 있음을 암시했기 때문에, 으쓱한 기분이 들기도 했다. 그것은 기분 좋은 일이었다. 안락의자에 앉아 화실을 둘러보면서 그는 자리를 함께 한 두 여자가 모두 안경을 쓴 그의 친구보다 훨씬 미인이라는 사실을 확인하고는 마음이 흐뭇해졌다. 다리를 포개고 앉은 그들의 자신만만한 태도, 담배에서 톡톡 재를 터는 동작이 보여주는 우아함, 학구적인 전문용어와 저속한 표현을 결합시켜 괴이한 문장을 만들어내는 뛰어난 솜씨 — 야로밀은 마치 그를 괴롭히는 석녀의 목소리를 저 멀리 떨쳐버리고 찬란하고 드높은 곳으로 그를 쏘아올리는 엘리베이터를 타고 있는 듯한 기분을 느꼈다.

 한 여자가 그에게로 시선을 돌리고는 온화한 목소리로 어떤 종류의 시를 쓰느냐고 물었다. "그냥……시예요." 당황해서 어깨를 으쓱하며 그가 말했다. "아주 훌륭한 시야." 화가가 한마디 거들었고, 야로밀은 머리를 떨구었다. 두 번째 여자가 그를 쳐다보며 알토 목소리로 말했다. "그렇게 앉아 있는 모습을 보니까 라투르가 그린 그림에서 베를렌과 그의 패거리에 둘러싸인 랭보를 연상시키는구나. 어른들 사이에 끼어든 어린애 말야. 랭보는 열여덟 살 때 겨우 열세 살로밖에는 안 보였지. 그리고 너도——" 그녀가 야로밀을 가리켰다. "꼭 어린애처럼 보여."

(그 프랑스 시인이 오랜 방황 끝에 그들에게서 안식처를 구하려고 찾아갔을 때 랭보의 선생 이잠바르의 누이들—— 그 유명한 '이(虱) 잡는 여자들'이 그를 내려다보며 세수와 목욕을 시키고 이를 제거할 때 드러냈던 것과 똑같은 잔인한 부드러움을 이 여자가 야로밀에게 보여주었다는 점을 이곳에 꼭 지적해두고 싶다.)

"우리의 친구 야로밀은 비록 일시적이긴 하지만, 더 이상 아이는 아니면서 아직 어른도 되지 않았다는 행운을 누리고 있다구." 화가가 말했다.

"사춘기는 가장 시적인 나이지." 첫 번째 여자가 말했다.

"불완전하고 미성숙한 이 동정(童貞)의 젊은이가 써놓은 기막히게 잘 완성되고 성숙한 시를 보면 모두들 깜짝 놀랄 거야."

"그래 맞아." 남자들 가운데 한 사람이 야로밀의 시를 잘 알고 있으며 화가의 찬사에 동의한다는 뜻으로 머리를 끄덕였다.

"그 작품들을 발표할 작정이니?" 알토 목소리의 여자가 물었다.

"긍정적인 영웅들과 스탈린의 흉상이 판치는 이 시대는 그런 활동을 위해서는 별로 어울리질 않지." 화가가 대답했다.

긍정적인 영웅들에 대한 이야기가 나오자 그들의 대화는 야로밀이 도착하기 이전의 내용으로 되돌아갔다. 야로밀은 이 화제에 익숙해서 쉽게 대화에 참여할 수도 있었지만, 그는 더 이상 그들이 하는 이야기를 듣고 있지 않았다. 그에게는 열세 살 난 아이, 동정의 아이 같다는 말이 머릿속에서 끊임없이 반향을 일으키며 반복되었다. 물론 그는 아무도 그를 모욕할 마음이 없었으며, 특히 화가가 그의 시를 진심으로 좋아한다는 사실을 알았지만—— 그러나 그 사실은 더욱 그의 기분만 나쁘게 했다. 이런 순간에 시 따위는 아무런 의미도 없었다. 그는 자신의 성숙함을 증명해줄 수만 있다면 그의 시에서 드러나는 성숙함쯤은 천 번이라도 희생시킬 용의가 있었다. 그는 여자와 단 하룻밤을 지낼 수 있다면 그의 시를 몽땅 내주고 싶은 심정이었다.

토론이 점점 활기를 띠었고 야로밀은 그곳에서 나가버리고 싶었다. 그러나 그는 어찌나 마음이 답답했는지 가겠다는 뜻을 표현할 적절한 말을 생각해내기도 힘들었다. 그는 자신의 목소리를 듣기가 두려웠고, 그의 목소리가 떨리거나 괴상한 소리를 내어 다시 한번 그의 열세 살 난 미성숙함을 드러낼까봐 걱정이 되었다. 그는 투명인간이 되어 발돋움을 하고는 살금살금 머나먼 어느 곳으로, 그가 찾아가되 잠이 든 다음에 그의 얼굴이 나이를 먹고 주름살이 많이 생기도록 수십 년 후에 깨어날 수 있는 그런 곳으로 가버리고 싶었다.

알토 목소리의 여자가 다시 그에게로 시선을 돌렸다. "아니, 애야, 너 왜 그렇게 조용하니?"

(사실은 전혀 듣고 있지도 않았지만) 그는 말을 하는 것보다 듣는 쪽이 더 좋다고 우물쭈물 대답했다. 그의 생각에는 그가 최근에 여대생과 가졌던 경험에 의해서 그에게 내려진 심판은 불가피한 것이며, (맙소사, 그저 보기만 해도 그가 한번도 여자를 가졌던 적이 없다는 사실을 모든 사람이 알 수 있다니!) 낙인처럼 그의 몸에 찍힌 동정의 자취를 비난하는 그 선언이 다시금 확인된 것 같았다.

그리고 자신이 다시금 관심의 대상이 되었음을 깨달았기 때문에 고통스럽게 그의 얼굴을 의식했고, 그 표정이 어머니의 미소처럼 보일까봐 불안감이 점점 더 심해졌다! 그는 섬세하고도 쓸쓸한 그 미소를 생생하게 인식했고, 그 미소가 그의 입술에 붙어 있다고 느꼈으나, 그것을 제거할 방법이 없었다. 그는 어머니가 그의 머리에 달라붙어서, 애벌레를 둘러싼 고치처럼 그를 감싸고 실을 풀어 감아서, 그에게서 자신의 모습을 갖출 권리를 박탈했다고 느꼈다.

그는 어머니의 얼굴을 덮어쓰고, 어른들의 집단에 끼어 앉아 있었다. 어머니는 그녀의 팔로 그를 꽉 붙잡고 그로 하여금 가증할 자신의 어린 나이를 부드럽게, 하지만 분명히 느낄 수 있게 하면서, 그가 속하기를 열망하는 그 세계로부터 떨어뜨려놓았다. 이 느낌이 어찌나 고통스러웠는지 야로밀은 어머니의 얼굴을 떨쳐버리고 해방되기 위해서 있는 힘을 다 동원했다. 그는 대화에 끼어들려고 노력했다.

그들은 이 당시에 모든 예술가들이 열을 올려 토론하던 바로 그런 문제들에 대한 의견을 교환하고 있었다. 체코의 현대 예술은 항상 공산주의 혁명을 부르짖었다. 그러나 혁명이 터지고 난 다음에는 당장 알아볼 수 있는 대중적 사실주의 운동에 전적으로 동참한다고 선언했으며, 현대 예술은 부르주아 퇴폐성의 흉악한 산물이라고 거부했다. "그것이 우리들에게 갈등을 가져다주지." 손님 한 사람이 말했다. "우리들과 함께 성장해온 예술을 저버리느냐, 아니면 우리들이 부르짖었던 혁명을 저버리느냐 하는 갈등을 말야."

"문제 제시가 제대로 되지 않았어." 화가가 말했다. "죽어버린 학구적인 예술을 파내고, 공장 조립과정을 거쳐 정치가들의 흉상을 대량 생산하는 혁명은 현대 예술뿐 아니라 혁명 그 자체도 배반하는 것이니까. 그런 혁명은 세상을 개혁하려는 욕망이 없어. 그와는 정반대로 역사의 가장 반동적인 정신인 완고함과, 기율과, 독단주의와, 신념과, 인습의 정신을 보존하려는 욕망만 있지. 우리에게 갈등은 없어. 참된 혁명가들인 우리들은 혁명에 대한 이런 배반에 동의할 수 없지."

야로밀은 화가의 사상을 뒷받침하는 이론을 훤히 알았기 때문에 한바탕 찬조연설을 벌일 수도 있었지만, 귀여움을 받기 위해서 열심히 쫓아다니는 선생의 애제자 노릇을 한다는 것이 비위에 맞지 않았다. 그의 마음은 반항에 대한 욕구로 가득했다. 화가에게로 시선을 돌리며 그가 말했다.

"선생님은 철저하게 현대적이어야 할 필요가 있다는 랭보의 말을 즐겨 인용하시죠. 저도 거기에는 상당히 공감합니다. 그러나 철저하게 현대적이라는 것은 우리들이 50년 동안이나 그 출현을 예상하고 있던 무엇이 아니라, 우리들에게 충격을 주고 놀라게 하는 무엇이어야 합니다. 초현실주의는 벌써 역사가 25년이나 되기 때문에 어떤 면에서 봐도 철저하게 현대적이지는 않아요. 그래요, 현대적인 사건이란 현재 진행되고 있는 혁명입니다. 선생님이 그것을 이해하지 못했다는 사실은 그것이 정말로 얼마나 새로운가 하는 사실을 증명할 따름입니다."

그들이 그의 말을 가로막았다. "현대 예술은 부르주아 계층과 부르주아 세계를 겨냥한 운동이야."

"그래요." 야로밀이 말했다. "하지만 만일 그것이 지금 세상에 대한 공격에 있어서 정말로 일관성을 유지한다면, 그것은 스스로 파괴를 자초할 것입니다. 현대 예술은 혁명이 그 자체의 문화를 창조하리라는 사실을 예측했어야만 하고 — 사실상 현대 예술은 그렇게 되기를 마땅히 바랐어야 합니다."

"네 얘기를 좀 생각해보자." 알토 목소리의 여자가 말했다. "너는 보들레르의 시가 파지로 사용되고, 모든 현대 문학이 금지되고, 국립미술관에 소장된 입체파 그림들을 지하실 창고에다 썩혀도 괜찮다는 얘기야?"

"혁명은 폭력입니다." 야로밀이 반박했다. "그건 잘 알려진 사실이죠. 초현실주의부터가 옛날 광대들을 무자비하게 무대에서 발길로 차서 쫓아내야 한다는 것은 알았지만, 스스로 낡고 쓸모가 없어진 옛것이 되었다는 사실을 깨달을 만한 인식은 결여되어 있었어요."

굴욕감과 분노는 야로밀로 하여금 그의 사상을 격렬한 적의를 드러내며 표현하게 만들었고, 적어도 야로밀 자신에게는 그렇게 느껴졌다. 그러나 그의 입에서 첫마디 말이 나오는 바로 그 순간부터 그의 마음에 걸리는 사실이 있었으니, 지금도 또다시 그는 자신의 목소리에서 화가의 독특하고도 자신만만한 억양을 느꼈으며, 화가의 특유한 손짓을 그대로 따라 오른쪽 팔이 허공에서 제스처를 계속하는 것을 막을 수가 없었다. 그것은 사실상 화가가 자신과 벌이는 토론, 어른 화가와 아이 화가, 화가와 그의 반항적인 그림자가 벌이는 이상한 토론이었다. 야로밀은 그것을 느끼고 더욱 심한 굴욕감을 맛보았으며, 그래서 그는 자신을 포로로 만든 손짓과 목소리에 대해서 스승에게 복수라도 하려는 듯, 점점 날카롭게 자신의 생각을 피력했다.

두 차례에 걸쳐 화가는 기나긴 답변을 통해서 야로밀의 열변에 반박을 가했지만, 세 번째는 그냥 딱딱하게 굳은 근엄한 표정으로만 응답했고, 야로밀은 앞으로 다시는 화가의 집에서 그를 손님으로 받아주지 않으리라는 것을 알았다. 고통스러운 침묵을 마침내 깨뜨린 사람은 알토 목소리의 여자였다. (그러나 이제 그녀의 태도는 서캐가 들끓는 랭보의 머리를 굽어보는 이잠바르의 누이들이 보여준 애정이 아니라 놀라움과 슬픔을 드러냈다.) "네가 쓴 시에 대한 얘기를 들어보면 이 정권, 네가 그토록 열렬히 옹호하는 정권에서는 그 시를 받아들일 것 같지 않구나."

야로밀은 그가 마지막으로 쓴 시, 늙은 두 사람과 그들의 사랑에 관한 시를 생각했다. 그는 자신이 굉장히 아끼는 그 시가 즐거운 노래와 선전이나 선동을 위한 시들이 판치는 이 시대에는 절대로 출판이 되지 않으리라는 현실을 이해하기 시작했다. 지금 그것을 포기함으로써 야로밀은 그의 가장 소중한 재산을, 그의 유일한 보물을 희생시키는 셈이었다.

그러나 그의 시보다도 훨씬 소중한 무엇이, 그가 결코 소유했던 적이 없었고 진심으로 갈망하는 무엇이 따로 있었으니, 그것은 자신의 남자다움을 증명하는 것이었다. 그는 용기와 행동을 통해서만 그것을 성취할 수 있으며, 만일 그 용기가 철저히 혼자여야 하고, 그의 여대생 친구를 포기하고, 그의 화가 친구와 심지어는 시까지도 포기하는 용기를 의미한다면 ─ 좋다. 그는 모험을 하기로 결심했다. 그가 말했다.

"그래요, 나는 내 시가 혁명을 위해서는 철저히 쓸모가 없다는 것을 압니다. 나는 그 시를 좋아하기 때문에 섭섭한 마음이긴 합니다. 그러나 불행히도 내 감정은 그 시의 무가치성에 대한 반박의 근거로는 충분하지 못합니다."

또다시 한참 침묵이 흐른 다음에 남자 한 사람이 "이거 참 무시무시한 얘기로구만"이라고 말하고는 마치 냉기가 그의 등골을 타고 올라가기라도 하는 듯 정말로 몸을 부르르 떨었다. 야로밀은 그의 이야기가 모든 사람들에게서 공포를 자아냈다고 느꼈으며, 그들은 마치 야로밀이 그들이 사랑하는 모든 것, 인생에 살아갈 만한 가치를 부여하는 모든 것에 대한 파괴의 상징이라도 되는 듯한 표정으로 그를 쳐다보았다.

그것은 슬프지만 아름답기도 했으며, 잠시 동안이나마 야로밀은 어린애라는 기분을 잊을 수 있었다.

26

어머니는 야로밀이 말없이 그녀의 책상에 가져다놓는 시들을 읽었으며, 그것들을 통해서 아들의 삶에 대한 통찰력을 얻으려고 노력했다. 그러나 안타깝게도 시는 명확하고 꾸밈없이 이야기를 전하지 않았다. 시의 순수성은 기만적이어서, 아리송한 수수께끼와 암시로 가득했다. 어머니는 아들의 머리가 여자들에게 대한 생각으로 가득 찼다고 믿었지만, 여자들과 아들의 관계가 정말로 어떤지를 보여주는 실마리는 전혀 찾을 수가 없었다.

어느 날 그녀는 아들의 책상서랍을 열고는 그의 일기장을 찾아냈다. 그녀는 흥분해서 마룻바닥에 무릎을 꿇고 앉아 일기장을 훑어보았다. 내용은 대부분이 간결하고 암호문 같았지만, 아들이 연애를 하는 중이라는 것은 확실히 알 수 있었다. 그는 애인의 이름을 머리글자로만 표시했고, 그래서 어머니는 그녀가 누구인지 알 수 없었다. 그런 반면에 그는 그들이 처음 키스를 한 날이나, 공원을 몇 바퀴 돌았다거나, 처음으로 그녀의 엉덩이를 만져본 날 따위의 어떤 사건들에 대해서는 어머니가 역겨움을 느낄 정도로 열을 올리며 자세히 묘사했다.

　어머니는 빨간색으로 쓰고 수많은 감탄부호로 장식한 날짜를 찾아냈다. 그 날짜 다음에 기록된 내용은 이러했다. '내일! 내일! 아, 야로밀, 이 음흉한 녀석, 이 못된 놈아, 여러 해가 지난 다음에 이 글을 읽게 되면, 이날부터 네 인생의 참된 역사가 시작되었다는 사실을 기억하라!'

　초조해진 어머니는 그 날짜와 관련된 무슨 중요한 사건이 혹시 없었는지 기억을 더듬어보았고, 바로 그 날짜에 그녀와 그녀의 어머니가 시골로 여행을 갔었다는 사실을 결국 기억해냈다. 그녀는 또한 집으로 돌아왔을 때 그녀의 가장 좋은 향수병이 열린 채로 욕실 선반에 놓여 있었다는 것도 기억했다. 그녀는 야로밀에게 향수에 대해서 물어보았고, 그는 상당히 당황해서 "그냥 제가 잠깐 가지고 놀았어요"라고 대답했다. 그녀는 얼마나 어리석었던가! 그녀는 야로밀이 어렸을 때 향수를 발명하는 사람이 되고 싶어했었다는 사실이 생각나서 감동을 받았다. 그래서 그녀는 가볍게 꾸짖기만 하고 말았다. "그런 걸 가지고 놀기에는 이제 너는 너무 나이가 많아!" 하지만 이제는 모든 것이 분명해졌다. 그날 밤 야로밀이 이 집에서 데리고 잔 여자가 향수를 사용했으며, 그날 밤 아들은 동정을 잃었던 것이다.

　그녀는 아들의 발가벗은 몸을 머릿속에 그려보았고, 그의 옆에 나란히 누운 여자의 발가벗은 몸뚱아리를, 그녀의 향수 냄새를 풍기고 따라서 그녀와 같은 체취를 풍기는 여자의 몸뚱아리를 상상했다. 구역질이 마구 치밀어올랐다. 그녀는 다시 일기장을 살펴보았는데, 감탄부호로 장식한 날 이후에는 아무 내용도 적혀 있지 않았다. 얼마나 전형적인가 — 남자에게는 일단 여자하고 잠자리를 같이 하는 데 성공하기만 하면 모든 것이 끝난다고 그녀는 씁쓸한 역겨움을 느끼며 생각했고, 아들을 경멸해야 마땅했다.

며칠 동안 그녀는 일부러 아들을 피했다. 그러다가 그녀는 아들이 피곤하고 창백해 보인다는 것을 알았고, 이것이 지나친 성행위 때문이라고 확신했다.

며칠이 더 지난 다음에야 그녀는 야로밀의 얼굴이 피곤함뿐 아니라 슬픔도 내비치고 있음을 눈치채기 시작했다. 그녀는 다소 안심되었고, 희망을 가지게 되었다. 그리고 처녀들은 상처를 주지만 어머니들은 위안을 주며, 남자들에게 애인이 아무리 많더라도 어머니는 한 사람뿐이라고 자신을 납득시켰다. 나는 아들을 위해서 싸워야 한다, 나는 아들을 위해서 싸워야 한다고 그녀는 숨을 몰아쉬며 마음속으로 되뇌었고, 그때부터 그녀는 사랑을 가지고 끊임없이 감시하는 암호랑이처럼 그의 주위를 맴돌기 시작했다.

27

그는 졸업시험을 통과했고, 8년 동안 같이 지낸 학우들에게 심한 향수를 느끼며 작별을 고했다. 공식적으로 인정받은 성년기가 사막처럼 그의 앞에 펼쳐진 것 같았다. 그러던 어느 날 그는 (검은 머리의 남자가 사는 아파트에서 열린 회의에서 사귄 친구로부터 상당히 우연히) 석녀가 다른 대학생과 사랑에 빠졌다는 사실을 알게 되었다.

그는 여대생과 데이트를 했는데, 그녀는 며칠 후에 휴가를 떠나리라는 말을 했고, 그는 그녀의 주소를 적어두었다. 그는 차마 말로 표현하기가 겁이 나서 그가 알아낸 사실에 관해 그녀에게 아무 말도 하지 않았다. 그는 말을 했다가는 그들의 파탄이 더 빨라지기만 할 따름이라는 걱정이 들었고, 비록 그녀에게 다른 사람이 생기긴 했어도 완전히 그를 버리지는 않았으며, 가끔 그녀에게 키스를 하도록 용납하고 적어도 계속해서 그를 친구로 대해준다는 것이 기뻤고, 그래서 그는 모든 자존심을 당장이라도 버릴 만큼 그녀에게 결사적으로 매달렸다. 그의 앞에 놓인 외로운 사막에서 오직 그녀만이 살아 있는 존재였으며, 그는 죽어가는 그들의 사랑이 아직도 다시 불붙을 수 있으리라는 희망에 집착했다.

여대생은 도시를 떠났고, 야로밀은 길고 숨 막히는 터널처럼 그의 앞에 펼쳐진 폭염의 여름을 맞았다. 여대생에게 보내는 (눈물에 젖어 호소하는) 편지가 그 터널 안에 떨어지더니 흔적도 남기지 않고 사라졌다. 야로밀은 그의 방 벽에 걸린 전화 수화기를 생각했다. 선이 끊어진 수화기, 답장이 없는 편지, 아무도 들어주지 않는 대화……. 서글프게도 초현실주의 예술 작품이 이제는 아주 현실적인 의미를 갖추게 되었다.

그리고 그동안 줄곧 여자들은 하늘하늘한 드레스 차림으로 길거리에서 떠다니고, 열린 창문들로는 유행가들이 무더운 길로 흘러나오고, 전차는 수건과 수영복을 손에 든 사람들로 대만원이고, 유람선들은 산과 숲을 향해 남쪽으로 몰다우 강을 헤치며 내려가고…….

야로밀은 버림을 받았고, 오직 어머니의 시선만이 그를 따르고 그에 대한 믿음을 간직했다. 그러나 보이지 않고 숨어버리고 싶은 그의 고독을 끊임없이 따라다니며 응시하고, 껍질을 홀랑 벗겨버리는 한 쌍의 눈에게 추적을 당한다는 것 역시 참기 어려운 일이었다. 그는 어머니의 표정이나 질문을 견딜 수가 없었다. 그는 자꾸만 집으로부터 도망치고, 밤늦게 돌아와서는 곧장 잠자리에 들었다.

우리들은 야로밀이 수음을 위해서가 아니라 위대한 사랑을 위해서 태어났다는 이야기를 했다. 하지만 요즘 그는 그런 천박하고 부끄러운 행위에 대해서 자신을 벌하고 싶기라도 한 듯이 정신없이 결사적으로 수음을 했다. 밤마다 자신을 못살게 굴고 나면 이튿날은 골이 깨지는 것처럼 지끈거렸지만, 이 고통이 여름 드레스 차림의 아름다운 여인을 잊게 만들고 길거리에서 흘러나오는 노래의 욕정적인 유혹을 둔화시켰기 때문에 야로밀은 거의 안도감을 느끼기도 했다. 몽롱한 무감각의 상태는 낮의 끝없는 공간을 건너가도록 그를 도와주었다.

여대생에게서는 편지 한 통 없었다. 그냥 아무에게라도 편지 한 통만 왔더라면! 그 공백을 깨뜨릴 만한 것이 조금이라도 있었더라면! 그가 시를 보낸 유명한 시인이 적어도 몇 줄이나마 그에게 답장을 보내기만 했더라면! 그저 몇 마디의 칭찬만 써주었더라면! (그렇다, 그가 정력을 갖춘 남자라고 여겨질 수만 있다면 그것을 위해서 야로밀은 기꺼이 그의 시를 모두 포기할 마음이라는 것을 우리들은 이야기한 바가 있다. 그것을 단순하게 설명해보자. 만일 그가 남자라고 여겨지지 못한다면 그에게 조금이나마 위안을 제공할 수 있는 것이 꼭 한 가지 있었으니 ― 그것은 적어도 시인이라고 여겨지는 것이었다.)

그는 다시 한번 유명한 시인과 접촉을 취하고 싶었다. 편지라는 평범한 수단을 통해서가 아니라, 어떤 획기적이고 시적인 방법으로 말이다. 어느 날 그는 날카로운 칼을 한 자루 품고 집을 나섰다. 그는 한참 동안 공중전화 박스 앞을 오락가락 걸어다니다가, 아무도 보는 사람이 없는 것을 확인한 다음에 얼른 안으로 들어가 수화기를 잘라냈다. 그후 날마다 다른 수화기를 하나씩 훔쳐내는 데 성공했고, (그러는 동안까지도 여대생과 시인에게서는 답장이 없었으며) 결국 그는 스무 개의 수화기를 모아들였다. 그는 수화기들을 상자에 넣어서 포장하고는 끈으로 묶었고, 수신인 주소란에는 유명한 시인의 이름을 써넣고 자신의 이름도 한쪽 구석에 적었다. 굉장히 흥분한 상태로 그는 꾸러미를 가지고 우체국으로 갔다.

그가 카운터에서 되돌아 나오려니까 누가 그의 어깨를 탁 쳤다. 그는 몸을 돌렸다. 어깨를 친 사람은 전에 그가 학교에서 친하게 지냈던 관리인의 아들이었다. (단조로운 사막 같은 그의 생활에서 모든 사건이 반가웠던) 야로밀은 그를 만난 것이 기뻐 유쾌하게 잡담을 나누었고, 옛날 학우가 근처에 살고 있다는 사실을 알게 된 그는 잠깐이라도 좋으니 방문을 해달라는 초대를 하게끔 그를 은근히 부추겼다.

관리인의 아들은 더 이상 학교 건물에서 부모와 같이 살지 않았고, 방 하나짜리 자신의 아파트를 얻어 지내고 있었다. "아내가 아직 돌아오지 않았구만." 현관으로 들어서며 그가 설명했다. 야로밀은 친구가 결혼했다는 데 놀라움을 표시했다. "아, 뭘, 난 결혼한 지가 벌써 1년도 넘었는걸." 야로밀이 심한 부러움을 느낄 정도로 자신만만하고 노골적인 어조로 그가 말했다.

그들이 자리에 앉았고, 야로밀은 방의 다른 쪽에 있는 어린 아기의 요람을 보았다. 야로밀은 자기는 수음만 하는 반면에 친구는 가장(家長) 노릇을 하고 있음을 알았다.

친구가 찬장에서 위스키 한 병을 꺼내 두 개의 잔에 가득 부었다. 야로밀은 어머니가 얼굴을 찌푸릴 터여서 그의 집에는 이런 마실 것들을 비치해둘 수 없으리라는 생각이 머리에 떠올랐다.

"요샌 뭘 하고 지내?" 야로밀이 물었다.

"난 경찰로 일해." 관리인의 아들이 말했고, 야로밀은 병이 나서 집에 있으며 라디오에서 군중의 흥분한 소음에 귀를 기울였던 날이 생각났다. 경찰은 공산당의 가장 강력한 팔 노릇을 했는데, 야로밀 그가 할머니와 함께 있는 동안 과거의 학우는 아마도 혁명의 군중과 함께 있었는지도 모를 일이었다.

그렇다, 알고 보니 그의 친구는 그때 중요한 임무를 띠고 정말로 길거리에 나가 있었다. 그는 신중하면서도 자랑스럽게 그 이야기를 했다. 야로밀은 그들이 똑같은 정치적인 신념을 가지고 있다는 점을 그의 친구에게 이해시켜야 할 필요성을 느꼈다. 야로밀은 그에게 머리가 검은 남자의 아파트에서 열린 회의에 대해서 이야기해주었다.

"그 유대인 말인가?" 관리인의 아들이 대수롭지 않다는 듯 말했다. "내가 자네라면 정신을 바짝 차리고 있겠네! 그 친구 정말 이상한 인물이니까!"

관리인의 아들은 끊임없이 그를 따돌리고, 항상 한발자국 앞서 나아가고 있는 듯싶었고, 야로밀은 공통된 터전을 찾아내려고 조바심을 했다. 그는 서글픈 목소리로 말했다. "자네도 이 얘기를 들었는지 모르겠지만, 우리 아버지는 집단수용소에서 돌아가셨다네. 그 사건으로 난 정말로 큰 충격을 받았고, 지금 나는 이 세상이 변화를, 그것도 대대적인 변화를 일으켜야 한다고 생각해. 그리고 난 내 입장을 잘 알지."

관리인의 아들이 마침내 동의한다는 뜻으로 머리를 끄덕였고, 그후로 상당히 오랫동안 잡담을 나누었다. 그리고 그들의 장래에 대한 이야기가 나오자 야로밀이 불쑥 선언했다. "난 정치에 투신하고 싶어." 그는 자신이 한 말에 깜짝 놀랐는데, 마치 그 말이 야로밀의 생각보다 먼저 튀어나와서는 야로밀의 인생 역정 전체를 제멋대로 결정하는 것 같았다. 그가 말을 계속했다. "빤한 얘기지만, 어머니는 내가 미학이나 프랑스어나 뭐 그 따위 것들을 전공하길 바라시지만, 난 그런 게 뭐가 대단한지 모르겠어. 그런 것들은 삶과 아무런 관계도 없으니까. 현실의 삶—자네가 뛰어든 건 바로 그것이네!"

친구의 아파트를 나서면서 야로밀은 오늘이 결정적인 통찰력으로 충만한 하루였다고 느꼈다. 몇 시간 전까지만 해도 그는 스무 개의 전화 수화기를 꾸려 소포로 발송하면서 그것이 무슨 대담하고도 환상적인 행위이고, 위대한 예술가에 대한 도전이며, 시인의 목소리를 듣고 싶어서 애원하던, 쓸데없고 허망한 기다림에 대한 상징적인 메시지라고 생각했었다.

그러나 (야로밀은 그 시기가 단순한 우연이 아니었다고 확신했지만) 그 직후에 학우와 나눈 대화는 그의 시적인 행동에 역설적인 의미를 부여했다. 그것은 더 이상 선물이나 애원하는 요구가 아니었으며, 그렇다, 그는 대답을 위한 그의 모든 헛된 기다림을 자랑스럽게 시인한테 '되돌려준' 것이었다. 끊어진 수화기들은 그가 가졌던 충성심의 목이 잘린 머리들이었으며, 십자군 포로들의 머리를 기독교 군지휘관에게 보내주는 회교도 술탄처럼 코웃음을 치며 야로밀은 그것들을 되돌려보낸 것이었다.

이제야 드디어 모든 것이 분명해졌다. 그의 삶 전체는 고장 난 수화기에 귀를 기울이며 버려진 공중전화 박스 안에서 기다리는 시간이나 마찬가지였다.

28

"야로밀, 너 왜 그러니?" 이 질문의 은근한 부드러움이 그의 눈에 눈물이 글썽거리게 했다. 그는 숨을 곳이 없었고, 어머니가 말을 이었다. "너는 내 자식이야. 난 너를 모두 이해하니까 다 괜찮단다. 네가 나한테 말하지 않아도, 나는 너에 대해서라면 뭐든지 다 알고 있단다."

야로밀은 창피해서 시선을 돌렸다. 그녀가 이야기를 계속했다. "나를 네 어미라고 생각하지 말고, 그냥 너보다 나이가 많은 친구라고 생각해봐. 무엇이 너를 괴롭히고 있는지 나한테 얘기하면 훨씬 기분이 좋아질지도 몰라." 그리고 그녀는 나지막한 목소리로 덧붙여 말했다. "그리고 난 그 문제가 어떤 여자하고 관계가 있다는 것도 안단다."

"그래요, 어머니, 전 슬픔을 느껴요." 상호간의 이해라는 부드럽고 축축한 분위기가 그를 감쌌으며 거기에서 벗어날 길이 없었기 때문에 그가 시인했다. "하지만 전 그 이야기를 하기가 힘들어요······."

"나도 안단다. 그리고 지금 이 순간에 네가 나한테 꼭 무슨 얘기를 해주기를 원하는 건 아니야. 난 그냥 언제라도 네가 원할 때 하고 싶은 얘기를 해도 된다는 걸 알아주기만 바란단다. 이걸 봐. 오늘은 아름다운 날이잖니. 난 친구들하고 뱃놀이를 가기로 했어. 너도 우리들하고 같이 가자. 너는 좀 외출을 할 필요가 있어."

야로밀은 가고 싶지 않았지만 빠져나갈 핑계가 생각나지 않았다. 그뿐 아니라 그는 너무 지치고 맥이 빠져서 거절할 만한 기운이 없었고, 그래서 일이 어떻게 돌아가는지 의식도 못하는 사이에 그는 네 명의 여자와 함께 유람선의 갑판에 오르고 말았다.

여자들은 하나같이 어머니와 나이가 비슷했으며, 야로밀은 그들에게 푸짐한 화제를 제공했다. 그들은 그가 벌써 고등학교 교육을 마쳤다는 데 놀라움을 나타냈으며, 그가 어머니를 닮았다고 말했고, (그토록 감수성이 예민한 젊은이에게는 그것이 알맞은 직업이 아니리라는 어머니의 견해에 동의하면서) 그가 정치학을 전공하기로 결정했다는 말을 듣고는 머리를 설레설레 흔들었고, 그리고 물론 그가 여자친구가 있는지를 짓궂게 물어보았다. 야로밀은 말없이 그들 모두에 대한 증오심을 품게 되었지만 어머니가 즐거운 시간을 보내고 있음을 알았고 그녀를 위해서 얌전히 미소만 지었다.

선착장에 배를 대고 난 다음에 여자들과 어린 동반자는 반쯤 벌거벗은 사람들로 뒤덮인 강변에서 내려 일광욕할 자리를 찾았다. 그들 가운데 두 사람만이 수영복 차림이었으며, 세 번째 여자는 분홍빛 팬티와 브래지어만 남기고는 허연 몸뚱아리를 홀랑 드러냈다. (이 여자는 땅딸막한 몸집이 그녀의 치부를 점잖게 가려준다고 생각한 모양이었는지 속옷을 드러내고도 전혀 부끄러워하지 않았다.) 어머니는 얼굴만 햇볕에 태우겠다고 말하고는 눈살을 찌푸리며 하늘을 향해 머리를 한쪽으로 기울였다. 네 사람은 모두 그들과 동행한 젊은이가 옷을 벗고, 일광욕을 하고, 헤엄을 치러 가야 한다는 데에 의견이 일치했다. 야로밀의 수영복은 잊지 않고 어머니가 챙겨가지고 왔다.

근처의 레스토랑에서는 유행하는 음악 소리가 흘러나왔고, 야로밀의 마음은 온통 뒤숭숭해졌다. 햇볕에 몸을 태운 아가씨들과 청년들이 수영복만 걸치고 지나다녔는데, 야로밀은 그들이 모두 자신을 쳐다본다는 생각이 들었다. 그들의 시선이 불꽃처럼 그의 내면을 뚫고 들어오며 타올랐고, 야로밀은 네 명의 중년 여자와 그가 동행이라는 것을 사람들이 알지 못하게 하려고 결사적으로 애썼다. 그러나 여자들은 열심히 그를 불러대면서 수다스럽게 떠들었고, 머리가 넷이나 달린 하나의 커다란 어머니처럼 굴었다. 그들은 야로밀이 수영을 해야 된다고 고집했다.

"옷을 갈아입을 만한 장소가 없잖아요." 그가 반박했다.

"너를 쳐다볼 사람은 아무도 없는데, 뭘. 그냥 수건만 몸에 두르고 갈아입으면 돼." 분홍빛 속옷을 걸친 뚱뚱한 여자가 그를 달랬다.

"저 애는 수줍음을 타요." 어머니가 웃었고, 다른 여자들도 따라서 웃었다.

"우린 저 애의 감정을 존중해야 해요." 어머니가 말했다. "이리 온. 이 뒤에서 갈아입으면 아무도 널 보지 않을 거야." 그녀는 수영을 하러온 다른 사람들의 눈으로부터 야로밀을 가려주는 칸막이를 만들듯이 희고 커다란 수건을 펼쳐들었다.

야로밀이 뒤로 물러나자 어머니가 그를 따라갔다. 그는 자꾸만 뒷걸음질을 쳤고, 그녀는 수건을 펼쳐들고 계속해서 그를 쫓아갔으며, 그래서 그녀는 하얀 날개를 펼치고 사냥감을 추적하는 커다란 새처럼 보였.

야로밀은 한참 뒷걸음을 치더니 갑자기 몸을 돌려 도망쳤다.

여자들이 놀라서 그를 계속 지켜보았다. 어머니가 여전히 커다랗고 하얀 해수욕 수건을 내밀고 있는 동안 야로밀은 벌거숭이 젊은 몸뚱아리들 사이를 이리저리 달려 천천히 시야에서 사라졌다.

제4부
도망치는 시인

1

모든 시인의 삶에서는 그가 어머니의 손아귀를 뿌리치고 도망치는 때가 언젠가는 찾아오게 마련이다.

얼마 전까지만 해도 그의 누이 이사벨과 비탈리아가 앞에 서고, 그와 프레데릭이 다음 줄에 서고, 군대 지휘관처럼 어머니가 뒤에 버티고 따라오는 가운데 그는 여전히 얌전하게 행군을 계속했었다. 이런 식으로 그녀는 매주 자식들을 거느리고 샤를레스빌의 길거리에서 행진을 벌이곤 했었다.

열여섯 살이 되자 그는 처음으로 그녀의 손아귀를 떨쳐버렸다. 파리에서 그는 헌병들에게 붙잡혔고, 몇 주일 동안 스승 이잠바르와 (그렇다, 그의 머리에서 이를 잡아주던 바로 그 여자들인) 이잠바르의 누이들에게서 안식처를 제공받았다. 그리고 그후 어머니가 그를 데리러 와서는 아들의 뺨을 후려갈겼고, 그녀의 팔은 다시 한번 차가운 포옹으로 그를 감싸 안았다.

그러나 아르투르 랭보는 계속해서 자꾸만 도망을 쳤다. 옷깃을 목에 단단히 여미고는 도망을 치면서 시를 썼다.

2

때는 1870년이었고, 프랑스와 프러시아 전쟁의 포성이 샤를레스빌을 뒤흔들어놓았다. 이것은 도망치기에 특별히 유리한 상황이었고, 서정시인들은 향수에 젖어 전투의 음향에 이끌렸다.

다리가 구부정하고 몸집이 작달막한 그는 경기병의 제복을 걸치게 되었다. 열여덟 살이었던 레르몬토프는 군인이 되어 할머니와 그녀의 골치아픈 사랑으로부터 도망쳤다. 그는 그의 영혼을 여는 열쇠인 펜을 세상의 문을 여는 열쇠인 권총과 바꾸었다. 그 까닭은 만일 우리들이 다른 인간의 가슴에 총알을 하나 박는다면 그것은 우리들 자신이 그 가슴 속으로 들어가는 것이며, 다른 인간의 가슴—그것은 세계이기 때문이다.

어머니의 품을 떨쳐버리고 달려나온 그 순간부터 야로밀은 계속해서 도망을 쳤으며, 그의 도망도 역시 전장의 메아리로 이어졌다. 그것은 우르릉거리는 대포 소리가 아니라 정치적인 변혁의 함성이었다. 그런 시대에 병사란 장식품에 지나지 않으며, 정치가가 병사의 자리를 대신했다. 야로밀은 시를 쓰는 작업을 그만두고, 대학교에서 정치학 강의를 부지런히 들었다.

3

혁명과 젊음은 밀접한 관계가 있다. 혁명이 과연 어른들에게 무엇을 약속해줄 수 있을까? 혁명은 어떤 사람들에게는 굴욕을 가져다주고, 또 어떤 사람들에게는 혜택을 가져다준다. 그러나 그 혜택도 인생의 나쁜 쪽 절반에만 영향을 주기 때문에 받을 만한 것이 되지 못하며, 이점뿐 아니라 부수적으로 불확실성도 수반하기 때문에 이미 자리가 잡힌 습성의 개혁과 활동력을 고갈시킨다.

젊은층의 사정은 상당히 좋아진다. 그들은 죄의식의 부담을 느끼지 않으며, 혁명은 젊은이들을 모조리 받아들일 수 있다. 혁명기의 불확실성은 아버지들이 도전을 받는 시대이기 때문에 젊은이들에게 혜택을 준다. 기성 세계의 산산조각 부서진 성벽을 넘어 성숙의 시대로 들어간다는 것은 얼마나 신나는 일인가!

1948년 이후 초기 시절에는 공산주의자 교수들이 여러 체코 대학교에서 열세였다. 만일 혁명이 학문 세계에 대한 영향력을 확보하기만 한다면, 혁명은 학생들에게 권력을 제공할 것이었다. 야로밀은 청년연합에서 활동했으며, 대학 시험을 감시하는 일을 맡아서 그 조국을 위해서 일했다. 그는 교수들의 시험 방법과 그들의 정치적인 견해에 대한 보고서를 정치 위원회에 제출했고, 그래서 현실적으로 보면 시험을 치르는 것은 학생들이 아니라 교수들이었다.

4

그러나 위원회에 보고를 할 때면 야로밀 자신도 엄격한 시험을 치러야 했다. 그는 엄격하고 열성적이고 젊은 당원들의 질문에 대답을 해야 했고 그들을 기쁘게 해줄 만한 멋진 어휘들을 구사하고 싶었다. 그는 이렇게 말했다. 젊은이들의 교육이 위기에 처하면 타협은 범죄가 된다. 케케묵은 사상을 가진 선생들은 시대에 뒤떨어진 인물들이다. 미래는 철저히 새로워야 하고 그렇지 못하면 그것은 미래가 아니다. 하룻밤 사이에 견해가 달라지는 선생들은 믿을 수가 없다. 미래는 철저히 순수해야 하고 그렇지 못하면 그것은 수치스러운 것이 될 것이다.

만일 야로밀이 어른들의 운명에 영향을 주는 역할을 맡은 열성적인 인물이 되었다면, 우리들은 아직도 그가 도망을 치는 중이라고 할 수 있는가? 오히려 그가 드디어 목표를 달성한 것처럼 여겨지지 않는가?

전혀 그렇지가 않다.

그가 겨우 여섯 살이었을 때 어머니는 벌써 그를 학우들보다 한 살 아래인 입장에 처하도록 만들어놓았다. 그는 아직도 나이가 한 살 모자랐다. 어느 교수의 부르주아적인 태도에 대해서 보고를 할 때면 그의 마음은 그 교수의 강의 내용에 가 있는 것이 아니었다. 그보다 그는 자기와 이야기를 나누는 젊은이들의 눈을 초조하게 살펴보며, 자기 자신의 이미지를 관찰했다. 집의 거울에서 그의 미소와 머리카락을 살펴보는 것과 마찬가지로 그는 이야기를 듣는 상대방들의 눈에서 그가 사용한 어휘들이 가진 확고함과 강인함과 사내다움을 확인했.

그는 항상 거울들의 벽에 둘러싸여 살아가고, 그 너머를 볼 수 없다.

그 까닭은 성숙함이란 분리가 불가능하기 때문이다. 성숙함은 철저히 완벽해야 하고, 그렇지 못하면 그것은 존재하지 않는다. 삶의 어떤 영역에서라도 야로밀이 어린애로 남아 있는 한, 그가 시험에 임하고 교수들을 고자질하는 짓은 도피의 한 가지 방법에 지나지 않는다.

5

그는 계속해서 도망을 치지만 항상 성공을 거두지 못하기 때문에, 그는 아침식사와 저녁식사를 어머니와 같이하고 아침인사와 취침인사를 어머니에게 한다. 아침마다 그녀는 그에게 장바구니를 내준다. 어머니는 이런 평범한 집안일이 교수들의 이데올로기를 감시하는 사람에게 어울리지 않는다는 사실에 신경조차 쓰지 않고, 그에게 하루치 장을 봐오라고 내보낸다.

보라, 저기 그가 간다. 앞에서도 우리들은 똑같은 거리를 걸어내려가다가 그를 향해 오는 매력적인 여자를 보고 그가 낯을 붉히는 모습을 보았다. 몇 해가 지나갔지만 야로밀은 여전히 낯을 붉히고, 어머니가 그를 보내는 가게에는 하얀 상의를 입은 여자가 있는데, 그는 그녀와 눈이 마주치는 것을 두려워한다.

그는 짐승의 우리 같은 계산실에 갇혀 하루에 여덟 시간씩 지내는 이 불쌍한 여자를 굉장히 좋아한다. 그녀 용모의 부드러움, 그녀 손짓의 부드러움, 그녀의 속박된 생활―― 그에게는 이 모든 것이 신비하게 은밀하고, 적절하고, 미리 타고난 숙명이라고 여겨진다. 사실상 그는 왜 자신이 이런 기분을 느끼는지 알고 있는데, 이 여자는 약혼자가 독일인들에게 총살을 당한 하녀 마그다――"슬픔을 사랑하는 얼굴"을 닮았기 때문이었다. 그리고 그녀의 계산실은 마그다가 들어앉아 있는 것을 그가 훔쳐보았던 욕조와 닮았다.

6

시험을 두려워하며 그는 책상 위로 몸을 구부렸다. 그는 어머니에게 만점짜리 성적표만 가져다 보여주는 데 익숙하고 그녀를 실망시키고 싶지 않았기 때문에 고등학교 시절과 마찬가지로 지금 대학교에서도 여전히 시험을 무서워했다.

바깥의 대지가 혁명의 노래로 메아리치고 손에 망치를 움켜쥔 거대한 동상들이 창 밖에 일어서고 있건만 그의 작은 방은 견딜 수 없이 비좁고 답답하기만 했다.

러시아 대혁명이 일어난 지도 5년이나 되었는데 그는 교과서나 들여다보고 시험 때문에 벌벌 떨기나 하는 비참한 처지였다. 이 얼마나 한심한 운명인가!

(밤이 늦은 시간이어서) 그는 마침내 책을 옆으로 밀어놓고 그가 반쯤 완성해놓은 시를 물끄러미 쳐다본다. 그는 아름다운 삶의 꿈을 실현시킴으로써 그 꿈을 죽여버리고 싶어하는 프롤레타리아 주인공 얀에 대해

서 쓰고 있다. 한 손에는 망치를 들고 다른 손에는 사랑하는 이의 팔을 잡고, 그는 수많은 동지들에게 둘러싸여 혁명으로 뛰어든다.

그리고 (그렇다, 물론 그는 이르지 볼커를 모델로 삼은 인물인데) 신경이 예민한 법대생은

살해당한 꿈의
상처는 끔찍하여

피로, 철철 흐르는 피로 물든 책상을 보지만 두려워하지 않고, 참된 사나이는 절대로 피를 두려워해서는 안 된다는 것을 안다.

<h2 style="text-align:center">7</h2>

가게는 여섯 시에 문을 닫고, 그는 건너편 길모퉁이에서 망을 본다. 그는 계산실의 출납계원 아가씨가 여섯 시가 조금 지나면 나간다는 것을 알지만, 그녀가 항상 같은 가게에서 근무하는 여자 판매원과 함께 퇴근한다는 것도 알고 있다.

그 여자는 출납계원에 비하면 용모가 훨씬 뒤떨어지고, 사실상 야로밀은 그녀를 거의 추녀에 가깝다고 생각한다. 두 여자는 대조적이어서, 출납계원은 머리가 검은 반면에 다른 여자는 붉은 빛깔이고, 출납계원은 통통한 반면에 다른 여자는 야위었고, 출납계원은 조용한 반면에 다른 여자는 시끄럽고, 출납계원은 신비할 만큼 은밀한 반면에 다른 여자는 역겹다.

혹시 어느 날 저녁 두 여자가 따로 퇴근해서 그가 검은 머리 여자한테 말을 걸어볼 기회가 생기지 않을까 하고 바라면서 그는 몇 차례나 이렇게 망을 본다. 그러나 그런 일은 결코 생기지 않는다. 그는 그들을 한번

따라가본다. 그들은 길을 몇 개 건너더니 어느 아파트 건물로 들어가고, 그는 건물 앞에서 거의 한 시간 동안이나 오락가락하지만 둘 다 다시 나오지 않는다.

8

그들의 고향에서 볼커 부인이 찾아와 그가 그녀에게 읽어주는 시를 듣는다. 아들이 아직도 그녀의 소유임을 알고 그녀는 흐뭇해한다. 다른 어떤 여자들도 혹은 넓고 넓은 세계도 그녀에게서 아들을 빼앗아가는 데 성공하지 못했다. 빼앗아가긴커녕 마술적인 시의 중심 속에, 그녀 자신이 아들의 주위에 그려준 동그라미 안에, 그녀가 비밀리에 다스리는 영역 안에 여자들과 세계가 갇혀버렸다.

그는 지금 그의 어머니와, 사랑하는 할머니에 대한 추억을 다룬 시를 읽어주는 중이다.

이 빛나는 세계의 영광을 찾기 위해서,
나의 사랑하는 할머니여, 저는 전쟁터로 떠납니다.

볼커 부인은 마음이 평안하다. 아들이 전쟁터로 간다고 해도 그냥 내버려두고, 그가 한 손에 망치를 들고 다른 손으로는 사랑하는 여자를 잡고 있다고 해도 그냥 내버려두자. 그래도 문제될 것은 없으니까. 누가 뭐라고 해도 그가 말하는 세계란 그녀와, 할머니와, 집의 부엌과, 그녀가 그의 내면에 심어준 모든 가치관을 내포한다. 망치를 든 그의 모습을 세계가 보도록 하자! 그녀는 이 세계 앞에서 여봐라 하고 자신을 '보여주는 것'은 세계 속으로 '들어가는 것'과 철저히 다르다는 사실을 잘 알고 있다.

시인 역시 이 차이점을 의식한다. 그리고 시(詩)의 집에 갇혀서 살아간 다는 것이 얼마나 우울한 삶인지는 오직 그만이 알고 있다!

9

시인이 되지 않으려는 갈망이, 귀가 먹먹해질 정도의 침묵으로 가득 찬 거울들로 뒤덮인 집을 떠나고 싶은 갈망이 얼마나 엄청나게 큰지를 이해 하는 사람은 오직 참된 시인뿐이다.

꿈의 나라에서 뛰쳐나온 도망자가 되어
나는 군중 속에서 마음의 평화를 찾을 것이며
내 노래를 저주로 바꿔놓으리라.

그러나 프란티셰크 할라스(1905-1952)가 이 시구를 썼을 때 그는 길거리의 군중 속에 있지 않았고, 그가 책상 앞에 몸을 구부려서 시를 쓰던 그의 방은 조용했다.

그리고 그가 꿈의 나라로부터의 망명자였다는 것도 전혀 사실이 아니었다. 그가 묘사하고 있던 군중이 사실은 그의 꿈이 자라던 나라였다.

또한 그는 그의 노래를 저주로 바꾸는 데에도 별다른 성공을 거두지 못했고, 오히려 그의 저주가 계속해서 노래로 바뀌었다.

거울의 집에서 탈출한다는 것은 불가능한 일인가?

10

그러나 나는
나 자신의 노래

목구멍을
내 발뒤꿈치로 눌러
나 자신을 진압했다.

블라디미르 마야코프스키가 이런 시를 썼고, 야로밀은 그를 이해했다. 그에게는 이제 시의 언어가 어머니의 속옷을 넣어두는 옷장에 알맞은 레이스처럼 여겨졌다. 그는 몇 달 동안 시를 한 줄도 쓰지 못했고, 쓰고 싶은 마음도 없었다. 그는 도망치는 중이었다. 물론 그는 어머니가 시키면 장을 보러 나갔지만, 글을 쓰는 책상의 서랍은 잠가두었다. 그는 자기 방의 벽에서 현대 미술품의 복제 그림을 떼어냈다.

그 대신에 그는 무엇을 붙여놓았는가? 카를 마르크스의 사진인가? 아니다. 그는 아버지의 사진을 걸어놓았다. 그것은 동원령이 내려진 슬픈 시절, 1938년에 찍은 사진이었다. 아버지는 장교 군복 차림이었다.

그는 잘 알지도 못했고 기억에서 흐릿해지기 시작한 그 남자의 사진을 사랑했다. 그는 그 축구 선수를, 군인을, 포로를 그리워했다. 그는 이 남자를 무척 그리워했다.

11

정치학 강당은 완전히 대만원이었다. 연단 위에는 몇 사람의 시인이 자리를 잡고 앉아 있었다. 머리가 엄청나게 크고 숱이 많으며 (그 무렵 청년연합 회원들에게 인기를 끌었던) 파란 셔츠를 입은 젊은 남자가 연설을 하는 중이었다.

"시는 혁명 기간 동안보다 더 중요한 역할을 맡은 경우가 결코 없었습니다. 시는 혁명에 그 목소리를 제공했고 그 대가로 혁명은 시를 고립으로부터 해방시켰습니다. 이제 시인은 그가 하는 이야기를 사람들이, 특히 젊은이들이 듣고 있다는 것을 알고 있습니다. 왜냐하면 젊음과 시와 혁명은 하나이고 동일한 것이기 때문입니다!"

첫 번째 시인이 일어나서, 그녀의 옆자리 선반(旋盤)에서 일하던 연인이 너무 게을러서 그 젊은 남자와 헤어진 처녀에 대한 시를 낭송했다. 젊은 남자는 그녀를 잃고 싶지 않았기 때문에 어찌나 열심히 노동을 했는지 얼마 후에 그가 맡은 기계에는 사회주의자 영웅에게 내려주는 붉은 별이 나붙었다. 다른 시인들도 차례로 평화와, 레닌과 스탈린과, 파쇼에 대항하는 투쟁에서 희생된 사람들과, 작업량을 초과하는 노동자들에 대한 시를 낭송했다.

12

젊은 사람들은 젊음이 얼마나 엄청난 힘을 내포하고 있는지를 어렴풋하게조차도 알지 못한다. 그러나 그의 시를 낭송하기 위해서 자리에서 일어난 백발의 60대 시인은 그것을 알았다.

세계의 젊음과 발을 맞춰 행진하는 사람은 젊고, 세계의 젊음은 사회주의라고 그는 음악적인 목소리로 선언했다. 미래와 더불어 나아가는 사람, 뒤돌아보기를 거부하는 사람은 젊다.

백발의 시인이 보기에 '젊음'이란 인생에서 어느 특정한 기간의 명칭이 아니라 어떤 구체적인 나이도 능가하는 하나의 '가치'이다. 적절히 서로 옷을 입혀 치장한 이 사상은 두 가지 목적을 훌륭하게 충족시켰으니, 그것은 젊은 청중의 자부심을 돋워주기도 했으려니와 (그가 자신은 미래와 손잡고 나아가는 개척자들 가운데 한 사람임을 분명히 했기 때문에) 그를 젊은 남녀들과 동격으로 만들어놓아 그의 주름살들이 마술처럼 사라지게 했다.

야로밀은 청중 속에 앉아서, 어떻게 보면 이제는 더 이상 그들과 같은 편이 아니어서 건너편 강변에 있는 사람들처럼 여겨지긴 했어도 관심을 가지고 시인들을 지켜보았다. 그는 위원회에 보고서를 쓰려고 교수들의 이야기에 귀를 기울일 때와 마찬가지로 냉정하게 초연함을 보이며 그들의 시를 들었다. (그의 찬사에 대한 보상으로 백발의 시인에게 보내는 박수갈채가 수그러진 다음) 이제 의자에서 몸을 일으키고 있는 유명한 시인에게 야로밀은 각별한 관심을 쏟았다. 그렇다, 지금 활기차게 연단으로 나아가는 남자는 바로 언젠가 스무 개의 전화 수화기를 소포로 받은 그 시인이었다.

13

'친애하는 스승이시여, 우리는 지금 사랑의 언저리에 있으며, 저는 사람들이 희망과 착각의 나이라고 하는 열일곱 살입니다.……그리고 제가 선생님께 이런 시 몇 편을 보내는 것은, 그것은 제가 모든 시인을, 모든 훌륭한 시인들을 사랑하기 때문일 것입니다.……이 시를 읽으신 다음에 너무 코웃음을 치지 않으시기를 바랍니다. 만일 친절하게도 제 시가 발표될 수 있도록 선생님께서 도와주신다면, 친애하는 스승이시여, 저는 정신을 잃을 정도로 행복해질 것입니다! 저는 이름도 없는 존재입니다만, 그것이 문제가 될까요? 시인들은 모두 형제입니다. 이 시구들은 믿음과 사랑과 희망을 담았습니다. 그것이 전부입니다. 스승이시여, 저한테 손길을 뻗어 끌어올려주세요. 저는 어리고, 선생님께서 손길을 보내주신다면…….'

그는 거짓말을 하고 있었다. 그는 겨우 15살 7개월밖에 안 되었다. 그때는 그가 어머니로부터, 샤를레스빌로부터 도망을 치기 전이었다. 그러나 이 편지는 수치(羞恥)의 기도문처럼, 나약함과 의존의 기록처럼, 그의 머릿속에서 오랫동안 울릴 것이었다. 그는 그의 사랑하는 스승에게, 저 늙고 대머리가 벗겨진 멍청이 테오도르 드 방빌에게 보복을 하고 말리라! 고작 1년이면 야로밀은 그의 모든 시와, 그 시를 가득 채운 모든 고귀한 히아신스와 백합에 코웃음치게 될 것이며, 우편으로 얼굴을 마구 후려갈기듯이 비웃는 편지를 보내게 될 것이었다.

 그러나 이 순간에 연단에서 시를 낭송하고 있던 친애하는 스승은 그를 덮치려고 숨어서 기다리던 증오를 전혀 눈치채지 못했다. 그는 파시스트들에 의해서 파괴되었다가 폐허로부터 일어나는 러시아의 어느 마을에 대한 시를 읽었다. 그 시에서는 소비에트 처녀들의 젖가슴이 알록달록한 풍선들처럼 길거리로 떠서 흘러간다거나, 석유 등잔이 하늘에서 떨어져 하얀 마을을 밝힌다거나, 헬리콥터들이 하늘에서 내려앉는 무수한 천사들처럼 지붕마다 내려앉는다거나 하는 따위의 환상적이고 초현실적인 장면 투성이었다.

14

유명한 시인의 인간적인 매력에 넘어가서 청중은 요란한 박수갈채를 보냈다. 그러나 아무 생각도 할 줄 모르는 군중 속에는, 혁명적인 청중은 연단에서 선물을 내려주기를 애원하는 초라한 거지들처럼 기다려서는 안 된다고 생각하던 소수의 지각 있는 인물들도 끼여 있었다. 오히려 요즈음에 애원을 하는 쪽은 시여서, 사회주의 낙원으로 들여보내달라고 시인들이 애걸하기까지 하지만 이 낙원의 정문을 지키는 젊은 혁명가들은 경계를 게을리하지 말아야 한다. 미래는 철저히 새로워야 하고 그렇지 못하면 그것은 미래가 되지 못하며, 미래는 철저히 순수해야 하고 그렇지 못하면 그것은 수치스러운 것이 될 것이다.

 "저 사람이 우리들에게 무슨 헛수작을 팔아먹으려고 저러는 거지?" 야로밀이 소리쳤고, 곧 다른 사람들도 맞장구를 쳤다. "사회주의를 초현실주의와 연결지으려고 저러는가! 고양이와 말을, 어제와 내일을 짝지우겠다는 말인가!"

　유명한 시인은 무슨 사태가 벌어지고 있는지 파악했지만, 자존심이 강했기 때문에 굴복할 생각은 없었다. 아주 젊었을 때부터 그는 부르주아 계층의 편협함에 충격을 주고 청중과 맞서 그의 입장을 고수하는 데 이력이 나 있었다. 그의 얼굴이 상기되었다. 그는 본디 계획했던 것과는 다른 작품을 마지막 낭송할 시로 선택했다. 그것은 공격적인 은유들과 거침없이 선정적인 환상들이 판치는 그런 시였다. 그가 낭송을 끝내자 휘파람 소리와 아우성이 터져나왔다.

　그들을 좋아했기 때문에 찾아온 늙은 남자를 학생들은 휘파람 소리로 조롱했으며, 그들의 분노한 반항에서 그는 자신의 젊은 시절에 빛나던 광채를 보았다. 그는 그들에 대한 그의 사랑이 마음속에 있는 솔직한 이야기를 해도 좋다는 자격을 그에게 부여한다고 믿었다. 때는 1968년 봄이었고, 장소는 파리였다. 그러나 어쩌랴! 학생들은 주름진 그의 얼굴 뒤에 숨겨진 젊음의 얼굴을 식별할 능력이 없었고, 노학자는 그가 사랑하는 학생들에게 야유를 받고는 놀라서 멍하니 쳐다보기만 했다.

15

떠드는 소리를 진정시키려고 유명한 시인이 손을 들었다. 그러더니 그는 학생들에게 그들이 청교도적인 여선생들이나 교리만 앞세우는 성직자들이나 어리석은 경찰관 집단이나 마찬가지이며, 그의 시에 그들이 항의하는 까닭은 마음속 밑바닥에서 그들이 자유를 증오하기 때문이라고 소리를 지르기 시작했다.

　노학자는 휘파람과 야유 소리에 조용히 귀를 기울였다. 그는 자신이 젊었을 때, 역시 동지들에게 잔뜩 둘러싸여 휘파람을 불고 고함치기를 좋아했던 때가 생각났다. 그러나 그 패거리는 오래 전에 뿔뿔이 흩어졌고, 이제 그는 홀로 서 있었다.

유명한 시인은 자유를 수호하는 것이 시의 사명이며, 하나의 시적인 상징을 위해서 투쟁할 만한 가치는 있는 법이라고 소리쳐댔다. 그는 서슴지 않고 계속해서 말들과 고양이들을, 그리고 현대 예술과 사회주의를 짝지우는 일을 계속할 것이며, 그는 사회주의를 환희와 자유의 시대라고 간주할 따름이고 어떤 다른 종류의 사회주의도 모두 거부하고 싶기 때문에 만일 그가 하려는 일이 돈키호테적이라면 기꺼이 돈키호테도 되겠다고 선언했다.

노학자는 그를 둘러싼 시끄러운 젊은이들을 둘러보았고, 얼핏 그의 머리에는 모든 사람들 가운데 나이를 먹었기 때문에 자유의 혜택을 부여받은 사람은 오직 자신뿐이라는 생각이 들었다. 인간이란 나이를 먹어야만 주변의 동료들이나 대중이나 미래 사람들의 견해에 대한 걱정을 그만둘 수가 있게 마련이다. 그는 다가오는 죽음과 더불어 홀로 있었고, 죽음은 눈과 귀가 없으며 기분을 맞춰줄 필요도 없었다. 죽음의 면전에서라면 인간은 자신이 원하는 대로 말하고 행동할 수 있다.

그들은 휘파람을 불어대는 청중 가운데 누군가 그에게 반박을 가해야 한다고 요구했다. 잠시 후에 야로밀이 일어섰다. 그의 눈에는 분노가 가득 이글거렸고, 등 뒤에서 군중이 그를 밀어주고 있었다. 그는 혁명만이 현대적인 요소이고, 그런 반면에 퇴폐적인 선정성과 알아보기도 힘든 초현실주의 예술의 영상들은 사람들과 아무런 관계가 없는 쓰레기라고 말했다. "참된 현대적인 요소는 무엇입니까?" 그가 유명한 시인에게 도전했다. "당신의 애매모호한 시구들입니까, 아니면 새로운 세계를 건설하는 우리들입니까?" 그는 자신의 질문에 스스로 대답했다. "사회주의를 건설하는 사람들의 집단 이외에는 절대적인 현대성이란 이 세상에 하나도 없습니다." 우렁찬 박수갈채가 그의 말을 뒤따랐다.

강당에서 나와 (소르본 대학교의 복도를) 걸어내려가는 노학자의 귓전에서는 아직도 박수갈채 소리가 쟁쟁하게 울렸다. 벽에는 이런 낙서가 적혀 있었다. '현실주의자가 되라 —— 불가능한 것을 요구하라.' 그리고 이런 낙서도 있었다. '인간의 해방은 철저해야 하고, 그렇지 못하면 그것은 해방이 아니다.' 그리고 또 이런 낙서도 있었다. '후회는 하지 말라.'

16

넓은 교실의 벽을 따라 벤치들이 차곡차곡 쌓여 있고, 마룻바닥에는 붓과 페인트가 사방에 흩어져 있다. 정치학과 학생 몇 명이 노동절 표어들을 종이에 쓰느라고 바쁘다. 그 표어들을 지어내고 다듬은 장본인인 야로밀은 가끔 그의 공책을 훑어보며 작업을 감독한다.

무슨 일이 벌어지고 있는가? 우리들이 혹시 날짜를 잘못 알고 있지나 않은가? 그는 반항적인 소르본의 벽에서 조금 전에 노학자가 읽었던 바로 그 표어들을 받아쓰게 하고 있다. 그렇다, 우리들이 잘못 안 것은 아니다. 야로밀이 그의 동지들에게 불러주던 표어들은 20년가량 지난 다음에 프랑스 학생들이 소르본과 낭떼르의 벽에 낙서한 것과 똑같은 그런 내용이다.

'꿈은 현실이다.' 어느 깃발에는 이런 선언이 적혀 있다. 또 어느 깃발에는, '현실주의자가 되라 —— 불가능한 것을 요구하라.' 그리고 또 어느 깃발에는, '우리들이 주문하는 것은 영구한 행복이다.' 그리고 '교회를 말살하라.'(야로밀은 특히 이 표어가 자랑스러웠다. 그 간단한 표어는 2,000년에 걸친 역사를 부정하는 것이었다.) 그뿐 아니라, '자유의 적들에게는 자유를 용납하지 말라!' 또 '상상력에 힘을!' 그리고 또 '우유부단한 자들에게는 죽음을!' 또 '정치와, 가정과, 사랑에 혁명을!'

동지들이 글자의 본을 뜨고, 야로밀은 위대한 언어의 사령관이라도 된 듯이 자랑스럽게 그들 사이를 오가며 걷는다. 그는 자신이 갖춘 어휘상의 재능이 필요하고 그 쓸모가 인정을 받았기 때문에 기쁘다. (소르본의 벽에서 발견된 '예술은 죽었다'라는 낙서도 있듯이) 그는 시가 죽었음을 알지만, 시가 죽은 것은 무덤에서 다시 솟아나 선동과 선전, 깃발에 사용되는 선언, 그리고 도시의 길거리 벽에 나타나는 표어로 되살아나기 위해서였다. ('시는 길거리에 존재한다'는 낙서가 오데옹 극장의 벽에 등장했다.)

17

"신문을 봤습니까? 1면에 노동절을 위해서 제시된 표어가 백 가지나 실렸더군요. 그것은 중앙위원회의 선전부가 내놓은 것입니다. 그중에 당신 마음에 드는 게 하나도 없었나요?"

지방위원회에서 나온 작달막하고 젊은 남자가 야로밀의 앞에 버티고 서 있었다. 그는 노동절을 위한 축제행사를 맡은 대학위원회의 회장이라고 자신을 소개했다.

"'꿈은 현실이다.' — 글쎄요, 그건 가장 촌스러운 형태의 이상주의입니다! '교회를 말살하라.' — 거기에 대해서는 나도 당신과 상당히 공감하지만, 동지, 지금 당장은 그것이 당의 종교 정책에 부합되지 않습니다. '우유부단한 자들에게는 죽음을!' — 언제부터 죽음을 내세우며 사람들을 위협할 권리가 우리들에게 있었죠? '상상력에 힘을!' — 우리들에게 필요한 것이 그게 전부입니까? '사랑에 혁명을!' — 무슨 의미로 그 말을 했는지 나한테 설명해줄 수 있겠습니까? 당신은 부르주아의 결혼생활과 대조되는 자유로운 사랑을 원하는 것입니까, 아니면 부르주아의 문란한 성생활과 대조되는 일부일처제를 부르짖는 것인가요?"

야로밀은 혁명이란 사랑과 가족을 포함해 모든 분야에서 세상을 개혁

해야만 하고, 그렇지 못한다면 그것은 혁명이 아니라고 주장했다.

"그렇다면 좋습니다." 작달막한 젊은이가 수긍했다. "하지만 그것은 '사회주의 만세, 사회주의 가족 만세'라고 훨씬 더 훌륭하게 표현할 수도 있지 않았겠어요? 이건 그냥 신문에 제시된 표어란 말입니다. 당신은 그렇게 헛고생을 할 필요가 없었어요!"

18

'생은 다른 곳에.' 프랑스 학생들이 소르본의 벽에 이렇게 낙서를 했다. 그렇다, 그는 그것을 잘 알고, 그렇기 때문에 런던을 떠나 사람들이 반란을 일으키는 아일랜드로 가고 있다. 그의 이름은 퍼시 셸리이고, 그의 나이는 스무 살이며, 그가 참된 생활로 뛰어들 수 있도록 보장해주는 여권처럼 선언문과 전단을 수백 장 휴대하고 있다.

그 까닭은 참된 생은 다른 곳에 존재하기 때문이다. 학생들이 길바닥에 깔린 돌을 뜯어내고, 자동차들을 뒤집어엎고, 바리케이드를 일으켜 세운다. 그들이 세상에 등장하는 방법은 시끄럽고 화려하며 불꽃의 조명을 받고 최루탄의 폭발에서 영광을 찾는다. 파리의 바리케이드는 상상만 할 뿐이고 샤를레스빌을 아예 떠날 수도 없었던 랭보에게는 삶이 훨씬 더 어려웠다. 그러나 1968년에는 수천 명의 랭보가 그들 자신의 바리케이드를 소유하고 있다. 그 바리케이드 뒤에 서서, 그들은 현재 세상을 소유하고 있는 자들과 어떠한 타협도 거부한다. 인간의 해방은 철저해야 하고, 그렇지 못하면 그것은 해방이 아니다.

1킬로미터 떨어진 센의 반대편 강둑에서는 현재 세계를 소유한 자들이 그들의 정상적인 생활을 지속하며 살아가고, 라틴 쿼터(파리의 학생가로, 학생과 예술가가 많이 사는 구역/옮긴이)에서 벌어지는 소요쯤은 까마득한 곳에서 이루어지는 사건이라고 생각한다. '꿈은 현실이다.' 학생들은 벽에 그렇게 썼지만, 그 정반대도 사실이어서 (바리케이드나 잘 려서 쓰러진 나무나 붉은 깃발 따위의) 그들이 맞은 현실이 꿈이라고 여겨지기도 한다.

19

그러나 현재의 시점에서 현실이 꿈이냐, 아니면 꿈이 현실이냐는 결코 알 수가 없다. 머리 위로 붉은 깃발을 휘날리며 대학에 모여들던 학생들은 기꺼이 왔지만, 도시에서 그들이 집에 눌러 있었다가는 어떤 곤경에 처하게 될 지도 알고 있었다. 체코 학생들에게 1949년은 꿈이 더 이상 그냥 꿈으로서만 존재하지 않게 된 흥미 있는 과도기 노릇을 했다. 그들의 환희는 여전히 자발적이면서도 어느새 강제적이었다.

야로밀은 길거리에서 시위를 벌이는 학생들을 옆에서 따라갔는데, 그는 플래카드에 사용할 표어와 동료 학생들이 외칠 구호의 책임을 맡았다. 이번에 그는 아름답고 자극적인 경구(警句)들을 지어내느라고 더 이상 애를 쓰지 않고 그냥 중앙선전부에서 추천한 표어 몇 개만 베껴 쓰기로 했다. 그는 구령의 박자를 맞추는 분대장처럼 구호를 외치는 것을 지휘했으며, 그를 따라 동료들이 구호를 절도 있게 외쳐댔다.

20

시위자들은 벌써 웬세슬라스 광장의 사열대를 지났고 파란 셔츠를 입은 젊은 사람들이 성급하게 구성된 악대의 연주에 따라 춤을 추었다. 모든 것이 즐겁고 자유로웠으며, 조금 전까지만 해도 낯선 사이였던 사람들이 호탕한 동지애를 보이며 서로 어울렸다. 그러나 퍼시 셸리는 행복하지 않고, 시인 퍼시는 혼자이다.

그는 더블린에서 벌써 여러 주일을 지냈고, 전단을 수십 장 나누어주었으며, 경찰은 그에 관해서 훤히 알고 있었지만, 그는 아일랜드 사람들 중 단 한 명과도 친구가 되지 못했다. 생은 다른 곳에 있거나, 아니면 어디에도 존재하지 않는다.

적어도 기어올라갈 바리케이드나 총성이라도 있다면 얼마나 좋으랴! 야로밀이 보기에 축제 분위기의 행진이란 위대한 혁명적 시위를 어렴풋하게 흉내낸 것에 지나지 않아서, 거기에는 아무 실체도 없고 연기처럼 허공으로 사라질 따름이다.

계산실에 갇혀 있는 출납계원 아가씨를 생각하자 심한 서러움이 그를 덮치고, 그래서 그는 용감무쌍한 활극을 꿈꾼다. 망치로 가게 창문을 때려부수고, 겁에 질린 손님들을 옆으로 밀어젖히고, 계산실을 열고, 놀란 구경꾼들의 휘둥그레진 시선을 받으며 해방시킨 검은 머리의 아가씨를 안고 나간다.

그는 그들이 깊은 사랑에 빠져 서로에게 바싹 붙어서 팔짱을 끼고 사람들이 붐비는 길거리를 걸어가는 꿈을 꾼다. 그리고 주변 사방에서 정신없이 소용돌이치며 돌아가는 무도회는 단순한 무도회가 아니라 바리케이드를 향해서 나아가는 행진이고, 때는 1848년이고 1870년이고 1945년이며, 장소는 파리에서 바르샤바이고 부다페스트이고 프라하이고 빈이며, 이들은 이 바리케이드에서 저 바리케이드로 영원히 역사를 통과해서 쫓아다니는 똑같은 패거리이고, 사랑하는 여인의 손을 잡은 그는 그들과 함께 달려간다······.

21

그를 보았을 때 야로밀은 손에서 아직도 그녀의 따스한 체온을 느낄 수 있었다. 육중하고 위압적인 몸집으로 그 사람이 그를 향해서 걸어왔다.

그의 곁에서는 한 젊은 여자가 서두르는 걸음걸이로 함께 걷고 있었다. 그녀는 길거리에서 춤추는 대부분의 여자들처럼 파란 셔츠를 입고 있지 않았다. 그녀는 패션모델처럼 우아했다.

육중한 남자는 멍한 눈으로 군중을 둘러보며 머리를 끄덕여 이 사람 저 사람에게 인사를 했다. 그가 야로밀에게서 겨우 몇 발자국 떨어진 곳까지 왔을 때 그들은 잠깐 시선이 마주쳤고, 순간적으로 당황한 야로밀도 이 유명한 남자를 알아보고 얼떨결에 머리를 숙여 인사했다. 남자는 (누구인지 생각이 나지 않는 사람에게 우리들이 인사를 할 때처럼) 멍한 표정을 지은 채로 그에게 답례했고, 그와 동행인 여자도 아무런 깊은 뜻 없이 머리를 약간 까딱했다.

아, 그 여자는 너무나 사랑스러웠다! 그리고 그녀는 환상이 아니었다! 현실적으로 육체의 찬란함을 과시하던 이 여자가 어찌나 현실감이 넘쳤는지 조금 전까지 야로밀을 압박했던 계산실(욕조)에 들어앉은 여자는 희미하게 지워져 유령처럼 변하더니 야로밀의 곁에서 사라졌다.

아무도 거들떠보지 않아 길거리에 혼자 서 있던 야로밀은 멀어져가는 남녀의 뒷모습을 노려보며 증오심을 느꼈다. 그렇다, 그 남자는 바로 그의 '친애하는 스승,' 스무 개의 전화 수화기를 받은 바로 그 남자였다.

22

어둠이 천천히 도시 위로 깔렸고 야로밀은 그녀를 만나고 싶었다. 몇 차례나 그는 뒷모습이 그녀를 연상시키는 여자의 뒤를 쫓아가곤 했다. 사람들로 이루어진 무한성 속으로 사라지는 어느 여인을 상상 속에서 추적한다는 것은 흥분시키는 모험이었다. 그는 전에 그녀가 들어가는 것을 보아둔 적이 있는 아파트 건물을 지나 산책을 하기로 작정했다. 그가 다시 그녀를 거리에서 만날 가능성은 없을 듯싶었지만, 그는 어머니가 깨어 있는 한 집으로 가고 싶지 않았다. (그는 어머니가 잠들고 아버지의 사진이 깨어나 생명을 가지게 되는 밤이 아니고는 집에서 견딜 수가 없었다.)

그래서 그는 깃발과 라일락 꽃다발이 요란했던 노동절의 즐거운 분위기가 아무런 흔적도 남기지 못한 교외의 한적한 길거리를 오르락내리락 서성거렸다. 아파트의 창문들에 불이 켜지기 시작했다. 1층 아파트의 창문들에도 불이 들어왔고, 야로밀은 낯익은 여자의 얼굴을 보았다!

아니다, 그것은 검은 머리의 출납계원이 아니었다. 그것은 붉은 머리에 몸이 야윈 그녀의 친구였다. 그 여자는 커튼을 내리려고 막 창문을 향해서 오고 있던 참이었다.

야로밀은 실망감을 겨우 참아 넘길 수 있었다. 그는 여자가 자기를 보았다는 것을 알았다. 그는 얼굴을 붉혔고, 아름답고 서글픈 하녀가 욕조에서 머리를 들고 욕실문 쪽을 쳐다보았을 때 그랬던 것과 똑같은 행동을 했다.

그는 도망쳤다.

23

5월의 둘째 날, 저녁 여섯 시였다. 여점원들이 길거리로 쏟아져나왔는데, 예기치 못한 일이 생겼다. 붉은 머리의 여자가 혼자 나온 것이었다.

그는 길모퉁이에 몸을 숨기려고 했지만 너무 늦어버렸다. 그녀가 그를 보고는 달려왔다. "이것 보세요, 선생님, 밤중에 사람을 창문으로 몰래 들여다보는 것은 별로 점잖은 행동이 아니에요!"

그는 얼굴을 붉혔고, 어젯밤에 벌어진 난처한 사건에 대해서 짧게 설명하고는 벗어나려고 했다. 그는 붉은 머리의 존재가 검은 머리의 아가씨를 만날 기회를 망쳐놓을지도 모른다는 걱정이 들었다. 붉은 머리는 아주 수다스러웠고 야로밀을 놓아줄 기미가 보이지 않았다. 심지어 그녀는 아파트까지 데려다주지 않겠느냐고 청하기까지 했다. (그녀는 젊은 여자를 집까지 데려다주는 것이 창문으로 그녀를 들여다보는 것보다 훨씬 점잖은 일이라고 말했다.)

절망적인 마음으로 야로밀은 가게문에서 시선을 뗄 수가 없었다. "당신 친구는 어딜 갔나요?" 마침내 그가 물었다.

"너무 늦었네요. 벌써 떠난걸요."

그들은 여자의 집을 향해 걸었고 야로밀은 두 여자가 같은 지방 출신이며, 가게에서 직장을 구하고는 아파트를 같이 쓴다는 사실을 알게 되었다. 그러나 검은 머리의 여자는 결혼을 하기 위해서 프라하로 가버렸다.

아파트 건물 앞에서 걸음을 멈추고 여자가 말했다. "잠깐 올라오지 않을래요?"

놀라고 당황한 야로밀은 그녀의 아파트로 올라갔다. 그리고 어쩌다 그렇게 되었는지 알 수 없는 새에 그들은 포옹하고 키스했으며, 어느 틈엔가 모직 이부자리를 덮은 침대에 앉아 있었다.

모든 것이 너무나 빠르고 간단했다! 그가 앞에서 기다리는 결정적이고 어려운 실존적인 과제에 대해서 미처 무슨 생각을 해보기도 전에, 그녀가 손을 그의 다리 사이로 집어넣었다. 마땅히 젊은 남자의 육체가 그래야 할 그런 식으로 그의 육체가 반응을 나타냈기 때문에 그는 뛸 듯이 기뻤다.

24

"당신 굉장했어, 당신 굉장했어." 그의 귓전에 대고 그녀가 자꾸만 속삭였다. 그는 베개 속에 푹 빠져서 굉장한 행복감을 느끼며 그녀의 곁에 누워 있었다. 잠깐의 침묵이 흐른 뒤에, 그녀가 말했다. "나 말고 전에 몇 명이나 가져봤어?"

그는 어깨를 으쓱하고 아리송한 미소를 지었다.

"말 안 할 거야?"

"맞춰봐."

"다섯에서 열 사이라고 생각되는데." 그녀가 잘 안다는 듯이 말했다.

그는 행복한 자부심으로 마음이 뿌듯했는데, 그는 마치 조금 전에 그녀뿐 아니라 다섯 명이나 열 명쯤 되는 여자들하고 동시에 성교를 한 것 같은 생각이 들었다. 그녀는 동정의 껍질을 그에게서 벗겨주었을 뿐 아니라 그로 하여금 대단한 정력과 경험의 소유자라는 기분을 갑자기 느끼게 해주었다.

그는 고마워하며 그녀에게 미소를 지었고, 그녀의 발가벗은 몸뚱아리는 그의 마음을 열정으로 가득 채웠다. 얼마나 눈이 멀었으면 그는 그녀를 추하다고 생각했을까? 그녀의 가슴은 의심할 나위가 없을 만큼 완전히 한 쌍의 젖무덤으로 장식되었고, 배 아래쪽에는 의심할 나위가 없을 만큼 완전히 털이 수북하게 나 있지 않았던가?

"당신은 옷을 입고 있을 때보다 발가벗었을 때가 백 배는 더 아름다워." 그리고는 계속해서 그녀의 매력에 대한 찬사를 늘어놓았다.

"당신 오래 전부터 날 좋아했지?" 그녀가 물었다.

"아, 그럼, 그건 당신도 알잖아."

"그래, 나도 알아. 난 당신이 자주 가게에 오는 걸 눈여겨봤었거든. 그리고는 언제나 바깥으로 나가 길모퉁이에서 나를 기다리곤 했지."

"그래."

"당신은 내가 혼자일 때가 전혀 없었기 때문에 나한테 접근하기가 두려웠던 거야. 하지만 난 우리들이 언젠가는 이렇게 되리라는 걸 알았어. 나도 당신을 좋아했으니까."

25

그녀의 마지막 어휘들이 그의 마음속에서 진동을 일으켰고, 그는 물끄러미 그녀를 쳐다보았다. 그렇다, 일이 그렇게 된 것이다. 그가 고독으로 고통받을 때, 그가 회의와 시위에 절망적으로 자꾸만 몸을 던지고 있을 때, 그가 자꾸만 도망치고 있을 때, 그의 어른으로서의 생은 이미 그를 위해서 여기에서 준비를 끝냈다. 벽이 벗겨진 이 수수하고 작은 방과 그녀의 육체가, 마침내 그와 군중들 사이에 실질적인 유대를 만들어준 이 대수롭지 않은 여자와 이 방이 조용히 그를 기다려왔던 것이다.

'섹스를 하면 할수록 나는 더욱더 혁명을 하고 싶고—혁명을 하면 할수록 나는 더욱더 섹스를 하고 싶다.' 소르본의 어떤 구호는 이렇게 선언했었다. 야로밀은 붉은 머리 여자의 육체에 두 번째로 침투했다. 성숙함은 철저해야 하고 그렇지 못하면 그것은 성숙함이 아니다. 그는 오랫동안 아름답게 그녀와 섹스를 했다.

그리고 야로밀처럼 계집애 같은 얼굴에 나이보다 훨씬 더 어려 보였던 퍼시 셸리는 생이 다른 곳에 있음을 알았기 때문에 더블린의 거리를 여기저기 뛰어다녔고, 자꾸만 도망을 쳤다. 랭보도 역시 도망을 계속해서 슈투트가르트로, 밀라노로, 마르세유로, 아덴으로, 하라르로, 그리고는 다시 마르세유로 갔지만, 그 무렵에는 다리가 하나만 남았고, 한 다리만 가지고 도망을 다니기란 어려운 일이었다.

그는 그녀의 육체로부터 미끄러져나갔다. 지치고 흐뭇한 마음으로 그녀 옆에 길게 누운 그는 자신이 두 차례의 사랑놀이가 아니라 오래고도 오랜 도주를 끝내고 휴식을 취하고 있다는 생각이 머리에 떠올랐다.

제5부

질투하는 시인

1

야로밀은 계속해서 도망치고 세상은 계속해서 바뀌어서, 볼테르가 볼트를 발명했다고 생각했던 그의 이모부는 (수백 명의 다른 사업가들과 함께) 사기를 쳤다고 허위로 기소되었다. 당국에서는 그의 가게들을 국유화하고 수 년 동안 징역을 살라는 선고를 내렸다. 그의 아내와 아들은 노동자 계층의 적이라고 하여 프라하에서 추방되었다. 그들은 야로밀이 집안의 적에게로 넘어갔다는 데 대해서 어머니를 절대로 용서하지 않겠다고 결심하고는 냉랭한 침묵 속에서 집을 나섰다.

정부에서는 이모부 가족이 퇴거한 저택의 아래층을 어떤 가족에게 배당했는데, 그 가족은 그 즉시 무뚝뚝하고 도전적인 태도를 취했다. 새로운 입주자들은 지저분한 아파트의 지하층에서 이주해왔으며, 누구나 이토록 넓찍하고 쾌적한 주택에서 산다는 것은 불의의 대표적인 표본이라고 생각했다. 그들은 단순히 살기 위해서가 아니라 오래된 역사적 오류를 바로잡기 위해서 저택으로 옮겨왔다고 느끼는 모양이었다. 그들은 어느 누구의 허락도 받지 않고 정원에 느긋하게 자리잡고 앉아서는, 어머니에게 그들의 아이가 마당에 나가 놀 때 벗겨지는 회칠이 위험할지도 모르니 집의 벽돌을 수리하라고 요구했다.

할머니는 점점 더 늙어서 점점 더 기억력이 없어졌고, 어느 날 (거의 아무도 모르게) 화장터의 연기로 변했다.

이런 상황이었으니 아들이 점점 더 멀어진다는 것이 어머니에게 특별히 더 견디기 어려워졌다는 사실은 이상한 일이 아니었다. 그는 그녀가 혐오하는 과목들을 공부했고 그녀에게 더 이상 시를 보여주지 않았다. 그녀가 서랍을 열어보려고 하면 늘 잠겨 있었다. 그것은 뺨을 맞은 것과 같은 기분이었다. 그의 사생활을 그녀가 염탐한다고 야로밀이 의심을 하다니! 그녀는 야로밀이 전혀 알지 못하는 여벌의 열쇠를 사용했지만, 그의 일기장을 살펴본 그녀는 새로운 시나 내용이 전혀 없다는 사실을 깨닫게 되었다. 그러다가 그녀는 죽은 남편의 사진이 벽에 걸려 있는 것을 보았고, 그녀는 언젠가 그녀의 자궁 속에서 자라고 있던 아기에게서 아버지와 닮은 모든 자취를 지워달라고 아폴로 동상에게 기도를 드렸던 일이 생각났다. 맙소사, 무덤에서까지도 남편은 야로밀에 대한 권리를 놓고 그녀와 싸워보겠다는 것일까?

앞 대목에서는 야로밀이 붉은 머리 여자의 침대에 있는 장면으로 끝을 맺었었다. 그후 일주일쯤 지나서 어머니는 다시 그의 책상 서랍을 열어 보았다. 그녀는 일기장에서 이해가 가지 않는 몇 마디의 짧막한 말을 발견했고, 그보다 훨씬 중요한 새로운 시(詩)도 찾아냈다. 남편의 군복에 대해서 다시금 아폴로의 수금(竪琴)이 승리를 거둔 것 같아서 그녀는 조용히 환희를 느꼈다.

그 시들을 읽어본 그녀는 진심으로 그 시가 마음에 들었기 때문에 호감이 더욱 깊어졌다. (사실상 야로밀의 시를 그녀가 솔직히 즐겼던 것은 이때가 처음이었다!) 그 시들은 완전히 이해할 수 있었고, 아름다운 어휘를 한껏 사용했으며, (마음속 깊이 어머니는 운이 안 맞는 시는 사실 전혀 시라고 할 수 없다고 믿었었는데) 이 시들은 운도 척척 맞아떨어졌다. 쇠약한 늙은이나, 축 늘어진 뱃가죽이나, 눈곱이 질퍽한 눈 따위는 흔적도 찾아볼 수 없었다. 그 대신에 이 시들은 꽃과 하늘과 구름을 이야기했고, (전에는 그런 일이 전혀 없었는데!) 몇 군데에는 심지어 "어머니"라는 어휘까지도 등장했다.

야로밀이 집으로 돌아오고 있었다. 층계에서 그의 발자국 소리가 들려오자 힘겹고 고통스러웠던 오랜 세월의 기억이 왈칵 눈으로 몰려올라와 그녀는 눈물을 주체할 수가 없었다.

"왜 그러세요, 어머니? 무슨 일인가요?" 그가 나지막이 물었고, 어머니는 오랫동안 그의 목소리에서 결여되었던 부드러움을 만끽했다.

"아무것도 아냐, 야로밀, 아무것도 아니란다." 그녀는 그렇게 말하고는 아들이 걱정해주는 태도에 감정이 격해져서 더욱 심하게 흐느껴 울었다. 이번에도 그녀의 눈물은 여러 종류의 눈물이어서, 그것은 그녀의 고독감에 대한 슬픔의 눈물이었고, 아들의 반발에 대한 꾸짖음의 눈물이었고, (그가 새로 쓴 시의 선율을 타는 시구로부터 자극을 받아) 그가 그녀에게로 돌아올지도 모른다는 희망의 눈물이었고, (적어도 그녀의 머리를 어루만져줄 수도 있을 텐데) 그녀를 굽어보며 멍청히 서 있는 아들에 대한 분노의 눈물이었고, 그의 감정을 누그러뜨려 그녀의 곁에 포로로 사로잡아두려는 기만의 눈물이었다.

어색하게 머뭇거리다가 마침내 그는 어머니의 손을 잡았다. 그것은 아름다운 순간이었다. 어머니는 울음을 그쳤고, 조금 전에 그녀의 눈물이 그랬듯이 이제는 그녀의 말이 아낌없이 쏟아져나오기 시작했다. 그녀는 자신의 삶을 고통스럽게 하는 모든 것들에 대한 이야기들을 늘어놓았다. 그녀의 과부생활, 외로움, 그녀 자신의 집에서 그녀를 쫓아내려는 입주자들, 이제는 그녀와 말도 하지 않게 된 언니("바로 너 때문에 그렇다구, 야로밀!"), 그리고 마지막으로, 그녀에게는 이 세상에서 가장 중요한 사건 — 그녀에게는 단 하나뿐인 가까운 친구가 그녀로부터 멀어져가고 있다는 사실.

"하지만 그건 사실이 아니에요. 저는 어머니한테서 멀어져가고 있지 않으니까요!"

그녀는 이렇게 간단한 대답으로는 만족할 수 없었다. 그녀는 씁쓸하게 웃었다. 어쩌면 그런 소리를 할 수 있는가? 그는 항상 밤늦게 집에 오고, 그들이 단 한마디 말도 주고받지 못한 채로 하루가 지나가는 날도 많았으며, 어쩌다가 가끔 대화를 나누더라도 그녀는 아들의 마음이 다른 곳에 가 있어서 야로밀이 사실은 이야기를 듣지도 않는다는 것을 훤히 알았다. 그렇다, 그는 낯선 사람이 되어가는 중이었다.

"하지만, 어머니, 그건 사실이 아니에요!"

다시금 그녀는 씁쓸한 미소를 지었다. 오, 그게 아니라고? 그녀는 그것을 아들에게 꼭 증명해보여야만 하는가! 야로밀은 그 무엇보다도 더 그녀의 마음을 정말로 아프게 하는 것이 무엇인지를 알고 싶단 말인가? 아들이 그런 일에 관심이 있기나 했는가? 그렇다면 좋다. 그녀는 아들이 어린아이였을 때도 그랬고, 지금까지도 항상 야로밀의 사생활을 존중해왔었다. 그에게 방을 따로 주기 위해서 그녀는 다른 식구들과 얼마나 싸워야만 했던가! 그런데 이제 와서 — 이것은 또 무슨 모욕인가! (정말 우연히 어느 날 방을 쓸다가) 책상 서랍을 어머니가 열어보지 못하도록 아들이 잠가놓았다는 사실을 알게 되었을 때 그녀의 기분이 어떠했으리라고 생각하는가! 서랍은 왜 잠갔는가? 도대체 누가 그의 사생활에 간섭이라도 한단 말인가? 어머니가 아들이 하는 일에 참견이나 하는 그런 여자라고 생각하는가?

"오, 어머니, 그건 오해예요! 전 그 서랍을 사용하지도 않아요! 만일 그 서랍이 잠겼다면 그건 우연히 그렇게 된 거예요!"

어머니는 아들이 거짓말을 하고 있다는 사실을 알았지만, 그것은 중요한 것이 아니었다. 그가 하는 말보다 훨씬 중요한 것은 아들의 목소리에서 나타난 평화의 제안이나 마찬가지였던 순종이었다. "난 네 말을 믿고 싶단다, 야로밀." 그녀가 말하고는 아들의 손을 지그시 쥐었다.

아들이 그녀를 물끄러미 쳐다보자 그녀는 눈물로 얼룩진 자신의 얼굴을 의식하게 되었다. 그녀는 황급히 욕실로 달려가 거울에 비친 자신의 모습을 살펴보고 아연실색했는데, 눈물이 밴 얼굴은 추악해 보였고, 그녀가 걸친 허름한 회색 드레스는 더욱 꼴불견이었다. 그녀는 재빨리 찬물로 세수를 하고는 분홍빛 가운으로 갈아입은 다음에 찬장에서 붉은 포도주 한 병을 가져왔다. 그녀는 야로밀에게 또다시 그들 두 사람은 이 세상에 의지할 사람이 아무도 없으니까 서로 더 가깝게 지내야 한다는 이야기를 늘어놓기 시작했다. 그녀는 이 주제에 대해서 오랫동안 이야기를 했고, 야로밀의 눈에서 온화함과 찬성의 표정이 비친다고 생각했다. 그래서 용기를 얻은 그녀는 아들이 이제는 다 자란 대학생이 되었으니 보나마나 개인적인 비밀들이 있을 텐데, 그녀는 그 비밀들을 존중하겠지만, 그렇긴 하더라도 야로밀의 삶에 등장하게 될 여자들이 모자간의 훌륭한 관계를 망쳐놓지는 않기를 바란다고 말했다.

야로밀은 이해하려고 노력하며 끈기 있게 어머니의 이야기를 들었다. 그동안 그가 어머니를 피해왔던 까닭은 그의 슬픔이 고독과 어둠을 필요로 했기 때문이었다. 그러나 그가 붉은 머리 여자의 육체라는 햇살이 눈부신 바닷가에 즐겁게 상륙한 이후로 그는 평화와 빛을 갈구했으며, 어머니와의 서먹서먹한 사이는 삶의 조화를 훼손시켰다. 그리고 그에게는 정서적인 면과는 동떨어진, 어머니와 좋은 관계를 유지해야 하는 훨씬 더 실질적인 필요성도 있었다. 붉은 머리 여자는 자신의 방을 가지고 있는 반면에 다 자란 남자인 그는 아직도 어머니와 같이 살았으니, 어머니가 독립을 해야만 그도 독립된 생활을 누릴 수가 있었다. 이 불균형이 그에게는 고통스러웠고, 그래서 그는 지금 자신의 권리와 특전에 대해서 화기애애하게 토론을 벌일 수 있는 명랑하고 젊은 여자처럼, 어머니가 분홍빛 드레스를 걸치고 천천히 포도주를 마시면서 자리를 같이해준 것이 기뻤다.

(어머니의 목구멍에서 초조한 기대감으로 침이 마르는 사이에) 야로밀은 숨길 만한 것이 하나도 없다고 말하며 붉은 머리 여자에 대한 이야기를 시작했다. 그는 물론 어머니도 그 상점으로 장을 보러 다니기 때문에 얼굴은 벌써부터 알고 있는 여자라는 말은 하지 않았지만, 문제의 젊은 여자가 열여덟 살이고, 대학생이 아니라 (야로밀은 거의 도전적인 태도로 이 말을 했는데) 스스로 돈을 벌어 생계를 꾸려나가는 소박한 근로계층의 처녀라고 설명했다.

어머니는 자신이 마실 포도주를 한 잔 더 따랐고, 사태가 호전되어가고 있다고 생각했다. 야로밀이 묘사한 처녀의 초상화가 그녀의 불안감을 쫓아버렸다. 그 처녀는 아주 젊었고(그래서 경험이 많고 퇴폐적인 여자에 대한 무서운 생각이 기분 좋게 사라졌으며), 교육 수준이 상당히 떨어졌고(그래서 어머니는 그녀의 영향력에 대한 두려움을 느낄 필요가 없었으며), 야로밀이 그녀의 순박함과 상냥함을 그토록 열을 올려 강조했던 것으로 미루어보아 미인이 아니겠고, 따라서 아들의 일시적인 불장난이 오래가지 않으리라는 추측이 갔다.

야로밀은 어머니가 그가 묘사한 붉은 머리 아가씨를 못마땅하게 생각하지 않는다는 것을 눈치채고는 기분이 좋았다. 그는 머지않아 그의 어머니와 붉은 머리 아가씨, 그러니까 그의 어린 시절 천사와 성숙한 다음의 천사와 더불어 언젠가는 같은 식탁에 둘러앉게 될지도 모른다는 상상을 해보았다. 모든 것이 평화 못지않게, 그의 가정과 바깥 세계 사이의 평화, 그의 두 천사들이 펼친 날개 밑의 평화처럼 아름답게 여겨졌다.

이렇듯 오랫동안 사이가 서먹서먹해졌던 어머니와 아들은 그들의 친밀함을 음미하게 되었다. 그들은 즐거운 마음으로 잡담을 나누었지만, 야로밀은 그가 원할 때면 언제라도 아가씨를 데리고 올 수 있고, 그곳에서 그들이 원하는 대로 얼마든지 오래 있으면서 마음대로 무엇이나 할 수 있는 그의 방을 소유할 권리를 얻어내야 한다는 겸손하고 실질적인 목표가 염두에 계속 떠나지 않았다. 그 까닭은 그가 뚜렷하게 설정된 어떤 공간의 주인이며 완전히 사생활을 소유할 수 있는 사람만이 참된 성인(成人)이라고 이해하고 있었기 때문이었다. 그는 (조심스럽고도 완곡한 방법으로) 이 생각을 어머니에게 표현했다. 그는 이곳에서 자신이 스스로 주인이라고 간주할 수 있게 되면 집에서 지내고 싶은 마음이 그만큼 더 내키게 될 것이라고 말했다.

포도주 기운에 유쾌한 몽롱함에 빠져 있었지만 어머니는 여전히 암호랑이와 같아서, 그녀는 아들이 원하는 바가 무엇인지를 당장 깨달았다. "너 그게 무슨 소리냐, 야로밀? 너는 이곳이 집이라는 기분이 안 든단 말이냐?"

그는 이 집을 아주 좋아하지만, 마음대로 아무나 오라고 초대할 수 있고 그의 애인처럼 독립된 생활을 할 권리를 원한다고 반박했다.

어머니는 야로밀이 자기도 모르는 사이에 그녀에게 크나큰 기회를 제공하고 있음을 깨달았는데, 따지고 보면 그녀에게도 쫓아다니는 남자가 몇 명 있긴 하지만 야로밀의 비난이 두려워서 차마 집으로 초대하지 못하던 실정이었다. 야로밀에게 자유를 주는 대가로 그녀도 그녀 나름대로 조금쯤 자유를 누리게 될 기막힌 기회가 아닌가?

그러나 야로밀이 어린 시절을 보낸 방에 낯선 여자가 와 있는 장면을 머릿속에 그려본 그녀는 가슴속에서 참을 수 없는 역겨움이 치밀고 올라왔다. "넌 집주인과 어머니 사이에는 차이가 있다는 걸 알아야 해." 화를 벌컥 내며 이 말을 한 어머니는 여자로서의 충족스러운 삶을 살아갈 기회를 스스로 망쳐놓았다는 사실을 알았다. 아들의 육체적인 욕구에 대한 역겨움은 그녀 자신의 육체적인 충족감에 대한 갈망보다 훨씬 심했으며, 그 각성은 그녀를 두려움으로 몰아넣었다.

아직도 집요하게 그의 목표를 추구하고 있던 야로밀은 어머니의 내적인 갈등을 이해하지 못했고, 그래서 그는 소용없는 근거들을 더욱 열거해가며 패색이 짙은 그의 명분을 계속해서 밀고나갔다. 얼마 후에야 그는 어머니가 울고 있다는 것을 눈치챘다. 그는 어린 시절 천사의 마음에 상처를 주었다는 생각에 겁이 나서 입을 다물어버렸다. 어머니의 눈물이라는 거울 속에서 그는 독립된 생활에 대한 자신의 요구가 오만하고 건방지며, 철면피하고 음탕하기까지 하다는 사실을 불현듯 깨달았다.

그들 두 사람 사이에 다시금 커다란 틈이 갈라지고 있다는 것을 알고 어머니는 절망적이 되었다. 그녀는 아무것도 얻지 못하고 모든 것을 상실했을 따름이었다! 그녀는 아들과 그녀 자신 사이의 이해라는 소중한 유대를 보존하기 위한 어떤 방법을 얼른 생각해내려고 애썼다. 그녀는 아들의 손을 잡고 눈물을 글썽이며 말했다.

"제발 화내지 마라, 야로밀! 난 그냥 네가 최근에 이렇게 달라진 걸 보고 아찔해졌을 따름이야."

"달라지다뇨? 전 전혀 달라지지 않았어요, 어머니."

"아니, 넌 변했어. 넌 달라졌다구. 무엇보다도 내 마음이 아픈 가장 큰 이유는 네가 시를 쓰는 걸 그만두었다는 사실 때문이란다. 전에는 정말 아름다운 시를 쓰곤 했었지. 그런데 지금 넌 시를 완전히 포기해버렸어. 그리고 난 그것이 마음 아프단다."

야로밀은 대답하려고 했지만 어머니는 그의 이야기를 들으려고 하지 않았다. "네 어미를 믿도록 해. 나는 이런 것들에 대해서 육감을 가지고 있단다. 넌 재능이 굉장히 많아. 그건 네가 천부적으로 타고난 소명이야. 그걸 낭비한다는 건 수치스러운 일이란다. 너는 시인이야, 야로밀. 천부적인 재능을 타고난 시인이라구. 네가 그걸 그렇게 아무것도 아니라고 생각하는 것이 나로서는 정말 섭섭하구나."

야로밀은 기쁨에 넘쳐 어머니의 이야기에 귀를 기울였다. 그것은 진실이었다. 그의 어린 시절 천사는 어느 누구보다도 그를 더 잘 이해했다! 시를 쓰는 것을 중단했기 때문에 그가 느낀 좌절감은 얼마나 심했던가!

"저는 요즈음 다시 시를 쓰기 시작했어요, 어머니! 정말이에요! 제가 그걸 어머니한테 보여드리겠어요!"

"다 소용없는 일이야, 야로밀." 어머니가 처량하게 머리를 저었다. "나를 속이려고 그러지 마라. 난 네가 시를 그만두었다는 걸 알아."

"어머니가 잘못 알고 계세요! 전 쓰고 있어요! 쓰고 있다구요!" 그가 소리쳤다. 그리고는 그의 방으로 달려가서 서랍의 자물쇠를 열고 시를 한 꾸러미 들고 돌아왔다.

어머니는 야로밀의 방에서 몇 시간 전에 읽었던 바로 그 시들을 살펴보았다.

"오, 야로밀, 이 시들은 정말로 아름답구나! 작품이 상당히 향상되었어. 굉장히 향상되었다구! 너는 시인이야. 그리고 난 너 때문에 너무나 행복하구나……."

2

('새로움'의 종교라고나 할까) 새로운 것에 대한 야로밀의 엄청난 갈망이 실은 상상할 수 없는 성행위의 경험에 대한 젊음의 욕구가 가장을 한 형태에 지나지 않았다는 것을 모든 양상이 드러내는 듯싶었다. 처음으로 붉은 머리 여자의 육체라는 황홀한 바닷가에 이르렀을 때 야로밀의 머리에는 묘한 생각이 떠올랐는데, 그는 이제 드디어 절대적으로 현대적이 된다는 것이 무엇을 의미하는지를 알았으니, 그것은 붉은 머리 여자의 육체라는 바닷가에 누워 있다는 것을 의미했다.

그 순간에 그는 어찌나 행복하고 내면에 열정이 충일했는지 그녀에게 시를 낭송해주고 싶은 지경이었다. 마음속으로 그는 (자신이나 다른 시인들이 쓴 작품들 가운데) 그가 외고 있는 모든 시들을 얼른 검토해보았지만 붉은 머리 여자는 아마도 그 시들 가운데 어느 것에도 관심이 없으리라는 (상당히 놀라운) 결론을 내렸다. 이 결론은 뒤이어 그의 머리에 불안한 생각을 떠오르게 했다. 절대적으로 현대적인 시라면 군중의 한 소녀인 붉은 머리 아가씨가 당장 이해하고 받아들일 수 있는 그런 시뿐이라는 것이 그에게 확실해졌다.

그것은 갑작스러운 각성이었는데, 그는 왜 자신이 지은 노래의 목을 밟아버리고 싶어할 만큼 어리석었을까? 혁명을 위해서 시를 포기하려던 명분은 무엇이었을까? 어쨌든 그는 드디어 참된 생('참된 생'이라고 야로밀이 이해했던 것은 행진하는 군중과, 육체적인 사랑과, 혁명의 구호가 소용돌이치는 세계였다)의 영역에 이르렀고, 이제 그가 해야 할 일이라고는 이 새로운 삶에 자신을 완전히 내맡기고 그 삶의 바이올린 현이 되는 것이었다.

그는 시적인 정신이 마음속에 가득하다고 느꼈으며, 붉은 머리의 아가씨가 좋아할 만한 시를 쓰려고 노력했다. 그것은 간단한 일이 아니었다. 지금까지 그는 자유시만 써왔으며 보다 구조가 복잡한 시의 형태들을 위한 기교를 갖추고 있지 않았다. 그는 아가씨가 운율을 맞추지 않은 글을 참된 시라고 간주하지 않으리라고 확신했다. 승리를 거둔 혁명까지도 똑같은 견해였다. 그 시절에는 운율을 맞추지 않은 시구라면 출판이나 발표를 할 가치조차 없다고 간주했었다는 사실을 우리들은 상기해야 한다. 모든 현대시는 썩어빠진 부르주아지의 산물이며, 자유시는 문학적 퇴폐성의 가장 확실한 치욕이라고 혁명은 선언했다.

혁명이 운율을 좋아하는 경향은 우발적인 선호에 지나지 않았던 것일까? 그렇지 않다. 운율과 박자는 어떤 마술적인 힘을 구사한다. 무정형(無定形)의 세계는 규칙적인 각운의 틀에 맞춰 넣어놓으면 당장 질서정연하고, 투명하고, 맑고, 아름다워진다. 만일 어떤 시에서 '호흡하기에 지쳐 죽음을 찾아간다'고 표현한다면 '죽음'이라는 단어와 '호흡'이라는 단어는 질서에 의해 운율적인 요소가 된다. 비록 그 시가 죽음에 대한 강렬한 항의를 위한 것이라고 할지라도, 죽음은 자동적으로 아름다운 항의를 위한 테마로 정당화된다. 뼈와, 조화(弔花)와, 비석과, 관—시에 등장하는 모든 것이 발레로 변모해서 독자와 시인 두 사람은 함께 그 춤을 춘다. 춤을 추는 사람들은 물론 춤에 반대할 수 없다. 시를 통해서 인간은 존재와의 공감을 실현시키고, 운율과 박자는 동의를 얻어내는 가장 촌스러운 수단이다. 막 성공을 거둔 혁명은 새로운 질서의 폭력적인 단언을 필요로 하지 않을까? 그리고 운율로 가득 찬 시도?

네즈발은 '나와 더불어 헛소리를 하라!'고 독자들에게 호소하고, 보들레르는 '인간은……취향에 따라 포도주나, 시나, 미덕에 의해서 항상 취해 있어야 한다……'고 썼다. 시는 도취이고 인간은 세상과 보다 쉽게 결합하기 위해서 마신다. 혁명은 검토나 분석 당하기를 바라지 않고, 대중과 결합하고 싶을 따름이다. 그런 이유 때문에 혁명은 서정적이고, 서정성을 필요로 한다.

물론 혁명이 추구하는 서정성은 야로밀이 초기에 지은 시와는 종류가 달랐다. 한때 그는 자신의 내적인 자아로부터의 유혹적인 암시들과 조용한 모험들을 열심히 따랐었다. 하지만 지금 그는 자신의 영혼을 깨끗하게 비우고는 그것을 진실한 세계의 시끄러운 곡마단을 위해서 서내한 놀이터로 바꿔놓았다. 그는 오직 자신만이 이해하던 독특성의 아름다움을 모든 사람이 이해하는 보편성의 아름다움과 바꾸었다.

그는 석양과, 장미와, 아침 이슬과, 별과, 고향 땅에 대한 향수가 담긴 그리움과, 어머니의 사랑처럼, 예술이 (배교자의 긍지를 가지고) 코웃음을 쳐대는 옛날의 경이로운 것들을 대중화하기 위해서 열심히 정열을 쏟았다. 얼마나 아름답고, 친밀하고, 알아보기 쉬운 세계였던가! 야로밀은 오랜 세월 동안 방황하다가 고향으로 돌아온 탕자처럼 행복한 놀라움을 느끼며 그 세계로 돌아가는 중이었다.

오, 단순해지고, 절대적으로 단순해지고, 민요나 어린아이들의 놀이나 졸졸거리며 흐르는 개울이나 붉은 머리의 아가씨처럼 단순해진다는 것!

오, 영원한 아름다움의 원천으로 돌아가고, '머나먼'과 '은빛'와 '무지개'와 '사랑' 따위의 단순한 어휘들을 사랑하고 — 심지어는 경멸과 비웃음의 대상이 되어버린 '오'라는 감탄사까지도 사랑한다는 것!

야로밀은 어떤 동사(動詞)들, 특히 단순한 동작을 묘사는 '걷다'와 '달리다' 그리고 또 각별히 '떠다니다'와 '날아가다' 따위의 어휘들에도 매료되었다. 레닌의 생일을 축하하기 위해서 그가 쓴 시에서는 개울물에 사과나무 가지를 던진다. 그 나뭇가지는 레닌의 고향까지 떠내려간다. 체코에서 러시아로 흐르는 강은 하나도 없지만, 시는 마술의 나라여서 강들이 그 흐르는 방향을 바꾸기도 한다. 다른 시에서 그는 세상이 머지않아 '산꼭대기 너머로 흘러가는 소나무 향기'처럼 자유롭게 되리라고 썼다. 또 어떤 시에서 그는 재스민의 향기를 불러다가 눈에 보이지 않으면서 공중으로 향해가는 범선처럼 강력한 것으로 바꾸어놓았다. 그는 자신이 이 향기로운 배를 타고 멀리, 저 멀리, 마르세유까지 떠가는 장면을 상상했다. (어느 신문의 기사를 보니) 마르세유의 부두 노동자들이 파업을 하는 중이었으며, 야로밀은 동지이며, 형제로서 그들과 어울리고 싶었다.

그의 시들은 또한 모든 전진(前進) 수단 가운데 가장 시적인 '날개'로 가득해서, 밤은 '조용히 펄럭이는 날개'로 가득 찼다. 그리움, 슬픔, 그리고 심지어는 증오에까지도 날개가 달렸다. 그리고 물론 시간은 '날개를 달고' 흘렀다.

이 모든 표현들은 '재교육을 받아야 할 수백만 그대들이여! 온전한 세상이 그대들에게 키스한다!'는 실러의 유명한 말을 연상시키는 '광대한 포옹'에 대한 소망을 암시했다. 이 우주적인 포옹은 공간뿐 아니라 시간까지도, 마르세유의 부두뿐 아니라 그 머나먼 마술의 섬 — '미래'까지도 포옹했다.

야로밀은 미래를 항상 경이적인 신비라고 간주했었다. 그것은 미지의 모든 것을 포괄했으며, 그렇기 때문에 유혹하고 두렵게 만드는 힘을 가졌다. 그것은 확실성의 반대였고, 고향의 반대였다. (그렇기 때문에 불안의 시기에 그는 더 이상 미래가 없어서 행복한 늙은 사람들의 사랑에 대한 꿈을 꾸었던 것이다.) 그러나 혁명은 완전히 다른 의미를 미래에 부여했다. 그것은 더 이상 신비가 아니었고, 혁명가는 미래를 훤히 알고 있었다. 그는 소책자와, 서적과, 강연과, 선동 연설들을 통해서 미래에 대해서 훤히 알았다. 그것은 공포를 주지 않았고, 그와는 반대로 불확실한 현재 안에서 확실성의 안식처를 제공함으로써 어머니에게 손을 뻗는 아기처럼 혁명가는 미래에게로 손을 내밀었다.

야로밀은 (투쟁하는 공산주의자가 항상 토론을 벌이는 공산주의자로 인식되던 무렵) '시끄러운 회의가 아침 이슬에게 자리를 물려주는 시간'이었던 어느 날 밤늦게 당 서기국의 긴 의자에서 잠든 공산주의자 하급 관리에 대한 시를 썼다. 공산당 관리의 꿈속에서, 창 밑에서 울리는 전차의 종소리는 더 이상 전쟁이 없을 것이며 세상이 노동자들의 소유가 되리라는 것을 알리느라고 세상의 모든 종들이 울리는 환희의 종소리가 된다. 관리는 마술적인 도약에 의해서 그가 머나먼 미래에 와 있다는 것을 깨닫는다. 그는 들판의 한가운데 서 있고, 한 여자가 트랙터를 타고 그를 향해 오는 중이다. (미래의 여성은 하나같이 트랙터를 운전하는 여자로 묘사된다.) 그 관리가 과거에서 온 사회주의자 영웅이며, 그녀가 지금 자유롭고 행복하게 밭갈이를 할 수 있도록 자신을 희생한 과거 시대의 노동자임을 알아보고 그녀는 경이감을 느낀다. 그녀는 트랙터에서 내려 그에게 인사를 한다. "이곳이 당신의 고향이고, 이곳이 당신의 세계입니다······." 그녀는 그에게 보상을 하고 싶어한다. (도대체 그 아름답고 젊은 여자가 지치고 늙은 관리한테 어떻게 보상을 할 수 있단 말인가?) 그 순간에 창 밑에서 전차들이 갑자기 요란한 소리를 내고, 당 서기국의 한쪽 구석에 놓인 긴 의자에서 잠을 자던 남자가 깨어난다…….

야로밀은 이와 비슷한 새로운 시들을 많이 썼지만, 그래도 여전히 만족하지 못했다. 야로밀과 어머니 이외에는 아무도 그 시를 읽지 않았기 때문이었다. 그는 그 시들을 모두 일간신문의 편집국으로 보내고는 아침마다 혹시 게재를 해주지 않았나 해서 부지런히 신문을 살펴보았다. 어느 날 드디어 그는 제목 밑에 굵은 글씨로 그의 이름을 달고 3페이지 꼭대기에 게재된 4행짜리 다섯 연(聯)의 시를 발견했다. 그날 그는 붉은 머리 여자한테 그 신문을 자랑스럽게 넘겨주고는 잘 훑어보라고 부탁했다. (평상시에 시는 거들떠보지도 않아서 작가의 이름에 전혀 관심이 없었던) 그녀는 그 신문에서 대단한 기삿거리를 하나도 찾아낼 수가 없었고, 야로밀은 결국 손가락으로 시를 짚어줘야 했다.

"난 자기가 시인인 줄은 몰랐어!" 그녀가 감탄하는 눈으로 그를 빤히 쳐다보았다.

야로밀은 그녀에게 오래 전부터 시를 써왔다고 말하며, 호주머니에서 손으로 쓴 시의 원고 한 꾸러미를 꺼냈다.

붉은 머리의 여자가 그 원고를 읽었고 야로밀은 얼마 전에 시를 쓰는 것을 포기했지만 영감을 받은 후에 다시 쓰게 되었다고 그녀에게 말했다. 그녀와의 만남은 시상(詩像) 자체와의 만남과 마찬가지였다.

"그게 정말이야?" 그녀가 물었고, 야로밀이 머리를 끄덕이자 그녀는 그를 껴안고 입을 맞추었다.

"그런데 거기에 마술 같은 얘기가 있는데," 야로밀이 말을 이었다. "내가 최근에 쓴 시에서뿐 아니라 당신을 알기 전에 쓴 시에서도 당신이 여왕의 자리를 차지하고 있다는 거야. 당신을 처음 보았을 때는 과거에 내가 써놓은 시들이 갑자기 생명력을 얻고 당신 같은 여자로 구현되는 것처럼 느껴졌어."

이해를 못 하고 호기심이 가득한 그녀의 얼굴 표정을 열망에 차서 바라보던 그는 언젠가 그가 자비에르라는 이름의 청년에 대해서 자신이 썼던 환상적인 이야기가 담긴 긴 산문시에 관해서도 그녀에게 말해주었다. 사실 그는 그 산문시를 정말로 쓴 것은 아니었고, 그런 꿈을 꾸었을 따름이었지만 언젠가는 그것을 꼭 쓰고 싶었다.

자비에르는 다른 사람들하고는 완전히 동떨어진 삶을 살았으며, 그의 삶은 꿈이었다. 그는 잠이 들고 꿈을 꾸었으며, 그 꿈속에서 다시 잠이 들어 또다른 꿈을 꾸었고, 다시 그 꿈에서 깨어나 그 전의 꿈을 꾸고 있는 자신을 발견했다. 그래서 그는 한 꿈에서 다른 꿈으로 옮겨다녔고, 동시에 몇 가지 다른 삶을 살았다. 그는 한 삶에서 다른 삶으로 건너다녔는데, 단 하나의 삶에 속박되지 않은 그 존재는 아름답지 않은가? 죽어야 할 운명이면서도 여러 삶을 산다는 것이?

"그래, 멋지겠다······." 붉은 머리의 여자가 말했다.

그리고 야로밀이 이야기를 계속했다. 가게에서 처음 그녀를 보았을 때 야로밀은 그가 상상했던 자비에르의 가장 위대한 사랑과 완전히 똑같아서 너무나 놀랐다고 말했다. 연약하고 붉은 머리에 섬세한 주근깨가 난 얼굴······.

"난 못생겼어!" 붉은 머리가 반박했다.

"아니야! 난 당신의 주근깨와 불타오르는 듯한 머리카락의 빛깔을 사랑해! 난 그 모든 것이 나의 고향이고, 나의 오랜 꿈이기 때문에 사랑하는 거야!"

여자가 그에게 키스했고, 그는 말을 계속했다. "상상해봐. 이야기 전체가 이런 식으로 시작되었어. 자비에르는 지저분한 외곽지대의 길거리에서 방황하기를 좋아한다. 그는 늘 어느 건물의 1층에 있는 창문 앞을 지나간다. 그는 그 창 앞에서 걸음을 멈추고는 어쩌면 그 안에서 살고 있을지도 모르는 아름다운 처녀에 대한 꿈을 꾼다. 어느 날 그 창문에 불이 켜지고, 그는 부드럽고, 연약하며, 머리카락이 붉은 빛깔인 여자를 본다. 그는 자신을 주체할 수가 없다. 그는 창문을 열고 방 안으로 뛰어 들어간다."

"하지만 자기는 이곳의 창에서 도망쳤잖아!" 여자가 웃었다.

"그래, 그건 사실이야." 야로밀이 대답했다. "난 내가 현실로부터 환상으로 넘어가고 있다는 것이 두렵게 느껴져서 도망쳤어! 꿈에서 봐서 전에 알고 있던 어떤 상황에 처한 자신을 발견했을 때의 기분이 어떤지 알아? 당장 뺑소니를 치고 싶을 정도로 겁이 난다구!"

"그건 그렇지." 붉은 머리의 여자가 즐거워하며 맞장구를 쳤다.

"그래서 그 이야기에서 자비에르는 창문을 통해서 여자가 있는 방으로 뛰어들었고, 그녀의 남편이 들어오자 자비에르가 그를 육중한 떡갈나무 옷장 속에다 가두지. 그 남편은 백골이 되어서 오늘날까지 그대로 그 안에 남아 있어. 그리고 자비에르는 사랑하는 연인을 데리고 멀리 떠나버려. 내가 당신을 데리고 떠나게 되듯이 말야!"

"자기는 나의 자비에르야." 여자가 즐거워하며 야로밀의 귓전에 대고 속삭였다. 그녀는 장난스럽게 그에게 자비와 자비크라는 별명을 붙여주고는 그를 껴안고 오랫동안 키스했다.

3

야로밀이 붉은 머리 여자의 아파트로 찾아간 수많은 방문들 중에서 우리들은 그녀가 앞에 커다랗고 하얀 단추가 한 줄로 달려 있는 드레스를 입고 있었던 때를 돌이켜보기로 하자. 야로밀이 그 단추들을 풀려고 더듬거리기 시작하자 그녀가 웃었다. 그 단추들은 장식품으로 그냥 달려 있었기 때문이었다.

"잠깐만. 내가 벗을게." 그녀가 말하고는 드레스의 목 뒤쪽에 안으로 달린 지퍼로 손을 뻗었다.

야로밀은 자신의 서투른 실수에 당황했고, 드레스의 원칙을 파악하고 나서는 어서 그의 실수를 만회하려고 열을 올렸다.

"아냐, 아냐, 내가 벗겠다니까. 날 그냥 놔둬!" 그녀가 웃으며 그에게서 뒷걸음질을 치며 물러났다.

그가 고집을 부리면 우스꽝스럽게 보일 것 같아 더 우기지 못했지만, 그래도 그는 여자의 행동이 마음에 걸렸다. 그는 남자가 애인의 옷을 벗겨야만 한다고 믿었으며 — 그렇지 않다면 모든 작업이 날마다 옷을 벗고 입는 하찮은 일과 전혀 다를 바가 없었다.

이 견해는 경험이 아니라 문학 작품과 그 작품에 등장하는 '그는 여인들의 옷을 벗기는 행위를 음미하는 사람이었다'라거나 '그는 성급하게 그녀의 드레스를 벗겼다'라는 따위의 암시적인 표현들에 바탕을 둔 것이었다. 그는 단추를 풀고, 지퍼를 내리고, 고리를 푸느라고 한바탕 흥분하여 정신없이 서두르고 난 다음이 아니고서는 육체적인 사랑의 행위가 이루어진다는 상상을 할 수가 없었다.

"당신이 스스로 옷을 벗겠다니, 당신은 의사를 만나러 온 게 아니잖아!" 여자는 이미 드레스를 벗어던지고 속옷만 걸친 차림이었다.

"의사라니? 그게 무슨 얘기야?"

"그래, 내가 보기에는 그렇게 보여. 의사에게 진찰을 받으러 온 것처럼 말야."

"알겠어." 여자가 웃었다. "아마 자기 얘기가 맞는지도 모르지."

그녀는 브래지어를 벗고 자그마한 젖가슴을 내밀고는 야로밀의 앞에 섰다. "의사 선생님, 전 바로 이곳 심장 밑에 통증이 생겼어요."

야로밀은 그 농담을 이해하지 못하고 그녀를 바라보았다. "죄송합니다." 그녀가 사과하는 투로 말했다. "선생님은 아마 누워 있는 환자들을 검진하는 데 익숙하신 모양이로군요." 그러더니 그녀는 긴 의자 위에 반듯하게 누웠다. "제 심장을 자세히 봐주세요! 무슨 문제가 있는 거죠?"

야로밀은 이 장난에 동참하는 수밖에 별다른 도리가 없었다. 그는 여자의 가슴 위로 몸을 숙이고는 그녀의 심장에 귀를 가져다댔다. 그의 귓바퀴가 방석처럼 푹신한 그녀의 젖가슴 위에 얹혔고, 그녀의 육체의 깊은 곳으로부터 그는 규칙적으로 쿵쿵거리는 소리를 들었다. 의사가 그의 진찰실에서 은밀하게 문을 닫아놓고 붉은 머리 여자의 육체를 검진할 때 바로 이런 기분이 들리라는 생각이 야로밀의 머리에 떠올랐다. 그는 머리를 들고 발가벗은 여자를 보았다. 그리고 뜨겁고도 고통스러운 질투가 치밀어오르는 것을 느꼈다. 그는 낯선 남자의 눈을 통해서, 의사의 눈을 통해서 그녀를 보고 있었다. 그는 이 괴로운 장난을 끝내기 위해서 (의사라면 절대로 그러지 않겠지만) 그녀의 젖가슴에 두 손을 얹었다.

"의사 선생님, 뭘 하는 거예요? 영 버릇이 없으시군요! 그건 진찰의 한 부분이 아니잖아요!" 여자가 항의했다. 야로밀은 왈칵 화가 났다. 그는 낯선 사람의 손이 그녀를 만질 때 이 여자가 어떤 표정을 짓게 될지 그 얼굴을 보았던 것이다. 그는 경박하게 항의하는 그녀의 태도를 보고는 후려갈기고 싶은 욕구를 느꼈다. 그러나 한편으로 그 순간 야로밀은 그가 얼마나 흥분했었는지를 깨닫고는 여자의 팬티를 벗겨버리고 그녀의 육체 속으로 들어갔다.

그의 흥분은 어찌나 대단했는지 질투의 분노가 어느새 녹아버렸고, 특히 (기막힌 경탄의 소리나 마찬가지인) 여자의 신음과 한숨소리와 그들의 은밀한 예식에서 영원히 한 부분을 이루게 된 "자비! 자비크!"라는 애칭을 듣고 나서는 눈 녹듯이 사라졌다.

그런 다음에 그는 평화롭게 그녀의 곁에 누워서 그녀의 어깨에 부드럽게 키스했고, 기분이 좋아졌다. 그러나 그 아름다운 '순간'에 만족하지 못했던 것은 야로밀의 어리석음 때문이었다. 아름다운 순간은 아름다운 영원성의 상징으로만 그에게 의미가 있었고, 더럽혀진 영원성으로부터 떨어져나온 아름다운 순간은 기만하는 거짓이었다. 따라서 그는 그들의 영원성이 철저히 순수하고 훼손되지 않은 영원성이라는 것을 확인하고 싶었다. 공격적이라기보다는 애원하는 투로 그가 물었다. "의사하고 그런다는 거, 그건 공연한 농담에 지나지 않는다고 말해줘."

"그래, 그야 물론이지!" 여자가 대답했다. 그런 한심한 질문에 또 무슨 대답할 말이 있겠는가? 그렇지만 야로밀은 그 대답에 만족하지 않았다. 그가 다그쳤다.

"난 다른 어떤 누구라도 당신을 만진다는 걸 참을 수 없어. 난 그걸 참을 수가 없단 말야." 그는 앞으로 그의 모든 행복이 그것을 침범당하지 않아야만 보장된다는 듯이 두 손을 컵처럼 오므려서 여자의 발육이 덜 된 빈약한 젖가슴을 덮었다.

여자가 (상당히 순진하게) 웃었다. "하지만 병이 나면 난 어떻게 해?"

야로밀은 모든 의학적인 진료를 그가 반대할 수 없으며, 그의 입장이 지지받을 수 없다는 것을 알았다. 그러나 그는 또한 만일 어느 낯선 남자의 손이 그녀의 젖가슴을 만진다면 그의 세계가 몽땅 산산조각이 나리라는 것도 알았다. 그가 되풀이해서 말했다.

"난 그걸 참을 수 없어. 내 말 알겠어? 난 무조건 그건 참을 수가 없단 말야."

"그럼 내가 의사를 필요로 할 땐 어떻게 해야 하는데?"

그는 조용히 꾸짖는 투로 말했다. "여의사를 찾아낼 수 있잖아."

"나로선 어쩔 수가 없다니까! 요즘 사정이 어떤지는 자기도 잘 알잖아." 이제 조금 화가 나서 그녀가 말했다. "우리들은 좋건 말건 모두 어떤 특정한 의사한테 지정되어 있어! 사회주의 의료제도가 어떤 것인지 자기도 알잖아? 위에서 명령을 내리면 우리들은 시키는 대로 따라야만 해! 예를 들어 산부인과의 검진을 보면……."

야로밀은 심장이 덜컹 내려앉았지만, 태연한 목소리로 말했다. "당신, 어디 잘못된 데라도 있어?"

"오, 아냐. 그냥 예방 조처를 하기 위해서지. 암 때문에 말야. 그건 법이 정해놓은 규칙이야."

"그만해. 난 그따위 소리는 듣고 싶지 않아." 야로밀은 그렇게 말하고 그녀의 입을 손으로 막아버렸다. 그 행동이 어찌나 갑작스럽고 사나웠는지 그는 뺨을 때리는 줄 알고 여자가 화를 낼까봐 겁이 났지만, 그녀의 눈이 어찌나 얌전한 표정으로 그를 쳐다보았는지 야로밀은 자기도 모르게 야만성을 드러낸 자신의 행동에 대해서 사과할 필요성을 느끼지 않았다. 사실상 그는 이 행동이 즐겁다는 생각이 들어 그녀의 입에서 손을 치우지 않고 말했다.

"한마디만 해두겠어. 만일 어느 누구라도 당신한테 손가락 하나라도 까딱했다가는 난 절대로 당신한테 손을 대지 않을 거야."

그는 아직도 손바닥으로 여자의 입술을 눌러대고 있었다. 그가 이렇게 여자를 거칠게 다루었던 것은 이때가 처음이었고, 그는 이 행동에서 도취되는 기분을 느꼈으며, 마치 질식시켜 죽이려는 듯이 두 손으로 그녀의 목을 감싸 잡았다. 그는 손가락에 닿는 그녀의 목에서 연약함을 느꼈고, 엄지손가락을 그냥 누르기만 해도 쉽게 그녀의 목을 졸라 죽일 수 있으리라는 생각이 퍼뜩 머리에 떠올랐다.

"만일 어느 누구라도 당신에게 손을 대기만 해도 내가 당신을 목 졸라 죽이겠어." 이렇게 그는 말하고는 계속해서 그녀의 목을 붙잡고 있었으며, 그녀의 존재가 그의 두 손으로 인해서 없어질 수도 있으리라는 느낌에 흥분을 느꼈다. 적어도 이 한순간 동안이나마 그녀가 완전히 그의 소유가 되었다는 생각이 들자 그는 힘이라는 즐거운 인식으로 가슴이 뿌듯해졌으며, 그 기분이 어찌나 매혹적이었는지 두 번째로 그녀의 속으로 들어갔다.

성교를 하는 도중에 그는 몇 차례 그녀를 거칠게 움켜잡았고, 몇 차례 깨물기도 했고, 그녀의 목에 손을 얹기도 했다. (행위를 하는 도중에 사랑하는 여인의 목을 조른다면 얼마나 흥분감이 고조될까!)

그런 다음에 그들은 나란히 누워서 휴식을 취했지만, 성행위가 충분히 오랫동안 계속되지 못한 모양이어서 야로밀의 쓰라린 분노가 충분히 가라앉지 않았고, 목을 조르지 않아서 그냥 살아 있는 채로 그의 옆에 누워 있는 여자의 알몸은 야로밀에게 의사들의 손과 산부인과의 검진을 연상시켰다.

"화내지 마." 그의 손을 어루만지며 그녀가 말했다.

"난 어쩔 수가 없어. 낯선 사람들이 잔뜩 주물러댄 육체는 구역질이 나니까."

여자는 이윽고 그가 진심으로 그런 말을 한다는 사실을 깨달았다. 그녀가 애원했다. "제발 그러지 마. 그냥 농담이었을 뿐이야!"

"그건 농담이 아니었어! 그건 사실이었어."

"그건 사실이 아냐."

"사실이잖아! 그건 사실이었고, 그 문제에 대해서는 어쩔 수 없다는 것도 알아. 산부인과 검진은 의무적이어서 당신은 꼭 가야 하니까. 당신을 탓하지는 않아. 하지만 다른 사람의 손이 닿은 몸뚱아리를 대하면 난 역겹다구. 어쩔 수가 없어. 난 원래 그런 사람이니까."

"정말이지 그건 다 내가 지어낸 거라니까! 난 어렸을 때 말고는 병에 걸려본 적이 없어. 난 의사를 보러간 적이 없었다구. 산부인과 진료에 대한 카드를 받긴 했지만 그냥 버렸어. 산부인과에는 가본 적도 없어."

"난 당신 말 안 믿어."

그녀는 그를 안심시키려고 애썼다.

"그렇다면 좋아. 하지만 그들이 다시 당신을 부르면 어쩌겠어?"

"걱정하지 마. 그들은 만사가 너무나 뒤죽박죽 엉망이어서 내가 나타나지 않더라도 눈치도 채지 못할 테니까 말야."

그는 그녀의 말을 믿었지만, 그가 느꼈던 실망감은 말로 설명해서 풀어질 성질의 것이 아니었다. 그것은 실제로 의학적인 검진의 문제만이 아니었다. 문제의 본질은 그녀가 그에게서 빠져나가고 있으며, 철저히 그의 소유가 아니라는 인식이었다.

"난 자기를 사랑해." 그녀가 되풀이해서 말했다. 그러나 이 짤막한 순간이 그를 만족시킬 수는 없었다. 그는 영원성을, 아니면 적어도 이 여자의 삶에서나마 영원성을 소유하고 싶었다. 그리고 그는 그것을 소유하지 못했음을 알았다. 그녀가 처녀의 상태로부터 여인의 단계로 넘어가던 그녀 삶에서의 자그마한 한 조각 동안조차도 다른 사람의 소유였다.

"난 어떤 다른 사람이 당신 몸에 손을 대리라는 걸 생각하면 견딜 수가 없어. 그리고 벌써 다른 사람이 손을 댔었고."

"앞으로 아무도 내 몸에 절대로 손을 대지 못하게 할게."

"하지만 이미 누군가 당신 속으로 들어갔었잖아. 그건 구역질이 나는 일이야."

그녀가 그를 끌어안았다.

그는 그녀를 밀쳐버렸다.

"몇 명이었지?"

"하나."

"거짓말!"

"맹세해."

"당신 그 남자를 사랑했어?"

그녀가 머리를 저었다.

"사랑하지도 않은 사람하고 어떻게 같이 잠자리에 들 수 있었지?"

"나를 괴롭히지 마." 그녀가 말했다.

"대답해! 어떻게 그런 짓을 할 수 있어?"

"그만 괴롭히라니까. 난 그를 사랑하지 않았고, 그건 정말 끔찍한 일이었어."

"뭐가 끔찍해?"

"묻지 마."

"왜 묻지 말아야 해?"

여자는 울음을 터뜨렸고, 그녀가 살던 마을의 나이 많은 남자의 짓이었는데, ("자기는 그런 거 알고 싶지 않을 테니까 묻지 마"라고 하면서) 혐오감을 일으키는 그 남자가 강제로 그녀를 소유했고, 이제는 겨우 그 사건을 잊어가는 중이라고 야로밀에게 털어놓았다. ("만일 자기가 나를 사랑한다면, 절대로 그 사람을 나한테 상기시키지 말아줘.")

그녀가 어찌나 오랫동안 흐느껴 울었는지 마침내 야로밀의 분노가 수그러졌다. 눈물은 훌륭한 해소제 노릇을 했다.

야로밀이 그녀의 뺨을 쓰다듬어주었다. "울지 마!"

"자기는 나의 사랑하는 자비크라구." 그녀가 흐느끼며 말했다. "자기가 창문으로 들어와서 그 나쁜 남자를 옷장 속에 가두어서 그는 백골이 될 거고 자기는 나를 멀리, 아주 멀리 데리고 갈 거야."

그들은 포옹하고 키스했다. 여자는 어떤 다른 사람의 손도 그녀의 몸에 닿는 것을 견딜 수 없다고 맹세했으며, 그는 그녀를 사랑한다고 맹세했다. 그들은 다시 한번 섹스를 했는데, 이번에는 서로 부드럽게 사랑했으며, 그들의 육체는 포근한 마음으로 가득 찼다.

"자기는 나의 자비크야." 나중에 그의 머리카락을 쓰다듬으며 그녀는 자꾸 되풀이해서 말했다.

"그래, 내가 당신을 안전하게 머나먼 곳으로 데리고 가겠어." 그가 말했으며, 그는 어디가 적당한 곳인지 알았다. 그가 그녀를 위해서 준비한 안식처가 평화로운 하늘 밑에서 기다리고 있었으며, 머리 위에서는 새들이 눈부신 미래를 향해 날아갔고, 향기가 가득한 배들이 마르세유를 향해 허공을 가로질러 미끄러져갔고, 그는 그녀를 위해서 어린 시절의 수호천사가 감시하고 있는 안식처를 준비해놓았다.

"어때? 나 당신을 우리 어머니한테 소개하고 싶은데." 눈물을 글썽이며 그가 말했다.

4

저택의 아래층을 차지한 가족의 어머니는 세 번째 아이를 가져 배가 점점 불러왔으며, 어느 날 그 가족의 아버지는 야로밀의 어머니를 붙잡고 겨우 두 식구가 다섯 식구하고 똑같은 공간을 차지한다는 것은 지극히 불공평한 처사라고 하면서, 위층의 세 방 가운데 하나를 양보하라고 요구했다. 어머니는 그것은 불가능한 일이라고 거절했다. 입주자는 이 문제를 적절한 관청에 넘겨 저택 내의 생활 공간이 평등하게 분배되었는지의 여부를 판단하도록 맡길 생각이라고 말했다. 어머니는 아들이 곧 결혼할 예정이고 위층에도 곧 세 사람, 어쩌면 네 사람이 살게 될 것이라고 맞섰다.

그렇기 때문에 며칠 뒤에 야로밀이 어머니에게 여자친구를 소개하겠다는 말을 했을 때, 어머니에게는 그 방문이 시기 적절하게 여겨졌다. 적어도 입주자들은 아들이 머지않아 결혼하리라고 했던 그녀의 이야기가 진담이었음을 납득하리라.

하지만 어머니가 그 여자를 이미 알고 있고, 바로 어머니가 드나드는 상점에서 일하는 붉은 머리의 여자 판매원이라는 사실을 알렸을 때 어머니는 불쾌한 놀라움을 감출 수가 없었다.

"그 여자가 겨우 점원이라고 해서 어머니가 개의치는 않으시리라고 전 믿습니다." 야로밀이 도전적으로 말했다. "제가 전에도 말씀을 드렸듯이 그녀는 단순한 근로계층의 여자예요."

잠시 동안 어머니는 아들의 인생에 등장했다는 위대한 사랑이 겨우 상점에서 일하는 천박하고, 매력도 없고, 퉁명스러운 아가씨라는 사실을 받아들이지 못했지만, 결국 그녀는 겨우 자신을 가눌 수 있었다. "내가 놀란 것 같은 인상을 주었다면 용서해다오." 아들이 그녀에게 어떻게 나오더라도 그냥 다 참기로 작정하고 그녀가 말했다.

세 시간에 걸친 고통스러운 방문이 예정대로 진행되었다. 모두들 불안했지만 겨우 시련을 이겨내긴 했다.

"그 여자 마음에 드세요?" 여자가 가고 난 다음에 초조해진 야로밀이 당장 어머니에게 물었다.

"그래, 상당히 마음에 들더구나. 내가 그 애를 좋아하지 못할 이유라도 있니?" 그녀의 목소리와 그녀가 하는 말이 맞지 않는다는 사실을 훤히 알면서 그녀가 대답했다.

"그럼 마음에 들지 않으셨다는 말인가요?"

"마음에 든다고 방금 말했잖니."

"아뇨. 어머니가 하시는 말씀의 어조를 들어보면 어머니가 저한테 솔직하시지 못하다는 생각이 들어서요."

방문하는 동안 붉은 머리의 여자는 (어머니에게 먼저 악수를 청하거나, 먼저 자리에 앉거나, 먼저 커피에 입을 대는 등의) 여러 가지 서투른 면을 드러냈고, (어머니더러 몇 살이냐는 등의) 눈치가 모자라는 이야기도 수없이 꺼냈었다. 이런 결점들을 들추어내던 그녀는 (교양 있는 예의범절에 대한 지나친 관심을 부르주아의 편협함을 드러내는 단면이라고 간주하는) 야로밀이 그녀를 편협하다고 할지도 모른다는 생각이 갑자기 떠올라 얼른 이렇게 덧붙여 말했다.

"내 말을 오해하지는 마라. 난 그런 사람들이 모두 그렇게 한심하다고는 생각하지 않으니까. 그냥 계속해서 그 애를 초대해. 우리 집안 같은 분위기에 자주 접촉하는 것이 그 애한테도 좋을 테니."

그러나 볼품도 없고 적의를 자극하는 붉은 머리의 여자를 가끔이라고 해도 규칙적으로 대해야 한다고 생각하니 새로운 역겨움이 어머니의 마음속에서 치밀어올랐다. 그녀가 온화한 목소리로 말했다. "어쨌든 그런 여자로 태어났다는 게 그 애 탓이라고 할 수는 없지. 또 그 애가 어떤 환경에서 성장했는지를 상상해보고, 지금 어떤 곳에서 일하고 있는가 하는 것도 고려해야만 할 테고. 나는 그런 상점에서 일하는 점원이 되고 싶지는 않구나. 그런 곳에서는 모든 일을 다 참아야 하고 모든 사람의 비위를 맞춰야만 하니까. 만일 윗사람이 약간 재미를 보고 싶어한다면 그걸 거절하기는 힘들게 마련이지. 그런 분위기에서라면 그 정도의 불장난은 별로 심각하게 생각하지 않기가 보통이거든."

그녀는 야로밀의 얼굴을 살펴보았고, 아들이 낯을 붉히는 것을 눈치챘다. 그의 몸속에서는 뜨거운 질투가 들끓었으며, 어머니도 거의 그 열기를 직접 느낄 수 있다는 기분이 들었다. (그리고 그럴 만도 하지 않을까? 바로 그 처녀를 야로밀이 처음 어머니한테 소개했을 때 그녀는 그와 똑같이 뜨거운 열기가 솟구침을 느꼈었고, 그래서 그들 두 사람은 똑같은 통렬한 감정이 서로 통하게끔 연결된 두 개의 혈관이나 마찬가지였다.) 야로밀의 얼굴에 다시금 순종하는 아이다운 표정이 나타났다. 어머니는 더 이상 낯설고 독립한 남자가 아니라 그녀 자신의 사랑스러운 자식을, 옛날 옛적에 위안을 얻기 위해서 그녀에게로 달려오곤 하던 자식을 접하게 되었다. 그녀는 이 찬란한 광경으로부터 스스로 떨어져나갈 수가 없었다.

야로밀이 방에서 나갔고, (잠시 적막한 순간이 지나간 다음) 어머니는 자기도 모르게 두 주먹으로 그녀의 머리를 두드리기 시작했다. 그녀는 나지막한 목소리로 자신에게 거듭거듭 말했다. "그만해, 그만해. 이 바보같은 질투는 그만하라구. 그만해."

그래도 이미 일은 저질러졌다. 그들의 멋진 은둔처, 어린 시절의 천사가 지켜주는 조화(調和)의 오두막은 산산조각이 나고 말았다. 어머니와 아들 사이에 질투의 시대가 막을 올렸다.

대수롭게 생각하지 않는 불장난에 대해서 어머니가 한 말들이 계속 그의 머릿속에서 반복되었다. 그는 붉은 머리 여자의 동료 점원들이 상점에서 더러운 농담을 주고받는 장면을 상상했고, 결정적인 대목이 가까워지는 사이에 음담패설을 하는 자와 듣는 자 사이에서 점진적으로 클라이맥스가 이루어지는 접촉의 순간을 상상했으며, 고뇌에 빠지고 말았다. 그는 윗사람이 그녀에게 몸을 비벼대고, 남몰래 슬그머니 그녀의 젖가슴을 만지거나 엉덩이를 두드리는 장면을 눈앞에 그려보았고, 그에게는 모든 것을 의미하는 그런 짓들을 사람들이 진지하게 생각하지 않는다는 사실에 분개했다. 그는 화장실로 들어간 다음에 그녀가 문을 닫지 않는 것을 보았다. 그는 그녀가 직장에서도 이와 비슷하게 조심성 없이 굴다가, 그녀가 변기에 앉아 있는 동안 누가 불쑥 들어가서 그녀를 놀라게 하는 광경이 당장 머리에 떠올랐다.

그녀가 있는 자리에서 야로밀이 질투로 인해서 자극받은 그런 상상 속의 사건들을 말하면, 그녀는 부드러운 태도로 안심시켜서 그의 마음을 진정시켜주었다. 그러나 방에 혼자 있게 되자마자 당장 그를 괴롭히는 생각이 다시 머리에 떠올랐다. 여자가 그에게 진실을 말하고 있으리라는 보장이 없다는 생각이었다. 따지고 보면 그는 그녀가 거짓말을 하게끔 압박을 가하지 않았던가? 평범한 의사의 검진에 대해서 그토록 격분하는 반응을 보임으로써, 그는 그녀가 마음속에 가지고 있는 생각을 영원히 말할 수 없을 정도로 겁을 주지 않았던가?

사랑놀이가 즐거웠고, 그토록 쉽고도 확실하게 그를 동정(童貞)의 미궁으로부터 끌어내준 데 대해서 그가 한껏 고마움을 느꼈던 초기의 행복은 사라져버렸다. 전에는 그가 고마움을 느꼈던 바로 그것이 이제는 불안한 분석의 표적이 되었다. 처음 잠자리를 같이했을 때 그토록 기막히게 그를 흥분시켰던 그녀의 손이, 그 순결하지 못한 손길이 자꾸만 그의 머리에 떠올랐다. 그는 이제 의심하는 시선으로 그 손길을 응시했으며,

그녀가 전에 그런 식으로 어떤 사람을 절대로 만져본 적이 없다는 것은 불가능한 일이라는 생각이 들었다. 만일 전혀 모르는 사이였던 그와 만난 지 반시간도 안 되어서 그토록 음탕한 행동을 저지를 만큼 대담한 여자라면, 그녀에게 그런 행동은 틀림없이 상당히 일상적이고 기계적인 것이리라.

그것은 끔찍한 생각이었다! 그녀의 삶에서 그가 첫 남자가 아니었다는 개념과 야로밀이 이미 타협한 것은 사실이었지만, 그가 그런 타협을 받아들이기로 했던 까닭은 그녀가 희생자로서 피해를 받았을 따름이며 그 경험이 어떤 고통스럽고 쓰라린 사건에 지나지 않았음을 암시했기 때문이었다. 그 이야기는 그의 마음속에서 연민을 자극했고, 그 연민이 질투를 어느 정도 해소시켰던 것이다. 그러나 만일 그 관계에서 여자가 그토록 음탕한 행위들을 터득했다면, 그것은 철저히 일방적인 사건일 리가 없었다. 아무리 봐도 그녀는 너무나 즐기는 태도였다. 그녀의 행위는 육욕의 쾌락에 대한 작은 역사를 모두 담고 있었다!

그것은 이야기하기에 너무나 고통스러운 화제였다. 그보다 앞선 애인을 언급하는 것 자체가 그에게 크나큰 고통을 가져다주었다. 그렇긴 해도 그는 그의 마음을 갉아먹는 그녀의 최초의 손길이 어디에서 연유했는지 완곡한 방법을 통해서 밝혀보려고 노력했다. (그녀는 그 특별한 애무 방법을 굉장히 좋아하는 모양이어서, 야로밀은 그 손길을 계속해서 그의 육체로 경험했다.) 그리고 마침내 그는 위대한 사랑이 맑은 하늘의 날벼락처럼 난데없이 튀어나와 그녀를 단번에 모든 수치심과 금욕으로부터 해방시킨 것이라고 자신을 타일렀다. 바로 그 이유 때문에, 너무 순수하고 순진했기 때문에, 그녀는 창녀가 되기라도 한 것처럼 연인에게 서슴지 않고 그녀 자신을 내주었으리라. 그뿐 아니라, 예기치 않았던 영감이 가져다주는 그런 보물들을 사랑이 풀어놓아서, 그녀의 즉흥적인 희롱이 어쩌면 부끄러움을 모르는 갈보의 노련한 기교와 흡사해졌을 가능성도 있었다. 단 한번의 섬광처럼 순식간에 사랑의 천재성이 모든 지식과 기교를 깨우쳤다. 야로밀은 그것을 아름답고 심오하다고 생각했다. 그런 각도에서 보면 그 여자는 사랑을 수호하는 성녀처럼 여겨졌다.

그러던 어느 날, 학우 한 명이 말했다. "말해봐, 어젯밤에 너하고 같이 가던 그 여자는 누구야? 정말 최악이더라!"

그는 베드로가 그리스도를 부인했던 것만큼이나 서슴지 않고 그녀의 존재를 부인했다. 그는 그 여자와 그냥 안면이 있는 정도라고 말하고는 별것 아니라는 뜻으로 손을 저어 보였다. 그러나 베드로와 마찬가지로 그는 마음속 깊은 곳에 진심을 간직하고 있긴 했다. 그는 사람들이 많이 지나다니는 거리들에 그녀와 함께 나가는 산책의 횟수를 줄였고, 그들을 알아보는 사람이 아무도 없으면 안도감을 느꼈지만, 그의 학우의 말에는 동의하지 않았고, 차츰 그를 싫어하게 되었다. 그는 붉은 머리 여자의 수수하고 초라한 옷차림을 보고 마음이 움직였고, 수수한 그녀의 옷을 (소박함과 가난의 매력이랄까) 그녀 매력의 한 부분일 뿐 아니라, 자신의 사랑이 가진 매력이기도 하다고 생각했다. 그는 교양 있고, 완벽하고, 우아한 사람을 사랑하기는 별로 어렵지 않으며, 그런 사랑은 아름다움의 우발성으로 인해서 자동적으로 자극을 받는 무의미한 반사작용이라고 자신을 납득시켰다. 그러나 위대한 사랑은 불완전한 존재로부터, 불완전하기 때문에 그만큼 더 인간적인 상대방을 소중하게 사랑받는 존재로 창조하고자 한다.

어느 날, (보나마나 무슨 심한 말다툼 끝이었겠지만) 야로밀이 한참 그녀에 대한 그의 사랑을 내세우고 있으려니까 그녀가 이런 말을 했다. "정말이지 자기가 나를 어딜 좋게 보는지 알 수가 없어. 주변에 보면 더 예쁜 여자들이 얼마든지 있는데."

상당히 열을 올리며 그는 미모와 사랑은 관계가 없다고 설명했다. 그는 다른 사람들이 그녀에게서 추하다고 느끼는 바로 그런 요소들을 사랑한다고 밝혔다. 너무 열중한 나머지 그는 항목별로 따져서 자세히 설명해주기까지 했다. 그는 그녀의 젖가슴이 자그마하고 발육이 덜 되었으며, 쪼글쪼글하고 커다란 젖꼭지는 정열보다 오히려 연민을 자극하는 경향이 있다고 말했다. 또한 그녀의 얼굴에는 주근깨가 있으며, 머리카락은 붉은 빛깔이고, 비쩍 말랐다고 말했다. 그리고 바로 이런 이유들 때문에 그녀를 사랑한다고 말했다.

그녀는 (작은 젖가슴이나 붉은 머리카락 따위의) 구체적인 사실들은 이해했지만 추상적인 결론을 이해하는 데는 실패했기 때문에 울음을 터뜨렸다.

하지만 야로밀은 자신의 관념에 상당히 매료되어 그에 탐닉했다. 못생긴 여자라는 데 고통받고 흐느껴 우는 여자를 보고 그는 포근함을 느끼고 영감을 받았다. 그는 저 눈물을 씻어주고 그의 사랑으로 그녀를 감싸주기 위해서 평생을 바치기로 맹세했다. 이런 감정의 폭발 속에서 그는 이제 그녀의 첫 연인까지도 그가 그녀를 사랑하게 만드는 결점들 중 하나에 지나지 않는다고 생각하기에 이르렀다. 그것은 참으로 놀랄 만한 의지력과 지성의 승리였다. 야로밀도 그 사실을 깨달았고, 그래서 시를 한 편 쓰기로 했다.

'내 마음에 항상 머무는 소녀를 이야기하라.' (이 구절이 후렴처럼 자꾸만 반복되었다.) 그는 그녀의 모든 결점과 더불어, 그녀의 전체적이고 영원한 인간성과 더불어, '심지어는 그녀의 육체에 곰팡이가 피게 하는 과거의 사랑들까지도' 다 함께 그녀를 소유하고 싶은 욕망을 표현했다.

야로밀이 생각하기에는 위대하고 눈부신 조화의 안식처 대신에, 어머니와 아들과 아들의 여자가 함께 평화를 누리며 식탁에 앉아 모든 이율배반성을 제거한 인위적인 공간 대신에, 또다른 하나의 안식처를 — 절대적인 안식처, 보다 엄격하고 진실하게 절대적인 안식처를 찾아냈기 때문에 그의 작품에 대해서 열광했다. 그것은 만일 순수성과 평화의 절대적인 경지가 존재하지 않는다고 하더라도 여전히 모든 낯설고 불순한 요소를 용해시키는 그런 절대적인 감정의 경지가 존재하기 때문이었다.

사회주의 시대의 기쁨과는 아무런 관계가 없었기 때문에 어느 신문에서도 그것을 게재하지 않으리라는 사실을 알았지만 야로밀은 그 시가 무척 흡족했다. 그는 신문에 싣기 위해서가 아니라 자기 자신과 여점원을 위해서 그 시를 썼다. 야로밀이 그것을 읽어주었더니 그녀는 감격해서 눈물을 흘렸지만, 그녀의 몸매에 어울리지 않는 손이나 나이가 많다는 등 자신의 추한 면에 대한 온갖 언급 때문에 겁을 내기도 했다.

야로밀은 그녀의 불안감 따위는 아랑곳하지 않았다. 오히려 그는 그것을 즐기고 음미했다. 그는 그녀의 불안감에 관해서 잔뜩 이야기를 늘어놓고, 장황한 설명과 위안으로 그것을 안정시켜주기를 좋아했다. 그러나 그녀가 그런 이야기를 같이 나누는 것을 좋아하지 않고 곧 다른 화제로 바꾸려고 했기 때문에 그는 짜증이 났다.

야로밀은 빈약한 젖가슴에 대해서 그녀를 용서해줄 수 있었고 (사실은 젖가슴 때문에 그녀에게 화를 낸 적이 한번도 없었으며) 그녀의 육체를 어루만진 낯선 남자들의 손까지도 그냥 넘어갔을지 모르지만, 한 가지 용납하기가 불가능하다고 느꼈던 것은 그녀의 끝없는 수다였다. 그는 방금 그녀에게 자신이 생각하고 믿었던 모든 것의 요점을 집약해서 표현한 몇 행의 시구를 읽어주었는데, 그가 미처 그것을 다 끝내기도 전에 그녀는 완전히 다른 무엇에 대해서 떠들어대기 시작했다!

그렇다, 그는 모든 것을 포용하는 그의 사랑으로 그녀의 온갖 잘못을 언제라도 용해시킬 준비가 되어 있었지만, 거기에는 꼭 한 가지 조건이 부수되었다. 그 조건이란 그녀가 야로밀의 사랑이라는 용액 속으로 얌전히 스스로 들어가고, 이 사랑의 욕조 속으로 그녀가 완전히 가라앉아서, 단 한 가지 생각도 다른 곳으로 흩어져나가지 않고, 그의 언어와 사상이 이루어놓은 수면 밑에 가라앉은 상태에 만족해야 하며, 그녀의 육체와 영혼이 다 같이 철저히 그 세계에 소속되어야 한다는 것이었다.

그러는 대신에 그녀는 가족과 어린 시절에 대해서 또다시 떠들어대고 또 떠들어댔다. 야로밀은 (프롤레타리아 가정이었고, 철저히 순진한 집 안이었으며, 대가족이었던) 그녀의 가족에 대해서 어떻게 반박을 해야 좋을지 알 길이 없었기 때문에 그런 화제가 특히 역겹게 여겨졌다. 그가 모든 것을 용서하는 사랑의 물을 가득 채워놓은 욕조에서, 그녀를 위해서 준비한 욕조에서, 그녀가 자꾸 뛰쳐나오는 것은 바로 그런 이야기들을 하기 위해서였다.

그는 (시골 출신의 지쳐빠지고 늙은 노동자였던) 그녀의 아버지와 (야로밀의 생각으로는 가족이라기보다는 토끼장 속에 모여 사는 두 명의 여자 형제와 네 명의 남자 형제로 이루어진 집단에 불과한!) 그녀의 형제들에 관한 이야기를 또다시 억지로 들어줘야만 했는데, 그녀는 남자 형제들 가운데 (이름이 얀이었으며 어딘지 괴팍한 면이 있는 듯싶고, 혁명 전에는 반공산주의자 각료의 운전수 노릇을 했던) 오빠를 각별히 좋아했다. 그렇다, 그것은 그냥 가족이라고 할 수도 없어서, 역겹고 생소한 그 둥지의 자취들이 아직까지도 붉은 머리의 여자한테 집요하게 매달려 그녀를 야로밀에게서 멀어지게 만들고, 그녀로 하여금 완전히 그의 소유가 되지 못하게 방해했다. 그리고 얀이라던 그 오빠는 단순히 오빠에서 그치는 것이 아니라, 우선 누가 뭐라고 해도 남자였으며, 그녀를 18년 동안이나 지켜본 남자였고, 그녀에 대한 갖가지 자질구레한 비밀들을 수십 가지나 아는 남자였고, (문을 잠그는 것을 그녀가 얼마나 여러 번 잊어버렸을까?) 그녀와 같은 욕실을 사용했던 남자였고, 그녀가 여성으로 성숙하는 과정에 그녀와 같이 살았던 남자였으며, 틀림없이 그녀의 발가벗은 모습을 자주 보았을 남자였⋯⋯.

'만일 내가 그대를 원한다면 그대는 고문의 형틀에서 죽을 때까지 내 소유가 되어야 합니다!'라고 질투로 인해서 병이 난 키츠가 패니에게 편지를 쓴 적이 있었듯이, 집으로 가서 어린 시절의 방으로 다시 들어간 야로밀은 자신을 진정시키기 위해서 시를 쓰기 시작했다. 그는 죽음을, 모든 것을 고요하게 만드는 그 위대한 포옹을 생각했다. 그는 힘센 남자들과 위대한 혁명가들의 죽음을 생각했고, 공산주의자 영웅들의 장례식에서 노래하게 될 위대한 만가(輓歌)를 쓰겠다는 생각에 사로잡혔다.

죽음. 기쁨을 강요하던 그 시절에는 죽음 또한 금지된 화제들 가운데 하나였다. 그러나 야로밀은 죽음을 전통적인 음울함의 그늘로부터 해방시키는, 특별한 관점을 발견할 수 있으리라고 자신했다. (누가 뭐라고 해도 그는 전에도 죽음에 관해서 아름다운 시구들을 썼던 적이 있으며, 나름대로 그는 죽음의 아름다움에 대한 권위자였다.) 그는 죽음에 대한 '사회주의적' 시를 쓸 능력이 자기에게 있다고 믿었다.

그는 위대한 혁명가의 죽음에 대해서 명상하고 있었다. '산봉우리를 향한, 태양의 작별인사처럼……'

그리고 그는 "비문(碑文)"이라는 제목으로 시를 쓰기 시작했다. '나는 죽어야만 하는가? 그렇다면 불로 인하여 죽게 하라……'

5

서정시는 어떤 진술도 당장 진리가 되는 그런 영역이다. 시인이 어제는 '인생은 눈물의 골짜기'라고 하고, 오늘은 '인생은 미소의 땅'이라고 하더라도, 두 경우 모두 그는 옳다. 모순은 없다. 서정시인은 아무것도 증명할 필요가 없다. 유일한 증거는 시인 자신이 가진 감정의 강렬함뿐이다.

서정시인의 천재성은 경험 부족의 천재성이다. 시인은 세상에 대해서 많이 알지 못하지만, 그의 존재로부터 흘러나오는 어휘들을 수정(水晶)처럼 조형 있는 구조로 배열한다. 시인 자신은 성숙하지 못했지만, 그의 시는 그가 경탄하며 마주 보고 서 있는 예언의 궁극성을 가진다.

'애닮도다, 물에 잠긴 나의 사랑이여!' 야로밀이 처음 쓴 시를 읽었을 때 어머니는 (수치심과 유사한 기분을 느끼면서) 그녀보다도 야로밀이 사랑에 대해서 더 많이 알고 있다는 생각을 했다. 그녀는 마그다가 목욕을 하는 동안 그가 몰래 훔쳐보려고 했던 사건에 대해서 전혀 모르고 있었다. 어머니가 보기에는 '물에 잠긴 사랑'이라는 표현이 보다 보편적인 무엇을, 어떤 신비한 유형의 사랑을, 무녀(巫女)의 예언처럼 불투명하고 종잡을 수 없는 무엇을 의미했다.

우리들은 성숙함이 결여된 시인을 보고 코웃음을 칠 수도 있지만, 그는 어떤 놀라운 면모도 가져서, 그의 어휘들은 마음으로부터 흘러나오는 작은 이슬방울들로 영롱하게 빛나며 그의 시에 아름다움의 광채를 부여한다. 이 마력의 이슬방울들은 현실생활의 사건들로부터 자극을 받아야 할 필요가 없다. 그와는 반대로 우리들은 요리사가 샐러드에 레몬을 쥐어짜듯이 시인이 가끔 그의 마음을 쥐어짠다는 추측을 하게 된다. 사실상 야로밀은 마르세유의 부두 노동자들에 대해서 대단한 관심이 있는 것은 아니었지만, 그가 그들에게 느끼는 사랑을 글로 써서 표현하는 순간의 야로밀은 그들이 처한 역경에 정말로 감동했으며, 그의 어휘들 속에 마음을 아낌없이 쏟아넣었고, 그래서 그 어휘들은 생생한 현실감을 갖추게 되었던 것이다.

시라는 수단을 통해서 서정시인은 자화상을 창조한다. 그러나 완벽하게 정확한 초상화란 존재하지 않으며, 시인은 그의 참된 유사성에 가필(加筆)을 한다.

가필을 한다고? 그렇다, 그는 자신의 모습이 보여주는 막연한 모호성으로 고통받기 때문에 그것이 훨씬 더 많은 것을 표현하도록 만든다. 그는 자신의 형태가 갖추어지기를 갈망하고, 그의 시가 자신의 모습에 뚜렷한 윤곽을 부여하기를 바란다.

그리고 그의 현실적인 삶이 무미건조하기 때문에 시인은 그의 자화상을 돋보이게 만들려고 애쓴다. 그의 시에 새겨진 얼굴은 흔히 열정적이고 사나운 표정이 가미되어서, 시인의 삶에서는 결여된 극적인 행동과 모험을 메워준다.

그러나 시인의 자화상이 광명을 보려면 우선 발표가 되어야 한다. 야로밀의 작품은 신문에 몇 편 게재되었지만, 그는 여전히 만족스럽지 못한 마음이었다. 제출한 원고와 함께 동봉한 편지에서 그는 이름도 모르는 편집자의 비위를 맞춰 답장을 쓰게 만들고 만나자는 초대를 받아내고자 친근하고 은밀한 어투를 사용했다. 그러나 (이것은 거의 굴욕감을 느끼게 만드는 일이었는데) 야로밀의 시들이 발표된 다음에도 그를 개인적으로 만나거나 같은 문인으로서 교류하려고 접근할 만큼 관심을 가진 사람은 아무도 없는 듯싶었으며, 편집자는 전혀 응답이 없었다.

그의 시에 대한 학우들의 반응 역시 야로밀의 기대에 미치지 못했다. 만일 그들의 목소리가 확성기를 통해서 울려퍼지고 화보를 곁들인 주간지에 빛나는 사진이 실리는 그런 현대 시인들의 엘리트층에 그가 속했더라면, 아마도 그랬더라면 그는 대학 학우들 사이에서 어느 정도 관심을 불러일으켰을지도 모른다. 하지만 몇 편 안 되는 그의 시가 신문의 뒤쪽에 실렸다고 해서 별로 큰 반응을 불러일으킬 수는 없었다. 눈부신 외교나 정치 활동을 갈망하던 그의 학우들에게 야로밀은 묘하게 흥미를 불러일으키는 인물이 아니라, 흥미 없는 묘한 인물로 통했다.

그런데도 그 동안 줄곧 야로밀은 영광을 쟁취하기 위한 열정적인 갈증에 시달렸다! 모든 다른 시인들과 마찬가지로 그는 영광을 갈망했다. '오, 영광이여! 오, 그대 힘찬 신이여! 그대의 위대한 이름이 나에게 영감을 베풀어주고, 내가 쓴 시가 그대를 정복하게 하여라.' 빅토르 위고는 이렇게 기대했다. '나는 한 사람의 시인이고, 나는 위대한 시인이며, 언젠가는 온 세상 사람들이 나를 사랑할 것이고, 이 말을 나 자신에게 되풀이하고, 완성되지 못한 나의 기념비에 대해서 이렇게 기도한다는 것은 중요한 일이다.' 이르지 오르텐은 이렇게 자신을 위로했다.

(수학자나 건축가의 경우에도 그렇겠지만) 찬사를 듣고 싶어하는 집요한 욕구는 시인의 재능에 부수된 악(惡)이 아니다. 오히려 그것은 서정적 기질의 본질 그 자체의 한 부분이어서 사실상 서정시인의 특성을 규정짓는다. 시인이란 그의 시가 마련한 화면에 그의 시에 의해서 영사된 얼굴이 사랑과 존경을 받게 되기를 원하는 희망을 가지고 세상 사람들에게 그의 자화상을 보여주는 사람이다.

'내 영혼은 희귀하고도 관능적인 향기를 품은 이색적인 꽃이다. 나는 대단한 재능을 소유했으며, 어쩌면 천재인지도 모른다.' 이르지 볼커는 일기에 그렇게 썼으며, 신문사 편집장이 응답을 하지 않는 데 대해서 질려버린 야로밀은 몇 편의 시를 골라 존경받는 어느 문학지로 보냈다. 그 얼마나 벅찬 행복감이었던가! 두 주일만에 야로밀은 그의 시가 장래성이 촉망된다고 여겨지며, 편집실을 방문해달라는 내용의 편지를 받았다. 그는 여자와의 데이트를 위해서 연습을 했던 때와 마찬가지로 그 방문을 위해서 세심하게 준비했다. 그는 가장 진지한 태도로 자신을 편집자들 앞에 보여주기로 작정했고, 자신이 정말로 어떤 사람인지를 마음속으로 밝혀보려고 애썼다. 시인으로서 그리고 인간으로서 그는 어떤 사람이며, 그의 꿈과 사랑과 출신, 그리고 그가 극복한 것과 좋아하는 것과 싫어하는 것은 무엇이었던가? 그는 종이와 연필을 꺼내서 그의 견해와, 관점과, 성장과정들을 적어내려갔다. 그는 여러 장을 잔뜩 써내려갔고, 그러던 어느 날 잡지사의 문을 열고 들어갔다.

안경을 쓰고 키가 작고 호리호리한 남자가 책상에 앉아 있다가 어떻게 찾아왔느냐고 그에게 물었다. 야로밀이 자신의 이름을 말했다. 편집자는 무슨 일로 찾아왔느냐고 다시 물었다. 야로밀은 더 큰 목소리로, 보다 또렷하게 다시 이름을 말했다. 편집자는 야로밀을 만나게 되어 반갑긴 하지만 무엇 때문에 찾아왔는지를 알고 싶다고 말했다. 야로밀은 그가 잡지사에 시를 몇 편 보냈었는데, 한번 찾아와달라는 초대를 받았다고 설명했다. 편집자는 시를 담당하는 편집자는 다른 사람인데 지금 외출중이라고 말했다. 야로밀은 시가 언제 발표될 예정인지 알고 싶기 때문에 담당자를 만날 수 없다는 것이 참으로 섭섭하다고 대답했다.

편집자는 참을성을 잃었다. 그는 의자에서 일어나 야로밀의 팔을 잡더니 커다란 캐비닛으로 데리고 갔다. 그는 캐비닛을 열고 그 안에 선반마다 잔뜩 쌓인 원고더미들을 야로밀에게 보여주었다. "이것 좀 보시라구요." 그가 말했다. "우리들은 하루 평균 12명의 문학 지망생들로부터 시를 받습니다. 그러면 1년에 몇 편이나 될까요?"

"모르겠는데요." 편집자가 어디 맞춰보라고 다시 재촉하자 야로밀은 당황해서 어물어물했다.

"1년이면 4,380명의 문학 지망생이 몰려드는 거예요. 당신 외국으로 나가고 싶어요?"

"예, 그러면 좋을 것 같군요." 야로밀이 말했다.

"그렇다면 계속해서 글을 써요." 편집자가 말했다. "나는 머지않아 우리들이 시인들의 수출을 시작하게 되리라고 확신하니까요. 다른 국가들은 기계공들이나, 토목기사들이나, 밀이나 석탄을 수출하지만, 우리들의 주요 자원은 시인들이니까요. 체코 시인들은 개발도상국들에 훌륭한 자극제가 될 거예요. 시인들을 내보내는 대가로 우리들은 코코넛이나 바나나를 구하게 되겠죠."

며칠 후에 야로밀의 어머니는 관리인의 아들이 집으로 그를 찾아왔었다고 했다. "너더러 경찰서로 자기를 만나러 오라고 그러더구나. 그리고 네가 쓴 시에 대해서 축하한다는 말도 전하라고 했어."

야로밀은 기분이 좋아서 얼굴이 상기되었다. "그 친구가 정말 그런 소리를 했어요?"

"그래, 돌아가기 전에 이렇게 다짐하더구나. '그의 시에 대해서 제가 아드님한테 축하한다는 말을 꼭 전해주세요. 잊지 마시구요.'"

"그 얘기를 들으니 기쁘군요. 그래요, 정말로 기뻐요." 야로밀이 특별히 힘주어 말했다. "어머니도 아시겠지만, 저는 정말로 그와 같은 사람들을 위해서 시를 씁니다. 저는 편집자들을 위해서 시를 쓰지 않아요. 목수는 다른 목수들을 위해서가 아니라 여러 사람들을 위해서 의자를 만드니까요."

그래서 다음 주일의 어느 날 그는 으리으리한 경찰청 건물로 들어가 현관에 있는 무장한 경비원에게 그의 신분을 밝히고, 잠깐 기다렸으며, 층계를 달려내려와 그를 친절하게 맞아주는 옛 동지와 마침내 악수를 나누었다. 그들은 사무실로 들어갔고, 관리인의 아들이 되풀이해서 말했다. "정말이지 난 이렇게 유명한 학우를 두게 되리라고는 상상도 못했어! 난 그 친구가 맞아, 아니야, 다른 사람이야, 아니야, 그 친구가 맞아 하면서 혼자 속으로 생각하다가, 결국 이런 결론을 내렸지. 그 친구가 틀림없어. 그런 이름이 흔하지도 않은데, 이것이 우연의 일치일 리 없지!"

그러더니 그는 야로밀을 홀로 데리고 나가서 (경찰견이나, 무기나, 낙하산을 가지고 훈련을 하는 경찰관들의 모습을 보여주는) 몇 장의 사진과 인쇄된 몇 가지 회람을 붙인 커다란 게시판으로 안내했다. 그 모든 부착물의 한가운데에 신문에서 오려낸 야로밀의 시 한 편이 빨간 잉크로 윤곽이 표시되어 장식된 채로 붙여져 있었는데, 이 시는 게시판 전체를 위압하는 인상을 주었다.

"어때?" 관리인의 아들이 말했다. 야로밀은 아무 말도 하지 않았지만 기분이 좋았다. 그가 쓴 시 한 편이 그로부터 독립해서 그 자체로서의 생명력을 가지고 존재하는 장면을 보게 된 것은 이번이 처음이었다.

관리인의 아들은 야로밀의 팔을 잡고 다시 사무실로 데리고 갔다. "자넨 나 같은 인간이 시를 읽으리라고는 꿈도 꾸지 않았을 거야." 그가 웃으며 말했다.

"못 읽을 것도 없지." 그의 시가 노처녀들뿐 아니라 허리춤에 권총을 찬 남자들에게서도 찬사를 받고 있다는 생각에 굉장히 감격해서 야로밀이 말했다. "못 읽을 것도 없어. 오늘날의 경찰관은 부르주아 시절의 제복을 걸친 불한당들하고는 질이 다르니까 말야."

"자네는 아마도 경찰 업무하고 시하고는 연관성이 없다고 생각하겠지만, 그렇지 않아." 관리인의 아들이 깊은 생각에 잠겨 말했다.

야로밀이 그 개념을 발전시켰다. "따지고 보면 오늘날의 시인들도 옛날 부류하고는 다르니까. 지금 시인들은 더 이상 어린 소녀들을 망치는 썩어빠지고 정신 나간 애송이들이 아니지."

관리인의 아들이 이야기를 계속했다. "우리들은 힘한 업무를 맡고 있는데, 우리 일이 얼마나 고생스러운지 자넨 짐작도 잘 안 갈 거야. 하지만 우리들도 가끔 한번씩은 말랑말랑한 무언가를 즐기기도 한다네. 그렇지 않으면 우리들이 여기서 해야 하는 일들을 도저히 참을 수가 없을 거야."

그러더니 그는 (그날의 근무가 방금 끝이 났다면서) 야로밀더러 길 건너로 가서 맥주나 몇 잔 같이 마시자고 청했다. "정말이지 보안관계 업무는 야유회가 아니라네." 술집에서 자리를 잡고 앉은 다음에 관리인의 아들이 다시 이야기를 계속했다. 그는 맥주 한 잔을 한참 쭉 들이켰다. "지난번에 내가 얘기했던 유대인 알지? 우리들이 그놈을 잡아넣었다네. 그놈은 정말 인간쓰레기야."

물론 야로밀은 마르크스주의자 청년 집단을 이끌었던 검은 머리의 남자가 체포되었으리라고는 생각도 못했다. 그는 사람들이 일대 검거를 당하고 있다는 것을 막연히 알긴 했지만, 수십만 명이나 체포되었으며 그들 가운데는 많은 공산주의자들이 포함되어 있고, 수많은 사람들이 어처구니없는 누명을 쓰고 고문을 당한다는 사실은 알지 못했다. 그렇기 때문에 야로밀은 그 소식을 듣고 동의나 반대의 뜻 없이, 관리인의 아들이 단호하게 주장하는 발언에서 유발된 약간의 의아함과 공감이 포함된 단순히 놀란 표정만 지었을 따름이었다. "우리들의 업무에서는 감상주의를 받아들일 여유가 없다네."

야로밀은 그의 친구가 또다시 그에게서 달아나 몇 발자국 앞서 나아가고 있다는 느낌이 들었다. "내가 그 사람이 안됐다고 생각한다고 해서 놀라지는 마. 그건 자연스러운 거니까. 하지만 감상주의는 대단히 거추장스러울지도 모른다는 자네 얘기가 맞아."

"대단히 거추장스럽지." 관리인의 아들이 설명을 보탰다.

"잔인하게 굴고 싶은 사람이야 아무도 없지." 야로밀이 말했다.

"맞아."

"하지만 우리들이 잔인한 사람들에 대해서 잔인해질 용기가 없다면, 그건 가장 잔인한 행위를 저지르는 셈이야." 야로밀이 말했다.

"그야 물론이지." 관리인의 아들이 맞장구를 쳤다.

"자유의 적에게는 자유를 용납할 수 없어. 그것이 잔인한 짓이라는 건 알지만, 그렇게 할 수밖에 없으니까."

"그렇고말고." 관리인의 아들이 공감을 표시했다. "그런 얘기라면 나도 굉장히 많이 할 수 있지만, 입을 다물겠네. 말하지 않는 것이 내 의무니까. 그건 모두 비밀이라네, 친구. 난 내 아내한테도 내가 이곳에서 하는 어떤 일들에 대해서는 얘기할 수가 없지."

"이해할 만해." 야로밀이 말했는데, 그는 학우의 남자다운 직업과, 그의 비밀활동과, 그의 아내, 심지어는 아내한테 비밀로 하더라도 그녀가 반박도 못한다는 사실까지도 부러웠다. 그는 (그들이 검은 머리의 남자를 어째서 체포했는지는 전혀 이해할 수 없었지만 꼭 그렇게 해야만 한다는 사실만큼은 알았던) 야로밀의 존재를 끊임없이 능가하는 험악한 아름다움(그리고 아름다운 험악함)을 가진 친구의 '참된 생'이 부러웠다. 나이가 같은 친구와 얼굴을 마주 대하고 그는 또다시 자신이 아직 참된 생을 뚫고 들어가지 못했음을 깨닫고 마음이 아팠다.

야로밀이 이렇듯 부러워하며 생각에 잠겨 있는 동안 관리인의 아들은 (입은 약간 벌어져 있고 둔감한 미소를 지고 있던) 그의 눈을 깊이 들여다보았고, 게시판에 압정으로 붙여놓은 시를 암송하기 시작했다. 그는 시를 처음부터 끝까지 훤히 다 외우고 있어서, 단 한 줄도 틀리지 않았다. (친구가 줄곧 그에게 시선을 고정시키고 있었기 때문에) 야로밀은 어떤 반응을 보여야 좋을지 알 길이 없었다. (순진하게 낭송을 하는 그의 모습을 보고 거북함을 의식하긴 했지만) 관리인의 아들이 그의 시를 좋아하고 통째로 외워버렸다는 사실에 대한 즐거운 자부심이 어색한 기분보다 한없이 더 강했다. 이렇듯 그의 시는 그를 대신해서, 그리고 그보다 더 앞서서, 그의 선발대와 사자(使者) 노릇을 하며 남자들의 세계로 나아갔다!

관리인의 아들은 마지막 구절까지 중얼중얼 낭송을 끝마쳤다. 그러더니 그는 프라하 교외에 있는 크고 아름다운 저택에 자리잡은 경찰학교가 예비 경찰들을 대상으로 1년 동안 진행되는데, 그 학교에서 가끔 관심의 대상이 된 사람들을 초빙해다가 예비 경찰들에게 강연을 해준다고 말했다. "우린 몇 사람의 시인을 모셔다가 어느 일요일에 특별히 시문학(詩文學)의 밤을 개최할 생각이야."

그들은 맥주를 한 잔씩 더 주문했고, 야로밀이 말했다. "경찰관들이 시문학의 밤을 개최하다니, 거 멋진 착상이로구만."

"경찰관들이라고 해서 그러면 안 되나? 왜 안 되지?"

"안 될 것 없지." 야로밀이 대답했다. "오히려 그 반대야. 경찰과 시, 시와 경찰. 아마 그 두 가지는 어느 누가 생각하는 것보다도 더 밀접한 관계가 있는지도 모르지."

"그럼, 안 될 게 없지 않은가?" 관리인의 아들이 말하고는 초빙 시인들 가운데 야로밀도 포함했으면 좋겠다고 말했다.

야로밀은 처음에는 사양했지만, 결국 기꺼이 응했다. 문학은 연약하고 핏기가 없는 손을 그에게 내밀기를 주저했었지만, 생(生) 그 자체의 거칠고 단단한 손은 이제 그를 꽉 움켜잡았다.

6

야로밀의 모습을 좀더 계속해서 지켜보기로 하자. 그는 맥주 한 잔을 들고 관리인의 아들과 탁자를 가운데 놓고 마주 앉아 있다. 그의 뒤편 저 멀리에는 그의 어린 시절이라는 끝막음한 세계가 있고, 그의 앞에는 과거의 학우라는 인간의 형태를 취한 행동의 세계, 그가 두려워하면서도 필사적으로 갈망하는 낯선 세계가 펼쳐져 있다.

이것이 성숙하지 못한 단계의 기초적인 상황이다. 이 상황에 대처하는 한 가지 방법은 서정적인 접근인데, 어린 시절이라는 안전한 밀폐 공간으로부터 추방된 사람은 세상으로 나아가기를 갈망하지만, 그 세계를 두려워하기 때문에 그는 시(詩)라는 인공적인 '대역(代役)' 세계를 만들어놓는다. 그는 태양 주위를 도는 혹성들처럼 그의 시들이 자신 주위의 궤도를 돌게 해놓는다. 그가 중심을 이루는 작은 우주 속에서는 낯선 것이 하나도 없고, 그곳에서 어머니의 뱃속에 들어앉은 아기처럼 편안한 기분을 느끼는데, 그 까닭은 모든 것이 자신의 영혼이라는 낯익은 재료를 사용해서 구성해놓은 것이기 때문이다. 여기에서 그는 '바깥'에서라면 너무나 어려운 모든 것을 성취할 수가 있다. 여기에서는 사춘기의 수줍은 학생인 이르지 볼커가 혁명의 군중들을 바리케이드로 이끌고 나아갈 수 있으며, 여기에서는 동정(童貞)인 아르투르 랭보가 잔인한 시구를 통해서 대신 '어린 여인들'을 채찍질할 수 있다. 그러나 그 혁명을 외치는 군중들과 여인들은 낯선 바깥 세계의 적의로 가득 찬 재료로써 구성된 것이 아니다. 그들은 시인 자신의 존재의 한 부분이고, 시인 자신의 꿈으로 형성된 재료이며, 그가 자신을 위해서 구성한 우주의 일관성에 방해가 되지 않는다.

이르지 오르텐은 어머니의 몸속에서 행복하며, 출생을 무시무시한 죽음이나 '빛과 험악한 얼굴들로 가득한 죽음'이라고 파악하는 아이에 대한 아름다운 시를 썼다. 아이는 어머니의 뱃속으로, '감미로운 향기가 나는 밤'으로, 과거의 상태로 다시 돌아가기를 갈망했다.

성숙하지 못한 인간의 내면에서는 그가 어머니의 육체의 내부를 혼자서 차지했던 우주의 안전함과 일관성에 대한 욕구가 집요하다. 낯선 바다에서 한 방울의 물처럼 그가 존재성을 상실하는 어른들의 상대적 세계에 대한 불안감(또는 분노)도 역시 집요하다. 그렇기 때문에 젊은 사람들은 그토록 열렬한 일원론자(一元論者)이고 절대성의 사신(使臣)이며, 그렇기 때문에 시인은 시로 그의 개인적인 세계를 엮어나가고, 그렇기 때문에 (그의 내면에서 분노가 불안감보다 훨씬 강한) 젊은 혁명가는 단 하나의 개념으로부터 형성된 절대적으로 새로운 세계를 고집하고, 그렇기 때문에 그런 사람은 사랑이나 정치에서 타협을 견디지 못하고, 반항적인 학생은 역사의 면전에서 '모든 것을 얻지 못할 바에는 아무것도 가지지 않겠다'는 양자택일의 선택을 요구하고, 스무 살 때의 빅토르 위고는 흙투성이 길거리에서 발목이 노출될 정도로 치맛자락을 높이 치켜든 그의 약혼녀 아델 푸쉐의 모습을 보고 격분한다. '내 생각으로는 스커트보다 정숙함이 훨씬 중요한 것 같습니다.' 그는 편지에서 그녀를 이렇게 꾸짖고는 덧붙여 위협한다. '내 말을 당신이 새겨듣지 않았다가, 감히 당신을 쳐다보는 건방진 녀석이 있을 때는 내가 그놈의 뺨을 당장 후려갈길 것입니다!'

이 대단한 위협을 들으면 어른들의 세계는 웃음을 터뜨린다. 시인은 사랑하는 여인의 발목에 의한 배반과 군중의 웃음으로 인해 상처를 받는다. 시인과 세상 사람들 사이에서는 극적인 투쟁이 시작된다.

어른들의 세계는 절대성이란 하나의 환상이고, 어떤 인간적인 것도 위대하거나 영원하지 못하며, 남매가 한 방에서 같이 자는 것은 완전히 정상적이라는 사실을 훤히 알고 있다. 그러나 야로밀은 고통을 받고 있었다! 붉은 머리 여자는 그녀의 오빠가 프라하로 올 것이며 일주일 동안 그녀와 같이 지낼 계획이라고 알려주었고, 야로밀더러 그 기간 동안에는 아파트로 찾아오지 말라고 부탁했다. 이것이 그에게는 너무 가혹한 일이라고 생각되었고, 야로밀은 크게 화를 냈다. 그는 "어떤 사람"이 하나 찾아온다고 하는 단순한 이유 때문에 일주일 내내 여자를 포기한다는 사실을 납득할 수 없었다!

"왜 나를 비난하는 거야?" 붉은 머리가 반박했다. "난 자기보다 나이가 어리지만 내가 살고 있는 집이 따로 있고, 그래서 우린 늘 거기에서 만났어. 우린 한번도 자기 집에서 같이 지낸 적은 없다구!"

야로밀은 여자의 말이 옳다는 것을 알았고, 더욱 화가 치밀어올랐다. 그는 독립을 하지 못한 자신의 처지가 창피해졌고, 분노로 인해서 분별력을 상실한 그는 바로 그날로 어머니한테 가서 (전에는 볼 수 없었던 강력한 태도로) 그들이 두 사람만의 시간을 가질 수 있는 장소가 오직 그곳뿐이기 때문에 여자친구를 집으로 초대하기로 했다고 알렸다.

어머니와 아들, 그들은 서로 얼마나 닮았던가! 두 사람 다 조화와 일관성이 지배하는 일원론적인 시절에 대한 향수에 홀려 똑같이 포로가 되어 있었다. 그는 어머니의 깊고 깊은 자궁, 감미로운 향기가 깃든 곳으로 '돌아가고 싶어하고,' 그녀는 감미로운 향기가 깃든 곳이 '되고 싶어한다.' 아들이 성장하고 있을 때 어머니는 그를 바람 같은 포옹으로 감싸려고 애썼다. 그녀는 아들의 모든 견해를 받아들였고, 현대 미술의 제자가 되었으며, 공산주의로 전향해 아들의 영광을 믿으며 오늘은 이런 입장을 취했다가 내일은 다른 입장을 취하던 교수들의 위선을 비난하기도 했다. 그녀는 언제나 아들을 하늘처럼 감싸주고, 자신이 아직도 아들과 같은 물질로 만들어진 인간이기를 바랐다.

그녀가 어떻게 이 조화를 이룬 일관성 속으로 낯선 여자의 생경한 육체가 침범하는 것을 용납할 수 있겠는가?

야로밀은 어머니의 얼굴에서 반대하는 표정을 보았고, 이것이 그의 고집에 더욱 부채질을 했다. 그렇다, 그는 감미로운 향기가 깃든 곳으로 돌아가고 싶어하며, 어머니 같은 과거의 우주를 찾고 있긴 했지만, 그것을 더 이상 어머니에게서 찾아내려고 하지는 않았다. 오히려 잃어버린 어머니를 추구하는 데에 있어서는 어머니가 가장 큰 장애물이었다.

그녀는 아들의 단호한 태도를 눈치채고 굴복할 수밖에 없었다. 어느날 저녁 붉은 머리의 여자는 처음으로 야로밀의 방을 구경하게 되었는데, 두 사람 다 그렇게 불안해하지만 않았더라면, 이것은 아름다운 시간이 될 수도 있었으리라. 어머니는 영화구경을 갔지만, 그녀가 아직도 그들의 곁에 있으며 감시하고 귀를 기울이는 것 같았다. 그들은 보통 때보다 훨씬 나지막한 목소리로 이야기를 나누었다. 야로밀이 여자를 포옹했을 때, 그는 그녀의 몸이 차갑다고 느꼈고, 더 이상은 행동을 취하지 않는 것이 좋으리라는 사실을 깨달았다. 그래서 기대했던 기쁨을 누리는 대신에 그들은 어머니가 돌아오기로 했던 시간이 가까워지는 시계바늘을 자꾸만 쳐다보고 어수선한 대화를 나누며 저녁시간을 보냈다. 야로밀의 방에서 바깥으로 나가는 길은 어머니의 방을 거쳐야만 했는데, 붉은 머리는 어머니를 만나고 싶지 않다고 막무가내였다. 그래서 그녀는 아주 기분이 나빠진 야로밀을 뒤에 남겨두고 어머니가 돌아오기 반시간 전에 황급히 가버렸다.

그러나 이 경험은 그에게 좌절감을 가져다주긴커녕 오히려 더욱 단호하게 마음을 다져먹도록 만들었다. 그는 집에서 그가 차지한 위치를 견딜 수 없다는 결론에 이르렀다. 그것은 그의 집이 아니라 어머니의 집이었으며, 그는 입주자에 불과했다. 그는 고집을 굽히지 못할 정도가 될 만큼 분개했다. 그는 붉은 머리의 여자를 다시 초대했고, 첫 번째 찾아왔을 때 그들을 억눌렀던 불안감을 몰아내기 위해서 일부러 유쾌한 태도를 지어내 그녀를 맞았다. 심지어 그는 탁자에 포도주까지 한 병 내놓았고, 둘 다 술에 익숙하지 못했던 그들은 곧 어디에나 도사리고 있는 어머니의 그림자를 무시할 수 있을 정도로 취해버렸다.

그 주일 내내 어머니는 야로밀이 바라던 대로 저녁마다 늦게 집에 왔다. 사실상 어머니는 그의 소망을 초과해서 야로밀이 여자를 부르지 않은 날에도 집을 비우곤 했다. 그것은 선의나 타협에 의한 것이 아니라, 항의를 위한 하나의 시위였다. 그녀의 망명생활은 야로밀에게 그의 잔인성을 주지시키기 위한 목적으로 수행되었고, 그녀가 늦은 시간에 돌아오는 것은 아들에게 이런 말을 전하고 싶어서였다—너는 마치 이 집에서 군주나 주인이라도 된 것처럼 행동하고, 나를 하녀처럼 취급하는구나. 나는 하루 종일 고된 일을 한 다음에도 편히 앉아 숨을 돌릴 장소가 없다.

불행히도 그녀는 집에서 나가 있어야 했던 그 길고도 지루한 오후와 저녁시간에 만날 사람이 아무도 없었다. 그녀에게 전에 관심을 보였던 직장 동료는 아무리 쫓아다녀도 소용이 없자 지쳐버린 상태였다. 그녀는 몇 명의 옛 친구들과 다시 유대를 맺어보려고 애썼지만 별로 성공을 거두지 못했다. 그녀는 영화구경을 다녔다. 그녀는 이미 부모와 남편을 잃었고 아들 때문에 자신의 집에서 쫓겨나와 있는 여자의 쓰라린 감정을 음미하며 병적인 만족감을 느꼈다. 그녀는 컴컴한 영화관에 들어가 앉아서 멀리 떨어진 영사막 위에서 낯선 두 사람이 키스하는 장면을 구경하며 눈물을 줄줄 흘렸다.

어느 날 그녀는 서글픈 표정을 짓고 들어가 아들이 인사를 하더라도 못 들은 체하리라고 작정을 하고는 보통 때보다 약간 일찍 집으로 왔다. 그녀는 방으로 들어가 문을 닫자마자 핏발이 왈칵 머리로 치밀어올라왔다. 겨우 몇 발자국밖에 떨어져 있지 않은 야로밀의 방에서 아들이 요란하게 숨을 헐떡이고 여자가 신음하는 소리가 뒤섞여 들려왔다.
 그녀는 몸이 마비되어 서 있었고, 그러면서도 도저히 그 자리에 서서 육욕의 비명 소리에 귀 기울이고 있을 수는 없다는 생각이 들었는데—이것은 그들 바로 옆에 버티고 서서 (사실상 그녀는 이 순간에 그들의 모습을 마음속에 상당히 선명하게 그려보고 있었지만) 빤히 구경하고 있는 셈이었으며, 그것은 참을 수 없는 일이었다. 그녀는 고함을 지르거나 발을 구르거나 가구를 때려부수거나 문을 박차고 들어가 두 사람을 두들겨팰 수가 없었으므로 철저히 무기력한 자신의 입장을 깨닫고는 더욱 맹렬해진 분노의 미칠 듯한 회오리에 휩쓸렸다. 그러나 그녀는 꼼짝도 않고 가만히 서서 듣고만 있을 뿐, 달리 어쩔 도리가 없었다.
 그러더니 그녀의 두뇌 속에 남아 있던 약간의 명료한 인식이 맹목적으로 분출되는 격노와 겹쳐서는 갑자기 엉뚱한 묘안이 머리에 떠올랐다. 붉은 머리의 여자가 다시 한번 옆방에서 신음을 하자 어머니는 걱정과 불안감이 가득 찬 목소리로 불렀다. "야로밀, 도대체 네 친구 아가씨에게 무슨 일이 있는 거니?"
 신음 소리가 당장 그쳤고 어머니는 약상자가 있는 곳으로 달려갔다. 그녀는 작은 병을 하나 꺼내들고 야로밀의 방으로 들어가는 문으로 다시 달려갔다. 그녀가 손잡이를 눌러 내렸지만, 문은 잠겨 있었다. "하느님 맙소사, 이런 식으로 내가 겁을 먹게 하지는 마라. 무슨 일이냐? 그 아가씨는 별 일 없니?"
 야로밀은 그의 품 안에서 불안감으로 벌벌 떠는 붉은 머리 여자의 몸뚱아리를 안고 있었다. 그가 중얼거렸다.
 "아니에요. 아무 일도 없어요……."
 "아가씨가 위경련이라도 일으킨 거니?"
 "네, 그래요……."
 "내가 아가씨를 진정시킬 만한 약을 가지고 왔으니 문을 열도록 해."

어머니가 말하고는 잠긴 문의 손잡이를 다시 한번 밑으로 눌렀다.

"잠깐만 기다리세요." 여자의 옆자리에서 얼른 몸을 일으키며 아들이 말했다.

"통증이 몹시 심한 모양이더구나!" 어머니가 말했다. "굉장히 고통스러웠을 거야!"

"잠깐만요." 황급히 바지와 셔츠를 걸치며 야로밀이 말했다. 그는 여자를 담요로 덮어주었다.

"뱃속이 불편했던 모양이야, 안 그러냐?" 어머니가 문을 통해 물었다.

"그래요." 야로밀이 대답하고는 문을 조금만 열더니 위장약이 담긴 작은 병을 받으려고 손을 내밀었다.

"나는 들여보내주지 않으려고 그러니?" 어머니가 말했다. 일종의 광증(狂症)이 그녀를 점점 더 심하게 몰아댔으며, 그녀는 따돌림을 당하지 않겠다고 마음먹은 터여서 그냥 밀고 들어갔다. 가장 먼저 그녀의 눈에 띈 것은 여기저기 흩어져 있는 속옷과 의자에 걸어놓은 브래지어였다. 그런 다음에야 그녀는 여자를 쳐다보았다. 여점원은 담요 밑에서 겁에 질려 몸을 웅크리고 있었는데, 마치 심하게 아프기라도 한 것처럼 얼굴이 정말로 창백해 보였다.

이제 어머니는 태연하게 밀고 나가는 수밖에 없었고, 그래서 여점원의 옆에 앉았다. "아가씨한테 무슨 일이 있었길래? 난 집으로 돌아오자마자 그토록 끔찍한 소리를 듣게 되었지 뭐야, 가엾기도 하지……." 그녀는 각설탕 한 덩어리 위에 약을 스무 방울 흔들어 떨어뜨렸다. "하지만 이런 위경련에 대해서는 내가 훤히 알고 있지. 이걸 빨아 먹기만 하면 당장 말짱해질 테니까……." 그녀는 설탕 덩어리를 붉은 머리 아가씨의 입으로 가져다주었다. 여자는 조금 아까 야로밀의 키스를 받을 때처럼 얌전히 설탕을 향해 입술을 내밀었다.

어머니는 정신을 차리기 힘든 분노 때문에 아들의 방으로 뛰어들었었다. 이제 그 분노는 가라앉았지만, 아직도 그 감정의 뒷맛은 그대로 남아 있었으므로 어머니는 얌전히 벌리는 그 자그마한 입을 빤히 쳐다보면서 붉은 머리 아가씨가 덮은 이불을 홀랑 젖혀 벗기고는 완전히 발가벗은 그녀의 모습을 보고 싶은 강렬한 충동을 느꼈다. 여점원과 야로밀이 이루어놓은 그 작고 배타적인 세계의 일체감을 무너뜨리고 싶어서, 아들이 만져본 것을 만져보고 싶어서, 그것을 그녀 자신의 소유라고 주장하고 싶어서, 그것을 차지하고 싶어서, 그녀의 가벼운 품 안에 두 몸뚱아리를 모두 감싸안고 싶어서, (마룻바닥에 떨어진 야로밀의 팬티가 그녀의 눈에 띄기도 했지만) 제대로 감추지 못한 그들의 벌거벗은 모습 속으로 그녀 자신도 잠겨들어가고 싶어서, 마치 모든 것이 위경련 때문이라는 듯 아무것도 모르는 체하며 제멋대로 그들 사이에 끼어들고 싶어서, 그녀가 벌거숭이로 드러낸 젖가슴으로 그에게 젖을 먹일 때 그녀와 야로밀이 하나였던 것처럼 그들과 하나가 되고 싶어서, 이 애매모호한 순진성의 다리를 건너 그들의 놀이와 그들의 사랑으로 뛰어들고 싶어서, 그들의 발가벗은 몸뚱아리 위로 펼쳐진 하늘처럼 되고 싶어서, 그들과 결합하고 싶어서…….

그녀는 자신의 흥분한 상태를 의식하고는 겁이 났다. 그녀는 여점원더러 깊게 심호흡을 하라고 일러주고는 얼른 방에서 나왔다.

7

문이 잠긴 작은 버스 한 대가 경찰서 건물 앞에 서 있었고, 그 주위에는 여러 명의 시인이 둘러서서 운전수를 기다렸다. 시문학의 밤을 추진한 두 명의 경찰관과 야로밀도 그들 속에 섞여 있었다. (예를 들면 언젠가 야로밀의 학교에서 열린 모임에 참석해서 젊음에 관한 시를 낭송했던 백발 머리의 시인처럼) 그가 알아볼 만한 시인도 몇 명 되었다. 최근에 어느 문학잡지에 그의 시가 다섯 편이나 게재되었기 때문에 소심한 태도가 약간 나아지긴 했지만, 그래도 야로밀은 그들 가운데 어느 누구한테도 감히 말을 붙여볼 엄두가 나지 않았다. 혹시 조금이라도 도움이 될까 해서 그는 재킷의 가슴 호주머니에 그 잡지를 넣어가지고 왔다. 그래서 그의 가슴 반쪽은 남성적으로 편편해 보였지만 다른 반쪽은 여성적으로 봉긋해 보였다.

마침내 운전수가 나타났고, (야로밀을 포함해서 열한 명의) 시인들이 버스에 올라탔다. 한 시간 동안 달린 차가 쾌적한 시골풍경의 한가운데서 멈추었고, 시인들이 차에서 내렸으며, 두 명의 경찰관이 그들에게 강과 화원과 별장주택을 구경시켜주었고, 교실과 (축제 분위기가 감도는 저녁 행사가 곧 시작될 예정인) 강당과 건물 전체를 돌아다니면서 안내했다. 그들은 경찰 교육과정에 참가한 사람들을 수용한 기숙사에서 침대를 세 개씩 들여놓은 방들을 구경해야만 했다. (공식검열 때면 늘 그러듯이 이 참가자들은 깜짝 놀라 재빨리 차렷 자세를 취하고는 과장된 군인들의 동작을 보여주었다.) 그리고 마지막으로 시인들은 소장의 방으로 안내를 받아 들어갔다. 탁자 위에 차려놓은 샌드위치와, 포도주 두 병과, 제복을 입은 소장, 그리고 그 무엇보다도 두드러져 보이는 기막히게 예쁜 여자가 그들을 기다리고 있었다. 그들은 한 사람씩 소장과 악수를 나누며 어물어물 자신의 이름을 밝혔다. 그리고는 소장이 그들에게 여자를 소개했다. "이 젊은 여성은 우리 영화활동 분야의 책임을 맡은 사람입니다." 그리고 그는 계속해서 (그 사이에 여자와 차례로 악수를 나누고 있던) 열한 명의 시인들에게 인민의 안보를 담당한 이곳 병력은 그들만의 사회적인 모임을 가지고 있고, 이곳에서 풍요한 문화적인 생활을 육성한다고 설명했다. 이곳에는 연극부와 합창단도 있었으며, 최근에는 이 젊은 여성의 지도를 받아가면서 영화 모임도 태동되었다. 그녀는 현재 영화 예술학교의 연구생이고, 친절하게도 젊은 경찰관들을 도와주기로 자청했다. 그들은 훌륭한 촬영기와, 최신 조명장비와, 그리고 무엇보다도 열성적인 젊은 남자 등, 그녀가 필요로 하는 모든 것을 마련해주기 위해서 노력하는 중이었는데, 소장은 그 젊은이들의 열성이 영화에 대한 관심인지, 아니면 젊고 아름다운 영화인 때문인지 잘 모르겠다고 농담도 했다.

모두들 한 차례씩 악수를 나눈 다음에 젊은 여성이 커다란 반사경들 위에 서 있던 두 명의 젊은이들에게 머리를 끄덕였고, 잠시 후에 시인들과 소장은 눈부신 조명등 불빛을 받으며 샌드위치를 먹었다. 소장은 여유만만하고 즉흥적인 대화를 나눠보려고 시도했지만 젊은 여성이 그녀의 보조원들에게 자꾸 지시를 내리는 바람에 끊임없이 방해를 받았다. 빛이 몇 차례 방향을 바꾸었고, 마침내 촬영기가 나지막이 짜르륵거리면서 돌아가기 시작했다. 몇 분 동안 화기애애한 장면을 촬영한 다음에 소장이 시인들에게 이렇듯 참석해주어서 고맙다고 하고는 시계를 보더니 청중이 벌써부터 열심히 그들을 기다리고 있다고 말했다.

"실례입니다만, 시인 동지들, 이쪽으로 오시죠." 진행을 맡은 경찰관 가운데 한 사람이 말하고는 종이쪽지를 보고 그들의 이름을 읽어내려갔다. 시인들이 순서에 맞춰 줄을 지은 다음에 경찰관의 신호에 따라 무대로 행진해 나아갔다. 기다란 탁자가 연단 위에 놓여 있었고, 의자에는 저마다 시인들이 앉을 자리를 나타내는 명찰이 부착되어 있었다. 그들이 자리에 앉자 만원을 이룬 강당에서 박수갈채가 터져나왔다.

야로밀은 사람들이 모인 장소에서 앞에 나서는 것은 이번이 처음이었다. 그는 기분이 의기양양했으며, 이 도취감은 계속해서 그에게서 떠나지 않았다. 어쨌든 모든 일이 순조롭게 진행되었다. 시인들이 배당된 의자에 저마다 앉은 다음에 주최측 사람이 긴 탁자의 한쪽 끝에 설치한 낭독대로 올라가 열 명의 시인에게 인사를 하고는 그들을 소개했다. 이름을 부를 때마다 시인들은 한 사람씩 자리에서 일어나 절을 했고,

강당에서 박수가 터져나왔다. 야로밀 역시 절을 했으며, 박수 소리에 어찌나 어리벙벙해졌는지 그는 한참이 지난 다음에야 앞줄에서 그에게 손을 흔드는 관리인의 아들을 발견했다. 그가 마주 고개를 끄덕여 아는 체를 했고, 모든 사람이 보는 앞에서 이런 사소한 제스처를 주고받는다는 것이 꾸며진 자연스러움의 매력을 느끼게 해주었기 때문에 야로밀은 그날 저녁, 무대에서도 완전히 자유롭고 편안하게 느끼는 사람처럼 몇 차례 그의 친구에게 머리를 끄덕여주었다.

시인들은 이름의 머리글자에 따라 순서대로 앉았고, 그러다 보니 야로밀은 백발 머리 시인의 바로 옆자리를 차지하게 되었다. "아니, 이봐요! 이게 누군가요! 난 당신의 시를 며칠 전에 잡지에서 읽었어요!" 야로밀이 겸손하게 미소를 지었고, 시인이 이야기를 계속했다. "난 당신 이름을 잊지 않겠다고 다짐했었어요. 정말로 뛰어난 작품들이었고, 난 그 시들을 진짜로 즐겼습니다!" 그가 말을 더 계속하려는 순간, 진행자가 다시 마이크 앞으로 나서더니 시인들에게 최근에 그들이 발표한 작품들 가운데 발췌한 내용을 낭송해달라고 부탁했다.

그래서 시인들은 차례로 한 사람씩 이름 순서에 따라 낭독대로 올라가서 몇 편의 시를 낭독하고는 박수갈채에 답례를 한 다음에 자리로 돌아갔다. 초조하게 차례를 기다리던 야로밀은 말을 더듬을까봐 두려웠고, 목소리가 떨릴까봐 두려웠고, 모든 것이 두려웠다. 자리에서 일어난 그는 몽유병자처럼 낭독대로 걸어갔고, 무슨 생각을 할 겨를조차 없었으나, 첫 줄을 낭독한 다음부터는 자신감이 생겨나기 시작했다. 첫 번째 시의 낭독을 끝내자 터져나온 박수는 지금까지 어느 누가 받은 박수보다도 훨씬 더 오래 계속되었다.

박수갈채로 더욱 자신감을 얻은 야로밀은 아까보다 더 자신만만한 태도로 두 번째 시를 낭독했다. 두 개의 커다란 반사경이 갑자기 폭발하듯이 광선을 내뿜고 겨우 몇 발자국 떨어진 곳에서 촬영기가 짜르륵거리며 돌아가기 시작했어도 그는 전혀 불편하지 않았다. 그는 그런 일들이 벌어지고 있음을 의식하지 않는 체하면서 걸리는 곳 하나 없이 낭독을 계속했다. 심지어 그는 종이에서 눈을 들어 넓고 컴컴한 강당의 텅 빈 공간뿐 아니라 (촬영기 근처에 서 있던) 미모의 젊은 영화인을 쳐다보기까지 했다. 또다시 박수가 터져나왔고, 야로밀은 두 편의 시를 더 읽었으며, 촬영기의 나지막한 소음을 들었고, 영화인의 얼굴을 보았고, 절을 했고, 그리고는 자리로 돌아갔다. 그 순간에 백발의 시인이 의자에서 일어나더니 근엄하게 그의 머리를 뒤로 젖히고는 두 팔을 벌려 야로밀의 등을 왈칵 끌어안았다. "나의 친구여, 당신은 시인입니다! 당신은 시인입니다!" 그러더니 박수가 아직도 계속되자 그는 관중을 향해 돌아서서 손을 흔들고는 백발 머리를 숙여 인사했다.

열한 번째 시인이 그의 작품을 낭독한 다음에 진행자는 다시 한번 낭독대로 나서더니 모든 사람에게 감사의 말을 전하면서 잠시 휴식시간을 가진 다음에 청중 가운데 관심이 있는 사람들은 누구라도 다시 돌아와 시인들과 이야기를 나눌 기회를 가지게 되리라고 발표했다. "이 행사에서 그 부분만은 의무적인 것이 아닙니다. 그건 자의에 따른 것이고, 관심이 있는 사람들에게만 해당됩니다."

야로밀은 황홀해서 얼이 빠졌다. 사람들이 그의 손을 움켜잡으며 주위로 몰려들었고, 자기가 어느 출판사의 편집자이기도 하다고 밝힌 시인 한 사람은 야로밀이 아직 저서를 출판하지 않았다는 사실에 놀라움을 나타내며 야로밀더러 그 동안 써놓은 시를 골라서 보내달라고 부탁했고, 또 어떤 사람은 청년연합에서 주최하는 어느 모임에 참석해달라고 정중하게 초대했다. 관리인의 아들은 물론 야로밀의 곁에 바싹 붙어서 그들이 어렸을 때부터 친한 사이였다는 사실을 사람들에게 알리고 싶어했다. 소장도 야로밀과 악수를 나누고는 말했다. "오늘 저녁의 영광은 가장 젊은 분에게 돌아가는 모양이로군요!"

그러더니 그는 다른 시인들을 향해 돌아서서, 잠시 후에 옆방에서 시작하기로 예정된 무도회를 주관해야 하기 때문에 토론시간에는 참여하지 못하게 되어 대단히 죄송하다고 말했다. 그는 유쾌한 미소를 지으며 자신이 지휘하는 경찰관들이 어찌나 미남 청년들뿐인지 옆마을 처녀들이 모두 무도회로 몰려오고 있다는 이야기를 했다. "나는 이것이 여러분의 마지막 방문이 되지는 않으리라고 확신하고 있으니 섭섭해하지 말아요, 동지들. 영감을 불러일으키는 여러분의 아름다운 시에 감사를 드립니다! 머지않아 다시 우리들을 찾아주시길 바랍니다!" 그는 모든 사람과 악수를 나눈 다음에 벌써 악단의 연주곡 소리가 울려나오기 시작한 옆방으로 가버렸다.

몇 분 전만 해도 귀가 먹먹할 정도의 박수 소리가 울려댔던 강당이 거의 텅 비고 조용해졌다. 그들의 낭독에 대한 반응으로 아직도 흥분감에 젖은 시인들이 조그마한 무리를 이루고 앞쪽에서 기다렸다. 관리 한 사람이 마이크 앞으로 나서서 말했다. "동지들, 휴식시간은 끝났소. 저는 영광스러운 우리 초빙 인사들에게 다시 이 자리를 넘겨드리겠습니다. 토론에 참석하고 싶은 분은 모두 자리에 앉아주십시오."

시인들이 연단 위에 놓인 그들의 의자로 되돌아갔다. 그들 앞의 강당의 자리들은 대부분 텅 비어 있었고, 맨 앞줄에만 열 명가량이 자리를 잡고 앉아 있었다. 그들 중에는 관리인의 아들과, 버스를 타고 시인들을 안내해온 두 경찰관과, 목발을 짚는 노신사 한 사람과, 별로 신통찮아 보이는 몇 명의 남자들에, 여자 두 명이 끼어 있었다. 한 여자는 (사무실에서 근무하는 여비서인 모양이었는데) 나이가 쉰 살쯤 되어 보였고, 다른 여자는 촬영을 끝내고 이제 커다랗고 차분한 눈으로 시인들을 지켜보는 미모의 영화인이었다. 옆방에서 벌어지는 무도회의 즐거운 소음이 점점 커지고 점점 마음을 유혹하게 되자, 시인들에게 아름다운 여인은 더욱 뜻 깊고 용기를 북돋아주는 존재가 되었다. 무대 위에 앉아 있는 시인들과 강당의 첫 줄을 차지한 청중은 그 숫자가 비슷했으며, 두 집단은 시합이 개시되기 직전에 운동장에서 마주 보고 늘어선 축구팀들처럼 경계를 하며 상대편을 살펴보았다. 고통스러운 침묵이 계속되자 야로밀은 그의 편이 가지고 있는 능력에 대해서 점점 더 심해지는 불안감을 느꼈다.

그러나 야로밀은 그의 동료들을 과소평가했다. 그들 가운데 몇몇은 이와 비슷한 상황을 수백 번이나 겪어온 전문가들이었고, 그래서 토론이라면 그들의 특기가 되어 있었다. 우리들은 역사적인 여건도 상기해야 한다. 이 무렵은 회의와 토론의 시대였다. 온갖 다양한 기관들과, 당과, 청년연합들과, 노동자나 사회집단들이 부지런히 문화행사의 밤을 마련해 닥치는 대로 화가들과, 시인들과, 천문학자들과, 경제학자들을 초빙했다. 그 시대는 혁명적인 활동을 요구하고 있었으나 혁명의 바리케이드는 부족했고, 그래서 그런 열기는 회의와 토론을 통해서 쏟아버려야 했기 때문에 그런 행사를 주최하는 사람들은 그들의 노력에 대한 보상과 영예를 누렸다. 그리고 화가들과, 시인들과, 천문학자들과, 경제학자들은 그들이 단순히 동떨어진 전문가들이 아니라 대중과 접촉해 살아가는 참된 혁명가들이라는 점을 증명할 수 있는 유일한 방법이 이것이었기 때문에 기꺼이 참여했다.

따라서 시인들은 청중이 들고 나올 질문들이라면 훤히 꿰뚫고 있었다. 그들은 이런 질문들이 통계학적인 법칙의 압도적인 규칙성을 드러내며 반복해서 등장한다는 것을 알았다. 그들은 틀림없이 누군가가 '동지, 처음 시를 쓰게 된 동기는 무엇이었나요?'라는 질문을 하리라는 것을 알았다. 그들은 틀림없이 어떤 사람은 '첫 작품을 썼을 때 당신은 몇 살이었나요?'라는 질문을 하리라는 것을 알았다. 또 그들은 틀림없이 누군가가 '당신이 좋아하는 작가는 누구인가요?'라는 질문을 하리라는 것을 알았다. 그리고 또한 그들은 틀림없이 청중 속에는 '동지, 당신은 사회주의적 사실주의를 어떻게 정의하겠습니까?' 같은 질문을 함으로써 자신이 마르크스주의 사상을 잘 알고 있음을 과시하려는 사람도 나타날 것임을 알았다. 그리고 그들은 이런 질문들 이외에도 (1) 토론에 참가한 사람들의 직업, (2) 젊음, (3) 자본주의 체제하의 삶에서 드러나는 결점들, (4) 사랑에 대한 시를 더 많이 써달라는 간곡한 부탁도 받게 되리라는 것을 알았다.

그렇다면 첫 순간의 어색함은 경험 부족에서 야기된 것이 아니었고, 그와는 반대로 시인들의 지나치게 일상적인 접근방법으로 인해서 야기된 간과 같은 것이었다. 여기에 모인 시인들이 전에는 한번도 같이 출연했던 적이 없어서 미리 짜놓은 공략 순서가 마련되지 않았으므로 어느 정도는 이 침묵을 단체활동의 미숙함 탓이라고 할 수도 있었다. 드디어 백발 머리의 시인이 침묵을 깨뜨리고는 영감을 불어넣는 아름다운 이야기를 했으며, 즉흥적인 10분 동안의 강연을 끝낸 다음에 줄지어 늘어앉은 청중들에게 혹시 궁금한 것이 있으면 질문을 해보라고 도전했다. 시합을 벌이기 위한 준비운동을 끝낸 시인들은 이제 빈틈없는 웅변술과 순발력이 뛰어난 협동체제를 과시했다. 그들은 모두들 적절히 틈을 봐서 차례대로 나설 수 있도록 상황을 꾸려나갔으며, 교묘하게 서로 찬사를 늘어놓았고, 진지한 대답과 재치 있는 일화를 교대로 들려주었다. 모든 기본적인 표준 질문들이 적절히 등장했고, 표준 해답들도 적절히 제공되었다. (어떻게 그리고 언제 그의 첫 작품을 쓰게 되었느냐는 질문에 대한 백발 시인의 응답에 매료되지 않을 사람이 누가 있었겠는가? 그는 다섯 살이라는 어린 나이에 처음으로 몇 줄의 시를 쓰도록 그에게 영감을 준 것이 바로 야옹이였기 때문에, 만일 그 고양이만 없었더라면 그는 절대로 시인이 되지 않았으리라고 설명했다. 이어서 그는 그 고양이 시를 낭송했고, 그 이야기를 진지하게 받아들여야 하는지 어떤지를 알 길이 없어 마주 앉은 앞줄 사람들이 멍하니 있으려니까 시인 자신이 킬킬거리기 시작했고, 그래서 시인들과 청중들을 가릴 것 없이 모두들 한바탕 실컷 웃었다.)

예상했던 간곡한 부탁 역시 등장했다. 가장 먼저 자리에서 일어나 진지한 토론을 개시한 사람은 야로밀의 옛날 학우였다. 그렇다, 시문학의 밤은 훌륭했고, 모든 시인은 일류급이었다. 하지만 (한 시인이 평균 세 편의 작품을 발표했다고 추정하면) 약 33편의 시가 낭독되었는데 그 가운데 단 한 편도 비록 간접적이나마 국가안보에 공헌하는 병력을 다룬 시가 없었다는 사실을 깨달은 사람이 한 명이라도 있었는가? 그리고 인민의 경찰이 적어도 우리들 가운데 3분의 1쯤의 관심과 존경심의 대상이 될 만한 역할을 우리들의 삶에서 담당하지 못했다고 주장할 수 있는 사람이 혹시 있는가?

그러자 중년 여자가 몸을 일으켰다. 그녀는 방금 야로밀의 옛날 학우가 표현한 감정에 전적으로 동감하긴 하지만 완전히 다른 질문이 있다면서, 요즈음에는 왜 사랑에 대해서 쓴 시가 그토록 없느냐고 말했다. 질문을 한 쪽의 사람들에게서 숨죽인 웃음소리가 들려왔지만, 여자는 계속해서 말했다. 누가 뭐라고 해도 사람들은 사회주의 체제하에서도 서로 사랑하고, 따라서 그들은 사랑에 관한 시를 좋아할 것이다.

백발 머리의 시인이 몸을 일으켜서 절을 하고는 부인의 말이 절대적으로 옳다고 말했다. 사회주의 체제라고 해서 사랑을 수치스러워해야 할 필요가 있는가? 사랑이 어디가 나쁘단 말인가? 나는 나이가 많은 남자이지만, 매력적이고 젊은 몸을 드러내는 얇은 여름옷을 입은 여자를 보면 저절로 그녀에게로 시선이 돌아가는 것은 어쩔 수가 없으며, 그 사실을 시인하기를 두려워하지 않는다. 질의자들이 앉은 줄에서는 동료 죄인과 공감하는 음흉한 분위기가 담긴 웃음소리가 났다. 시인이 계속해서 말했다. 이 아름답고 젊은 여인들에게 내가 줄 만한 것은 무엇이겠는가? 그들에게 빨간 리본을 묶은 망치를 건네야 하겠는가? 그리고 그가 집에 초대를 받았다면, 그들의 꽃병에 꽃을 낫을 가져다줘야 하겠는가? 아니다, 나는 그들에게 장미꽃을 가져다줄 것이며, 사랑의 시는 우리들이 사랑스러운 여인들에게 바치는 장미꽃과 마찬가지이다.

그렇다, 그렇다, 그 말이 옳다. 여자가 열을 올려 공감을 표현했다. 그리고 늙은 시인은 가슴 호주머니에서 원고를 한 뭉치 꺼내 긴 사랑의 시를 낭독했다.

그렇다, 그렇다, 그 시는 너무나 아름답다. 부인이 들뜬 목소리로 외쳤다. 그러나 그 순간에 오늘 저녁행사의 진행자 노릇을 해온 경찰관 한 사람이 자리에서 일어나 그 시구가 정말로 아름답긴 하지만 아무리 사랑의 시라고 하더라고 사회주의자 시인이 그 시를 썼다는 면모가 뚜렷하게 드러나야 한다고 말했다.

하지만 사회주의적인 사랑의 시가 다른 시와 어떤 차이점이 있단 말인가? 처량하게 백발 머리를 떨군 노시인(老詩人)의 시에 아직도 매료되어 있던 부인이 물었다.

다른 사람들이 모두 차례로 발언을 하는 동안 줄곧 침묵을 지키면서도 야로밀은 자기도 꼭 무슨 이야기를 해야 한다는 것을 알았다. 드디어 그에게도 기회가 온 듯싶었다. 누가 뭐라고 해도 그는 화가를 찾아가서 현대 예술과 새로운 세계에 대한 이야기를 경청하던 그 시절, 오래 전부터 이 문제를 생각해왔었다. 안타깝게도 또다시 화가가 앞으로 나선 셈이어서, 야로밀의 입을 통해서 나오는 목소리와 어휘들은 바로 그 화가의 것들이었다!

그가 무엇이라고 했던가? 과거의 부르주아 사회에서는 사랑이 돈과, 사회적인 고려와, 편견에 의해서 어찌나 병들었는지 사랑 그 자체로서 존재할 수가 없었고, 항상 순수한 사랑의 그림자로만 남아 있었다. 오직 새로운 시대만이 돈의 힘과 편견의 영향력을 쓸어내서 인간으로 하여금 완전한 인간이 되도록 하고 위대한 사랑도 되찾아줄 수 있으리라. 사회주의적 사랑의 시는 이 위대하고 해방된 감정의 목소리였다.

야로밀은 자신의 웅변술이 마음에 들었으며, 크고 검은 눈이 그에게 고정되어 있음을 깨달았다. 그의 입에서 흘러나온 '위대한 사랑'이나 '해방된 감정'이라는 말이 그에게는 그 크고 검은 눈의 항구로 항해해 들어가는 용감한 배처럼 여겨졌다.

그러나 그가 말을 끝내자 시인 한 사람이 냉소를 지으며 말했다. "당신은 정말로 하인리히 하이네의 시보다 당신의 시구에 더 많은 감정이 포함되어 있다고 생각합니까? 빅토르 위고가 말하는 사랑이 당신에게는 너무 하찮은 것처럼 여겨지나요? 아니면, 네루다 같은 사람의 사랑이 돈과 편견으로 병들었다는 주장을 우리들에게 하고 싶은가요?"

그것은 예기치 못했던 일격이었다. 야로밀은 무슨 말을 해야 좋을지 알 수가 없어서 얼굴을 붉혔고, 그가 굴욕당하는 장면을 검은 눈이 목격하고 있었다.

야로밀의 동료 중에서 한 사람이 코웃음을 치며 이렇게 공격을 가하자 중년 여자는 마음이 흡족했다. 그녀가 말했다. "동지들, 왜 당신들은 사랑을 훼손시키려고 덤비나요? 사랑은 영원히 변함이 없을 거예요."

진행자가 반박했다. "오, 아닙니다, 동지, 당신이 잘못 알고 있습니다!"

"아닙니다, 내가 하려던 얘기가 꼭 그런 얘기는 아니었어요." 시인이 재빨리 말을 가로막았다. "하지만 과거에 사랑을 노래했던 시와 현대적인 사랑의 시 사이에 나타나는 차이점은 감정의 진실성과 힘에 있는 것이 아닙니다."

"그렇다면 그 차이점은 어디에 있죠?" 여자가 물었다.

"차이점은 바로 — 과거에는 사랑이란 가장 위대한 사랑이라고 할지라도 항상 그 사랑은 못마땅한 사회적 현실로부터 도피하는 어떤 한 형태였습니다. 그러나 오늘날의 인간에게는 사랑이 우리들의 사회적인 의무들과, 우리들의 업무와, 단결을 위한 투쟁과 밀접한 관련이 있습니다.

그리고 거기에서 '새로운' 아름다움이 잉태되는 것입니다."

반대편 줄에서 이 공식(公式)에 찬성의 뜻을 표현했다. 하지만 야로밀은 경멸하는 웃음을 터뜨렸다. "그런 종류의 아름다움은 전혀 새로운 것이 못 됩니다. 과거의 위대한 작가들은 사랑을 사회적인 투쟁과 관련짓지 않았던가요? 셸리의 유명한 시에 등장하는 연인들은 두 사람 다 화형을 당해 똑같은 죽음을 맞는 혁명가들이었어요. 이것이 바로 당신이 말하는 사회적인 현실로부터 분리된 사랑의 의미인가요?"

고통스러운 침묵이 잠깐 흘렀다. 조금 아까는 야로밀이 동료 시인의 반박에 어떻게 대답해야 할지 몰랐었는데, 지금은 동료 시인이 할 말을 찾지 못해 쩔쩔매는 중이었다. 대답을 하지 못하던 그의 태도는 어제와 오늘 사이에는 아무런 참된 차이점도 없고, 새로운 세계란 알고 보면 사실은 하나의 착각이라는 (시인하기가 불가능한) 인상을 불러일으키는 것만 같았다. 아닌 게 아니라, 처음 질문을 시작했던 부인이 다시 한번 자리에서 일어나더니 솔깃한 미소를 지으며 물었다. "우리들은 기다리고 있습니다, 동지들. 말해주세요. 오늘의 사랑이 과거의 사랑과 조금이라도 다른 면이 있나요?"

모든 사람이 당황한 이 결정적인 순간에 목발의 남자가 나섰다. 그는 토론과정을 주의 깊게 경청했지만, 짜증스러운 표정이 역력했다. 이제 그는 나무로 깎아 붙인 다리로 힘을 쓰며 몸을 일으켜 의자에 기대어 꼿꼿하게 섰다. "제 소개를 하도록 양해해주시기 바랍니다, 동지들." 그가 말했고, 그의 옆에 줄지어 앉은 사람들은 그가 누구인지 잘 알고 있으니까 그럴 필요가 없다고 소리를 지르기 시작했다. "나는 여러분에게가 아니라, 우리 손님들인 시인 동지들에게 나를 소개하고 싶은 것입니다." 그리고 이름만 가지고는 시인들에게 그의 존재가 별다른 의미가 없으리라는 사실을 깨달은 그는 자신이 살아온 과정을 그들에게 간단히 이야기했다. 그는 이곳에서 거의 30년 동안이나 근무해왔는데, 일찍이 이 저택을 여름 별장으로 사용했던 생산업자 코크바라 씨가 살던 무렵부터 고용살이를 했었다. 그는 전쟁 동안 계속해서, 그리고 게슈타포가 코크바라 씨를 체포하고 이 집을 접수해 휴식 시설로 사용하게 된 다음에도 항상 이곳에서 살아왔다. 전쟁이 끝난 다음에 이 저택은 천주교도들에게 넘어갔었고, 지금은 경찰이 소유했다. "하지만 여태까지 내가 경험해온 모든 일들을 미루어볼 때, 우리들 노동하는 사람들을 공산주의자들처럼 잘 돌봐준 정부는 없었습니다." 그렇지만 오늘날에도 모든 사정이 완벽한 것은 아니었다. "코크바라 씨가 살아계시던 시절과, 게슈타포 시절과, 천주교도들이 머물던 시절에는 버스 정거장이 언제나 바로 길 건너편에 있었습니다." 그래서 굉장히 편했었다. 그는 문을 나서기만 하면 당장 정거장에 다다르게 마련이었다. 그러다가 갑자기 아무런 그럴듯한 이유도 없이 버스 정거장이 두 구간 아래쪽으로 이전되었다. 그는 알고 있는 모든 관청과 사무실에 항의를 했었다. 소용없는 일이었다. 그는 목발로 마룻바닥을 쾅 굴렀다. "저택은 이제 노동하는 사람들의 소유가 되었다고 합니다! 그러니 나처럼 노동하는 사람이 버스 정거장까지 가려면 왜 두 구간이나 걸어야만 하는지 어디 당신들이 설명해보시오!"

첫째 줄에 앉은 사람들은 (몇몇은 짜증스럽게, 몇몇은 어쩐지 재미있어하며) 버스가 이제는 최근에 설립한 공장 앞에서 정차한다고 그에게 벌써 백 번도 더 설명했다고 반박했다.

목발의 남자는 그런 것은 다 알지만 두 곳에 모두 버스 정거장을 두면 되지 않겠느냐고 제안했다.

그의 곁에 줄지어 앉은 사람들은 버스가 두 구간 사이에서 두 번이나 선다는 것은 한심한 소리라고 말했다.

목발의 남자는 '한심한 소리'라는 말을 모욕으로 받아들였다. 그는 어느 누구도 자기한테 그런 식으로 말할 권리는 없다고 말했다. 그는 화가 나서 얼굴을 붉히며 목발로 마룻바닥을 쳤다. 어쨌든 두 구간을 간격으로 해서 두 곳에 정거장을 두지 말라는 법은 없었다. 그는 다른 노선의 버스들이 그렇게 정차하는 것을 본 적이 있었다.

진행자들 가운데 한 사람이 자리에서 일어나더니 (전에도 이런 경우를 무척이나 자주 겪었던 모양이어서) 또박또박 일정한 최소 거리보다 가까운 곳에는 버스 정거장의 설치를 금한다는 체코슬로바키아 버스 운송국의 결정을 되풀이해서 설명해주었다.

목발의 남자는 자신이 절충안을 제시한 바가 있다고 지적했다. 저택과 신축 공장 중간쯤에 정거장을 설치하지 못할 이유는 무엇인가?

그러면 버스 정거장이 양쪽에서 다 멀어져서 노동자들과 경찰관들이 다 같이 불편해질 것이라는 대답이 나왔다.

논쟁은 20분이나 계속되었으며, 시인들이 시문학 토론을 계속하려고 애썼지만 아무 소용도 없었다. 맞은편 줄에 앉은 사람들은 그들이 훤히 알고 있는 화제에 몰두해 시인들이 발언할 기회를 주지 않았다. 동료 고용인들의 반박에 목발의 남자가 기운이 빠져 심술을 부리며 의자에 앉은 다음에야 논쟁이 가라앉았다. 침묵이 뒤따르자 옆방에서 연주하는 악단의 음악 소리가 복도에서 되울렸다.

더 이상 이야기를 할 사람은 아무도 없었다. 관리 한 사람이 몸을 일으켜 시인들의 방문과 흥미 있는 토론에 대해서 감사의 뜻을 전했다. 초빙 인사들을 대표하여 백발의 시인은 (늘 그렇듯이) 이 토론은 청중보다도 시인들에게 더 값진 것이었으며, 이런 기회가 마련되었다는 데 대해서 시인들이 오히려 감사하게 생각한다고 말했다.

옆방에서는 한 남자 가수의 목소리가 들려오기 시작했고, 상대편 줄의 사람들은 목발 남자의 주변으로 모여들어 그를 위로했고, 시인들은 그들끼리만 남았다. 잠시 후에 관리인의 아들과 진행자 두 사람이 그들을 버스로 데리고 갔다.

8

　미모의 영화인은 시인들과 함께 돌아가기로 되어 있었다. 버스가 프라하를 향해 어둠 속을 달려가는 동안 시인들은 그녀를 에워싸고 저마다 관심을 끌려고 애썼다. 어쩌다 보니 불행히도 야로밀은 너무 멀리 떨어진 자리에 앉게 되어 그 경쟁에 끼어들 수가 없었다. 그는 붉은 머리의 여자를 생각하고 있었으며, 그녀가 얼마나 추한 모습을 타고났는지 점점 더 분명하게 깨달았다.

　버스가 프라하의 중심가 어디에서인지 멈추었고 시인 몇 명은 술집에 들렀다가 가기로 했다. 야로밀과 미모의 영화인도 그들과 동행했다. 그들은 커다란 탁자에 둘러앉아 이야기를 나누며 술을 마셨고, 술집을 나올 때가 되자 여자가 그녀의 집으로 같이 가지 않겠느냐고 그들에게 제안했다. 이때쯤에는 거의 다 자리를 뜨고 야로밀과, 백발의 시인과, 출판사 편집자 정도만 남아 있었다. 그들은 여자가 세를 든 현대식 저택의 1층에 있는 아름다운 방에서 편안하게 자리를 잡았다. 그들은 잡담을 나누고 천천히 술을 마셨다.

　노시인은 아무도 경쟁할 수 없을 정도의 열을 올리며 여자에게 자신을 바쳤다. 그는 그녀의 옆에 앉아 미모를 찬양하고, 그녀에게 시를 낭송해주기도 하고, 가끔 그녀의 앞에 한쪽 무릎을 꿇고 앉아 두 손을 움켜잡고는 그녀의 매력을 찬미하는 송가(頌歌)를 즉흥적으로 짓기도 했다. 편집자는 그와 거의 맞먹는 관심을 야로밀에게 쏟았다. 그는 야로밀의 미모를 찬미하지는 않았지만, "당신은 시인입니다, 당신은 시인입니다!" 소리를 자꾸만 되풀이했다. (만일 어느 시인이 다른 사람을 시인이라고 부른다면 그것은 어느 토목기사가 어떤 사람을 토목기사라고 부르거나 어느 농부가 다른 사람을 농부라고 부르는 것과는 같지 않다는 사실을 짚고 넘어가야겠다. 농부란 그냥 농사만 짓는 사람일 따름이다. 시인은 그냥 시를 쓰기만 하는 사람이 아니라, 시를 쓰도록 '선택된' 사람이다. 오직 시인만이 동료 시인의 이런 뛰어난 재능을 감지할 능력이 있다. '모든 시인은 형제이다'라고 말한 랭보의 편지를 상기하도록 하자. 그리고 남모르는 가족의 특징을 알아낼 능력은 형제들만이 가지고 있다.)

백발 시인이 무릎을 꿇고 앉아 그녀의 손을 어루만지며 열심히 찬미를 계속하는 동안 영화인은 자꾸만 야로밀을 물끄러미 쳐다보았다. 야로밀은 곧 그녀의 관심을 의식했고, 거기에 매혹이 되어 그녀를 마주 빤히 쳐다보았다. 이 얼마나 아름다운 사각관계였던가! 노시인은 여자를 응시하고, 편집자는 야로밀을, 그리고 야로밀과 여자는 서로를 응시하고 있었다.

이 시각의 기하학이 흐트러진 것은 오직 한번, 짤막한 한순간뿐이었는데, 편집자가 야로밀의 팔을 잡고 그를 옆방의 발코니로 데리고 나갔을 때였다. 그는 야로밀더러 난간 너머로 저 아래 마당을 향해 같이 오줌을 누자고 청했다. 그의 시집을 출판해주겠다는 약속을 편집자가 잘 기억하기를 초조하게 바라고 있던 터라 야로밀은 순순히 응했다.

두 사람이 발코니에서 돌아왔더니 무릎을 꿇었던 노시인이 몸을 일으켜 갈 시간이 되었다고 말했다. 그는 여자가 마음에 두고 있는 남자가 자신이 아니라는 사실을 너무 잘 알게 되었다고 말했다. 그는 (관찰력과 이해심이 훨씬 못 미치던) 편집자에게 두 젊은 남녀가 단둘이 있고 싶어하니까 마땅히 그렇게 해줘야 되겠다고 말했다. 노시인의 표현을 빌면, 그들이 오늘 저녁의 왕자님과 공주님이었다.

편집자도 드디어 사정을 눈치채고 자리를 뜨려고 하자 노시인은 당장 그의 팔을 잡고는 문을 향해 끌고 갔다. 야로밀은 이제 그가, 다리를 포개고 굽이치는 검은 머리카락을 어깨 너머로 늘어뜨리고, 그를 빤히 응시하며 커다란 안락의자에 앉아 있던 여자와 단둘이 남게 되리라는 것을 알았…….

앞으로 연인이 될 이 두 사람의 이야기는 너무나 영원한 것이어서 우리들은 하마터면 지금의 역사까지도 잊을 뻔했다. 그런 사랑의 이야기를 회고하는 것은 얼마나 즐거운 일인가! 그 헛된 기념비들을 위해서 우리들의 짤막한 삶을 시멘트처럼 빨아먹는 괴물을 잊게 된다면 그것은 얼마나 기쁜 일인가, 역사를 잊는다는 것은 얼마나 즐거운 일인가!

그러나 역사가 문을 두드리고 우리들의 이야기로 들어온다. 그것은 비밀경찰의 모습이나 갑작스러운 혁명의 모습으로 들어오지 않는다. 역사라고 해서 항상 극적으로 등장하는 것은 아니고, 더러운 구정물처럼 일상생활을 통해서 서서히 스며들기도 한다. 우리들의 이야기에서는 역사가 속옷의 형태를 취하고 등장한다.

우리들이 지금까지 서술한 시대에 야로밀의 고국에서는 우아함이 정치적인 범죄로 간주되었다. 그 무렵에 사람들이 입고 다니던 옷은 흉측했다. (전쟁 직후여서 모든 것의 공급이 부족한 실정이었기 때문이다.) 특히 속옷의 우아함은 그 암울했던 시절에는 가혹한 처벌을 받아 마땅한 사치처럼 여겨졌다! (굉장히 길어서 무릎까지 내려오고 가랑이 사이를 우스꽝스러운 쐐기 모양으로 파놓은 팬티 따위의) 그 당시에 팔던 속옷이 흉측해서 신경이 거슬리던 남자들은 주로 운동이나 체조를 위해서 만들었으며 '훈련용 팬티'나 그냥 '운동복'이라고 하던 짧은 리넨 팬티에 의존했다. 따라서 그 시대는 보헤미아 각처의 남자들이 축구선수 차림으로 아내나 연인과 잠자리를 같이하려고 기어들어가는 해괴한 광경을 연출했다. 그 시절의 침실들은 체육관을 연상시켰지만, 피복상의 우아함이라는 관점에서 본다면 그것도 별로 흉하지는 않았다. '운동복'은 어떤 날렵한 멋이 있었고, 파랑, 초록, 빨강, 노랑 따위의 화려한 빛깔을 과시했기 때문이었다.

어머니의 보살핌을 받았기 때문에 야로밀은 옷차림에 별로 관심을 안 쓰기가 보통이었다. 그의 양복과 속옷은 어머니가 골랐고, 아들이 감기에 걸리지 않도록 충분히 따뜻한 속옷을 입게끔 신경을 썼다. 그녀는 야로밀의 속옷이 정확히 몇 벌인지 알았고, 속옷을 넣어두는 벽장을 힐끗 들여다보기만 해도 야로밀이 오늘 어느 것을 골라 입고 나갔는지 당장 알았다. 보통 속옷이 벽장에서 하나도 없어지지 않고 그대로 남아 있는 것을 보면 어머니는 화가 났다. 그녀는 '운동복'이란 정식 속옷이 아니므로 오직 운동경기만을 위해서 입어야 한다고 믿었기 때문에 아들이 그것을 입는 것을 좋아하지 않았다. 정식 속옷은 보기 싫다고 야로밀이 반박하자 어머니는 어쨌든 그가 속에 무엇을 입었는지는 아무도 보지 못할 것이지 않느냐며 짜증스러운 불만을 터뜨렸다. 그래서 붉은 머리의 여자를 만나러 갈 때마다 야로밀은 항상 속옷 벽장에서 팬티 하나를 꺼내 책상 속에 감추고는 화려한 '운동복'을 입었다.

그러나 이 밤에 어떤 상황이 닥쳐올지 전혀 짐작조차 못했던 터라 그는 지금 헐렁헐렁하고, 초라하고, 흉측하고, 더러운 회색 팬티를 걸치고 있었다!

여자가 그의 속옷을 보지 못하게 간단히 불을 끌 수도 있을 테니까 여러분은 이것이 대수롭지 않은 문젯거리라고 생각할지도 모른다. 그러나 분홍빛 갓을 씌운 자그마한 전등이 방 안 전체에 선정적인 광채를 내며 두 연인이 서로 황홀경에 빠져드는 모습을 비추게 되기를 조바심하며 기다리고 있던 터라 야로밀은 여자더러 전등불을 끄라고 요구한다는 것은 상상도 할 수 없었다.

아니면 어쩌면 그가 흉측한 속옷을 바지와 겹쳐서 한꺼번에 끌어내릴 수도 있으리라는 생각이 여러분의 머릿속에 떠오를지도 모른다. 그러나 전에 한번도 그렇게 해본 적이 없었던 야로밀은 미처 그런 생각을 하지 못했다. 그토록 갑자기 벌거숭이 상태로 뛰어든다는 생각을 하면 그는 겁이 났다. 그는 항상 차근차근 옷을 벗는 버릇이 들어서, 붉은 머리의 여자와 같이 있을 때면 그는 마지막 순간까지 팬티를 입은 채로 사랑의 유희를 벌이다가 흥분을 못 이기는 때가 되어서야 마지막 옷을 벗어던지곤 했다.

그래서 그는 크고 검은 눈의 앞에서 겁에 질린 표정으로 서서 자신 역시 가야 할 때가 되었다고 선언했다.

노시인이 격분했다. 그는 야로밀더러 절대로 여자를 모욕해서는 안 된다고 말하고는 그를 기다리고 있는 쾌락에 대해서 귓속말로 설명했다. 그러나 노시인의 이야기는 그의 바지 속에 숨겨진 그의 흉측한 속옷을 더욱 강조하기만 하는 듯싶었다. 아름다운 검은 눈이 지켜보는 가운데, 쓰라린 마음으로 야로밀은 문을 향해서 뒷걸음질쳤다.

길거리로 나선 순간에 그는 눈물이 날 정도로 후회했고, 아름다운 여자의 모습을 머릿속에서 지워버릴 수가 없었다. 그리고 (전차 정거장에서 편집자에게 작별인사를 하고 이제는 어두운 거리를 따라서 단둘이서만 나란히 걷고 있던) 백발의 시인은 상식적인 상황에서 모욕적인 행동을 하고 멍청하게 굴었다며 그를 거듭거듭 비난하고 괴롭혔다.

야로밀은 젊은 여인을 모욕할 의사는 없었고, 자신에게는 따로 사랑하는 여자가 있으며 그녀도 그를 역시 열렬히 사랑하기 때문에 그랬다고 대답했다.

당신은 미친 모양이라고, 누가 뭐라고 해도 당신은 시인이며, 인생을 사랑하는 자이고, 다른 여자하고 잠자리를 같이한다고 해서 첫 번째 여자한테 조금이라도 해를 끼치는 것은 아니며, 인생은 짧고, 놓쳐버린 기회들은 결코 되돌아보지 않게 마련이라고, 노시인이 말했다.

그것은 듣기 괴로운 이야기였다. 야로밀은, 우리들이 모든 것을 걸게 되는 단 하나의 위대한 사랑이 천 번의 하찮은 연애보다 훨씬 가치가 있으며, 그가 사귀는 한 여자가 세상의 모든 여자를 포괄한 존재이고, 그의 애인이 어찌나 매혹적이고 한없이 사랑스러운지, 돈 후안이 천 명이 넘는 여자들과 할 수 있는 것보다 자기가 이 한 여자와 훨씬 더 예기치 못한 모험을 할 수 있다고 말했다.

야로밀의 말이 분명히 그를 감동시킨 모양이어서, 노시인이 태도를 바꾸었다. "어쩌면 당신 얘기가 옳을지도 모르겠군요." 그가 말했다. "하지만 나는 늙었고, 그래서 옛날 세계에 속하는 사람이에요. 난 비록 결혼한 몸이긴 하지만, 그 여자하고 같이 있고 싶었다는 걸 인정해야겠군요."

야로밀이 한 명의 상대방만 섬기는 사랑의 우월성에 대한 그의 견해를 한바탕 늘어놓자 노시인이 머리를 숙였다. "오, 어쩌면 당신 얘기가 옳을지도 몰라요. 사실 난 당신 얘기가 옳다는 걸 알아요. 나 역시 위대한 사랑을 꿈꾸지 않았던가요? 단 한 번의 위대한 사랑을? 우주만큼이나 무한한 사랑을? 하지만 그 옛날 세계, 돈과 갈보들이 판치던 그 더럽고 낡은 세계는 사랑을 위해서 만들어진 세계가 아니었기 때문에, 난 내 기회를 잃고 말았어요."

두 사람 다 취한 상태였다. 늙은 시인이 젊은 시인의 어깨를 끌어안았다. 그들은 길의 한가운데서 멈춰 섰다. 노인이 팔을 번쩍 들었다. "낡은 세계여 죽어라! 위대한 사랑이여 만세!"

야로밀은 이것이 멋지고, 보헤미아적이고, 시적인 제스처라고 느꼈다. 그들 두 사람은 프라하의 어두운 골목들을 향해 한참 동안 힘차게 소리쳤다. "낡은 세계여 죽어라! 위대한 사랑이여 만세!"

백발의 시인이 갑자기 야로밀의 앞에 무릎을 꿇고 앉더니 그의 손에 키스했다. "친구여, 나는 당신의 젊음에 경의를 표합니다! 오직 젊음만이 세계를 구원할 수 있기 때문에 내 늙음은 당신의 젊음에 경의를 표하는 것입니다!" 그는 잠시 동안 침묵을 지켰고, 그러더니 그는 야로밀의 무릎에 머리를 대며 우울한 목소리로 말했다. "그리고 나는 당신의 위대한 사랑에 경의를 표합니다."

그들은 마침내 헤어졌고, 야로밀은 잠시 후에 그의 방으로 돌아왔다. 그의 눈앞에서는 거부당한 아름다운 여인의 영상이 어른거렸다. 자신을 벌하고 싶은 충동에 쫓겨 그는 거울에 비친 자신의 모습을 살펴보았다. 그는 흉측하고 초라한 속옷 차림인 자신의 모습을 보기 위해서 바지를 벗었다. 역겨움에 사로잡힌 그는 우스꽝스럽고 흉한 자신의 모습을 계속해서 한참 동안 응시했다.

그리고 야로밀은 그의 분노가 자신을 대상으로 삼고 있지 않음을 깨달았다. 그는 그의 속옷을 선택하고, 그로 하여금 몰래 '운동복'을 입고 보통 속옷은 책상에 숨기도록 만들고, 그의 셔츠와 양말에 대해서 훤히 알고 있는 어머니를 생각했다. 그는 증오심을 느끼며, 눈에 보이지 않더라도 그의 목을 파고드는 기다란 밧줄로 묶어서 그를 잡고 있는 어머니를 생각했다.

9

그는 붉은 머리의 여자를 여태까지보다도 훨씬 더 잔인하게 대하기 시작했다. 물론 이 잔인성은 상처받은 사랑의 탈을 쓰고 있었다. 왜 당신은 나를 좀더 이해하려고 노력하지 않는가? 당신은 내가 어떤 기분을 느끼고 있는지 모르는가? 무엇이 나를 괴롭히고 있는지도 당신이 모를 정도로 우리들은 낯선 사이가 되었단 말인가? 만일 내가 당신을 사랑하듯이 당신도 정말로 나를 사랑한다면, 최소한 내가 무슨 생각을 하는지 짐작해보려고 해야 하지 않는가! 어떻게 당신은 항상 내가 좋아하지 않는 것들에 대해서만 관심을 느끼는가? 왜 당신은 항상 나에게 오빠와 또다른 오빠와 누이와 또다른 누이에 대한 얘기만 하는가? 당신은 이런 이기적인 잡담만 한없이 늘어놓는 대신에, 지금 내가 신경을 쓰고 있는 일이 굉장히 많으며 내가 당신의 도움과 이해를 필요로 한다는 사실을 알지 못하는가?

여자는 물론 자신을 변호했다. 우리 가족에 대한 얘기를 하는 것이 어째서 나쁘단 말인가? 당신은 당신 가족에 대한 얘기를 나한테 하지 않는가? 우리 어머니가 당신 어머니보다 모자라는 사람이기라도 한가? 그리고 (그 사건이 일어난 이후 처음으로) 그녀는 야로밀의 어머니가 그들의 사적인 활동을 어떻게 침해하며 그들에게 들이닥쳤었는지를 그에게 상기시켰다.

야로밀은 어머니를 사랑하고 증오했다. 이제 붉은 머리의 여자 앞에서 그는 어머니를 변호하기 위해서 벌떡 일어섰다. 당신을 돕겠다고 나선 어머니가 어째서 잘못이라는 말인가? 그 행동은 어머니가 당신을 사랑하고, 당신을 한 가족으로 받아들인다는 것을 보여주는 것이었다!

붉은 머리의 여자가 웃었다. 그의 어머니는 위경련이 났을 때의 신음 소리와 사랑의 한숨 소리의 차이를 모를 만큼 멍청하지 않다! 야로밀은 심술이 나서 입을 닫아버렸고, 여자는 그의 용서를 빌어야 했다.

어느 날 붉은 머리가 야로밀의 팔을 잡고 둘이서 길거리를 걸어내려오고 있었는데, 그들은 고집스럽게 침묵을 지켰다. (서로 헐뜯지 않을 때면 그들은 언제나 말이 없었고, 어쩌다 입을 열면 그때는 서로 헐뜯어댔다.) 야로밀은 그들을 향해서 걸어오는 두 명의 아름다운 여자를 보았다. 한 여자는 상당히 젊고 다른 여자는 나이가 좀 많았는데, 젊은 여자가 더 예쁘고 훨씬 우아한 인상이긴 했지만, 나이든 여자도 상당히 우아하고 놀랄 만큼 매력이 있어 보였다. 야로밀은 두 여자를 다 알았는데, 젊은 쪽은 영화인이었고 나이든 쪽은 그의 어머니였다.

그는 낯을 붉히며 그들에게 인사를 했다. 두 여자가 모두 답례를 했다. (어머니는 일부러 과장해서 유쾌한 태도를 보였다.) 촌스러운 여자와 팔짱을 끼고 있던 야로밀은 마치 그 아름다운 영화인이 부끄러운 속옷 차림인 그를 보기라도 한 듯한 기분을 느꼈다.

집으로 간 그는 어머니에게 영화인과 어떻게 아는 사이가 되었느냐고 물었다. 그녀는 벌써 상당히 오래 전부터 아는 사이라고 장난기 있는 표정으로 말했다. 자세히 이야기해보라고 야로밀이 캐물었지만 어머니는 애인의 속을 태우는 처녀처럼 계속해서 대답을 회피하다가 마지막에야 설명을 해주었다. 명랑하고 이지적인 그 영화인이 2주일쯤 전에 어머니를 찾아왔었다. 영화인은 야로밀을 시인으로서 대단히 흠모해서 그에 관한 짧은 영화를 한 편 만들고 싶고, 경찰청 영화 모임의 주관하에 제작되는 아마추어 영화이긴 하지만 그래도 상당한 수의 관객을 확보하게 되리라는 이야기였다.

"그 여자가 왜 어머니를 찾아왔다고 그러던가요? 왜 저를 직접 만나러 오지 않고 말이에요?" 야로밀이 물었다.

그 여자는 야로밀에게 폐를 끼치기보다는 우선 자신에게서 모든 부수적인 정보를 수집하고 싶어했다는 것이 어머니의 설명이었다. 사실상 영화인은 어찌나 배려가 깊은 여자인지 어머니에게 시나리오 집필을 도와달라는 제안까지 했다. 그렇다, 젊은 시인의 삶에 대한 이야기는 이미 초고(草稿)가 끝난 상태였다.

"왜 저한테는 그 얘기를 전혀 하시지 않았나요?" 짜증이 난 야로밀이 물었다. 그의 어머니와 영화인 사이에 이루어진 인연을 그는 본능적으로 기분 나쁘게 생각했다.

"너를 깜짝 놀라게 해줄 생각으로 모든 계획을 추진했단다. 길거리에서 우리들이 너를 만난 건 재수가 좀 없었기 때문이야. 어느 날 네가 집으로 와서 문을 열면 그 여자하고 촬영팀하고 촬영기하고 모든 것이 영화를 찍을 준비를 다 끝내놓고 너를 기다리고 있겠다는 계획이었지."

이 문제에 있어서 야로밀로서는 왈가왈부할 여지가 없었다. 어느 날 집으로 돌아오니 젊은 영화인이 그를 기다리고 있었다. (숙명적인 시문학의 밤 이후로 그는 흉측한 속옷을 더 이상 입지 않았기 때문에) 이번에는 빨간 '운동복'을 입고 있긴 했지만, 그래도 야로밀은 처음 그녀를 만났을 때나 마찬가지로 어색하고 자신이 없는 기분이었다.

(구태여 야로밀에게 의견을 물어보려는 사람은 아무도 없었고) 영화인은 오늘의 계획은 어린 시절의 사진 같은 배경자료의 기록을 촬영하는 것이고, 해설은 어머니가 맡으리라고 밝혔다. 지나가는 말처럼 야로밀에게 귀띔을 해준 바에 의하면, 이 영화는 시인인 아들에 대한 어머니의 회고담으로 꾸며졌다는 것이었다. 야로밀은 얼굴을 붉히며 도대체 어머니가 무슨 꿍꿍이속인지 묻고 싶었지만, 무슨 대답이 나올지 겁이 나서 그만두었다. 방에는 두 여자 이외에도 조명기구와 촬영기 주변에 세 명의 남자가 모여 있었으며, 그들이 자기를 코웃음 치며 지켜보고 있는 듯한 기분이 들어 야로밀은 감히 입이 열리지 않았다.

"어린 시절의 사진들이 기막히군요. 이걸 모두 사용했으면 좋겠어요." 가족 사진첩을 한 장씩 넘기며 영화인이 말했다.

"그 사진들이 화면에 어떻게 나타날까요?" 전문적인 관심을 보이며 어머니가 물었고, 여자는 걱정할 필요가 없다고 말했다. 그러더니 그녀는 야로밀에게 영화의 첫 장면은 그의 사진들을 몽타주하고 어머니가 모습은 화면에 드러내지 않으면서 회상을 하는 내용이 전부라고 설명했다. 그런 다음에 카메라가 어머니에게 초점을 맞추고, 드디어 시인이 화면에 등장하게 되는데, 그가 태어난 집에 있는 시인의 모습, 작품을 쓰는 시인의 모습, 정원에서 산책하는 시인의 모습, 그리고 마지막으로 그가 가장 좋아하는 환경인 탁 트인 자연 속의 시인의 모습을 촬영할 계획이며, 마지막 장면에서는 그가 가장 좋아하는 장소에서 야로밀이 시를 낭송하는 가운데 영화가 끝날 것이라고 했다. ("그런데 그 내가 가장 좋아하는 장소라는 곳이 도대체 어디인가요?" 그가 못마땅한 표정으로 물었다. 그야 물론 험한 바위와 산이 잔뜩 있는 프라하 부근의 낭만적인 지역이 바로 시인이 가장 좋아할 만한 장소라고 그들이 말했다. "그건 사실이 아니에요! 난 그 한심한 바위들을 증오하니까요." 야로밀이 말했지만 그의 말을 진지하게 받아들이는 사람은 아무도 없었다.)

야로밀은 그 시나리오가 전혀 마음에 들지 않으니 자신이 직접 손질을 좀 하고 싶다는 제안을 했다. 그는 (한 살짜리 아기의 사진을 보여준다는 것은 웃기는 짓이고!) 그 시나리오에는 유치하고 구태의연한 요소가 너무 많다고 반대했으며, 영화에서 다룰 수 있을 만한 훨씬 더 흥미 있는 문제들을 알고 있다고 주장했다. 그들은 보다 구체적으로 이야기해보라고 그에게 청했고, 그는 이 자리에서 당장 그것을 자세히 밝힐 수는 없으며 그러려면 생각해볼 시간이 좀 필요하리라고 대답했다.

그는 무슨 일이 있어도 촬영을 연기해보려고 했지만, 그의 노력은 수포로 돌아갔다. 어머니가 그를 끌어안고는 검은 머리의 영화인에게 말했다. "보셨죠? 얘가 바로 저의 만족을 모르는 아이랍니다! 결코 만족할 줄을 모르는 성미죠……." 그녀는 장난을 치듯이 얼굴을 아들의 얼굴 가까이로 가져갔다. "그렇지 않니?" 야로밀이 대답을 하지 않으니 그녀가 다시 말했다. "넌 말썽꾸러기 아이라구. 그렇다고 대답해!"

영화인은 작가가 완벽주의를 추구하는 것은 위대한 일이지만, 이번에는 야로밀이 작가가 아니라고 말했다. 그녀와 그의 어머니가 시나리오를 집필했으며, 그들은 이 시나리오에 대한 책임을 질 각오가 되어 있었다. 야로밀이 쓰고 싶은 시를 쓰도록 용납할 준비가 그들에게 되어 있듯이 야로밀도 그들 나름대로 훌륭하다고 생각하는 그런 식으로 영화를 만들도록 두어야 한다는 것이 그녀의 주장이었다.

그리고 어머니는 영화인과 그녀 자신 두 사람 다 야로밀에 대해서 깊은 애정과 존경심을 간직하고 있으므로 영화가 혹시 그에게 누를 끼치기라도 할까봐 두려워할 필요는 없다고 덧붙여 말했다. 그녀는 이 말을 할 때 애교까지 부렸는데, 어머니가 비위를 맞추려는 사람이 아들인지 아니면 새로 사귄 친구인지 야로밀로서는 알 수 없었다.

사실이야 어떠했든지 간에 어머니는 분명히 아양을 떨고 있었다. 야로밀은 지금까지 어머니가 그렇게 행동하는 것을 한번도 본 적이 없었다.

오늘 아침에만 해도 그녀는 미장원을 다녀왔는데 놀랄 만큼 젊은 사람들이 하는 식으로 머리를 손질했으며, 평상시보다 큰소리로 떠들고 자꾸 웃거나 킬킬거렸고, 그녀가 들어서 알고 있는 모든 재치 있는 농담들을 동원했으며, 굉장히 느긋하게 여주인 역할을 즐기며 촬영팀 남자들에게 쉴 새 없이 커피를 조달해주었다. 그녀는 (자신을 비슷한 또래로 보이려는 듯) 검은 머리의 여자에게 가까운 친구처럼 다정하고 꾸밈없는 말투를 썼으며, 한편으로 (아들을 걷어차서 다시 사춘기로, 어린 시절로, 유아기로 되돌려보내기라도 하려는 듯) 어린애 취급을 하며 야로밀을 한 팔로 끌어안고는 말썽꾸러기라고 부르곤 했다. (줄다리기를 벌이는 어머니와 아들, 이 얼마나 볼 만한 광경인가! 그녀는 그를 기저귀 속으로 끌어들이려고 하고, 그는 그녀를 무덤 속으로 끌어넣으려고 한다. 아, 얼마나 아름다운 광경인가…….)

　야로밀은 결국 불가피한 상황에 굴복할 수밖에 없었다. 그는 두 여자가 두 대의 기관차만큼이나 힘을 쓰고 있으며 그들의 웅변에 자신으로서는 저항할 만한 힘이 없음을 알았고, 혹시 그가 조금이라도 실수를 한다면 촬영팀의 세 남자가 당장 그를 비웃는 관객으로 변하리라는 생각이 들었으며, 관객이 있다는 것은 두 여자에게는 유리한 점이지만 그에게는 장애가 되기 때문에 어머니와 영화인이 열을 올려 떠들어댈 때면 그는 나지막한 목소리로 이야기하기가 보통이었다. 따라서 그는 항복한다는 뜻을 비추고는 자리를 뜨려고 했다. 그러나 (이번에도 역시 애교를 부리면서) 그들은 야로밀이 정말로 그곳에 같이 있어야 한다고 반박했으며, 그들이 일을 하는 동안 야로밀이 곁에서 지켜봐준다면 그들에게 큰 기쁨이 되리라고 두 여자가 설득했다. 그래서 그는 촬영하는 현장에 남아 촬영팀원들이 조명기구를 가지고 법석을 부리거나 가족 사진첩에서 사진들을 빼는 것을 멀거니 쳐다보았고, 책을 읽거나 일을 하는 체하며 가끔 그의 방으로 가기도 했고, 그의 머리는 혼란된 생각들이 가득했고,

음울하고 기분 나쁜 상황 속에서 무엇인지 즐거운 요소를 찾아내려고 애썼고, 그는 영화인이 그를 다시 만나기 위한 기회를 마련하려는 이유 하나 때문에 이런 일을 모두 꾸몄을지도 모른다는 생각이 떠올랐고, 그런 상황이라면 어머니는 참을성 있게 피해야 하는 불행한 장애물에 지나지 않는다는 생각이 들었으며, 그는 마음을 진정시키고 이 지겨운 영화 제작 사건을 자신에게 도움이 되는 방향으로 이용할 만한 길이 없을까 생각해보았고, 영화인의 집에서 겁쟁이처럼 도망치던 그날 밤 이후에 줄곧 그를 괴롭혀온 그 사건에 대해서 명예를 회복해볼 길이 없을까 궁리해보았으며, 그들의 첫 만남에서 그를 사로잡았던 두 시선의 마술적인 연결을 혹시 다시금 맺어볼 수 없을까 바라면서 어색한 기분을 극복하고는 촬영이 어떻게 진행되는지 가끔 나가보기도 했지만, 영화인은 그녀의 일에만 몰두한 듯 사무적이고 빈틈없이 작업을 해나갔고, 그들의 시선은 어쩌다 우연히 잠깐씩만 마주쳤다. 따라서 야로밀은 촬영이 진행되는 동안에 그녀에게서 반응을 얻어내려는 모든 시도를 포기했고, 그 대신에 촬영이 끝난 다음에 집까지 바래다주겠다고 나서기로 작정했다.

드디어 세 명의 촬영팀원이 그들의 장비를 철거해서 촬영기와 조명기구를 바깥에 세워둔 소형 용달 트럭에 실었다. 방에서 나오던 야로밀은 어머니가 여자에게 하는 말을 들었다. "어디 가서 커피나 한잔해요."

야로밀은 그의 상품을 바로 코앞에서 날치기 당하는 기분을 느꼈다. 그는 여자에게 차가운 표정으로 작별인사를 했고, 두 여자가 집에서 나가자마자 야로밀도 밖으로 나가 붉은 머리 여자의 아파트 건물을 향해 빠르고 성난 걸음으로 걸어갔다. 그녀는 집에 없었다. 그는 반시간 가량 아파트 앞에서 오락가락 서성거렸고, 기분이 점점 어두워졌다. 마침내 그는 그녀가 오는 것을 보았다. 그녀의 얼굴에서는 행복한 놀라움이 그리고 그의 얼굴에서는 분노한 비난의 표정이 드러났다. 왜 그녀는 집에서 기다리고 있지 않았는가? 그가 혹시 들를지도 모른다는 사실이 그녀의 머리에 떠오르지 않았단 말인가? 왜 그녀는 그토록 늦게 바깥에서 돌아다녔는가?

그녀가 문을 닫자마자 당장 그는 그녀의 옷을 잡아당겨 벗기기 시작했다. 그는 그녀와 섹스를 하면서, 그의 아래에 누워 있는 여자가 검은 눈의 여자라고 상상했으며, 잠시 후에 붉은 머리의 여자가 신음하는 소리를 듣고 그는 그 소리를 검은 눈의 여자와 연결지었고, 이것이 그를 어찌나 흥분시켰는지 야로밀은 잠깐씩만 간격을 두고 몇 차례나 붉은 머리 여자를 가졌지만, 그녀 안에서 몇 초 이상은 머무르지 않았다. 붉은 머리의 여자는 그 방법이 너무나 묘하다는 생각이 들어 웃기 시작했다. 그러나 야로밀은 그날 비웃음에 특별히 민감했고, 그 웃음이 재미있어하는 다정한 웃음이라는 사실을 파악하지 못했다. 그는 굉장히 심한 모욕감을 느껴서 여자의 뺨을 때렸고, 그녀는 울음을 터뜨렸고, 그녀의 눈물은 그에게 진통제와 같았고, 야로밀은 흐느껴 우는 그녀를 더 때렸다. 우리들을 위해서 여인이 흘리는 눈물 — 이것은 십자가에 매달려 우리들을 위해서 죽어가는 그리스도와 마찬가지인 보속(補贖)이었다. 야로밀은 잠시 동안 붉은 머리 여자의 눈물을 음미하고는 그녀의 얼굴에 키스를 하고 어루만져준 다음에 약간 마음이 누그러져 집으로 돌아갔다.

며칠 후에 촬영이 다시 계속되었다. 용달 트럭이 도착하고, (경멸하기 위해서 찾아온 관객인) 세 사람의 젊은 남자가 차에서 내렸으며, 뒤이어 대역(代役)의 입을 통해서 그녀의 신음 소리가 아직도 야로밀의 귓전에 생생하게 울리는 아름다운 여인이 내렸고, 물론 어머니도 그곳에 있었다. 점점 더 젊어지던 어머니는 우렁찬 소리를 내고 웃었는데, 마치 독주(獨奏)를 위해서 관현악단으로부터 살짝 벗어난 악기 같은 인상을 주었다.

이번에는 카메라의 눈이 야로밀에게 초점을 맞출 계획이어서, 그는 그가 태어난 환경과, 그가 작품을 쓰는 책상 앞에서, 그리고 (시나리오에 의하면 야로밀이 정원과 화단과 잔디밭과 꽃밭을 사랑하는 사람이었으므로) 정원에 있는 모습을 보여주기로 되어 있었고, 이미 아들에 대한 장황하고 긴 해설을 녹음했던 어머니와 함께 등장해야 했다. 영화인은 그들 두 사람을 정원 벤치에 앉혀 포즈를 취하게 만들고는 야로밀더러 어머니와 자연스럽고 자유로운 잡담을 나눠보라고 요구했다. 즉흥적인 분위기를 자아내기 위한 이 연습은 한 시간가량이나 계속되었지만, 어머니는 전혀 지치지 않았다. (실제 영화에서는 대화를 들을 수가 없고, 어머니와 아들이 서로 이야기를 나누는 장면을 보여주면서 미리 녹음해둔 어머니의 해설을 곁들이기로 되어 있었는데도) 어머니는 쉴 새 없이 줄기차게 떠들어댔으며, 야로밀의 표정이 충분히 긍정적이지 않다고 생각되자 그녀는 항상 무엇인지 구실을 찾아 심술이나 부리는 소심하고 고독한 아이의 어머니, 야로밀 같은 아들의 어머니 노릇을 하기가 쉬운 일이 아니라는 이야기를 그에게 늘어놓기 시작했다.

나중에 그들은 야로밀을 용달 트럭에 밀어넣고는, 어머니가 야로밀을 그곳에서 잉태했다고 확신하던 프라하 근처의 낭만적인 시골로 태우고 갔다. 어머니는 이곳 풍경을 왜 그토록 소중하다고 느끼는지 여태까지 어느 누구에게도 털어놓지 않았을 만큼 얌전을 빼는 여자였다. 그녀는 그 이야기를 아무에게도 하고 싶지 않았었는데, 이제 모두에게 하게 되고 말았다. 그녀는 막연하고 간접적인 방법으로 이야기했는데, 사랑의 땅이라고 여길 정도로 이 지역은 그녀에게 항상 개인적으로 특별한 의미가 있었다고 주장했다. "여자하고 얼마나 닮았는지, 저 풍경을 그냥 둘러보기만 해도요. 저 풍만하고 부드러운 곡선들은 모성적인 무엇을 담고 있다구요! 그리고 저 바위들, 여기저기 흩어져 홀로 서 있는 거대한 바위들을 보세요! 저 거칠고 강인한 바위들이 하늘로 치솟아오른 걸 보면 남성적인 무엇이 느껴지지 않나요? 이곳은 남자와 여자의 땅이 아닐까요? 이곳은 에로틱한 땅이 아닐까요?"

야로밀은 자꾸만 반발하고 싶었다. 그의 훌륭한 미적 감각이 짓밟혔고, 이 영화는 유치한 쓰레기라는 말을 그들에게 하고 싶었다. 어쩌면 조금쯤 언쟁이라도 벌이거나, 언젠가 어머니와 그녀의 친구들과 배를 타고 놀러 갔다가 도망쳤던 때처럼 적어도 도망칠 수는 있을 테지만, 지금은 도망치기도 간단한 일이 아니었다. 그는 영화인의 검은 눈에 사로잡힌 포로였고, 다시 그녀를 잃을까봐 두려웠으며, 그녀의 눈이 그가 도망칠 통로를 막았다.

그들은 야로밀더러 거대한 바위 앞에서 포즈를 취하고는 그가 좋아하는 시를 낭송하라고 부탁했다. 어머니는 굉장히 흥분했다. 얼마나 오래 전 일이었던가! 바로 이 자리에서 그녀는 언젠가, 아주아주 오래 전, 어느 젊은 기사와 육체관계를 맺었으며, 바로 이곳에서 지금 그녀의 아들이 버섯처럼 땅에서 솟아올랐다. (아, 그렇다, 부모가 씨앗을 뿌린 바로 그곳에서 아이들이 버섯처럼 솟아오르듯 말이다!) 어머니는 야로밀이 불에 의해서 죽기를 원하는 그의 갈망에 대해서 떨리는 목소리로 이야기하고 있는 가운데, 이 이상하고, 아름답고, 불가사의한 버섯에 대해서 암송하는 장면을 상상했다.

야로밀은 자신의 낭송 솜씨가 신통치 않다는 것을 의식했지만, 그것은 어쩔 수가 없는 일이었다. 그는 자신에게 무대 공포증이 없고, 같은 시를 경찰관들로 이루어진 청중 앞에서 낭송했을 때는 거침없이 성공적으로 해냈었다는 사실을 자신에게 상기시켰다. 그러나 이번에는 어휘들이 목구멍에 걸려서 나오려고 하지를 않았고, 한심한 풍경 속에서 한심한 바위 앞에 버티고 서서는 (20년 전에 그의 어머니가 비슷한 불안감을 느꼈듯이!) 개를 데리고 산책을 나온 어떤 사람이 혹시 지나가다가 빤히 쳐다보지나 않을까 하는 걱정의 혼란 속에서, 그는 시에 집중할 수가 없었고 결국 부자연스럽고 어색하게 시를 낭송했다.

그들은 야로밀더러 자꾸만 낭송을 다시 하라고 강요하다가, 결국 포기하고 말았다. "항상 무대 공포증이 있었죠!" 어머니가 한숨을 지었다. "저 애는 학교에 다니던 시절에도 시험을 볼 때마다 겁을 냈답니다. 어찌나 무대 공포증이 심했던지 내가 그야말로 학교까지 끌고 가야 할 경우도 많았어요!"

영화인은 배우의 목소리로 대신 녹음을 할 수 있을지도 모르겠다는 이야기를 했다. 그녀는 야로밀더러 다시 한번 바위 앞에 서서 낭송을 하는 것처럼 입술을 움직여보라고 했다.

그는 시키는 대로 했다.

"맙소사!" 그녀가 짜증을 부리며 소리쳤다. "그렇게 아무렇게나 우물우물하지 말고 당신의 시를 낭송하는 것처럼 입을 움직이란 말이에요! 배우가 당신 입술의 움직임에 맞춰 읽어야 하니까요!"

그래서 야로밀은 바위 앞에 서서 입을 벌렸다 닫았다 했고, 마침내 촬영기가 짜르륵거리며 돌아가기 시작했다.

10

이틀 전에 그는 가벼운 외투만 걸친 차림으로 촬영기 앞에 섰었지만, 지금은 눈이 내려서 목도리와 모자와 묵직한 겨울 외투까지 껴입어야만 했다. 그는 6시에 그녀의 집 앞에서 붉은 머리의 여자를 만나기로 했었는데, 벌써 6시 15분이나 되었는데도 그녀는 나타나지 않았다.

몇 분 기다린다는 것이 대단한 비극은 아니었지만, 야로밀은 지난 며칠 동안 어찌나 심한 굴욕감을 느꼈었는지 인내심의 한계에 도달해 있었으며, 그가 오르락내리락 서성거리던 길거리에 넘쳐흐르던 통행인들은 모두 그가 누구인지는 몰라도 그를 만나기 위해서 서두르지 않는 사람을 기다리고 있다는 것을 쉽게 눈치챌 것이었고, 그래서 그의 하찮은 존재가 모든 사람 앞에 노출된 셈이었다.

그는 시계를 보기가 두려웠다. 그런 노골적인 행동은 길거리에서 지나다니는 모든 사람들의 눈에 헛되이 기다리는 연인이라는 사실을 뚜렷하게 드러낼 것이기 때문이었다. 그래서 그는 외투의 소매를 약간 끌어올려 그 가장자리를 시계 끈의 밑으로 집어넣어 남들의 눈에 띄지 않고도 자주 시간을 볼 수 있도록 했으며, 긴 바늘이 벌써 20분이나 지났음을 보고 야로밀은 만날 때마다 자기는 몇 분 일찍 나타나는데 어째서 이 멍청하고 못생긴 것은 시간을 전혀 지킬 줄 모르는지 울화가 치밀었다.

마침내 나타난 그녀는 야로밀의 굳은 얼굴을 보았다. 그들은 그녀의 방으로 올라갔고, 자리에 앉았으며, 여자는 친구하고 같이 있었다고 변명했다. 그것은 그녀가 내세울 수 있는 가장 나쁜 변명이었다. 물론 사실상 그 무엇도 야로밀의 마음을 풀어주지는 못했을지 모르지만, 어떤 하찮은 여자친구 ─ 야로밀에게는 무의미성의 본질 그 자체라고 할 수 있는 어느 친구 하나 때문에 그를 기다리게 만들었다는 사실은 더욱 받아들이기 어려운 변명이었다. 그는 붉은 머리의 여자에게 자기 때문에 친구하고 중요한 대화를 나누다가 중단하게 되어 미안하다면서 지금 당장 친구에게로 돌아가라고 말했다.

여자는 야로밀의 기분이 무척 나쁘다는 것을 알았다. 그녀는 친구가 남자친구와 파탄을 맞게 되어 무척 상심한 상태여서 그녀를 급히 만나야만 했고, 친구가 마음이 좀더 편해질 때까지는 차마 자리를 뜰 수가 없었다고 말했다.

야로밀은 친구의 눈물을 닦아주었다니 참으로 장한 일을 했다면서, 그는 친구의 멍청한 눈물을 야로밀 자신보다 더 소중하게 생각하는 사람과는 아무런 관계도 유지하고 싶지 않기 때문에 이제는 야로밀이 그들의 관계를 끝장내려고 하니, 그 친구가 그녀에게 그런 호의를 되갚기를 바란다고 말했다.

붉은 머리의 여자는 사태가 점점 악화되어가고 있음을 알았고, 다시 또 사과의 말을 했고, 무척 미안하다면서 그의 용서를 구했다.

그러나 아무리 그래도 모욕을 당한 그의 자존심의 한없는 요구는 충족되지 않았고, 그는 붉은 머리가 사랑이라고 일컫는 것은 전혀 사랑이 아니라는 그의 확신은 그런 사과로 인해서 한 치도 달라지지 않았다고 못박아 말했다. 어쩌면 그녀는 겉으로 보기에 사소한 사건을 가지고 그가 너무 심하게 군다고 생각할지도 모르지만, 야로밀에 대한 그녀의 참된 태도를 드러내는 것은 바로 이런 자그마하고 세부적인 요소들, 참을 수 없는 그 태연함, 조심성이 없고 만사를 당연하게 생각하는 그녀의 태도, 바로 그것이라고 그는 말했다. 그렇다, 그녀는 그를 친구나, 가게 손님이나, 길거리를 지나다니는 사람과 마찬가지로 취급했다! 그녀는 그를 사랑한다는 말을 다시는 입 밖에 꺼내서는 안 되리라! 그녀의 사랑이란 사랑의 어설픈 흉내에 지나지 않았다!

그녀는 사태가 악화될 대로 악화되었다는 것을 깨달았다. 그녀는 증오로 가득한 야로밀의 슬픔을 키스로 물리치려고 애썼지만, 그는 거의 난폭할 정도로 그녀를 밀쳐버렸고, 그녀가 무릎을 꿇고 머리를 그의 배에 대고 애원했을 때, 야로밀은 잠시 주저했지만, 나중에는 그녀를 잡아 일으킨 다음에 이제는 더 이상 그의 몸에 손대지 말라고 그녀에게 냉혹하게 경고했다.

술처럼 그의 머리를 취하게 만든 그 증오는 유혹적이고도 아름다웠다. 증오심에 더욱 취하게 된 까닭은 그것이 여자로부터 되튕겨 그를 상처 입혔기 때문이었는데, 야로밀은 붉은 머리의 여자를 쫓아버리면 그가 소유한 하나뿐인 여자를 잃는 셈이라는 것을 훤히 알고 있었으므로 그것은 자신을 괴롭히는 증오심이었다. 그는 자신의 분노가 정당화될 수 없고 자신이 옳지 못하다는 것을 알았지만, 그것을 아는 것이 어쩌면 그를 더욱 잔인해지도록 만들었다. 그 까닭은 그의 마음을 끌어당긴 것은 심연 — 고독의 심연, 자아 혐오의 심연이었기 때문이었다. 그는 이 여자가 없으면 (혼자가 될 것이므로) 불행해질 것이며, (그녀에게 잘못을 저질렀다는 것을 알기 때문에) 스스로에게 불만을 느끼리라는 사실도 알았지만, 이 모든 것을 안다고 해도 분노의 벅찬 도취 앞에서는 무방비 상태였다. 그는 방금 자신이 한 말은 영원히 적용될 내용이어서, 다시는 그녀의 손이 절대로 그의 몸에 닿지 말아야 한다고 그녀에게 말했다.

그녀는 전에도 야로밀의 분노와 질투를 경험한 적이 있었지만, 이번에는 그의 목소리에서 거의 분노에 가까운 결심을 인식했다. 그녀는 야로밀이 그의 이해할 수 없는 분노를 충족시키기 위해서는 거의 무엇이라도 할 수가 있다는 사실을 깨달았다. 거의 마지막 순간에, 파탄의 언저리에서, 그녀가 말했다. "화내지 마. 제발 부탁이야. 자기한테 거짓말을 했어. 난 친구하고 같이 있었던 게 아냐."

야로밀은 깜짝 놀랐다. "그렇다면 어딜 갔었지?"

"자기는 그를 좋아하지 않으니까 나한테 화를 내겠지만, 난 어쩔 수가 없었어. 만나지 않을 수가 없었으니까."

"누구 얘기를 하는 거야?"

"난 오빠 얀을 만나러 갔었어. 내 아파트에서 묵었던 오빠 말야."

그가 화를 벌컥 냈다. "당신은 왜 항상 오빠와 함께 있어야만 하지?"

"화내지 마. 그는 나에게 아무런 의미도 없는 존재야. 자기한테 비하면 그는 아무 의미도 없는 존재라구. 하지만 이해는 해줘야 해. 그래도 그는 나의 오빠이고, 우린 15년 이상을 같이 살아왔으니까. 오빠가 떠나기로 했어. 오랫동안. 난 오빠한테 작별인사를 하러 갔었어."

감상적인 작별인사라는 관념은 야로밀의 비위에 맞지 않았다. "도대체 오빠가 어디로 떠나길래 그렇게 만사를 젖혀놓고 오랜 작별인사를 해야 했다는 거야? 일주일 정도 출장이라도 가나? 아니면 주말을 보내러 시골로 떠나는 거야?"

아니다, 그것은 업무상의 출장도 아니고, 시골로 떠나는 주말여행도 아니다. 그것은 훨씬 더 심각한 무엇이지만, 너무 화를 낼 것 같기 때문에 야로밀한테는 말을 할 수가 없다.

"당신은 그걸 사랑이라고 생각한단 말이지? 내가 동의할 수 없는 것은 나한테 숨기는 게 말야? 나한테 비밀이 있는 것이?"

그렇다, 그녀는 사랑이란 서로 마음을 터놓은 것을 의미한다는 사실을 잘 알고 있다. 그러나 야로밀은 이해를 하도록 노력해야만 한다. 그녀는 겁이 난다. 죽을 지경으로 겁이 난다…….

"뭐가 겁이 나? 오빠가 어디에 가길래 당신은 나한테 얘기하기도 두렵다는 거야?"

"짐작이 안 가?"

그렇다. 야로밀은 통 짐작이 가지 않았다. (이때쯤에는 그의 분노가 호기심보다 훨씬 뒤로 처지는 중이었다.)

마침내 그녀는 야로밀에게 털어놓았다. 그녀의 오빠가 비밀리에, 불법으로, 출국을 하기로 결심했고, 모레면 국경을 넘어갈 예정이라고.

이것은 또 무슨 소리인가? 그녀의 오빠는 우리들의 새로운 사회주의 공화국을 배반하고 싶어한단 말인가? 혁명을 배반하고? 그녀의 오빠가 이민을 가겠다는 말인가? 그녀는 그녀의 오빠가 하고 있는 행동이 무엇을 의미하는지 모르는가? 그녀는 이민을 나간 모든 사람들이 자동적으로 우리나라를 붕괴시키려고 애쓰는 외국 첩보기관의 하수인이 된다는 사실을 모르고 있단 말인가?

여자는 안다고 머리를 끄덕였다. 그녀가 15분 늦었다는 사실보다 국가에 대한 오빠의 반역을 야로밀이 훨씬 쉽게 용서할 것임을 붉은 머리는 본능적으로 알았다. 그래서 그녀는 자꾸만 머리를 끄덕였다. 그녀는 야로밀이 하는 모든 말에 동의한다고 말했다.

"당신이 내 말에 동의하는 게 무슨 소용이 있어? 오빠가 그렇게 가지 못하도록 당신이 설득을 했어야지! 당신이 말렸어야 한단 말야!"

그렇다, 그녀는 오빠를 설득해서 말리려고 노력했었다. 그녀는 오빠가 결심을 바꾸게 하려고 모든 노력을 다 기울였었다. 그랬기 때문에 그녀가 약속시간에 늦었던 것이다. 이제는 아마 왜 그녀가 늦었는지 야로밀도 이해가 갈 것이다. 어쩌면 이제 야로밀은 그녀를 용서해줄 수도 있을 것이다.

그리고 야로밀은 정말로 그녀가 늦은 것을 용서해주었다. 그러나 그는 오빠의 도망은 용서할 수 없다고 그녀에게 말했다. "당신 오빠는 바리케이드의 다른 쪽에 서기로 선택했으니까. 그렇기 때문에 그는 나에겐 개인적인 적이 된 셈이야. 만일 전쟁이 터진다면 당신 오빠는 나에게, 그리고 나는 그에게 총을 쏴야 해. 알겠어?"

"그래, 나도 알아." 붉은 머리가 말했고, 그녀는 야로밀의 편에 단호하게 서겠으며 다른 어떤 사람에게도 충성을 보이지 않겠다고 다짐했다.

"어떻게 그런 소리를 할 수가 있어? 만일 당신이 정말로 내 편이었다면, 당신은 절대로 오빠가 이 나라를 떠나게 내버려두지 말았어야 해!"

"내가 어떻게 하겠어? 난 오빠를 붙잡아둘 만한 힘이 없는걸!"

"당장 나한테 그 사실을 알렸어야지. 나라면 어떻게 처리해야 할지 알았을 테니까. 하지만 그러는 대신에 당신은 나한테 거짓말을 했어! 당신은 친구에 대한 얘기를 지어냈지! 당신은 나를 속이려고 했어! 그래놓고 이제 와서 당신은 뻔뻔스럽게도 내 편이라고 말하는군."

그녀는 자신이 야로밀의 편이며, 어떤 상황에서라도 그에게 진실한 여자로 남아 있겠다고 맹세했다.

"그 말이 진실이라면, 당신은 경찰을 찾아갔어야 해!"

"경찰이라니, 그게 무슨 소리야? 자기는 내가 오빠를 경찰한테 밀고하리라고 생각하는 건 아니겠지! 그건 불가능한 일이야!"

야로밀은 어떤 반박도 참을 수가 없었다. "불가능하다고? 지금 당장 당신이 경찰에 신고하지 않으면 내가 하겠어!"

여자는 그래도 오빠는 오빠이며, 그를 경찰에 고발하는 것은 상상도 할 수 없다고 같은 말을 반복했다.

"그러니까 당신한테는 나보다 오빠가 더 소중하다는 거야?"

그렇지는 않다! 그러나 그것은 오빠를 경찰에 밀고하는 것하고는 상당히 다른 문제이다.

"사랑이란 모든 것이거나 아니면 전혀 아무것도 아니거나, 두 가지밖에 없어. 사랑은 철저해야지, 그렇지 않다면 존재하지 않는 거야. 나는 이쪽에 있고 당신 오빠는 저쪽에 있어. 당신은 내 쪽에 서야지, 중간에 설 수는 없어. 그리고 만일 당신이 내 편에 선다면, 당신은 내가 원하는 바를 원해야 하고, 내가 하는 대로 해야 해. 나에게 혁명의 운명과 나의 운명은 하나야. 혁명에 반대하는 자라면 그는 나에게 반대하는 셈이지. 그리고 만일 나의 적들이 당신의 적이 아니라면, 당신은 나의 적이야."

아니다, 아니다, 그녀는 그의 적이 아니고, 그녀는 모든 면에서 그와 함께하고 싶다. 사랑은 모든 것이거나 아니면 아무것도 아니라는 사실도 그녀는 잘 안다.

"맞아. 사랑이란 모든 것을 의미하고, 그렇지 못하면 아무것도 아니지. 참된 사랑에 비하면 다른 모든 것은 빛을 잃고, 다른 모는 것은 사라지게 마련이야."

그렇다, 그녀는 전적으로 동의하고, 그녀도 역시 바로 그렇게 느낀다.

"세상의 다른 모든 사람들이 생각하는 바에 완전히 귀머거리가 된다는 것, 그것이 참된 사랑의 가장 훌륭한 시련이야. 하지만 당신은 항상 다른 사람들의 얘기에 귀를 기울이고, 그들에 대한 걱정으로 머릿속이 가득하고, 당신의 그런 망설임 때문에 늘 내가 고통받아야 해."

아니다, 아니다, 그녀는 야로밀에게 고통을 줄 생각은 전혀 없고, 그것은 얼토당토않은 비난이다. 그러나 그녀는 오빠에게 피해를, 끔찍한 피해를 주기가 겁이 나고, 오빠가 심하게 당할까봐 걱정이다.

"당하면 또 어때? 만일 오빠가 값비싼 대가를 치른다고 해도—그건 마땅히 치러야 할 정당한 대가란 말야. 당신 설마 오빠와 헤어질까봐 두려워하는 건 아니겠지? 당신은 가족과 헤어지는 것이 두려워? 당신은 평생 동안 그들과 함께하고 싶어? 당신의 미지근한 태도, 당신의 무성의, 그리고 사랑할 줄 모르는 당신의 그 무능력을 내가 얼마나 증오하는지!"

아니다, 그것은 사실이 아니다. 그녀는 그를 사랑할 줄 안다. 그녀는 온 마음을 다해 그를 사랑한다.

"그래, 그 말이 맞아." 그가 비꼬는 냉소를 지었다. "당신은 나를 온 마음을 다해 사랑하고말고! 문제는 당신이 마음이 없다는 사실이야! 당신은 어떻게 사랑해야 하는지 전혀 몰라!"

그것은 사실이 아니라고 그녀는 맹세한다.

"당신은 나 없이도 살아갈 수 있어?"

그녀는 그럴 수 없다고 또다시 맹세한다.

"내가 죽는다면 당신은 계속해서 살아갈 수 있어?"

아니다, 아니다, 아니다.

"내가 당신과 헤어진다고 하면 당신은 계속 살아갈 수 있어?"

아니다, 아니다, 아니다. 그녀는 머리를 저었다.

더 이상 그가 무엇을 요구하겠는가? 그의 분노는 사라졌지만, 흥분감은 그대로 남았다. 갑자기 죽음이, 헤어지는 경우에 그들이 서로에게 맹세한 감미롭고도 감미로운 죽음이 그들과 함께 존재했다. 그는 감정이 격해져서 떨리는 목소리로 말했다. "나도 당신이 없으면 살아갈 수가 없어." 그녀는 야로밀이 없으면 살 수 없다는 말을 되풀이했고, 그들은 이 말을 거듭거듭 되풀이했으며, 결국 몽롱한 욕망의 구름 위에 둥둥 뜨게 된 두 사람은 서로 옷을 벗기고 사랑을 했다. 그는 그녀의 얼굴에서 눈물이 떨어져 그의 손등이 축축해지는 것을 느꼈다. 그에 대한 사랑 때문에 한 여자가 운다는 것 —— 그런 일이 지금까지 그에게 생겼던 적은 한번도 없었으며, 그것은 아름다운 일이었다. 눈물이란 그에게는 인간 조건으로부터의 해방과 초월을 가져다주는 마술적인 만병통치약을 의미해서, 눈물은 모든 신체적인 한계성들을 제거해서 무한성과의 결합을 창조했다. 야로밀은 눈물로 축축해진 여자의 얼굴에서 감동을 받았고, 자기 자신도 흐느껴 울고 있음을 깨달았다. 그들은 서로 사랑했고 그들의 얼굴과 몸뚱아리가 흠뻑 젖었고, 그들은 서로의 내면에서 용해되었고, 그들의 액체는 두 개의 강물처럼 서로 상대방의 내면으로 흘러들었고, 그들은 흐느끼고 섹스를 하면서 지구를 벗어나 하늘로 둥둥 떠올라가는 호수처럼 이 세상의 바깥에 존재했다.

그런 다음에 나란히 누워 차분한 마음으로 휴식을 취하며 그들은 계속해서 상대방의 얼굴을 어루만졌고, 녹슨 빛깔인 여자의 머리카락이 우스꽝스러운 가닥을 이루며 헝클어졌고, 그녀의 푸석푸석한 얼굴이 발갛게 상기되었고, 그녀는 추한 얼굴이었으며, 야로밀은 그가 사랑하는 여인의 모든 것을 마시고 싶어서 얼마나 갈망하고, 그녀의 추한 모습과 헝클어진 홍당무 빛깔의 머리카락과 주근깨가 앉은 피부와 그녀의 살 속에서 곰팡이가 피어난 옛날의 사랑들까지도 얼마나 목말라 갈구했는지를 서술한 그의 시를 생각했고, 그녀를 애무하면서 불쌍한 정도로 초라한 그녀의 모습을 사랑스럽게 음미했다. 그는 그녀를 사랑한다고 맹세했으며, 그녀도 똑같은 맹세를 했다.

그리고 이 절대적인 충일함의 순간, 서로 죽음을 맹세한 이 도취의 순간을 놓치고 싶지 않았기 때문에 그는 다시 말했다. "난 정말로 당신이 없으면 살 수 없어. 난 그렇게는 못 살아."

"그래. 나도 만일 자기가 없다면 굉장히 슬플 거야. 끔찍하겠지."

그는 표정이 굳어졌다. "그렇다면 당신은 내가 없이도 계속 살아가는 상황을 상상할 수 있단 얘기야?"

여자는 그 말 속에 숨겨진 함정을 눈치채지 못했다.

"굉장히 슬프겠지."

"하지만 당신은 계속해서 살아가겠지."

"자기가 나를 떠나버리면 나로서야 달리 무슨 수가 있겠어? 하지만 난 굉장히 슬플 거야."

야로밀은 자신이 오해의 희생자였음을 깨달았는데, 붉은 머리의 여자는 정말로 죽음을 맹세했던 것이 아니었다. 야로밀 없이는 살아갈 수가 없다고 말했을 때 그녀는 관습적인 사랑의 통속어로서, 듣기 좋은 인용구로서, 비유로서 한마디 사용했을 따름이었다. 가엾은 바보처럼 그녀는 오직 절대적인 개념들밖에는 알지 못했던 그에게 약간의 슬픈 마음만 맹세로 내걸었다는 것이 무엇을 의미하는지 전혀 알지 못했다! 모든 것이 아니면 아무것도 아니고, 삶과 죽음뿐이라는 양자택일. 잔뜩 쓰라린 냉소를 머금고 그가 물었다. "그럼 당신은 얼마 동안이나 슬퍼할 것 같아? 하루? 아니면 일주일 내내?"

"일주일이라니?" 그녀가 미소를 지었다. "자비, 난 일주일 정도로는 그걸 극복할 수 없을 거야……." 그녀의 슬픔이 몇 주일 정도가 아니리라는 사실을 몸이 닿는 감촉으로 표현하고 싶기라도 한 듯이 그녀는 야로밀에게 바싹 달라붙었다.

그러나 야로밀은 이 문제를 곰곰이 따져보았다. 그녀의 사랑은 정말 어느 정도의 가치가 있을까? 몇 주일 동안의 슬픔? 좋다. 그렇다면 슬픔이 도대체 무엇일까? 약간의 좌절감과 약간의 무기력. 그리고 일주일 동안의 슬픔이라면? 어쨌든 어느 누구도 영원히 슬퍼할 수는 없다. 그녀는 아침에 몇 분 동안, 그리고 다시 저녁에 몇 분 동안 슬퍼할 것이다. 그렇다면 그것은 전부 해서 몇 분이나 될까? 그녀의 사랑은 몇 분 동안의 슬픔만큼의 가치가 있을까? 야로밀, 그는 몇 분 동안의 슬픔만큼의 가치가 있는 인간일까?

그는 자신이 죽은 다음에 그의 존재가 사라진 심연을 차분하게 건너며 그녀가 이끌어갈 차분하고 흐트러지지 않은 생을 상상해보았다.

그는 질투에 가득 찬 격렬한 대화를 다시 계속하고 싶은 마음이 없었고, 왜 그렇게 슬픈 표정을 짓느냐고 묻는 그녀의 목소리를 들었지만 그 목소리의 부드러움은 아무런 효과도 없는 진통제나 마찬가지여서 그는 대답도 하지 않았다.

그는 몸을 일으켜 옷을 입기 시작했다. 그는 더 이상 화가 나지 않았고, 그녀는 왜 그렇게 슬픈 표정을 짓느냐고 자꾸만 그에게 물었고, 대답을 하는 대신에 그는 깊은 생각에 잠겨 뺨을 쓰다듬어주더니 물끄러미 그녀의 눈을 들여다보며 말했다. "경찰은 당신이 직접 찾아가겠어?"

그녀는 그들이 나눈 아름다운 성행위가 오빠에 대한 그의 나쁜 감정을 영원히 쫓아버렸다는 인상을 받았었다. 그래서 이 질문을 받고 그녀는 깜짝 놀랐고, 무슨 대답을 해야 할지 몰랐다.

(서글프고 조용한 목소리로) 그가 다시 그녀에게 말했다. "당신이 스스로 경찰에 신고하겠어?"

그녀가 뭐라고 말을 더듬거렸다. 그녀는 야로밀이 마음을 바꾸도록 설득하고 싶었지만 말을 꺼내기가 두려웠다. 그녀가 말을 더듬거린 의미는 뻔했고, 그래서 야로밀이 말했다. "알겠어. 당신은 경찰서를 찾아가지 못하겠다는 얘기로군. 좋아! 그 일은 내가 처리하지." 그는 다시 (슬프게, 연민을 보이며, 실망한 표정으로) 그녀의 얼굴을 어루만졌다.

그녀는 혼란을 느껴 말을 할 수가 없었다. 그들은 키스했고, 야로밀은 그곳에서 나왔다.

이튿날 아침에 그가 잠에서 깨어보니 어머니는 벌써 외출하고 없었다. 그가 아직 자고 있는 동안 어머니는 셔츠와 넥타이와 바지와 재킷, 그리고 물론 속옷을 포함한 그의 모든 옷을 꺼내 의자에 늘어놓았다. 20년이나 계속되어온 이 습성을 없애버리기는 불가능한 일이었고, 그래서 야로밀은 이 문제에 있어서만큼은 포기한 상태였다. 그러나 그날 아침, 축 늘어진 긴 길이에 사실상 어서 오줌을 누라고 명령을 내리는 듯 가랑이 사이의 앞구멍이 노골적으로 벌어진 엷은 회색 팬티를 차곡차곡 접어놓은 것을 보고 그는 격렬한 분노에 사로잡혔다.

그렇다, 그는 오늘 아침 위대하고도 결정적인 날을 맞기 위해서 일어나는 사람처럼 잠자리에서 일어났었다. 그는 팬티를 집어 팔을 앞으로 뻗어 멀리 들고는 살펴보았는데, 거의 애정에 가까운 증오를 느끼며 차근차근 그 속옷을 뜯어보았다. 그러더니 그는 한쪽 끝을 입으로 물고 다른 쪽 끝을 단단히 손으로 잡고는 냅다 잡아당겼다. 그는 헝겊이 찢어지는 소리를 들었다. 그는 찢어진 속옷을 마룻바닥에 던져버렸다. 그는 어머니가 그곳에 떨어진 속옷을 보기를 바랐다.

그런 다음에 그는 노란 '운동복'을 꺼내 입고, 어머니가 그를 위해서 준비해놓은 셔츠와 넥타이와 재킷과 바지를 걸치고는 집을 나섰다.

11

(위압적인 경찰청 건물을 들어가려면 규칙이 그렇게 되어 있었으므로) 그는 현관에서 신분증을 제시한 다음에 이층으로 층계를 올라갔다. 그가 층계를 오르는 모습을 보라. 그는 한발자국 한발자국을 의식하고 있다! 그는 마치 자신의 운명을 어깨에 메고 다니는 것처럼 보이고, 그는 마치 단순히 건물에서 보다 높은 위치로 올라가는 것이 아니라, 전혀 새로운 전망을 관찰할 수 있게끔 자신의 삶에서 보다 높은 차원으로 올라가듯이 층계를 오르고 있다.

만사가 제대로 풀려나갈 듯한 징조였는지 옛 학우의 사무실로 들어가 그의 얼굴을 보았을 때 야로밀은 그 얼굴에서 호의를 발견했다. 그 얼굴은 야로밀에게 미소를 지었고, 놀라면서도 기뻐하는 표정이었으며, 그를 유쾌하게 대했다.

관리인의 아들은 야로밀이 찾아와서 얼마나 기쁜지 모르겠다고 말했으며, 야로밀의 영혼은 환희로 넘쳐흘렀다. 그는 학우가 권하는 의자에 앉았고, 처음으로 과거의 학우를 남자 대 남자로서, 동등한 자격으로, 강인한 한 사람의 어른이 다른 사람을 만나듯, 참된 의미에서 만나고 있다는 기분을 느꼈다.

잠시 동안 그들은 옛 친구들 사이에서 오가는 자질구레하고 흔한 잡담을 나누었지만, 야로밀에게는 그 대화가 막이 오르기를 애타게 기다리는 동안 잠시 시간을 메우기 위한 즐거운 서곡에 지나지 않았다. "내가 자네를 찾아온 이유는 따로 있네." 마침내 그는 심각한 목소리로 말했다. "자네한테 해주고 싶은 중요한 얘기가 있기 때문이지. 난 앞으로 몇 시간 안에 이 나라에서 도망을 치려고 하는 어떤 남자를 알고 있어. 우린 무슨 수를 써서라도 그를 막아야 해."

관리인의 아들은 즉시 신경을 잔뜩 곤두세우고는 야로밀에게 여러 가지 질문을 했다. 야로밀은 정확하고 신속하게 그 질문들에 대답했다. "이건 아주 심각한 문제야." 관리인의 아들이 말했다. "난 이 문제를 혼자 처리할 수가 없네."

그는 야로밀을 데리고 긴 복도를 지나 다른 사무실로 들어가서 사복 차림의 나이가 많은 남자에게 소개했다. 관리인의 아들이 야로밀을 전에 학교를 같이 다닌 친구라고 설명했더니 남자는 동지로서의 미소를 야로밀에게 보였고, 비서를 불러 진술서를 작성하라고 했다. 야로밀은 여자의 이름, 그녀의 직업과 직장의 위치, 그녀의 나이, 가족관계, 아버지와 남자 형제들과 여자 형제들의 직업, 오빠가 망명할 계획이라고 그에게 알려준 정확한 날짜와 시간, 그리고 그녀의 오빠가 어떤 인물이었으며 그에 관해서 야로밀이 아는 바가 무엇인지 따위의 정확한 정보를 알려주어야 했다.

여자가 자주 오빠에 관한 이야기를 했기 때문에 야로밀은 아는 것이 상당히 많았다. 바로 그런 이유로 인해서 그는 이 문제가 모두 그토록 중요하다고 간주했으며, 같은 시민이며 동지인 입장에서 너무 늦기 전에 그들에게 어서 알려주기 위해서 달려온 것이라고 말했다. 그녀의 오빠는 우리들의 사회형태를 증오한다. 얼마나 슬픈 일인가! 그는 가난하고 미천한 집안 출신이지만 한때 부르주아 정치가 밑에서 운전수로 일한 경력이 있기 때문에 이제는 우리들의 국가에 대한 반역을 음모하는 자들을 위해서 기꺼이 앞잡이 노릇을 하려고 한다. 그렇다, 오빠의 사상들을 그녀가 상당히 숨김없이 전했었기 때문에 야로밀은 완전히 확신을 가지고 그런 말을 할 수가 있었다. 그녀의 말에 따르면 그는 지금 당장이라도 공산주의자들을 쏘아 죽일 각오가 되어 있다고 했다. 사회주의를 파괴하겠다는 목표 한 가지만을 마음에 가진 사람, 이런 유형의 인물이 일단 국경을 건넜다 하면 어떤 짓을 저지를지 쉽게 상상이 가는 일이었.

남성적이고 사무적인 단호함을 보이는 태도로 세 남자는 비서에게 진술서를 받아쓰게 했으며, 그런 다음에 나이가 많은 관리는 야로밀의 친구더러 얼른 가서 필요한 조처들을 취하라고 지시했다. 관리인의 아들이 밖으로 달려나간 다음에 경찰관은 협조해주어서 고맙다고 야로밀에게 말했다. 그는 만일 모든 국민이 야로밀처럼 감시를 게을리하지 않는다면 사회주의 조국이 무적의 나라가 되리라고 했다. 그리고 그는 그들의 만남이 이것으로 마지막이 되지 않기를 바란다는 말도 했다. "당신은 우리 조국이 얼마나 많은 적을 가지고 있는지 분명히 알 겁니다." 남자가 말했다. "당신은 대학교에서 학생들과 어울려 굉장히 많은 시간을 보낼 테니까, 보나마나 문인 계통의 사람들을 사귈 겁니다. 물론 그들 대부분은 정직한 사람들이지만, 그런 사람들 중에도 말썽을 부리는 인물들이 상당히 많아요."

야로밀은 경찰관의 얼굴을 물끄러미 쳐다보며 감탄했다. 두 주먹을 불끈 쥐고 고생하며 살아온 삶을 증언하는 깊은 주름들이 얼기설기 패인 그 얼굴이 야로밀의 눈에는 아름다워 보였다. 그렇다, 야로밀도 역시 그들의 만남이 이것으로 끝나지 않기를 바랐다. 그는 도움이 되어서 기뻤다. 그는 자신의 본분이 무엇인지를 잘 알았다.

그들은 악수를 하고 서로 미소를 지었다.

이 미소, 참된 사나이의 주름지고 아름다운 미소를 마음속에 깊이 새기며 야로밀은 경찰청을 나섰다. 그는 길거리로 나가는 층계의 꼭대기에서 잠깐 걸음을 멈추었다. 도시의 지붕들 위로는 햇살이 화창하고 서릿발을 머금은 아침이 펼쳐져 있었다. 그는 차가운 공기를 들이마셨고, 자신의 온몸이 정력으로 가득 차오는 것을 느꼈으며, 갑자기 노래라도 부르고 싶은 기분이었다.

처음에 그는 곧장 집으로 가서 책상에 앉아 시를 쓰고 싶었다. 그러나 몇 발자국 안 가서 그는 혼자 있고 싶은 기분이 아니라는 생각이 들어 걸음을 멈추었다. 그의 생각에는 지난 한 시간 동안에 자신의 얼굴 모습이 굳어지고, 걸음걸이가 꿋꿋하고, 목소리는 훨씬 결단력이 강하게 변한 것만 같았다. 그리고 그는 새롭게 변신한 자신을 남들에게 보여주고 싶었다. 그는 대학교에 갔고, 모든 아는 사람에게 말을 걸었다. 물론 야로밀이 다른 때보다 조금이라도 달라 보인다고 말하는 사람은 아무도 없었지만, 태양은 여전히 빛났고 쓰여지지 않은 시는 여전히 지붕들 위로 치솟아올랐다. 그는 집으로 가서 문을 닫아걸고 그의 방에 들어앉아 원고를 몇 장 써보았지만, 만족스럽지가 않았다.

그래서 그는 펜을 놓고 공상에 잠겼으며, 어른이 되기 위해서 청년이 건너야만 하는 신비한 문턱을 꿈꾸었는데, 그는 그 문의 이름을 알았다. 그 이름은 사랑이 아니라 '의무'였다. 의무에 대한 시를 쓰기는 쉬운 일이 아니었다. 그 어휘가 연상시키는 영상은 무엇일까? 그러나 야로밀은 바로 이 준엄하고 혹렬한 어휘가 기대하지 않았던 새로운 상징을 유도해낼 수 있으리라고 느꼈다. 어쨌든 그는 외부의 권위에 의해서 부여된 낡은 의미로서의 의무라는 어휘가 아니라, 인간이 스스로 자신을 위해서 창조하고 자유롭게 선택하는 의무, 자발적이며 인간의 존엄성과 용맹함을 보여주는 자유에 관한 시를 쓰려고 했다.

이런 사념들은 야로밀이 완전히 새로운 자화상을 그리도록 도와주었기 때문에 그에게 자부심을 불어넣었다. 그는 이 새로운 변신을 거친 자신의 모습을 다시 한번 타인들에게 보여주고 싶어서 붉은 머리 여자의 집으로 달려갔다. 지금 여섯 시쯤 되었으며 그녀는 벌써 오래 전에 집으로 돌아와 있어야 했다. 그러나 집주인은 그녀가 아직 직장에서 돌아오지 않았다고 알려주었다. 그리고 반시간쯤 전에 두 명의 남자가 그녀를 찾아왔었는데, 그들에게도 똑같은 대답을 해주었다고 했다.

야로밀은 시간이 남아돌았기 때문에 붉은 머리 여자가 사는 집 근처의 길거리를 오르락내리락 걸었다. 잠시 후에 그는 역시 길거리를 오르락내리락 서성거리는 듯싶은 두 남자의 존재를 의식하게 되었다. 야로밀은 그들이 바로 집주인이 말했던 두 남자인 모양이라는 생각이 들었고, 그는 길 건너편에서 집으로 오는 여자를 보았다. 그는 그녀의 눈에 띄고 싶지 않아서 컴컴한 문 옆에 몸을 숨기고는 그녀가 부지런히 건물로 걸어와서 안으로 사라지는 것을 지켜보았다. 그리고는 바로 두 남자가 그녀의 뒤를 따라가는 것도 보았다. 그는 불안해서 몸을 움직이기가 두려웠다. 잠시 후 그들 세 사람이 모두 다시 나타났는데, 그제야 야로밀은 건물 입구에서 몇 발자국 떨어진 곳에 세워놓은 차를 보았다. 붉은 머리와 두 남자가 안으로 기어들어간 다음에 차가 떠났다.

야로밀은 두 남자가 경찰관이리라는 것을 거의 확실하게 알았으며, 아까 자신이 저지른 행동이 일련의 사건들을 촉발시킨 현실적인 행동이었음을 깨닫고는 놀라움뿐 아니라 싸늘한 공포감도 곁들여 느꼈다.

이튿날 그는 직장에서 돌아오는 대로 그녀를 만나기 위해서 서둘러 여자의 집으로 갔다. 그러나 집주인은 두 남자가 데리고 간 이후로 그 아가씨가 돌아오지 않았다고 했다.

이 이야기를 듣고 야로밀은 마음이 무척 혼란스러워졌다. 이튿날 아침 일찍 그는 다시 경찰청으로 찾아갔다. 관리인의 아들은 변함없이 친근한 태도를 보이며 악수를 건네고는 쾌활한 미소를 지었다. 아직 집으로 돌아오지 않은 붉은 머리의 여자에 관해 물었더니 그는 걱정하지 말라고 말했다. "자네가 아주 심각한 일거리를 가져다주었지 않나. 우린 그 벌레 같은 자들을 철저히 조사해볼 것이라네." 그는 아리송한 미소를 지으며 말했다.

또다시 야로밀은 경찰청에서 햇살이 화창하고 서릿발을 머금은 바깥으로 걸어나왔고, 다시금 그는 차가운 공기를 들이마시며 마음이 운명으로 가득 차고 대단한 인물이 된 기분을 느꼈다. 그러나 어제와 다른 것이 하나 있었다. 그는 그의 행동이 '그를 비극의 영토로 들어서게 했다'는 사실을 깨달았다.

그렇다, 길거리로 향한 기다란 층계를 내려오며 그는 자신에게 바로 그런 말을 했다. 나는 비극의 영토로 들어선 것이라고. "우린 그 벌레 같은 자들을 철저히 조사해볼 것이라네"라고 하던 친구의 유쾌하고도 무시무시한 말이 그의 상상력에 불을 붙였다. 그는 이제 그의 여자가 낯선 남자들의 손으로 넘어갔고, 그들의 처분에 몸을 맡겨야 하고, 그녀가 위험에 처했고, 며칠씩 계속되는 심문은 분명히 웃고 넘어갈 일이 아니라는 사실을 의식했다. 그는 또한 검은 머리의 유대인에게 벌어진 일과, 자신이 맡은 업무의 음산한 양상들에 대해서 그의 친구가 한 이야기들도 기억이 났다. 이 모든 생각들과 영상들이 어떤 감미롭고, 향기롭고, 웅장한 요소로 그의 마음을 가득 채웠고, 그래서 그는 자신이 점점 더 커지고 있고 살아 움직이는 슬픔의 기념비처럼 길거리를 활보하고 있다는 기분을 느꼈다.

이제야 그는 이틀 전에 쓰려고 애썼던 시가 어째서 아무런 가치가 없었는지 마침내 깨닫게 되었다. 이틀 전에 그는 자신이 저지른 행동을 아직 이해하지 못했었다. 이틀 전에 그는 의무에 대한 시를 쓰고 싶었지만, 이제야 그것에 대해서 제대로 알게 되었다. 의무의 숭고함이란 깨져서 피투성이가 된 사랑의 머리에서 자라는 것이었다!

야로밀은 자신의 운명에 홀려서 길거리를 돌아다녔다. 그러다가 집으로 돌아간 그는 한 통의 편지를 발견했다. 다음 주일의 어느어느 날 파티를 열 예정인데, 당신이 호의를 느낄 만한 사람들과 만나게 해주고 싶으니 찾아와달라고 초대하는 내용이었다. 영화인이 보낸 것이었다.

비록 그 초대가 아무런 확실한 약속도 밝혀놓지는 않았지만, 그래도 미모의 영화인이 잃어버린 기회로서 끝나지 않고, 그들의 이야기가 아직 종지부를 찍지는 않았음을 증명해주었기 때문에 야로밀은 굉장히 기분이 좋았다. 자신이 처한 상황의 비극성을 그가 처음 제대로 이해하게 된 바로 그날, 바로 이런 날 이 편지가 도착했다는 것은 결코 우연의 일치가 아니며, 틀림없이 이 모든 상황에는 보다 깊은 어떤 의미가 깃들어 있으리라는 막연하고 이상한 생각이 그의 머릿속에 떠올랐다. 지난 이틀 동안 겪은 모든 경험이 야로밀로 하여금 마침내 검은 머리 영화인의 눈부신 아름다움을 당당하게 마주 보고, 남자다운 자신감을 가지고 그녀의 파티에 참석해도 좋다는 자격을 부여했을 듯싶은 막연하면서도 솔깃한 기분이 그의 마음을 가득 채웠다.

그는 과거의 어느 때보다도 즐거운 기분이었다. 그의 머리는 시의 영감으로 소용돌이를 일으켰고, 그는 책상 앞에 자리를 잡았다. 그렇다, 사랑과 의무는 반대 개념이 아니라고 그는 자신을 납득시켰다. 그것은 왜곡된 시각으로 문제를 관찰하는 구태의연한 방법이었다. 사랑이냐 아니면 의무냐, 사랑하는 여자냐 아니면 혁명이냐—아니다, 아니다, 그런 갈등은 존재하지 않았다. 그는 사랑이 별로 그에게 의미가 없기 때문에 붉은 머리의 여자를 위험에 노출시킨 것이 아니었고— 그와는 반대로 그는 사람들이 그 어느 때보다도 더욱 사랑하는 그런 세상을 마련하고 싶었다. 그렇다, 그것이 진실이었다. 야로밀은 다른 남자들이 그들의 여자를 사랑하는 것보다 훨씬 더 그녀를 사랑한다는 바로 그 이유 때문에, 순수한 감정의 새롭고 눈부신 세계와 사랑이 무엇인지를 알고 있기 때문에, 자신이 사랑하는 여자의 안전을 위험에 빠뜨린 것이었다. 물론 미래의 세계를 위해서 (머리카락이 붉은 빛깔이고, 몸집이 자그마하고, 수다스럽고, 얼굴에 주근깨가 앉은) 구체적이고 살아 있는 한 여자를 희생시킨다는 것은 끔찍한 일이었다. 그러나 그것은 아름다운 시구를 통해서 위대한 시로 승화시킬 수 있는 우리 시대의 유일한 비극이었다!

그는 책상에 앉아 시를 쓰고, 방 안을 서성거렸으며, 그가 지금 창조하는 시가 지금까지 그가 써놓은 어떤 시보다도 더 위대하리라고 혼자 중얼거렸다.

그것은 마술적인 밤이었으며, 그가 상상할 수 있는 모든 욕정의 밤보다도 훨씬 더 도취시키는 밤이었다. 그것은 비록 어린 시절에 사용하던 오래된 방에서 홀로 있더라도 매혹되는 그런 마술적인 밤이었다. 어머니가 옆방에 있었지만 야로밀은 자신이 그녀에게 분노를 느꼈었다는 것조차 완전히 망각했다. 사실상 그녀가 문을 두드리고 아들에게 무엇을 하느냐고 물었을 때, 야로밀은 그녀에게 부드러운 목소리로, 그는 조용하고 정신을 집중시킬 분위기가 필요하다고 설명했다. "오늘 전 제 평생 가장 위대한 시를 쓰고 있어요." 그가 말했다. (어머니답게, 공감을 느끼며, 너그러운 태도로) 그녀가 미소를 짓고는 그를 조용히 혼자 내버려두었다.

나중에 그는 잠자리에 들었다. 바로 그 순간에 그의 여자는 틀림없이 남자들에게 — 경찰관들과, 조사관들과, 경비원들에게 둘러싸여 있으리라는 생각이 머리에 떠올랐다. 그들은 그녀를 마음대로 할 수 있었다. 그녀가 죄수복으로 갈아입는 것을 구경하고, 물통에 앉아 소변을 보는 그녀의 모습을 감방 창문을 통해서 들여다보고.

사실상 그는 이런 극단적인 가능성들이 정말로 현실이 되리라고는 믿지 않았다. (아마도 기껏해야 그들은 진술만 받고는 그녀를 풀어주고 말리라.) 그러나 환상이란 통제할 수가 없는 것이어서, 그는 낯선 어떤 남자들이 지켜보는 가운데 그녀가 물통 위에 앉아 있는 광경과 조사관들이 그녀의 옷을 잡아당겨 벗기는 광경을 자꾸만자꾸만 상상했다. 한 가지 묘한 것은, 이런 장면들을 상상해도 그가 전혀 질투를 느끼지 않았다는 것이다!

'만일 내가 그대를 원한다면 그대는 고문의 형틀에서 죽을 때까지 내 소유가 되어야 합니다!'라던 키즈의 외침은 오랜 세월에 거쳐 울려퍼졌다. 왜 야로밀이 질투를 해야 한단 말인가? 그녀의 운명을 그가 창조했기 때문에, 물통에 앉아 오줌을 누는 그녀의 모습을 지켜보는 것은 바로 야로밀의 눈이었고, 간수가 그녀를 험하게 다룰 때 그녀의 몸에 닿는 것은 그의 손이었다. 그래서 붉은 머리의 여자는 이제 그 어느 때보다도 훨씬 더 확실하게 그의 소유였고, 그의 창조물이자 희생자였고, 그녀는 그의 것, 그의 것, 완전히 그의 것이었다!

야로밀은 더 이상 질투하지 않았고, 그날 밤 그는 참된 사나이답게 깊은 수면을 취했다.

제6부
중년 남자

1

이 이야기의 제1부는 야로밀의 생애에서 15년이라는 기간을 다룬 반면에, 그보다 더 긴 제5부는 겨우 1년만을 다룬다. 이 책에서는 이렇듯 시간이 실제 삶과 정반대가 되는 속도를 취함으로써, 세월이 흐름에 따라 속도는 늦어진다.

이것은 우리들이 야로밀의 이야기를 그가 사망한 시점에 세워놓은 전망대로부터 검토하기 때문에 생겨난 결과이다. 우리들에게는 그의 어린 시절이 달[月]과 해[年]가 눈에 띄지 않을 정도로 함께 녹아버리는 머나먼 곳에 있다고 여겨진다. 야로밀과 그의 어머니가 희미한 지평선에서 나타나 점점 더 우리들의 전망대로 가까이 오게 됨에 따라 모든 것은 하나하나의 잎사귀에서 엽맥을 뚜렷하게 보여주는 아주 사실적인 그림처럼 점점 더 분명해진다.

그대의 삶이 그대가 선택한 직업과 결혼의 종류에 따라서 결정되듯이, 우리들의 이야기도 역시 우리 전망대의 시야에 의해서 제한되기 때문에, 야로밀과 어머니는 모습이 훤히 드러나는 반면에 다른 인물들은 이 두 주인공이 등장하는 장면에서만 잠깐씩 나타날 따름이다. 그대가 그대의 운명을 선택했듯이 우리들은 이런 접근 방법을 선택했으며, 우리들의 선택 역시 돌이킬 수가 없다.

그렇지만 모든 인간들은 그들의 생이 아닌 다른 생들을 살아볼 수 없기 때문에 후회한다. 그대 또한 그대가 실현해보지 못한 모든 잠재성들을, 그대의 모든 가능한 삶들을 다 살아보고 싶은 것이다. (안타깝다, 자비에르의 삶을 실현시킬 수가 없다니!) 우리들의 이야기는 그대와 마찬가지이다. 이 이야기도 역시 그것이 될 수도 있었던, 다른 모든 소설이 되기를 갈망한다.

그렇기 때문에 우리들은 다른 전망대를 세우려는 꿈을 끊임없이 꾸고 있다. 화가의 생에, 아니면 관리인의 아들의 생에, 아니면 붉은 머리 여자의 생에 전망대를 하나 세우면 어떻겠는가? 어쨌든 이 사람들에 대해서 우리들은 정말로 무엇을 알고 있단 말인가? 우리들은 어느 누구에 대해서도 아무것도 몰랐던 어리석은 야로밀보다 별로 더 아는 것이 없다. 만일 우리들이 관리인의 아들이 살아온 일대기를 살펴보고, 야로밀은 시인과 옛날 학우 사이에서 벌어지는 짤막한 일화에서 한두 차례만 등장한다면, 그것은 어떤 종류의 소설이 되겠는가? 만일 우리들이 화가의 이야기를 추적한다면, 그가 연인으로 삼았고 그녀의 복부를 마치 한 폭의 캔버스처럼 사용했던 어머니를 정말로 어떻게 생각했었는지 알아볼 수도 있지 않겠는가?

인간은 그의 삶에서 뛰쳐나올 수 없지만, 어쩌면 소설은 훨씬 자유로운지도 모른다. 우리들이 남몰래 서둘러서 전망대를 허물고는 적어도 당분간이나마 그것을 다른 곳에 옮겨 세운다면 어떻겠는가? 어쩌면 우리들은 그것을 아주아주 멀리, 야로밀이 죽은 한참 후로 가져갈 수도 있으리라! 어쩌면 (그의 어머니까지도 몇 년 전에 죽었기 때문에) 아직도 야로밀을 기억하는 사람은 거의 없는 이곳으로, 현재로 그것을 옮겨올 수도 있으리라……

2

 세상에! 그렇게 가까운 곳에 전망대를 세운다는 것을 상상해보라! 그리고 언젠가 경찰학교의 무대 위에서 야로밀과 자리를 같이했던 모든 시인들을 둘러보는 것을! 그때 그들이 낭송했던 시들은 모두 어디로 갔는가? 이제는 아무도 그 시들을 기억하지 못하고, 시인 자신들도 자기가 언제 그런 시를 썼느냐고 스스로 부인한다. 그 까닭은 그들이 수치스럽게 생각하고, 모든 사람이 수치스럽게 생각하기 때문이다……

 그 아득한 시절에서 실제로 남은 것은 무엇인가? 오늘날 사람들은 그 시절을 정치적인 시련과, 박해와, 금서(禁書), 합법적인 살인의 시대였다고 간주한다. 그러나 기억하는 자는 반드시 증언을 해야 하니, 그것은 공포의 시대일 뿐 아니라 처형자와 시인이 나란히 앉아 통치한 서정시의 시대이기도 했다!

 사람들을 가두어놓던 벽은 시로 지은 벽이었다. 그 앞에서는 춤이 이루어졌다. 아니다, 당세 마카브르(danse macabre : 죽음의 무도/옮긴이)가 아니었다. 순결의 춤! 살육의 미소를 짓던 순진성.

 그대는 그것이 초라한 서정주의의 시대였다고 말하는가? 꼭 그렇지는 않다! 호응하는 자로서 맹목적인 눈을 가지고 이 시대에 관한 글을 썼던 소설가는 허위로 가득 찬 작품을 사산(死産)했다. 그러나 그에 못지않게 맹목적으로 그가 살던 시대와 야합했던 시인은 그 뒤에 아름다운 시들을 남겼다. 앞에서도 언급한 바가 있듯이, 시의 마술을 통해서 모든 진술은 감정의 힘에 의해서 뒷받침을 받기만 하면 진리가 된다. 그리고 시인들은 분명히 그들의 감정에서 연기가 나고 불길이 타오르는 것을 깊이 느꼈다. 불같은 그들의 감정에서 피어오르는 연기가 무지개처럼, 감옥의 벽들을 감싸는 아름다운 무지개처럼 하늘로 퍼져나갔다……

 그러나, 아니다, 우리들은 전망대를 현재에 세우지 말기로 하자. 우리들은 과거를 묘사하고, 과거의 영상을 점점 더 많은 거울 속에 잡아두는 일에는 관심이 없기 때문이다. 우리들이 그 시대를 선택한 까닭은 그 시대 자체에 관심이 있었기 때문이 아니라, 그것이 랭보와 레르몬토프, 서정주의와 젊음을 옭아넣기 위한 기막힌 함정을 제공하는 것처럼 여겨졌기 때문이다. 하기야 주인공을 사로잡기 위한 함정이 아니라면, 소설이 과연 무엇이라는 말인가? 시대의 반영이라는 소리 따위는 집어치워라! 우리들은 젊은 시인 한 사람에게만 관심이 있다!

우리들이 지금까지 야로밀이라고 일컬어온 그 젊은 남자는, 따라서 절대로 우리들의 시야로부터 완전히 벗어나서는 안 된다. 그렇다, 우리들은 잠깐 동안 이 소설을 중단하고, 전망대를 야로밀의 생을 넘어선 곳으로 가지고 가서, 완전히 다른 요소로 이루어진 완전히 다른 인물의 마음속에 그것을 설치해보도록 하자. 그러나 야로밀이 아직 완전히 잊혀지지는 않았을 시점, 그러니까 야로밀의 죽음 이후 3년 이상이 지난 다음으로는 넘어가지 않기로 하자. 그러니까 이 이야기가 저택이라면, 그 저택에 딸린 자그마한 바깥채 같은 위치를 차지하는 장면을 꾸며보기로 하자……

바깥채는 저택에서 몇십 미터쯤 떨어진 곳에 지어져 있다. 이 건물은 안채와 독립되어 자급자족하게 되어 있고, 세를 주어 그 건물을 쓰지 않더라도 저택에 사는 사람들은 전혀 아무런 불편함을 느끼지 않는다. 하지만 저택에서 사람들이 떠드는 목소리는 바깥채의 열린 창문을 통해서 희미하게 들려온다…….

3

바깥채의 역할을 하는 한 남자의 아파트가 있는데, 그 아파트에는 붙박이 옷장이 있는 방과, 얼룩 하나 없이 깨끗해 보이는 욕조가 있는 욕실과, 더러운 그릇이 잔뜩 쌓인 자그마한 부엌과, 거실과 침실 공용으로 사용되는 커다란 방이 하나 있다고 가정하자. 그곳에는 널찍하고 긴 의자와, 커다란 거울과, 벽들을 따라 늘어선 책장들과, (고색창연한 조각품과 그림들의 복제품이긴 해도) 틀에 끼워 걸어놓은 몇 개의 그림과, 안락의자 두 개를 양쪽에 곁들여놓은 커피 탁자와, 다른 집의 지붕들과 굴뚝들이 내다보이는 창문도 하나 있었다.

봄철 어느 날 늦은 오후 시간이었다. 아파트의 주인이 방금 집으로 돌아왔다. 그는 가방을 열어 구겨진 작업복을 꺼내서 벽장 속에 걸어놓았다. 그러더니 그는 안으로 들어가 창문을 활짝 열었고, 시원하고 신선한 바람이 방으로 들어왔다. 남자는 욕실로 들어가 욕조 위에 달린 뜨거운 물이 나오는 수도꼭지를 틀어놓고 옷을 벗기 시작하더니 흐뭇한 눈으로 자신의 몸을 살펴보았다. 그는 40대의 나이였지만, 육체노동을 시작한 이후로 몸이 지극히 가뿐하게 느껴졌으며, 두뇌가 훨씬 맑아지고 팔다리는 더 튼튼해진 것 같았다.

그는 욕조 안에서 길게 눕고는 널빤지를 욕조 위에 가로질러 얹어놓아 임시 책상을 마련했다. (묘하게도 그리스와 로마의 저술가들에게 관심이 많았던!) 그의 앞 널빤지 위에는 책이 몇 권 놓였고, 그는 뜨거운 물속에 기분 좋게 몸을 잠그고 독서에 몰두했다.

갑자기 초인종이 울렸다. 한 번은 짧게, 두 번은 길게, 그러더니 잠깐 쉰 다음에 다시 한번 짧게 울렸다.

그는 불청객들에게 방해받는 것을 싫어했기 때문에 친구들과 연인들에게 저마다 다른 신호를 정해주었다. 하지만 이것은 누구의 신호였던가?

그는 기억력이 나빠지는 것을 보니, 아마 자기도 늙어가는 모양이라고 생각했다.

"잠깐만 기다려요!" 그가 소리치고는 욕조에서 나와 느긋하게 몸을 닦고는 욕의를 걸친 다음에 문을 열었다.

4

바깥에는 묵직한 겨울 외투 차림의 젊은 여자가 서 있었다.

그는 한눈에 그녀를 알아보았고, 놀라서 말문이 막혔다.

"그들이 나를 풀어주었어요." 그녀가 말했다.

"언제?"

"오늘 아침에요. 난 당신이 일을 끝내고 집으로 돌아오기를 기다리고 있었어요."

그는 두툼하고 초라한 갈색 외투를 벗도록 그녀를 도와주고는 그것을 받아 옷걸이에 걸었다. 그는 그녀가 마지막으로 그를 찾아왔을 때 입었던 드레스와 겨울 외투를 그대로 걸치고 있는 것을 알았다. 3년 전의 어느 겨울날이 봄날 오후에 싸늘한 기운을 뿌리는 것 같았다.

여자는 한동안 그녀의 삶에 그토록 많은 사건이 벌어졌는데도 이 방은 하나도 달라지지 않았음을 알고 역시 놀랐다. "이곳은 모든 것이 그대로군요." 그녀가 말했다.

"그래. 모든 것이 그대로지." 그는 그녀가 좋아했던 안락의자를 손으로 가리켰다. 그리고 그녀가 편안하게 자리를 잡자 당장 그녀에게 질문을 퍼붓기 시작했다. 배는 고프지 않은가? 언제 먹었지? 여기서 나가면 어디로 갈 생각이지? 부모님이 계신 고향으로 갈 작정인가?

그녀는 정말로 고향으로 가야 하고, 그래서 아까도 역(驛)까지 갔었지만 망설여졌고, 돌아와서 그를 먼저 만나야겠다고 생각했다고 말했다.

그는 아직도 욕의 차림이었다. "실례 좀 할게." 그가 말했다. "옷을 입어야 하니까." 그는 앞방으로 들어가 문을 닫았다. 옷을 입기 전에 그는 전화기를 들고 다이얼을 돌렸으며, 여자의 목소리가 응답하자 그는 일이 생겼기 때문에 오늘밤 그녀를 만날 수 없게 되었다고 설명했다.

그는 방에 앉아 있는 여자에게 아무런 책임질 일이 없었지만, 그래도 자신의 통화 내용을 그녀가 듣는 것을 바라지 않았기 때문에 나지막한 목소리로 말했다. 통화를 하는 동안 그는 옷걸이에 걸린 초라한 갈색 외투를 자꾸만 쳐다보았다. 그 외투는 가슴에 사무치는 통렬한 음악으로 방 안의 공간을 가득 채웠다.

5

그가 마지막으로 그녀를 본 것은 3년 전이었고, 그들이 처음 만났던 것은 5년 전이었다. 그는 훨씬 더 예쁜 여자들도 사귀어보았지만, 이 여자는 몇 가지 보기 드문 좋은 면모를 가졌다. 그가 처음 만났을 때 그녀는 열일곱 살쯤 되었고, 우스울 만큼 직선적이고 거침없이 말을 하는 성격이었으며, 에로틱한 면에서 솜씨가 대단했다. 그녀는 그를 즐겁게 해주려고 열심이었으며, 15분도 안 되어서 그녀는 사랑에 관한 모든 이야기가 금기이고, 그가 아무런 설명도 하지 않았지만 (그런 일이 한 달에 겨우 한 번도 될까말까였어도) 그녀더러 찾아오라고 분명히 그가 요구할 때만 고분고분하게 찾아와야 한다는 사실을 이해했다.

그는 동성애를 하는 여자들에 대한 호의적인 태도를 숨기지 않았으며, 한번은 육체적인 사랑에 열중해서 정신을 못 차릴 지경인 상태에 이르렀을 때 그녀가 언젠가 수영장에서 처음 만난 어떤 여자를 유혹했다고 그의 귓전에 대고 속삭이면서 두 여자가 어떻게 서로 사랑의 유희를 즐겼는지 설명해주었다. 그 이야기는 남자를 굉장히 만족시켰었는데, 나중에 그 내용이 도저히 믿을 만한 것이 못 된다는 사실을 깨닫고는 그를 기쁘게 해주기 위해서 거짓말을 한 여자의 따뜻한 마음에 감동을 받았다. 그러나 그녀의 욕정 편력이 모두 상상만은 아니었다. 그녀는 여자친구 몇 명을 그에게 소개해주었으며, 즐겁고 에로틱한 오락을 여러 가지 생각해내어 실제로 주선하기도 했다.

그녀는 중년의 나이인 이 애인이 정숙함을 고집하지 않는 데서 그치지 않고, 그의 여자들이 다른 남자들과 진지한 관계를 맺어야 더 안전하다고 느낀다는 사실을 이해하게 되었다. 그래서 순진한 무분별을 드러내며 그녀는 요즘이나 과거에 그녀가 벌였던 애정행각들을 잔뜩 그에게 이야기해주었고, 그는 이런 이야기들을 재미있고 흥미롭게 들었다.

지금 그녀는 안락의자에 앉아 있었으며, 그 사이에 남자는 스웨터와 슬랙스를 입었다. 그녀가 말했다. "감옥에서 나올 때, 말들을 봤어요."

6

"말이라니? 무슨 말?"

그녀는 아침에 형무소 정문을 나오려니까 몇 사람이 말을 타고 바로 앞으로 지나가더라는 설명을 했다. 그들은 마치 그들이 탄 말에서 자란 커다랗고 초인적인 괴물이기라도 한 것처럼 안장 위에 우뚝 앉아 있었다. 그녀는 자신이 왜소하고 하찮은 바닥과 같은 존재라고 느꼈다. 머리 위 높은 곳에서, 그녀는 말이 힝힝거리고 사람들이 웃는 소리를 들었고, 겁에 질려서 몸을 벽에 찰싹 붙이고 있었다.

"거기서 어디로 갔지?"

그녀는 전차 정거장으로 갔다. 햇살이 상당히 따뜻했고, 그녀가 입고 있는 묵직한 외투는 불편하게 느껴졌다. 그녀는 지나다니는 사람들이 응시하는 눈초리에 당황했고, 전차가 만원이고 모든 사람이 그녀를 빤히 쳐다볼까봐 두려웠다. 다행히도 전차 정거장에는 노부인 한 사람 이외에는 아무도 없었다. 정거장에 노부인 한 사람뿐이라는 것은 정말 큰 다행이었다.

"그리고 우선 나를 찾아와서 만나기로 했단 말이지?"

의무감은 먼저 고향으로 가서 부모님을 만나라고 그녀에게 요구했다.

그래서 그녀는 역의 매표구로 가서 줄을 섰지만, 표를 살 차례가 되자 그냥 도망치고 말았다. 가족들을 만날 생각을 하니 몸이 떨렸다. 그녀는 배가 고파서 살라미 샌드위치를 하나 샀다. 그녀는 공원에 앉아서 그가 일을 끝내고 집으로 돌아올 시간이라고 알고 있는 네 시까지 기다렸다.

"이곳으로 먼저 와줘서 기쁘군. 이렇게 찾아와줘서 고마워." 그가 말했다.

"기억하겠지?" 잠깐 침묵을 지킨 다음에 그가 말했다. "나한테 무슨 말을 했는지 아직도 기억하겠지? 다시는 이곳에 오지 않을 거라고 했던 거 말야."

"진심이 아니었어요." 그녀가 말했다.

"아냐, 진심이었어." 그가 미소를 지었다.

"아니에요. 진심이 아니었어요."

7

물론 그것은 진심이었다. 3년 전 그날 그녀가 만나려고 찾아왔을 때 그는 술을 넣어두는 벽장을 열고 브랜디를 따라주려고 했다. 그녀가 머리를 저었다. "아뇨, 싫어요. 난 당신과 절대로 아무것도 다시는 마시지 않겠어요."

그는 깜짝 놀랐다. 그녀가 말을 이었다. "난 더 이상 당신을 만나러 오지 않을 거예요. 오늘 내가 여길 찾아온 이유는 그 얘기를 해주려는 것뿐이었어요."

그는 계속해서 놀란 표정을 지어보였다. 그녀는 전에 이야기했던 그 젊은 남자를 정말로 사랑하고 있으며, 더 이상 그를 속이지 않기로 결심했다고 그에게 말했다. 그녀는 그에게 자신의 처지를 이해해달라고 부탁하기 위해서 찾아왔으며 그가 화내지 않기를 바랐다.

비록 다채로운 성생활을 즐기긴 했어도 중년 남자는 바탕이 목가적인 기질이었으며, 그의 여러 모험에서 어느 정도의 평화와 질서를 소중히 여기는 성미였다. 그녀가 그의 사랑이 엮어나가는 성좌들 가운데에서 빛나는 수수하고 작은 별에 지나지 않는다는 것이 사실이긴 했지만, 아무리 단 하나의 별이라도 갑자기 제자리에서 떨어져나가면 하늘의 조화에서 달갑지 않은 균열을 일으킬 수도 있었다.

그뿐 아니라 그는 오해를 받은 듯싶어 기분이 좋지 않았다. 그녀를 사랑하는 젊은 남자가 생겼다고 했을 때 그는 진심으로 기뻐하지 않았던가? 그는 그녀의 젊은 애인에 대해서 모든 이야기를 해달라고 부탁하고, 어떻게 그의 사랑을 얻어낼 수 있는지에 대해서 그녀에게 충고까지 하지 않았던가? 그는 사실상 그 젊고 순박한 애인이 어찌나 재미있는 남자라고 생각했는지 그 청년이 그녀에게 써주는 시들을 간직해두기까지 했었다. 그는 그 시들이 비위에 맞지 않지만 그래도 관심을 느끼긴 했다. 따끈하고 편안한 그의 욕조에 들어앉아 둘러보던 주변의 세계에 관심을 가지듯 말이다.

그는 온갖 냉소적인 너그러움을 베풀며 이 두 젊은 연인들을 관조할 용의가 있었는데, 그녀의 갑작스러운 결정은 그에게 배은망덕한 짓이라고만 여겨졌다. 그는 그녀에게서 느낀 짜증을 감출 만큼 자제하기가 어려웠다. 그가 얼굴을 찌푸린 것을 보고 그녀는 자신의 결정을 정당화하기 위해서 자꾸만 변명을 늘어놓았고, 거듭해서 젊은 애인을 진심으로 사랑하며, 그에게 철저히 정직해지기로 결심했다고 밝혔다.

그런데 3년이 지난 지금 그녀는 (똑같은 옷을 입고 똑같은 안락의자에 앉아) 그와 얼굴을 마주하고는 그런 소리를 절대로 한 적이 없다고 그에게 우기고 있었다.

8

 그녀는 거짓말을 하는 것이 아니었다. 그녀는 실제가 어떠하지만 그것은 마땅히 어떠해야만 한다고 쓸데없는 구분을 짓지 않고, 윤리적인 소망을 현실로 오해하지도 않는 그런 보기 드문 유형의 인간이었다. 물론 그녀는 중년의 애인에게 그녀가 했던 이야기를 잘 기억했지만, 그 말을 하지 말았어야 한다는 것을 깨닫자 그녀의 기억을 부정하고 나섰다.

 물론 그녀는 완벽하게 기억했다! 그날 오후에 그녀는 의도했던 것보다 조금 더 오래 중년의 애인과 같이 있었고, 그래서 젊은 애인과의 약속에는 늦고 말았다. 젊은이는 심한 모욕감을 느꼈고, 그녀는 그에 못지않게 심각한 변명이 아니고서는 그의 분노를 풀어줄 수 없으리라는 사실을 깨달았다. 따라서 그녀는 곧 망명을 하기로 되어 있는 오빠와 오후 시간을 같이 보냈다는 이야기를 지어냈다. 당연한 일이지만 그녀는 젊은 애인이 오빠를 경찰에 고발하라고 다그치리라고는 상상도 못했다.

 그래서 바로 그 이튿날 직장에서 근무를 끝내자마자 중년인 애인에게로 달려가 조언을 구했고, 그는 친절하고 다정한 태도를 보이며 그녀에게 거짓말을 그냥 계속해서 밀고 나가고, 격렬하고 극적인 상황을 거친 다음에야 오빠가 결국 망명할 계획을 포기하기로 약속했다고 젊은 애인을 납득시키도록 노력하라고 제안했다. 그는 이 가공의 장면이 어떻게 벌어졌는지를 젊은 애인에게 어떤 식으로 설명해야 할지 자세히 알려주었다. 그는 또한 만일 젊은 애인의 결정적인 영향이 없었더라면 그녀의 오빠가 어리석은 계획을 그냥 추진했을 것이며, 그랬다면 보나마나 국경에서 체포되었거나 심지어는 국경 경비대원들에게 사살되었을지도 모를 일이기 때문에 간접적으로 그녀 집안의 구세주 노릇을 했다는 기분을 그 남자가 느끼게끔 만들어보라는 제안도 했다.

 "어쨌든 그날 그 젊은 친구하고의 대화는 어떻게 되었지?"

"난 그를 다시는 만나지 못했어요. 당신을 만나고 막 돌아가는 길에 그들이 나를 체포했거든요. 그들은 집 앞에서 나를 기다리고 있었어요."
"그럼 그 남자하고 다시 얘기를 나눌 기회가 없었단 거야?"
"그래요."
"하지만 그 남자가 어떻게 되었는지는 그들이 틀림없이 말해줬을 텐데."
"아뇨."
"그럼 정말 모른단 말이야?" 중년 남자가 놀라서 물었다.
"난 아무것도 몰라요."
그녀는 알고 싶지도 않다는 뜻을 보이고 싶은 듯이 어깨를 으쓱하며 대답했다.
"그 사람 죽었어." 남자가 말했다. "그들이 당신을 끌고 간 다음에 얼마 안 되어서 죽었지."

9

여자는 그 사실을 알지 못했었다. 그녀는 사랑과 죽음을 같은 저울에 올려놓기를 원했던 청년의 애절한 목소리가 아득히 멀고도 먼 곳에서 들려오는 것을 들었다.
"그가 자살을 했나요?" 그녀는 갑자기 용서할 준비를 갖춘 부드러운 목소리로 물었다.
남자가 빙그레 웃었다. "오, 아니, 그런 건 아니었어. 그 친구 그냥 병에 걸려서 죽은 거야. 그의 어머니는 이사를 가버렸고, 옛 저택으로 찾아가봐도 이제는 흔적도 찾아볼 수 없을걸. 하지만 공동묘지에 가면 커다랗고 시커먼 비석을 하나 세워놓았어. 위대한 작가의 비석처럼 말야. '이곳에 시인이 잠들었노라…….' 그의 어머니가 비석에 그런 구절을 새겨놓았어. 그의 이름 밑에는 언젠가 아가씨가 나한테 보여주었던,

불로 인해서 죽고 싶다는 '비문'이 새겨져 있지."

그들은 입을 다물었다. 여자는 젊은 애인이 자살을 한 것이 아니라 완전히 평범한 죽음을 맞았다는 사실을 곰곰이 생각해보았다. 그의 죽음까지도 그녀에게 등을 돌렸다. 그렇다, 감옥에서 나오며 그녀는 절대로, 다시는 그를 만나고 싶지 않았었지만, 그가 이제는 살아 있지 않으리라는 가능성은 생각조차 하지 않았었다. 만일 그가 존재하지 않는다면 그녀가 감옥에서 보낸 3년의 생활도 더 이상 존재하지 않았고, 모든 것이 악몽이고, 헛소리이며, 비현실이 되었다.

"저녁식사를 좀 하지." 그가 말했다. "요리를 하게 날 도와주면 좋겠군."

10

그들은 부엌으로 들어가 빵을 좀 썰어서 햄과 살라미를 넣어 샌드위치를 만들었고, 정어리 통조림을 따고, 포도주 한 병을 꺼내왔다.

이것은 그들이 항상 하던 방식이었다. 이 판에 박힌 삶의 한 토막이 흐트러지지 않고 변함없이 있어서 아무 때라도 되풀이할 수가 있다는 사실을 알게 되어 그녀는 편안한 기분을 느꼈다. 이 순간에는 그것이 그녀가 지금까지 알았던 삶의 가장 아름다운 부분이라고 여겨졌다.

가장 아름답다고? 어째서?

그것은 철저히 안전한 삶의 한 조각이었다. 이 남자는 그녀에게 친절했으며 결코 무엇을 요구한 적이 없었고, 그의 눈을 통해서 그녀가 죄의식이나 책임감을 느껴야 할 것도 없었다. 그와 함께 있으면 그녀는 항상 안전했는데, 그것은 자신의 운명이 쫓아오지 못하는 곳으로 잠시나마 벗어나게 될 때 사람들이 느끼는 그런 종류의 안전함이었고, 그녀는 제1막이 끝난 다음에 막이 내릴 때 휴식시간이 뒤따르기 때문에 연극배우가 느끼는 그런 안전함, 또한 배우들이 가면을 벗고 평범한 사람이 되어 일상적인 자연스러운 대화를 주고받을 때 느끼는 그런 안전함을 느꼈다.

한편 중년 남자는 오래 전부터 자신의 삶이라는 연극의 바깥에서 살아왔다고 느꼈는데, 전쟁이 시작될 무렵에 그는 젊은 아내와 함께 영국으로 도피했다가 비행사로 독일군과 싸웠고, 린던 공습에서 아내를 잃었다. 고국으로 돌아온 그는 군대에 남아 있기로 결심했고, 야로밀이 정치학을 공부하겠다고 결정을 내린 바로 그 무렵에 남자의 상관들은 그가 자본주의 영국과 지나치게 긴밀한 관계였고, 인민군대에서 복무하기에는 정치적으로 충분히 신임할 만한 인물이 못 된다는 결론을 내렸다. 그래서 그는 공장에서 일하는 처지가 되었고, 역사와 그 역사의 극적인 상황들에 등을 돌렸으며, 자신의 운명에도 등을 돌렸다. 그후로 그는 완전히 자기 자신에게만, 그리고 책임감으로부터 해방된 여가선용과 독서에만 관심을 집중했다.

3년 전에 그녀가 작별하려고 찾아왔던 까닭은 젊은 애인이 평생을 제공하는 반면에 그는 그녀에게 단순히 막간의 여흥만을 제공했기 때문이었다. 그리고 지금 그녀는 이곳에서 여유 있게 포도주를 마시고 햄 샌드위치를 씹어 먹으며 행복했는데, 그것은 중년의 애인이 그녀에게 베풀어준 막간이 천천히 그녀를 환희에 찬 평화로 감싸주었기 때문이었다.

그녀는 긴장이 풀어졌고, 이야기를 하고 싶은 기분이었다.

11

빈 접시에는 부스러기만 남았고, 병도 반쯤 비었고, 그녀는 연민을 느끼지 않고 태연하게 감옥에서의 경험과 동료 죄수들이나 간수들에 대해서 이야기했다. 평소 버릇처럼 그녀는 자신에게 재미있다고 여겨지는 세부적인 내용들을 자세히 설명해가면서 그것들을 비논리적이지만 흥미로운 서술의 흐름으로 엮어나갔다.

그러면서도 이번에 그녀가 이야기를 하는 태도에는 어딘가 묘한 면이 드러났다. 과거에 그녀의 이야기는 흔히 순진하게도 바로 문제의 핵심을 향했었는데, 이번에 그녀의 이야기는 핵심을 감출 의도를 분명히 드러내는 듯 자꾸만 주변을 맴돌기만 했다.

하지만 그 핵심이라는 것이 무엇일까? 남자는 짐작이 가는 것이 있었고, 그래서 물었다. "오빠는 어떻게 되었지?"

"모르겠어요……."

"그들이 풀어주지 않았어?"

"네."

이제 남자는 왜 그녀가 역의 매표구에서 도망쳤으며, 왜 고향으로 돌아가기를 두려워하는지, 그 이유를 확실히 알게 되었다. 그녀는 죄 없는 희생자일 뿐 아니라 오빠와 가족에게 재앙을 가져온 죄인이기도 했다. 그는 수사관들이 그녀로부터 강제로 자백을 받아내려고 동원했던 수단이 무엇이었는지, 그리고 고문을 자행하는 자들을 피하려 애쓰는 과정에서 어떻게 그녀가 점점 더 심각하고 새로운 의심을 일으키는 함정으로 얽혀들어갔는지를 훤히 상상할 수 있었다. 오빠를 고발한 사람이 그녀가 아니라 이제는 더 이상 살아 있지도 않은 어떤 이상한 젊은 남자였다는 사실을 그녀가 어떻게 식구들한테 설명할 수 있을까?

여자는 말이 없었고, 중년의 애인은 밀어닥치는 동정심에 사로잡혔다. "오늘은 고향으로 떠나지 마. 고향으로 갈 시간은 얼마든지 있으니까. 일단 모든 일을 잘 따져봐야 해. 마음이 내킨다면 여기서 나하고 같이 있어도 좋아."

그는 몸을 그녀에게로 기울이고 손으로 그녀의 얼굴을 감쌌다. 그는 그녀를 쓰다듬지는 않았고, 부드럽게 손을 그녀의 살갗에 대고는 그냥 가볍게 누르고만 있었다.

이 행동에 어찌나 친절함이 넘쳤는지 여자의 눈에서 눈물이 흘러내렸다.

12

그는 사랑했던 아내가 죽은 다음부터 여자들의 눈물을 싫어하게 되었다. 그는 여자들이 그들의 생이라는 연극에 그로 하여금 적극적으로 참여하는 배우가 되도록 만들지도 모른다는 위험성 때문에 그런 눈물을 두려워했다. 그는 눈물이라면 그를 포획해서, 운명을 탈피한 목가적인 경지로부터 끌어내리려고 애쓰는 촉수라고 간주했으며, 그래서 치를 떨며 그 눈물의 함정으로부터 몸을 도사렸다.

그렇기 때문에 그는 손바닥에서 축축한 눈물의 감촉을 느꼈을 때 흠칫했다. 그러나 이번에는 가슴을 찢어놓는 눈물의 힘에 자신이 완전히 무기력해졌다는 사실을 깨닫고 더욱 놀랐다. 그는 지금 이 눈물이 사랑의 눈물이 아니고, 그를 겨냥한 것도 아니며, 기만이나 호소나 전시 효과를 위한 것도 아니라는 사실을 알았다. 인간의 몸으로부터 슬픔이나 기쁨이 눈에 보이지 않게 발산되는 하나의 방식으로, 순수하고 소박한 눈물이 스스로를 위해서 자연스럽게 그녀의 눈에서 줄줄 흘러내리고 있었다. 그는 이 눈물의 순진성에 대한 방패가 전혀 없었고, 그래서 영혼 깊숙이 감동을 받았다.

그들이 알고 지내던 모든 시간 동안에 한번도 서로 상대방의 마음을 아프게 했던 적이 없다는 사실이 그의 머리에 떠올랐다. 그들은 항상 상대방을 배려했고, 짤막한 기쁨의 순간들을 서로 베풀어주었다. 그리고 그들은 만족했다. 비난을 해야 할 필요가 없었다. 그는 여자가 체포되었을 때 자신이 그녀를 구하기 위해서 인간으로서 가능한 모든 노력을 기울였다는 사실에 특히 만족감을 느꼈다.

그는 그녀를 안락의자에서 일으켜세우고, 눈물로 얼룩진 얼굴을 손가락으로 닦아주고, 부드럽게 그녀를 포옹했다.

13

이 순간 창문을 넘어서, 어딘가 먼 곳에서, 3년 전에, 우리들이 남겨두고 온 이야기 속에서 죽음이 초조하게 기다리고 있다. 이제는 그 죽음이 던지는 백골 모양의 길고도 긴 그림자가 중년 남자와 그의 젊은 애인이 마주 선 장면에 드리워서, 아늑한 아파트에 갑자기 싸늘한 어둠이 깃들게 만든다.

남자는 그녀를 다정하게 안고 있고, 그녀는 그의 품 안에서 꼼짝도 않고 몸을 기대어 서 있다.

이 몸을 기댄 자세는 무엇을 의미하는가?

그녀는 자신을 그에게 내맡기고 있다. 그녀는 그의 품에 몸을 맡겼고, 그곳에서 머물기를 원한다.

그러나 이 내맡김은 접근이 아니다! 그녀는 그의 품에 자리를 잡았으나, 닫히고 폐쇄된 상태 그대로 남아 있다. 그녀의 두 어깨는 가슴을 보호하듯 안으로 오므렸으며, 그녀의 머리는 그의 얼굴을 향한 것이 아니라 남자의 가슴팍에 얹혀 있다. 그녀는 그의 스웨터에서 어둠 속을 들여다보고 있다. 그녀는 그의 품에 자리를 잡았으나, 그가 그녀를 가려주도록 강철 금고 같은 그의 포옹에 자신을 맡긴 것뿐이다.

14

그는 눈물에 젖은 그녀의 얼굴을 들어올리고 키스하기 시작했다. 그는 관능적인 욕망보다 동정심에 의해서 자극을 받았지만, 이런 종류의 상황들은 흔히 피하기 어려운 자동적인 연쇄작용을 유발시키기가 쉽다. 그는 혀로 그녀의 입을 벌려보려고 했지만 성공하지 못했고, 그녀의 입술은 닫힌 채로 반응을 보이기를 거부했다.

상당히 묘한 일이었지만 그녀에게서 반응을 얻어내는 데 실패하면 실패할수록 그를 집어삼킨 동정심의 회오리는 그만큼 더 강해졌으며, 그는 자신의 품에 안긴 여자가 영혼을 육체로부터 잘라냈으며 이 절단으로부터 생긴 피투성이 상처가 아직 아물지 않았음을 의식하게 되었다.

그는 그녀의 빈약하고 가련한 몸을 만져보았고, 어둠이 깔려 더욱 강렬해진 동정심의 회오리는 모든 선명한 윤곽을 지워버렸고 두 사람의 육체에서 모든 구체적이고 물질적인 요소를 박탈해버렸다. 그와 동시에 남자는 자신의 몸이 그녀를 육체적으로 원하고 있음을 느꼈다!

그것은 상당히 예기치 않았던 일이었다. 그는 관능이 없이도 관능적인 기분을 느꼈고, 흥분이 없어도 흥분감을 느꼈다! 어쩌면 그것은 단순한 너그러움에 불과한지도 모를 일인데, 그 너그러운 감정이 어떤 신비한 변질과정을 거쳐 육체적인 흥분으로 바뀐 모양이었다!

그러나 어쩌면 그 흥분감이 너무나 갑작스럽고 파악하기 힘들었기 때문에, 그것은 어느새 걱정으로 그를 덮쳐버렸다. 그는 정신없이 그녀를 애무하며 드레스의 단추를 벗기려고 했다.

그녀는 몸을 빼내려고 발버둥쳤다. "안 돼요, 안 돼요! 제발 이러지 말아요! 난 싫단 말이에요!"

15

말로는 그를 말릴 수가 없을 듯싶었기 때문에 그녀는 남자의 품에서 몸을 빼내어 방의 한쪽 구석으로 도망쳤다.

"왜 그래? 왜 이러는 거야?" 그가 물었다.

그녀는 벽에 몸을 붙이고는 잠자코 있었다.

그는 그녀에게로 다가가서 뺨을 쓰다듬어주었다. "저런, 저런, 나를 두려워하는 건 아니겠지. 나를 두려워할 필요는 없다는 거 알잖아. 왜 이러는지 말해봐. 무슨 일이 있었어?"

 할 말이 생각나지 않아서 그녀는 입을 다문 채로 구석에 서 있었다. 그녀는 단 하나의 당당한 몸뚱아리를 형성하는 듯 기수들과 짝을 지은 힘차고 커다란 말들이 형무소 정문 앞으로 지나가는 광경을 다시 한번 눈앞에 생생하게 보았다. 그녀는 그들보다 너무나 뒤처졌고, 그 짐승들의 완벽함에 비하면 너무나 초라해서, 나무의 밑둥이나 벽 따위의 근처에 있는 아무 물체하고라도 하나로 결합해서 그 무생물 속으로 숨어버리고 싶은 욕망을 느꼈다.

 "왜 그래?" 그가 되풀이해서 물었다.

 "여길 찾아오지 말았어야 하는 건데 그랬어요. 당신은 늙은 여자도, 늙은 남자도 아니니까요."

16

그는 오랫동안 말없이 그녀의 얼굴을 어루만진 다음에 이부자리를 펴도록 도와달라고 부탁했다. (방 안은 이미 어두워졌다.) 그들은 널찍한 긴 의자에 나란히 누웠고, 그는 오랫동안 어느 누구에게도 그랬던 적이 없는 온화한 태도로, 부드럽게 위로하는 목소리로 그녀에게 이야기했다.

 육체적인 사랑에 대한 욕구는 사라졌지만, 거역할 수 없을 정도로 깊고도 강렬한 동정심은 그의 마음에 여전히 그대로 남아 있었다. 그는 전등을 켜고 여자를 물끄러미 쳐다보았다.

 그녀는 긴장하고 어색한 모습으로, 천장에 시선을 고정시킨 채로 누워 있었다. 그녀에게 무슨 일이 있었던 것일까? 그들이 그녀에게 무슨 짓을 했을까? 매질을 했나? 공포에 떨게 하고? 고문도 하고?

 그는 알 수가 없었다. 여자는 침묵을 지켰고, 그는 그녀의 머리카락과 눈썹과 얼굴을 가만히 쓰다듬었다.

그는 오랫동안 그녀를 어루만졌고, 그제야 그녀의 눈에서 공포가 누그러지는 듯싶었다.

그는 오랫동안 그녀를 어루만졌고, 그제야 그녀는 눈을 감았다.

17

아파트의 창문이 열려 있었고 봄철의 시원한 밤바람이 흘러들어왔다. 방 안이 다시 어두워졌고 중년 남자는 그녀의 곁에 꼼짝도 않고 누워 있었다. 그는 악몽을 꾸는 듯 몸을 뒤척이던 그녀의 숨소리에 귀를 기울였고, 그녀가 잠이 들었다고 생각되자 가볍게 그녀의 손을 어루만지며, 애달픈 자유를 맞은 새로운 시대에 그녀에게 첫날 밤의 안식을 제공할 수 있었다는 데 행복감을 느꼈다.

이 소설에서 우리들의 비유를 위해서 언급했던 바깥채의 창문은 여전히 열려 있으니, 그 창문을 통해서 우리들은 얼마 전에 남겨두고 온 소설의 소리들을 아직도 들을 수 있다. 그대는 초조하게 서성이는 죽음의 아득한 소리가 들리는가? 우리들은 아직 다른 소설의 다른 이야기에 등장하는 이 아파트에 있으니, 죽음더러 기다리라고 하자.

다른 이야기라고? 아니다, 꼭 그렇지는 않다. 중년 남자와 여자의 삶에서 그들의 만남은 그들의 이야기 중간에 등장한 잠깐의 막간일 뿐이지, 이야기 그 자체는 아니다. 그들의 만남이 사건의 연속으로 이어질 가능성은 없다. 그것은 그녀를 기다리는 삶의 긴 진통에 앞서서 남자가 여자에게 베풀어준 짤막한 돌파구에 지나지 않는다.

우리들의 소설에서도 역시 이 부분은 이름 없는 한 남자가 예기치 않은 친절의 등불을 밝힌 조용한 막간에 지나지 않는다. 우리들의 눈앞에서 소설의 바깥채가 사라지기 전에, 그 조용한 등불, 그 친절한 불빛을 잠깐만 더 응시하도록 하자.

제7부

시인의 죽음

1

거울이 달린 시의 집에서 살아가기가 얼마나 고독한지는 오직 참된 시인만이 알고 있다. 아득한 총성이 창문을 통해서 들려오고, 마음은 넓고 넓은 세계에 대한 갈망으로 아프다. 레르몬토프는 군복의 단추를 단단히 여미고, 바이런은 권총을 야간용 탁자 서랍에 넣어두고, 볼커는 그의 시에서 군중과 손을 맞잡고 행진하며, 할라스는 운율을 맞춘 저주를 퍼부어대고, 마야코프스키는 자신이 지은 노래의 목을 밟아 누른다. 영광스러운 전투가 거울 속에서 치열하다.

그러나 조심하라! 만일 어느 시인이 실수를 저질러 거울이 달린 그의 집으로부터 벗어나면, 그는 사격술이 형편없기 때문에 죽음을 당할 것이다. 만일 그가 총을 쏘면, 그 총알이 시인 자신을 죽일 것이다.

안타깝다, 그대는 그들이 오는 소리가 들리는가? 말 한 필이 구불구불한 코카서스의 산길을 달려올라오고 있고, 안장 위에 우뚝 앉은 사람은 권총을 찬 레르몬토프이다. 또다른 말발굽과 마차가 삐걱거리는 소리가 들려온다! 이번에도 마찬가지로 권총을 손에 들고 있는데, 그는 결투하러 가는 푸시킨이다!

지금 우리들의 귀에 들려오는 이 소리는 무엇인가? 그것은 전차, 느리고 삐걱거리는 프라하의 전차이다. 그것은 야로밀을 한 교외지역에서 다른 지역으로 실어다주는데, 날이 차다. 야로밀은 검은 양복에, 넥타이에, 겨울 외투 차림이고 모자를 썼다.

2

자신의 죽음을 전혀 꿈꾸지 않았던 시인이 어디 있겠는가? 상상 속에서 죽음을 채색해보지 않았던 시인이 어디 있겠는가? '나는 죽어야만 하는가? 그렇다면 불로 인하여 죽게 하라…….' 그대는 야로밀로 하여금 불의 죽음을 생각하게끔 유도한 것이 단순히 상상력의 우발적인 장난에 지나지 않았다고 생각하는가? 그렇지 않다. 죽음은 하나의 메시지여서, 그것은 말을 하고, 죽는다는 행위는 그 나름대로의 어의(語義)를 가치며, 한 인간이 어떻게 그리고 어떤 원소(元素)에 의해서 죽느냐 하는 것은 중요하다.

얀 마사리크는 그의 숙명이 단단한 운명의 용골(龍骨)에 부딪쳐 산산조각이 나는 것을 본 다음에 1948년에 프라하의 어느 궁전에서 마당으로 투신하여 그의 생을 끝냈다. 3년 후에 시인 콘스탄틴 비블은 자신이 동지라고 생각했던 사람들에게 추적을 당하며 같은 도시의 건물 5층에서 길바닥으로 몸을 던졌다. 그가 부딪쳐 으스러진 원소는 흙이었으며, 그의 죽음은 공기와 무게 사이의 갈등, 꿈과 현실 사이의 비극적인 갈등을 상징했다.

얀 후스와 조르다노 브루노는 칼이나 교수형 밧줄이 아니라, 화형을 위한 장작더미에 의해서 죽음을 맞았다. 육체는 일시적이며 사상은 영원하고, 불꽃의 빛나는 본질은 사상의 이미지이기 때문에, 이렇듯 그들의 생은 신호를 보내는 불빛과, 등대와, 횃불로 바뀌어 오랜 세월을 훤히 비추어준다.

그런 반면에 오필리아는 불과 연결지어서 생각할 수 없고, 인간 영혼의 심오함은 깊은 물과 밀접한 관계가 있기 때문에 그녀는 물에 의한 죽음을 맞아야만 했다. 물은 그들 스스로의 자아 속에, 그들의 사랑 속에, 그들의 감정 속에, 그들의 광증(狂症) 속에, 그들의 거울에 반사된 격정의 소용돌이 속에 빠져 익사한 사람들을 죽이는 원소이다. 민요 속에는 사랑하는 이가 전쟁터에서 돌아오지 않았다고 물에 빠져 죽은 아가씨들의 이야기가 있다. 해리엇 셸리도 물속에 몸을 던졌고, 파울 첼란도 센 강에서 죽음을 맞았다.

3

그는 전차에서 내려 검은 머리의 여자가 사는 집으로, 언젠가 그가 아름다운 검은 머리의 여자를 혼자 두고 비겁하게 도망친 적이 있는 집으로 걸어갔다.

그는 자비에르를 생각했다.

처음에는 야로밀밖에 없었다.

그리고 야로밀은 제2의 자신이며, 모험에 찬 꿈과 같은 그의 두 번째 존재인 자비에르를 창조했다.

그리고 이제는 꿈과 현실, 시와 인생, 행동과 사고의 사이에서 벌어지는 갈등을 제거할 때가 온 것이다. 자비에르와 야로밀 사이의 균열을 막기 위해서는 둘이 단 하나의 존재로 결합해야만 했다. 환상의 인간은 행동의 인간이 되고, 꿈의 모험은 삶의 모험이 되어야 한다.

그는 그녀의 집이 가까워지자 그의 오랜 수줍음이 다시 돌아오는 것을 의식했다. 불안한 마음에 그는 목구멍이 더욱 쓰라려졌다. (야로밀이 감기가 걸렸기 때문에 어머니는 그날 저녁 그를 파티에 보내고 싶어하지 않았다.)

문 앞에 이르자 그는 주저했다. 그는 용기를 얻기 위해서 그가 최근에 겪었던 대단한 날들을 자신에게 상기시켰다. 그는 붉은 머리의 여자와, 그녀가 당해야 할 심문을 생각했고, 경찰을 생각했고, 오직 그의 힘과 의지력에만 의존해서 그가 유발시킨 일련의 사건들을 생각했다…….

"나는 자비에르다. 나는 자비에르다……." 그는 자꾸만 자신을 납득시키며 초인종을 눌렀다.

4

안에 모인 사람들은 젊은 배우들과 여배우들과 화가들과 프라하의 여러 예술계 학교에 다니는 학생들이었다. 저택의 주인도 있었는데, 그는 집 안의 모든 방을 파티에 쓰라고 내놓은 터였다. 영화인은 야로밀을 몇 사람에게 소개했고, 그의 손에 술잔을 쥐어주고는 좋아하는 포도주를 골라서 따라 마시라고 하고는 가버렸다.

야로밀은 검은 양복에 하얀 셔츠와 넥타이 차림이 우스꽝스럽고 부자연스럽다는 것을 느꼈다. 모두가 자유로운 옷차림이었고, 손님들 가운데 여러 명은 스웨터와 슬랙스만 걸치고 있었다. 그는 의자에 앉아서 한참 조바심을 내다가 마침내 결심을 하고는, 재킷을 벗어 의자의 등받이에 걸고 넥타이를 늦추고 셔츠 위쪽 단추를 풀었다. 그러고 나자 그는 기분이 약간 좋아졌다.

손님들은 서로 관심을 끌기 위해서 저마다 열을 올렸다. 젊은 배우들은 마치 무대에 선 것처럼 행동하며 부자연스럽게 큰소리로 떠들었고, 모두들 재치나 독창성으로 다른 사람들에게 좋은 인상을 주려고 애썼다. 야로밀도 역시 술이 몇 잔 들어간 다음에 대화가 벌어지는 수면 위로 머리를 들려고 해보았다. 몇 차례 그는 자기 딴에는 재치 있고 풍자적이라고 생각하는 말을 한마디씩 던졌고, 그래서 잠시나마 사람들의 관심을 끌곤 했다.

5

그녀는 벽을 통해서 시끄러운 댄스 음악 소리를 들었다. 며칠 전에 정부에서는 위층의 세 번째 방을 새로운 입주자 가족에게 배정해주었다. 어머니와 야로밀에게 남은 두 개의 방은 사방이 소음으로 에워싸인 작은 침묵의 둥지 같았다.

어머니는 음악 소리를 들었고, 혼자였으며, 영화인 생각을 했다. 처음 그녀를 만났을 때 어머니는 미모의 여인과 야로밀 사이에서 정사(情事)가 내포하게 될 위험성을 인식했다. 어머니는 이 여자와 친구가 되어 곧 눈앞에 닥칠 전투에서 아들을 지키기 위해서 전략적인 위치를 확보하려고 애썼다. 그러나 이제 어머니는 그 모든 노력이 헛수고였다는 것을 깨닫고 창피한 기분이 들었다. 영화인은 어머니를 파티에 초대할 생각조차도 하지 않았다! 그들은 그냥 어머니를 옆으로 밀쳐버렸다.

영화인은 언젠가 어머니에게 그녀가 경찰청 영화 모임에서 일하게 된 이유가 부유한 집안 출신이었던 그녀로서는 공부를 계속하기 위해서 정치적인 보호수단이 필요했기 때문이라고 귀띔을 했었다. 그리고 이제 어머니는 이 약삭빠른 여자가 모든 일을 그녀 자신에게 유리한 방향으로 조작해놓는 방법을 안다는 것을 깨닫게 되었다. 어머니는 아들에게 접근하기 위한 징검다리였을 뿐이었다.

6

인기를 끌기 위한 경쟁은 계속되어서, 누군가 피아노를 연주했고, 몇 쌍의 남녀가 춤을 추었고, 시끄러운 대화와 웃음소리가 여기저기서 울려나왔다. 모두들 재치 있는 농담으로 다른 모든 사람에게 훌륭한 인상을 주고, 단 한순간이나마 군중의 머리 위로 뛰어오르고 싶어했다.

마르티노프 역시 그곳에 있었는데, 키가 크고, 미남이고, 우아한 제복에 큰 단검을 차서 거의 오페라적인 분위기까지 풍기는 그는 여자들에게 둘러싸여 있었다. 아, 이 남자 때문에 레르몬토프는 얼마나 울화가 치밀었던가! 바보에게 잘생긴 얼굴을 주고 레르몬토프에게 짧은 다리를 주다니, 하느님은 불공평했다. 그러나 시인은 비록 다리는 길지 못했지만 풍자적인 재치가 뛰어나서 사람들의 머리 위로 높이 뛰어오를 수 있었다.

그는 마르티노프를 흠모하는 무리에게로 가서 기회가 오기를 기다렸다. 그리고 무례한 농담을 한마디 하고는 사람들의 얼굴에 나타난 당황한 표정을 둘러보았다.

7

(한참 동안 보이지 않던) 그녀가 마침내 방 안에 나타났다. "재미있는 시간을 보내고 있어요?" 크고 어두운 눈으로 그를 쳐다보며 그녀가 물었다.

야로밀에게 마술적인 순간이, 그가 그녀의 방에 앉아 있고 두 사람의 시선이 서로 상대방에게만 고정되었던 그 마술적인 저녁이 되돌아오고 있는 것 같았다.

"아뇨, 그렇지 못한데요." 그녀를 빤히 쳐다보면서 그가 말했다.

"따분한가요?"

"난 당신 때문에 이곳에 왔는데, 당신은 항상 다른 곳에 가 있는 것 같군요. 나하고 전혀 시간을 같이 보낼 수 없다면 왜 나를 초대했나요?"

"하지만 여긴 흥미로운 사람들이 너무나 많아요."

"하지만 나에게 그들은 모두 내가 당신과 가까이 있기 위한 핑계에 지나지 않아요. 나에게 그들은 내가 당신에게 도달하기 위해서 딛고 올라서는 층계에 지나지 않는다구요."

그는 자신만만해졌으며, 자신의 말솜씨에 스스로 흡족해졌다.

"오늘 여긴 층계가 굉장히 많군요!" 그녀가 웃었다.

"어쩌면 층계 대신에 내가 당신에게 보다 빨리 도달할 수 있는 비밀통로를 당신이 알려줄 수도 있겠죠."

그녀는 계속해서 미소를 지었다. "그렇게 해보죠." 그녀는 그의 손을 잡아 방에서 데리고 나갔다. 그녀는 그를 이끌고 층계를 올라가 그녀의 방으로 갔고 야로밀은 가슴이 두근거리기 시작했다.

그 두근거림은 필요 없는 것이었다. 그에게 익숙한 그 방은 다른 남자들과 여자들로 꽉 차 있었다.

8

옆방들은 오래 전에 불이 꺼졌다. 한밤중이었다. 어머니는 야로밀을 기다리며 자신이 패배했다는 생각을 했지만, 따지고 보면 한 번의 전투에서 패배했을 뿐이니 싸움을 계속할 것이라고 자신에게 다짐했다. 그렇다, 그녀는 아들을 위한 싸움을 계속할 것이며, 아무도 그를 빼앗아갈 수 없고, 아무도 그녀를 밀쳐버릴 수 없다. 그녀는 영원히 아들의 뒤를 따르겠다고 결심했다. 그녀는 안락의자에 앉아 있었지만, 지금 자신이 움직이고 있다는 느낌이 들었다. 그녀는 아들을 되찾기 위해서 그리고 다시 그와 함께하기 위해서 긴 밤의 어둠 속으로 나아가고 있었다.

9

여자의 방은 이야기 소리와 담배연기로 가득했으며, 그 속에서 (서른 살쯤 된 듯한 남자) 손님 한 사람이 아까부터 야로밀을 자세히 살펴보고 있었다. "당신 애기를 들어본 것 같은데요." 마침내 그가 말했다.

"내 얘기를요?" 기뻐하며, 야로밀이 물었다.

남자는 야로밀더러 혹시 어린 시절부터 어떤 화가를 찾아다니던 바로 그 사람이 아니냐고 물었다.

야로밀은 이렇게 서로 안면이 있는 사람 때문에 이 집단과 보다 단단히 결속된다는 것이 기뻐서 열심히 머리를 끄덕였다.

"하지만 당신은 한참 동안 그를 찾아가지 않았죠." 남자가 말했다.

"네, 꽤 오랫동안."

"왜 안 찾아갔죠?"

야로밀은 어떻게 대답해야 할지 몰라서 어깨를 으쓱했다.

"난 당신이 왜 안 찾아갔는지 알아요. 당신은 그가 당신 활동에 방해가 되리라고 생각했겠죠."

"내 활동 말인가요?" 야로밀이 억지로 웃었다.

"당신은 시를 발표하고, 청중 앞에 나서서 낭송을 하기도 하죠. 오늘 우리들을 초대한 여자가 그녀의 정치적인 명성을 위해서 당신에 관한 영화도 만들었구요. 반면에 그 화가는 그의 작품을 전시하지 못하게 금지당했거든요. 언론에서 그를 인민의 적이라고 불렀다는 걸 당신도 틀림없이 알고 있을 텐데요."

야로밀은 침묵을 지켰다.

"자, 당신은 그 사실을 알았나요, 몰랐나요?"

"그런 얘기를 들은 것 같긴 하군요."

"그의 그림들이 퇴폐적인 부르주아 쓰레기라고 말입니다."

야로밀은 침묵을 지켰다.

"당신 친구인 화가가 지금 뭘 하고 있는지 알기나 합니까?"

야로밀은 어깨를 으쓱했다.

"당국에서 그를 선생 자리에서 쫓아냈고, 그래서 그는 건축 공사장 인부로 일하죠. 그가 자신의 신념들을 철회하지 않았기 때문입니다. 그는 전등에 의지해서, 야간에 그림을 그립니다. 하지만 그는 아름다운 작품들을 만들어내고 있죠. 구역질나는 똥만도 못한 당신 작품들하고는 다른 그림을요!"

10

또다른 무례한 농담, 그리고 또다른 무례한 농담, 그러다가 결국 잘생긴 마르티노프도 모욕을 당했다. 그는 모든 사람들의 앞에서 레르몬토프를 질책했다.

무엇이라고? 시인이 그의 재치 있는 농담을 거둬들여야 하는가? 그가 용서를 빌어야 하는가? 절대로 그럴 수는 없다!

레르몬토프의 친구들이 그에게 경고한다. 멍청한 소리를 놓고 결투의 위험을 무릅쓰는 것은 미친 짓이다. 일들을 무사히 넘기는 쪽이 훨씬 좋다. 그대의 목숨은, 레르몬토프여, 명예라고 일컫는 헛된 개념보다 훨씬 더 소중하다.

무엇이라고? 명예보다도 더 고귀한 것이 있다고?

그렇다, 레르몬토프. 그대의 목숨, 그대의 작품 말이다.

아니다, 명예를 능가하는 것은 없다!

명예는 그대의 허영심이 느끼는 갈증에 지나지 않는다, 레르몬토프. 명예는 아침이면 사라져버릴, 하찮은 청중이 힐끗 보게 될, 순간적으로 거울에 비친 그림자일 따름이다!

그러나 레르몬토프는 젊고, 그에게 생은 영원처럼 한이 없다. 그를 지켜보는 소수의 신사 숙녀분들은 인간성의 눈이다. 그는 인간다운 꿋꿋한 걸음걸이로 그들의 앞에서 활보할 것이며, 그렇지 못하면 그는 살아갈 자격이 없다!

11

그는 굴욕의 흙탕물이 얼굴로 줄줄 흘러내린다고 느꼈으며, 그토록 수치로 더럽혀진 얼굴을 내밀고는 그곳에 한순간도 더 머물 수가 없다는 것을 알았다. 사람들이 그를 진정시키려고 해보았지만 소용이 없었고, 그를 위로해보려고도 했지만 역시 소용이 없었다.

"소용없는 일입니다." 그가 말했다. "어떤 갈등들은 화해시킬 수 없게 마련이니까요." 흥분감으로 긴장한 그가 몸을 일으켜 낯선 이를 향해 돌아섰다. "그 화가가 평범한 노동자로 일하고 전등 아래에서 그림을 그려야 한다니, 개인적으로 나는 대단히 안됐다고 생각합니다. 하지만 객관적으로 말하자면 그가 촛불을 켜놓고 그림을 그리거나 전혀 그림을 그리지 않거나, 두 가지는 티끌만 한 차이도 야기하지 못합니다. 그의 그림들이 대변하는 세계는 오래 전부터 모두 죽어버렸어요. 참된 생은 다른 곳에 있습니다! 완전히 다른 어느 곳에요! 그리고 그 이유 때문에 나는 더 이상 그 화가를 만나지 않습니다. 존재하지도 않는 문제들을 놓고 그 사람과 논쟁을 벌여봤자 아무 소용도 없으니까요. 나는 그의 행운을 빕니다! 난 죽은 자들에 대해서는 아무런 나쁜 감정도 가지고 있지 않으니까요! 흙이 그들을 포근히 덮어주기만을 바라죠. 그리고 난 당신에게도 똑같은 말을 하고 싶습니다." 그가 남자를 가리켰다. "흙이 당신도 포근히 덮어주기를 바랍니다. 당신은 죽었고, 그런데도 자신이 죽었다는 사실조차 모르고 있군요."

남자가 몸을 일으키며 말했다. "시인과 시체가 대결하면 흥미롭겠군요."

야로밀은 피가 머리로 치솟아올랐다. "해봅시다." 그가 말하고는 남자에게 주먹을 휘둘렀다. 그러나 상대방이 야로밀의 팔을 잡아 휙 낚아채 돌려세운 다음에 한 손으로 목덜미의 옷깃을 그리고 다른 손으로는 바지의 엉덩이 부분을 움켜잡고는 그를 들어올렸다.

"우리 시인 동지를 어디로 집어던져드릴까?" 그가 말했다.

조금 전까지만 해도 두 명의 적을 진정시키려고 애쓰던 젊은 손님들이 웃음을 터뜨렸다. 허공에서 연약한 물고기처럼 필사적으로 발버둥치는 야로밀을 번쩍 치켜들고, 남자가 성큼성큼 방 안을 가로질렀다. 남자는 발코니로 가서 문을 열고 야로밀을 문턱에 엎어놓고는 냅다 걷어차려고 발을 겨누었다.

12

총성이 울리고, 레르몬토프가 가슴을 움켜잡으며, 야로밀은 발코니의 차가운 콘크리트 바닥으로 떨어진다.

오, 체코인들의 땅이여! 오, 영광스러운 권총의 총성이 엉덩이를 걷어차는 장난으로 바뀌는 땅이여!

그러나 레르몬토프를 흉내냈다고 해서 우리들이 야로밀을 비웃는 것이 옳은 것인가? 가죽 외투를 입고 독일종 셰퍼드를 키운다는 것까지도 앙드레 브르통을 흉내냈다고 해서 우리들이 화가를 비웃는 것이 과연 옳은 일인가? 브르통 자신도 겨룰 수 없는 숭고한 무엇을 흉내내지 않았던가? 서투른 모방은 인간의 영원한 숙명이 아니었던가?

13

총성이 울리고, 야로밀이 가슴을 움켜잡으며, 레르몬토프는 발코니의 차가운 콘크리트 바닥으로 떨어진다.

그는 화려한 장교 제복 차림으로 일어선다. 그는 처절할 만큼 혼자이다. 그의 고통에 숭고한 의미를 부여할 만큼 진정 효과를 가진 문학적인 역사는 없다. 사나이답지 못한 그의 굴욕에 자비롭게 종지부를 찍어줄 수 있는 권총도 없다. 발코니 문으로는 비웃음 소리만이 들려오는데, 그 소리는 그에게 영원히 모욕을 가져다준다.

그는 난간 너머로 몸을 내밀고 밑을 내려다본다. 안타깝게도 발코니는 그가 뛰어내리더라도 틀림없이 목숨을 끊을 수 있을 만큼 높지 못하다. 날씨가 몹시 춥고, 귀가 얼얼하고, 발이 시려서 체중을 이 다리에서 저 다리로 옮겨 뛰어보지만, 어떻게 해야 할지 전혀 대책이 서지 않는다. 그는 갑자기 문이 벌컥 열리고 히죽거리며 웃는 얼굴들이 나타날지도 모른다는 생각에 겁이 난다. 그는 사로잡혔다. 그는 희극 속에 갇혔다.

레르몬토프는 죽음은 두렵지 않지만 비웃음은 두렵다. 그는 발코니에서 뛰어내리고 싶지만, 자살은 비극인데 그것이 미수로 끝나버리면 웃음거리가 되기 때문에 그는 감히 용기가 나지 않는다.

(잠깐! 그것은 얼마나 묘한 이야기인가! 자살이 성공하거나 실패하거나 간에, 어쨌든 그것은 같은 용기를 요구하고 같은 동기로부터 유발된 여전히 똑같은 행위이다! 그렇다면 비극적인 것과 우스꽝스러운 것의 차이를 무엇이 구별하는가? 성공이라는 단순한 우발성인가? 어쨌든 왜소함과 위대함을 구분하는 것은 무엇인가? 말해보라, 레르몬토프여! 무대의 소도구일 따름인가? 권총인지, 엉덩이를 걷어차는 행위인지? 역사의 장면이 인간의 모험에 부과한 것?)

그만해두자! 발코니에서 느슨하게 푼 넥타이에 하얀 셔츠 차림으로 추위에 덜덜 떨고 있는 사람은 야로밀이다.

14

모든 혁명가들은 불을 사랑한다. 퍼시 셸리 역시 불의 죽음을 꿈꾸었다. 그의 시 속에서 연인들은 화형대의 장작더미에서 함께 숨을 거두었다.

셸리는 자신과 아내를 이 환상 속에 투사시켰다. 그렇지만 셸리는 익사했다. 운명에 대한 이 어의(語義)상의 오류를 바로잡기 위해서이기라도 한 듯, 그의 친구들은 바닷가에 커다란 화장용 장작더미를 만들어놓고는 물고기가 뜯어먹은 그의 사체를 불길에 맡겼다.

불이 아니라 추위를 보냄으로써 죽음도 역시 야로밀을 조롱하려고 하는 것일까?

야로밀은 죽음을 갈망했다. 자살이라는 생각은 그의 마음을 지빠귀의 노래처럼 끌어당겼다. 그는 자신이 심한 감기에 걸렸음을 알았고, 병이 심하다는 것을 알았지만 방으로 돌아가지 않았다. 그는 더 이상의 굴욕은 견딜 수가 없었다. 그는 죽음의 포옹만이, 그 안에서 그가 위대함을 섭취하며 영혼과 육체를 바치고 싶어하던 그 포옹만이 그에게 위안을 주리라는 것을 알았다. 그는 오직 죽음만이 그의 복수를 해주어, 그를 모욕한 자들을 살인자로 만들어 쫓기게 하리라는 것을 알았다.

그는 문 밖에 누워서 꽁꽁 언 콘크리트 바닥이 밑에서부터 그의 몸을 얼려 죽음의 작용을 가속화시키게 해야겠다는 생각이 머리에 떠올랐다. 그는 바닥에 앉았다. 콘크리트가 어찌나 차가웠는지 몇 분 후에는 엉덩이가 얼얼해졌다. 그는 눕고 싶었지만 싸늘한 바닥에 등을 댈 용기가 나지 않았고, 그래서 다시 몸을 일으켰다.

15

그는 아픈 발을 콘크리트 바닥에 굴렸지만, 이 세상의 그 무엇도 야로밀로 하여금 그를 괴롭히는 자들이 있는 방의 문을 열게 만들 수는 없었다. 그들은 무엇을 하고 있었던가? 왜 그들은 밖으로 나와서 그를 데리고 들어가지 않았던가? 그들은 그토록 잔인했던가? 아니면 심하게 술이 취했던가? 어쨌든 야로밀은 얼마나 오랫동안 밖에 있었던가?

방 안의 불빛이 갑자기 침침해졌다.

창가로 간 야로밀은 긴 의자 옆에서 약한 불빛을 내는 분홍빛 갓을 씌운 자그마한 등잔 하나만이 켜 있는 것을 보았다. 그는 계속해서 안을 살펴보았고, 결국 발가벗은 두 몸뚱아리가 한 덩어리로 뒤엉켜 있음을 알았다.

몸을 벌벌 떨고 이빨을 덜덜거리며 그는 계속해서 창문으로 들여다보았다. 커튼이 반쯤 닫혀 있었기 때문에 그는 남자에게 덮인 여자의 몸뚱아리가 영화인인지 아닌지를 확실히 알 수 없었지만, 모든 것이 그녀임을 나타내는 듯싶었다. 그녀의 머리카락은 길고 검었다.

하지만 남자는 누구일까? 맙소사! 야로밀은 그가 누구인지를 알았다! 그는 전에도 이 장면을 이미 모두 목격한 적이 있었다! 겨울! 산! 눈으로 덮인 평원, 그리고 창문 안쪽에서는 한 여자와 자비에르가! 그러나 오늘은 야로밀과 자비에르가 단 하나의 존재로 결합되는 날이었다! 어떻게 자비에르가 이런 식으로 그를 배반할 수 있단 말인가? 도대체 자비에르가 어떻게 야로밀의 여자와 코앞에서 저럴 수가 있단 말인가?

16

이제 방 안이 완전히 캄캄해졌다. 아무것도 보이거나 들리지 않았다. 그의 마음도 텅 비어서, 분노도 없고, 슬픔도 없고, 굴욕도 없어졌다. 오직 무서운 추위뿐이었다.

그는 더 이상 견딜 수가 없어서 유리문을 열고는 안으로 들어갔다. 그는 아무것도 보고 싶지 않아서 왼쪽이나 오른쪽 어느 방향도 쳐다보지 않았다. 그는 재빨리 방을 가로질러 건너갔다.

홀에는 불이 하나 켜져 있었다. 그는 층계를 달려내려가 재킷을 둔 방의 문을 열었다. 방 안은 어두웠지만 홀에서 비추는 희미한 불빛에 숨을 몰아쉬며 잠들어 있는 몇 사람의 윤곽이 드러났다. 그는 계속해서 덜덜 떨며 재킷을 찾으려고 의자들을 더듬거렸다. 그러나 그는 재킷을 찾을 수가 없었다. 그는 재채기를 했다. 잠든 사람 하나가 투덜거리며 몸을 뒤챘다.

그는 홀로 나가 옷걸이에서 외투를 꺼내 셔츠 위에 걸치고 모자를 들고는 서둘러 그 집에서 나왔다.

17

행렬은 벌써 출발했다. 앞에서는 관을 실은 수레를 말이 끌고 간다. 이르지 볼커의 어머니가 수레의 뒤를 따라 걸어간다. 검은 뚜껑 밑으로 하얀 방석의 한 귀퉁이가 삐져나와 있다. 그것은 (겨우 스물네 살이었던!) 아들의 마지막 휴식 장소를 엉망으로 마련해놓았다고 그녀를 꾸짖기 위해서 삐져나온 것처럼 보인다. 그녀는 아들의 머리 밑에 방석을 다시 여미어넣고 싶은 강한 충동에 휩싸인다.

화환에 둘러싸인 관이 교회의 한가운데 놓여 있다. 할머니는 아직도 충격에서 완전히 회복되지 않아서, 눈꺼풀을 손가락으로 들어올려야 한다. 그녀는 관을 살펴보고, 화환들을 살펴본다. 화환들 가운데 하나에는 마르티노프의 이름이 적힌 리본이 달려 있다. "그건 내다버려." 그녀가 명령한다. 마비된 눈꺼풀 밑의 늙은 눈으로 그녀는 레르몬토프의 마지막 여행을 차근차근 살펴본다. 그는 스물여섯 살이었다.

18

(스무 살이 채 안 된) 야로밀은 방에 누워 있다. 그는 열이 높다. 의사의 진단으로는 폐렴이라고 한다.

시끄럽게 말다툼을 하는 소리가 벽을 통해서 들려오지만, 미망인과 그녀의 아들이 차지한 두 방은 침묵의 섬을 이룬다. 어머니는 옆방에서 입주자들이 내는 소음이 귀에 들리지 않는다. 그녀의 머리에는 온통 약과, 뜨거운 차와, 차가운 습포 생각뿐이다. 전에도 언젠가 그가 어렸을 때 어머니는 몸이 펄펄 끓던 그를 죽은 자들의 땅으로부터 지켜주려고 여러 날 동안 계속해서 야로밀을 보살펴준 적이 있었다. 이제 그녀는 열정적으로 그리고 충실하게 그를 다시 보살펴줄 각오가 되어 있었다.

야로밀이 잠들고, 혼수상태에서 헛소리를 하고, 활활 타오르는 불길처럼 열이 그의 몸을 사른다.

불길이라고? 그는 결국 불로 변할 것인가?

<h2 style="text-align:center">19</h2>

한 남자가 어머니의 앞에 서 있다. 그는 야로밀과 이야기를 나누고 싶다고 한다. 어머니가 거절한다. 남자는 붉은 머리 여자의 이름을 댄다. "당신 아들이 그녀의 오빠에 대한 정보를 제공했어요. 두 사람이 모두 현재 체포되어 있습니다. 전 아드님과 꼭 이야기를 나눠야 합니다."

그들은 어머니의 방에서 서로 마주 보고 있지만, 어머니에게 이 방은 이제 아들의 한 부분이라고만 여겨진다. 그녀는 낙원의 정문을 지키는 무장한 천사처럼 이 방을 지킨다. 방문객의 목소리는 험악하고, 어머니는 그 목소리 때문에 화가 난다. 그녀는 문을 열고 야로밀의 침대를 가리킨다. "그렇다면 좋습니다. 저기 있으니 대화를 해봐요!"

남자는 혼수상태에 빠지고 상기된 얼굴을 본다. 어머니는 확고한 목소리로 말한다. "난 당신 말을 알아듣지 못하겠지만, 내 아들은 자신이 어떤 행동을 하고 있는지 스스로 판단력이 있었다는 것을 자신 있게 당신에게 이야기하고 싶습니다. 지금까지 저 애가 한 모든 행동은 노동자 계층의 이익을 위한 것이었습니다."

야로밀이 너무나 자주 사용했지만 그녀에게는 지금까지 생소하기만 했던 이 어휘들을 입에 올리면서 그녀는 벅찬 힘의 인식을 느낀다. 그 어휘들은 그녀를 그 어느 때보다도 더 아들과 가깝게 결속시킨다. 그들은 이제 하나의 영혼, 하나의 마음으로 이어졌다. 그녀와 아들은 같은 물질로 이루어진 단 하나의 우주를 형성한다.

20

자비에르는 체코어 공책과 생물 교과서가 담긴 가방을 들고 있었다.
"어디로 가는 거예요?"
자비에르는 미소를 짓고는 창밖을 가리켰다. 창문이 열려 있었다. 바깥에서는 태양이 빛났고, 멀리에서 모험을 약속하는 도시의 소리들이 들려왔다.
"당신은 나를 데리고 가겠다고 약속했잖아요……."
"그건 오래 전 얘기예요." 자비에르가 말했다.
"나를 배반하겠다는 건가요?"
"그래요. 난 당신을 배반할 거예요."
야로밀은 너무 화가 나서 숨을 제대로 쉴 수가 없다는 기분이 들었다. 그는 자비에르에게 엄청난 증오심을 느꼈다. 최근까지만 해도 그는 자신과 자비에르가 단 하나의 존재가 가진 두 가지 양상이라고 믿었었는데, 이제 그는 자비에르가 완전히 다른 인간이며 그의 가장 큰 적이라는 사실을 깨달았다.
자비에르가 그의 얼굴을 어루만졌다. "당신은 사랑스럽고, 당신은 너무나 아름답고……."
"왜 당신은 나를 여자처럼 대하나요? 당신 미쳤어요?" 야로밀이 소리쳤다.

그러나 자비에르는 물러나려고 하지 않았다. "당신은 아름다워요. 하지만 나는 당신을 배반해야만 합니다."

자비에르는 열린 창문을 향해서 돌아섰다.

"나는 여자가 아니에요! 내가 여자가 아니라는 건 당신도 잘 알잖아요!" 야로밀은 그의 등 뒤에 대고 자꾸만 소리쳤다.

21

열이 좀 내렸고 야로밀은 방 안을 둘러보고 있다. 벽들이 헐벗었고, 장교 군복을 걸친 남자의 사진을 끼운 틀이 없어졌다.

"아버지는 어디 있죠?"

"아버지는 떠나셨어." 어머니가 부드럽게 말한다.

"왜요? 누가 아버지를 벽에서 떼어냈나요?"

"내가 떼어냈단다, 애야. 난 아버지가 우리들을 내려다보는 걸 좋아하지 않아. 난 우리 두 사람 사이에 누구라도 끼어드는 걸 좋아하지 않는단다. 이제는 더 이상 너에게 거짓말을 할 필요가 없겠지. 네가 꼭 알아둬야 할 것이 있단다. 네 아버지는 네가 태어나는 걸 원하지 않았어. 아버지는 네가 살기를 원하지 않았단 말야. 무슨 말인지 알겠니? 아버지는 네가 틀림없이 태어나지 않도록 나더러 손을 쓰라고 했어."

야로밀은 열 때문에 기진맥진했고, 더 이상 대화를 하거나 질문을 할 힘이 없었다.

"아름다운 내 아들아." 떨리는 목소리로 어머니가 말했다.

야로밀은 지금 그에게 이야기하고 있는 여자는 항상 그를 사랑했고, 결코 그를 피한 적이 없었고, 그녀를 잃을 것이라는 두려움이나 질투를 느끼게 만들었던 적이 한번도 없었음을 깨달았다.

"저는 아름답지 않아요, 어머니. 아름다운 사람은 바로 어머니예요.

어머니는 너무나 젊어 보여요."

어머니는 아들의 말을 듣고 행복해서 흐느껴 울고 싶은 기분이었다. "넌 정말 내가 아름답다고 생각하니? 넌 너무나 나하고 닮았어. 넌 그런 소리를 듣는 걸 좋아하지 않았지. 하지만 넌 나하고 똑같아 보이고, 난 그것이 기쁘단다." 그녀는 비단결 같고 노란 빛깔인 그의 머리카락을 쓰다듬었다. 그녀는 그의 머리에 입을 맞추었다. "내 아들아, 네 머리카락은 천사의 머리카락 같구나."

야로밀은 굉장히 피곤한 기분을 느꼈다. 그는 어떤 다른 여자도 찾을 힘이 없었다. 그들은 모두 너무나 멀리 떨어져 있었고, 그들에게로 가는 길은 너무나 끝없이 멀기만 했다. "사실 전 어떤 여자도 정말로 좋아했던 적은 없었어요." 그가 말했다. "어머니 이외에는요. 어머니가 가장 아름다운 여자예요."

어머니가 흐느껴 울면서 그에게 키스했다. "우리들이 그토록 멋진 시간을 같이 보냈던 그 휴양지를 기억하니?"

"네, 어머니. 저는 항상 어머니를 가장 사랑했어요."

어머니는 행복의 커다란 눈물방울을 통해서 세계를 보았다. 그녀 주변의 모든 것이 녹아내렸고, 모든 것이 형식의 속박으로부터 뛰어나왔고, 모든 것이 춤추고 환희했다. "정말이니, 애야?"

"그래요." 야로밀이 말했다. 그는 뜨거운 손바닥으로 어머니의 손을 꼭 잡았다. 그는 피곤했다. 너무나 피곤했다.

22

볼커의 관 위에는 벌써 흙더미가 쌓이는 중이고, 볼커 부인은 벌써 공동묘지에서 돌아오는 중이다. 랭보의 관은 벌써 돌멩이가 내리누르고 있지만, 그의 어머니는 사람들을 시켜 가족 지하묘지를 열었다고 한다. 검은 드레스를 입은 저 근엄한 노부인, 그대는 보고 있는가? 그녀는 관이 제자리에 놓이고 제대로 닫혔는지 확인하느라고 어둡고 눅눅한 지하 토굴을 둘러보고 있다. 그렇다, 모든 것이 제대로 되어 있다. 아르투르가 거기 있고, 그는 도망치지 않는다. 아르투르는 절대로 다시는 도망치지 않을 것이다. 모든 것이 제대로 자리를 잡았다.

23

결국 물이란 말인가, 그냥 물? 불이 아니고?

그는 눈을 떴고, 턱이 부드럽게 뒤로 물러나고 고운 머리카락이 노란 빛깔인 얼굴이 그를 굽어보고 있는 것을 보았다. 그 얼굴이 그에게 어찌나 가까웠는지, 그가 잔잔한 연못에 비친 자신의 모습을 보려고 몸을 수그리고 있는 것 같았다.

아니다, 불이 아니다. 그는 물로 인해서 죽으리라.

그는 물속에 비친 자신의 얼굴을 살펴보았다. 갑자기 그는 그 얼굴을 스치는 깊은 두려움을 보았다. 그것이 그가 마지막으로 본 것이었다.

1969년 6월에 완성.

옮긴이의 말

문학의 살바도르 달리

내가 밀란 쿤데라의 작품을 처음 접한 것은 몇 년 전, 「하녀 볼기치기(Spanking the Maid)」를 쓴 미국 작가 로버트 쿠버(Robert Coover)가 내한했을 때였다. 전에 「하녀 볼기치기」를 번역한 일이 있어서 그 인연으로 쿠버를 만났고, 그때 함께 만나 펜실베이니아 주립대학교의 루리스 스파벤타 씨가 쿤데라를 번역해서 한국 독자에게 소개하면 좋을 것이라면서 「웃음과 망각의 책」을 나에게 주었다.

나는 쿤데라의 특이한 문체에 관심이 끌렸으나 막상 출판할 곳을 찾아 몇 군데 문의했지만 별로 솔깃해하는 사람이 없었다. 그러다가 1987년 1월 미국에 갔을 때 뉴욕의 메이시스 서점에서 이 책을 발견했고, 귀국한 다음 다시 몇 사람을 만났더니 "까치글방"에서 서슴지 않고 출판에 응해 드디어 소망(?)을 이루게 되었다.

밀란 쿤데라(Milan Kundera)는 1929년 체코슬로바키아의 브륀에서 태어났으나 1975년 이후에는 프랑스에서 살아온 작가이며, 지금까지 「농담」, 「생은 다른 곳에」, 「송별회」, 「웃음과 망각의 책」, 「참을 수 없는 존재의 가벼움」, 그리고 단편집으로 「웃기는 사랑」을 발표한 바 있다.

이 소설을 읽어가면 독자들도 당장 알게 되겠지만 쿤데라는 참으로 특이한 작가여서, 그의 문체를 보면 가끔 살바도르 달리의 초현실주의 그림을 연상시킨다. 말하자면 그는 소설 문학에서 초현실주의를 실현시킨 작가인데, 그 기법은 남아메리카 작가들처럼 내용의 초자연적 구성이 아니라 서술

법의 독특한 방법에 있어서 그렇다. 여기에서 우리들은 쿠버의 볼레로적 점강법을 사용한 「하녀 볼기치기」와 집요하게 현실과 문학사적 일화를 몽타주하는 쿤데라의 「생은 다른 곳에」가 가진 동질성을 발견하게 된다.

이 소설에서는 현실적으로 벌어지는 사건들이 랭보나 레르몬토프 같은 시인들의 실제 사건들과 뒤엉켜 초영험적 경험을 이룩하는데, 그 강신술적 분위기를 표출시키기 위해 쿤데라는 복잡한 시제를 구성해서 현재와 미래와 과거가 뒤바뀌기도 하고, 때로는 프랑스어의 반과거 시제와 유사한 새로운 형태의 시제를 사용하기도 한다. (제5부 2장에서, 꿈속에 등장한 트랙터를 탄 미래의 노동자와 사회주의 실현을 위해 자신을 희생시킨 노동자가 만나는 장면에서 독자가 접하는 희한한 시제의 교차가 그 대표적인 예라고 하겠다.)

구성상으로 보면 이 소설은 야로밀이라는 한 시인의 일대기로서, 어린 시절과 사춘기에 성(性)에 눈떠 성인이 되는 과정을 주로 소묘하고, 결국 못생긴 여점원과의 육체 경험을 통해 젊은 여인의 묘한 심리적인 변화를 조명한다. 성장하고 고뇌하는 젊은이 야로밀은 물론 사회주의 혁명의 소용돌이 속에서 정치투쟁과 양심의 모순성을 경험한다. (어쩌면 현재 우리 현실과 그토록 비슷할까 싶은) 화염병과 대자보와 시위와 스승 학대와 집단에 대한 두려움을 거치며 야로밀은 결국 자아를 추구하려고 하지만, 그 결과는 혼란과 정신적 실종이다. 그리고 여점원과의 사랑은 배반과 놀라운 반전으로 끝난다.

쿤데라는 독서에 있어서 정말로 새로운 하나의 모험이다. 그리고 문학의 새로운 기교상의 가능성을 개척한 작가이기도 하다.

이 소설의 체코어판은 없고 프랑스어와 영어로 번역된 작품들이 출판되었다. 이 책의 번역은 피터 쿠씨(Peter Kussi)의 영역판을 옮긴 것임을 밝혀둔다.

1988년 여름
안정효(安正孝)